KB166228

을 유 세 계 문 학 전 집 · 16

소송

을유세계문학전집·16

소송

DER PROZESS

프란츠 카프카 지음 · 이재황 옮김

을유문화사

옮긴이 이재황

서울대학교 독문과와 동 대학원을 졸업하고 독일 본 대학교에서 2년간 수학했다. 「안나 제거스의 망명기 문학과 그 미학적 기초」에 관한 논문으로 서울대에서 문학박사 학위를 받았다. 현재 서울대, 상명대, 강원대에 출강하고 있다. 지은 책으로 『독일이야기』(공저), 옮긴 책으로 『변신』, 『아버지에게 드리는 편지』, 『오페라』, 『선과 악』, 논문으로 「카오스로서의 세계-니체의 카오스론」, 「세기전환기의 인간상 '호모 나투라'」, 「신화를 바라보는 몇 가지 시각-유년기와의 연관성을 중심으로 한 신화 고찰」 등이 있다.

을유세계문학전집 16

소송

발행일·2008년 12월 20일 초판 1쇄 | 2018년 11월 20일 초판 3쇄
지은이·프란츠 카프카 | 옮긴이·이재황
펴낸이·정무영 | 펴낸곳·(주)을유문화사
창립일·1945년 12월 1일 | 주소·서울시 마포구 월드컵로16길 52-7
전화·02-733-8153 | FAX·02-732-9154 | 홈페이지·www.eulyoo.co.kr
ISBN 978-89-324-0346-5 04850 978-89-324-0330-4(세트)

• 값은 뒤표지에 표시되어 있습니다.
• 옮긴이와의 협의하에 인지를 붙이지 않습니다.

차례

소송*

체포

누군가 요제프 K*를 중상모략했음이 틀림없다. 무슨 나쁜 짓을
한 일이 없는데도 어느 날 아침 그는 느닷없이 체포되었기 때문이
다. 매일 아침 여덟시경이면 하숙집 여주인인 그루바흐 부인의 식
모가 그에게 아침 식사를 갖다주었는데 이날은 아예 나타나질 않
았다. 이제껏 그런 일은 한 번도 없었다. K는 잠시 더 기다리다 베
개를 베고 누운 채 고개를 돌려 건너편 집에 사는 노파 쪽을 바라
보았다. 노파는 평소와는 매우 다른 호기심으로 그를 관찰하고 있
었다. 그 모습에 그는 불쾌한 마음이 들기도 하고 배가 고프기도
해서 벨을 울렸다. 그러자 즉시 노크 소리가 들리더니 웬 남자가
들어왔는데 이 집에서는 아직 본 적이 없는 사람이었다. 그는 늘
씬한 편이면서도 탄탄해 보이는 체격을 하고 있었고, 몸에 꼭 맞
는 검은 옷을 입고 있었다. 그 옷은 여행복 비슷하게 여기저기 접
힌 부분과 주머니들, 버클과 단추들이 다양하게 붙어 있었고 거기
에다 벨트도 두르고 있어서 어떤 용도로 쓰이는 옷인지 분명치 않

앉지만 매우 실용적으로 보였다. "누구신가요?" K가 물었다. 그러고는 곧바로 침대에서 몸을 반쯤 일으켜 앉았다. 그러나 남자는 자신의 갑작스러운 출현을 잠자코 받아들이라는 듯이 그의 질문을 싹 무시하고는 자기 쪽에서 도리어 이렇게 묻는 것이었다. "당신이 벨을 울렸소?" "안나에게 아침 식사를 가져오라고 울린 건데요." K는 그렇게 말하고는 일단 입을 다문 채 눈으론 상대를 주의 깊게 살펴보는 동시에 머리론 생각을 이리저리 굴려 보면서 도대체 이 남자가 누구인지를 알아내고자 애썼다. 그러나 남자는 그의 시선을 잠시 받아 주는가 싶더니 이내 외면하고는 문 쪽으로 몸을 돌렸다. 남자는 분명히 문 바로 뒤에 서 있는 누군가에게 말을 하기 위해 문을 약간 열었다. "안나가 아침 식사를 가져다주길 원한대." 그러자 옆방에서 나지막한 웃음소리가 울려왔다. 하지만 그 울림만으로는 몇 사람이 웃는 소리인지 분명치 않았다. 낯선 남자는 그 소리로 인해 전에 몰랐던 것을 새로 알게 되었을 리도 없었을 테지만 통보하는 듯한 어조로 K에게 말했다. "그건 안됩니다." "그것참 별일이로군." K는 말을 하면서 침대에서 뛰쳐나와 급히 바지를 입었다. "옆방에 어떤 자들이 와 있는지 봐야겠소. 그리고 나한테 이런 소란을 피우는 것에 대해 그루바흐 부인이 뭐라고 해명할는지도 좀 들어 봐야겠소." 이런 말은 큰 소리로 입 밖에 내지 말았어야 하는 건데 하는 생각과, 또 그렇게 말함으로써 이 낯선 남자의 감독권을 어느 정도 인정하는 셈이 되었다는 생각이 곧 들기는 했지만 그런 것이 지금 그에겐 중요치 않은 듯했다. 어쨌든 낯선 남자는 그 말을 그렇게 알아들었다. 왜냐하면 그가 이렇게 말했기 때문이다. "그냥 여기 있는 편이 낫지 않겠소?" "여기에 있고 싶지도 않고, 당신이 누구인지 자신을 소개하지 않는 한 당신 이야기는 듣고 싶지도 않소." "난 좋은 뜻으로 한 말이오." 낯선 남자가 말했다. 그러고는 이제 자진해서 문을 열었다. K는 생각과는 달리 천천히 옆방으로 들어갔는데, 방 안은 첫눈에 얼핏 보기엔 어제 저녁때와 거의 똑같아 보였다. 그곳은 그루바흐 부인의 거실이었다. 하지만 가구, 이불, 도자기, 사진 들로 가득 찬 그 방이 오늘은 왠지 평소보다 좀 더 넓어 보였다. 그 점은 금방 알아보기가 어려웠는데, 방 안에 모르는 한 남자가 와 있다는 중요한 변화 때문에 더욱 그러했다. 그자는 열린 창문가에 앉아 책을 읽고 있다가 고개를 쳐들었다. "당신은 당신 방에 그냥 있어야 했소! 프란츠가 그렇게 말하지 않던가요?" "그랬지요, 그런데 대체 뭘 원하는 거요?" K가 말했다. 그러고는 이 새로운 남자에게서 고개를 돌려 문틀에 그대로 서 있던 프란츠라는 이름의 남자를 바라본 다음 다시 시선을 돌렸다. 열린 창문을 통해 다시 조금 전의 그 노파가 보였는데, 그녀는 진정 늙은이다운 호기심을 보이며 모든 것을 계속 지켜보기 위해 이제는 마주 보이는 창가로 옮겨 와 있었다. "그루바흐 부인을 좀 만나 봐야겠소······." K는 그렇게 말하면서 두 남자로부터 몸을 확 빼내려는 듯한 동작을 했는데, 그러나 두 남자는 그에게서 멀리 떨어져 서 있었다. 그러고는 그 자리를 뜨려고 했다. "안 됩니다." 창가의 남자가 말했다. 이 말과 함께 그는 작은 탁자 위에 책을 던지며 일어섰다. "여길 떠날 수 없소. 당신은 체포되었소." "그런 것 같긴 한데······." K는 그 말에 이어 물었다. "도대체 이유가 뭡니까?" "우리는 당신에게 그런 걸 말해 줄 처지가 못 되오. 당신 방에 돌아가 기다려요. 소송은 일단 시작되었고, 당신은 때가 되면 모든 것을 알게 될 거요. 당신한테 이렇게 친절히 충고를 드리는 것도 내 임무의 범위를 벗어나는 일이오. 그러나 프란츠 말고는 아무도 듣는 사람이 없기를 바라지만, 사실 저 친구도 규정을 위반해 가며 당신에게 친절하게 대하고 있는 거라오. 우리 같은 사람들이 당신의 감시인으로 배정된 것처럼 앞으로도 계속 그런 행운이 따라 준다면 당신의 일은 낙관해도 좋을 거요." K는 앉고 싶었지만 창가에 놓여 있는 의자 외에는 방 안 어디에도 앉을 만한 자리가 없다는 것을 알았다. "이 모든 게 다 사실이라는 것을 곧 깨닫게 될 거요." 프란츠는 그렇게 말하면서 창가의 남자와 함께 그에게 다가왔다. 그 남자는 특히 키가 커서 K 앞에 서자 우뚝 솟아 보였는데 그 높이에서 그의 어깨를 몇 차례 톡톡 두드렸다. 두 사람은 K의 잠옷을 찬찬히 살펴보더니 이제 훨씬 더 좋지 않은 셔츠로 갈아입어야 할 테니 자기들이 그 잠옷을 그의 나머지 내의들과 함께 보관해 두었다가 그의 일이 잘 풀리면 다시 돌려줄 것이라고 말했다. "그것들을 보관소에 넘기는 것보다는 우리한테 맡겨 두는 게 나을 거요." 그들이 말했다. "보관소에서는 종종 물건을 빼돌리는 일도 일어나고, 또 거기서는 얼마간의 기간이 지나면 해당 소송이 끝나든 말든 상관없이 물건들을 죄다 팔아 치우니까 말이오. 그리고 이런 종류의 소송은 얼마나 오래 걸릴지 모르오. 특히 최근에는 말도 못해요! 그럴 경우 물론 보관소로부터 언젠가는 결국 팔고 난 물건 대금을 받게 될 테지만, 그 물건 대금이라는 것 자체가 형편없이 적게 마련이라오. 물건을 팔 때 그 값은 사는 쪽에서 제시하는 금액이 아니라 뇌물의 액수에 따라 결정되기 때문이오. 그리고 또 그런 물건 값은 경험상으로 볼 때 해가 바뀌고 이 손 저 손을 거치게 되면 점점 줄어든다는 점이오." K는 그 이야기에 거의 귀를 기울이지 않았다. 그의 물건들에 대한 처분권은 아직 그가 소유하고 있었겠지만 그는 그것을 그리 대단치 않게 여겼다. 그에게 훨씬 더 중요하게 여겨졌던 것은 자신의 현 상황을 분명하게 파악하는 일이었다. 그러나 이 사람들 앞에서는 생각조차 제대로 할 수가 없었다. 번번이 두 번째 감시인의 배가—이들은 사실 감시인에 불과한 자들일 것이다—그야말로 친절하게 그에게 부딪쳐 왔지만, 시선을 들어 올려다보면 그 뚱뚱한 몸집과는 전혀 어울리지 않게 뼈가 툭툭 불거진 메마른 얼굴과 옆으로 비뚤어진 두툼한 코가 보였다. 이런 얼굴을 하고서 그는 K의 키 너머로 다른 감시인과 이야기를 나누고 있었다. 이들은 대체 어떤 사람들일까? 무슨 이야기를 하고 있는 걸까? 어느 기관에 속해 있는 자들일까? 그런데 K는 엄연히 법치 국가에 살고 있지 않은가? 어디든 평화가 지배하고 있고, 법률들도 모두 굳건하게 존속하고 있는데, 누가 감히 집으로 쳐들어와 그를 덮칠 수 있단 말인가? 그는 항상 모든 일을 되도록이면 마음 편히 생각하고, 최악의 일은 그것이 눈앞에 닥쳐야 믿고, 아무리 불안한 처지에 놓여도 앞일을 대비해 어떤 준비도 하지 않는 성격이었다. 그러나 지금 이 상황은 그런 성격이 통할 것 같지 않았다. 이 모든 것을 장난으로 볼 수도 있기는 했다. 알 수 없는 이유에서, 어쩌면 오늘이 그의 서른 번째 생일이라서 은행 동료들이 꾸며 낸 심한 장난으로 볼 수도 있었다. 물론 있을 수 있는 일이었다. 그렇다면야 그가 어떻게든 감시인들의 얼굴을 향해 웃음을 터뜨리기만 하면 그들도 따라 웃게 될 것이다. 이들은 아마 길모퉁이의 짐꾼들일지도 모른다. 그러고 보니 생김새가 그런 자들과 어딘가 비슷한 구석이 있었다. 그럼에도 이번에는 정말이지 감시인 프란츠를 처음 본 바로 그 순간부터 이들에 대해 그가 약간의 우월한 점이라도 지니고 있다면 그것이 아무리 사소한 것이더라도 결코 포기하지 않으리라 결심하고 있었다. 나중에 장난을 너무 고지식하게 받아들였다는 말을 듣게 될 일이 다소 마음에 걸리기는 했지만, 그는—경험으로부터 무언가를 배우는 것이 평소 그의 습성은 아니었으나—지각 있는 친구들과는 달리 어떤 일이 벌어질지 전혀 감을 잡지 못하고 경솔하게 행동했다가 그 대가를 치러야 했던, 그 자체로는 별로 대수로울 것 없는 몇 가지 기억을 떠올려 보았다. 다시 그런 일이 벌어져서는 안 된다. 적어도 이번에는 안 된다. 이것이 만일 희극이라면 그도 함께 어울려 주리라 마음먹었다.

아직 그는 자유로운 몸이었다. "실례합니다"라고 말하고는 두 감시인 사이를 지나 급히 자기 방으로 들어갔다. "저 친구 멀쩡해 보이는데 그래." 등 뒤에서 그렇게 말하는 소리가 들려왔다. 방에 들어서자 그는 곧바로 책상 서랍들을 열어젖혔다. 거기엔 물건들이 모두 가지런히 잘 정리되어 있었지만 흥분 상태라 그런지 하필 그가 찾는 신분증명서들은 언뜻 눈에 띄지 않았다. 결국 그가 찾아낸 것은 자전거 면허증*이었는데, 우선 그것이라도 들고 감시인들에게 가려 했으나 그것이 너무 변변치 않게 여겨져 계속 더 찾아본 끝에 출생증명서를 발견했다. 그가 다시 옆방으로 들어서는 순간, 마침 맞은편 문이 열리면서 그루바흐 부인도 그곳에 들어오려던 참이었다. 그녀를 본 것은 잠시뿐이었다. K를 알아보자마자 그녀는 당황해하는 기색이 역력하더니 실례한다는 말만 하고는 어느새 방을 빠져나가 아주 조심스럽게 문을 닫았기 때문이다. "이리 좀 들어와 봐요." K가 말할 수 있었던 것은 겨우 그 말뿐이었다. 그는 증명서를 들고 방 한가운데 서서 계속 문 쪽을 바라보았으나 문은 다시 열리지 않았고 감시인들이 부르는 소리에 비로소 흠칫 놀라 돌아보았다. 그들은 열린 창문가의 작은 탁자에 앉아 무언가를 먹고 있었는데 이제 보니 K의 아침 식사를 먹고 있는 것이었다. "왜 저 부인은 들어오지 않는 거지요?" K가 물었다. "그 부인은 들어와서는 안 됩니다." 키 큰 감시인이 말했다. "당신은 체포되었으니까요." "내가 체포되다니 어떻게 그럴 수 있단 말이오? 더구나 이런 식으로 말이오?" "또 시작이시군요." 감시인은 그렇게 말하고는 버터 빵을 조그마한 꿀 그릇에 담갔다. "우린 그런 질문에는 대답하지 않습니다." "대답해 줘야 할 거요." K가 말했다. "이게 내 신분증명서들이오. 이젠 당신들 것을 보여 주시오. 무엇보다도 체포 영장을 먼저 봅시다." "맙소사, 이런 답답한 양반을 보았나!" 그 감시인이 말했다. "당신은 자기 처지에 순응할 줄 모르고 지금 다른 누구보다도 당신에게 가장 가까운 사이라 할 수 있는 우리를 쓸데없이 자극해 공연한 일을 만들고 싶은 모양인데!" "그건 그래요. 그 말을 믿어요." 프란츠가 말했다. 그러고는 손에 든 커피 잔을 입으로 가져가지 않고, 분명 의미심장한 듯하면서도 이해할 수 없는 시선으로 한참 동안 K를 바라보았다. K는 결코 그럴 마음이 없었지만 프란츠와 서로 눈길을 주고받는 상황에 빠져 들게 되었다. 그러다가 증명서들을 탁 치면서 말했다. "이게 내 신분증명서들이란 말이오." "그게 도대체 우리랑 무슨 상관이 있다는 거요?" 곧바로 키 큰 감시인이 외쳤다. "당신은 어린아이보다 더 고약하게 구는군요. 도대체 무얼 어떻게 하겠다는 거요? 우리 감시인들하고 증명서니 체포 영장이니 하는 것을 놓고 옥신각신 말다툼을 벌여 당신의 그 대단하고도 빌어먹을 소송 사건을 속히 결말지으려는 거요? 우린 신분증명서 같은 것에 대해서는 아는 게 거의 없고, 하루 열 시간씩 당신을 감시하는 대가로 보수를 받는 일 외에는 당신 일과 아무런 관계도 없는 말단 직원들일 뿐이오. 이게 우리의 신분에 관해 말할 수 있는 전부지만, 그럼에도 우리가 일하고 있는 고위 관청에선 이런 체포 명령을 하달하기 전에 체포의 사유와 체포 대상자의 신원에 대해 매우 정확한 정보를 입수하고 있다는 것쯤은 우리도 잘 알고 있소. 거기엔 착오란 있을 수 없소이다. 내가 아는 바로는, 하기야 나는 말단 부서의 일밖에 모르지만, 우리 관청은 결코 주민들에게서 죄를 찾아내려고 하는 게 아니라 법에도 쓰여 있듯이 죄에 이끌려 우리 감시인들을 보내지 않을 수 없는 거라오. 이게 법이라는 거요. 그러니 거기 어디에 오류가 있을 수 있겠소?" "그런 법, 난 모릅니다." K가 말했다. "그렇다면 더 심각한 일이군요." 감시인이 말했다. "그런 법은 당신들 머릿속에나 있겠지요." K가 말했다. 그는 어떻게 해서든 감시인들의 생각 속으로 몰래 숨어들어 그 생각을 자신에게 유리한 쪽으로 돌려놓든가 아니면 자신이 거기에 동화되어 버리든가 하고 싶었다. 그러나 감시인은 거부하는 투로만 말할 뿐이었다. "당신도 곧 그걸 느끼게 될 것이오." 프란츠가 끼어들며 말했다. "이봐, 빌렘. 이 친구는 자기가 법을 모른다고 해 놓고는 동시에 자긴 죄가 없다고 주장하고 있군 그래." "그래, 자네 말이 맞아. 하지만 이 친구에겐 도무지 이해시킬 수가 없어." 다른 감시인이 말했다. K는 더 이상 대꾸를 하지 않고 생각에 잠겼다. '이런 피라미 같은 자들이 — 저들 스스로 그렇다고 하지 않는가 — 지껄이는 소리 때문에 마음을 더 어지럽힐 필요가 있을까? 저들은 어쨌든 자기들이 전혀 알지도 못하는 것들에 대해 떠들어 대고 있는 거야. 저들의 확신에 찬 태도는 오직 저들의 어리석음 때문에 가능한 것이고. 저자들하고는 백날 이야기해 봤자 말짱 부질없는 짓이고, 나와 수준이 맞는 사람과 몇 마디만 이야기를 나누어 보면 모든 게 비교할 수 없이 명쾌하게 밝혀지겠지.' 그는 방 안의 빈 공간을 몇 차례 왔다 갔다 했다. 그때 건너편의 노파가 자기보다 훨씬 더 늙은 노인을 창가로 억지로 끌고 와서는 끌어안고 있는 모습이 보였다. K는 이렇게 남들의 구경거리가 되고 있는 상황을 끝내고 싶었다. "나를 당신들 상관에게 데려다 주시오." 그가 말했다. "그분이 원하신다면 그렇게 하겠지만, 그전엔 안 됩니다." 빌렘이라고 불렸던 감시인이 말했다. "그래서 당신한테 충고하겠는데⋯⋯." 그가 덧붙여 말했다. "방으로 돌아가 당신에게 내려질 지시를 잠자코 기다리는 편이 나을 거요. 공연히 쓸데없는 생각으로 심란해하지 말고 마음을 차분히 가라앉히고 있어요. 그러면 당신한테 중요한 지시 사항들이 하달될 겁니다. 당신은 우리가 친절하게 대해 준 것만큼 우리를 친절히 대해 주지 않았소. 우리가 아무리 말단이라 해도 적어도 지금 당신에 비해선 자유로운 몸이라는 걸 잊으셨나 보군요. 그건 사소한 차이라고 할 수 없지요. 그래도 우린 당신이 돈을 가지고 있다면 건너편 카페에서 간단한 아침 식사 정도는 사다 줄 용의가 있소."

이 제안에 아무런 대꾸도 없이 K는 잠시 동안 가만히 서 있었다. 만일 그가 옆방 문이나 심지어 현관으로 나가는 문을 연다고 해도 어쩌면 이 두 사람이 그를 감히 가로막고 나서지는 못할지 모른다. 또 어쩌면 상황을 극단으로 몰고 가는 것이 사건 전체를 가장 간단히 해결할 수 있는 길인지도 모른다. 그러나 그들은 그를 꼼짝 못하게 붙잡을 것이고, 이어서 그가 바닥에 내던져지는 일이 벌어지기라도 한다면, 지금 그래도 어떤 면에서는 그가 그들에 비해 우월하다고 할 수 있는 것마저 모두 잃게 될 것이었다. 그래서 그는 일의 자연스러운 진행이 가져다주기 마련인 안전한 해결의 길을 택하기로 하고 자기 방으로 돌아갔는데, 그의 편에서나 감시인들 편에서나 일언반구 더 이상 아무 말도 나오지 않았다.

그는 침대 위에 몸을 던지고는 어제 저녁에 아침 식사용으로 준비해 두었던 예쁜 사과 한 알을 침대 옆 탁자에서 집어 들었다. 지금 그것이 그의 유일한 아침 식사였다. 그래도 어쨌든 감시인들의 선심 덕분에 받아먹을 수도 있었을 그 지저분한 야간 카페의 아침 식사보다는 훨씬 나아 보였다. 이것은 그가 사과를 처음에 한 입 크게 베어 물 때 든 확신이었다. 그는 기분이 좋아졌고 앞일도 밝게 느껴졌다. 오늘 오전엔 은행 일을 못하게 되었지만 그는 은행에서 비교적 높은 지위를 차지하고 있었으므로 그런 것쯤은 쉽게 변명할 수 있는 것이었다. 사실대로 사유를 말해야 할까? 그는 그렇게 하리라 생각했다. 그럴 경우에 짐작할 수 있는 일이지만, 혹시 사람들이 그의 말을 믿지 않는다면 그루바흐 부인이나 건너편의 두 노인을 증인으로 내세울 수 있을 것이다. 두 노인은 지금 맞은편 창문 쪽으로 이동 중인 듯했다. 감시인들이 자신을 방 안으로 몰아넣고 이렇게 혼자 내버려 두었다는 것이 K로서는 이상하게 여겨졌다. 적어도 감시인의 입장에서 생각해 볼 때 그것은 더욱 이상한 일이 아닐 수 없었다. 그가 이 방 안에서 자살할 수도 있는 가능성은 얼마든지 있었기 때문이다. 그러면서 동시에 이번에는 그의 입장에서 생각해 볼 때 그럴 만한 이유로 어떤 것이 있을 수 있을까 자문해 보았다. 가령 저 두 사람이 바로 옆방에 앉아 자신의 아침 식사를 가로채 먹어 치웠다는 것이 과연 자살할 이유가 될 수 있을까? 그런 일로 자살을 한다면 너무도 무의미해서 설사 그럴 마음이 있었다 해도 바로 그 무의미함 때문에 그는 자살할 수가 없었을 것이다. 만일 감시인들의 정신적 한계가 그리 두드러지지 않았더라면 그들 역시 똑같은 확신에서 그를 혼자 두는 것을 위험하게 여기지 않은 것이라고 추측해 볼 수도 있었을 것이다. 그들은 지금 하고자 마음만 먹는다면, 그가 고급 브랜디를 보관해 둔 벽걸이 장식장으로 다가가서 한 잔은 먼저 아침 식사 대용으로 비우고, 둘째 잔은 스스로 용기를 북돋우기 위해 마시는 모습을 지켜볼 수 있었을 것이다. 그런데 사실 나중 잔은 별로 있을 법한 일로 보이지는 않지만, 그래도 용기가 필요하게 될 만일의 경우에 신중히 대비하기 위해 마셔 두는 것일 뿐이었다.

그때 옆방에서 부르는 소리에 그는 깜짝 놀라 술잔에 이를 부딪쳤다. "감독관님이 부르십니다!"라는 소리였다. 그를 놀라게 한 것은 단지 그 외침 소리에 있었다. 그것은 짧고 토막토막 끊어서 내는 군대식의 외침 소리였는데 감시인 프란츠가 낸 소리라고는 전혀 생각할 수 없는 것이었다. 명령 자체는 그에게 매우 반가운 것이었다. "마침내 왔군요!" 그는 소리쳐 응답하고는 벽걸이 장식장을 닫고 즉시 옆방으로 서둘러 갔다. 두 감시인이 거기에 서 있었다. 그런데 그들은 마치 당연한 일이라는 듯 그를 다시 방 안으로 몰아넣는 것이었다. "대체 정신이 있는 거요?" 그들이 소리쳤다. "셔츠 바람으로 감독관님 앞에 나서겠다는 거요? 그분은 다른 부하들을 시켜 당신을 마구 두들겨 팰 겁니다. 우리까지도 함께 말이오!" "나 좀 가만 내버려 둬요, 빌어먹을!" 이미 옷장 있는 데까지 되밀려온 K가 그렇게 외쳤다. "잠자리에 누워 있는 사람을 덮쳐 놓고 정장 차림으로 나타나기를 기대할 수는 없지 않소." "뭐라고 말해도 소용없어요." 감시인들이 말했다. K가 소리칠 때마다 그들은 얌전하다 못해 거의 슬픈 모습이 되었는데, 그 모습에 그는 당황스러워하다가도 어느 정도는 마음이 차분해지기도 했다. "웃기는 격식이로군!" K는 아직 흥분이 가시지 않은 채 볼멘소리로 그렇게 중얼거리면서도 어느새 양복 상의를 의자에서 집어 들었다. 그러고는 마치 감시인들한테 검사를 받으려는 듯 그 것을 잠시 두 손으로 들고 있었다. 그들은 고개를 가로저었다. "검 은색 상의라야 합니다." 그들이 말했다. 그 말에 K는 상의를 바닥 에 내던지며 이렇게 말했는데, 그 자신도 어떤 뜻으로 그런 말을 했는지 몰랐다. "아직 공판이 시작된 게 아니잖소." 감시인들은 빙긋이 웃었지만 했던 말을 그대로 되풀이했다. "검은색 상의라 야 된다니까요." "그렇게 해서 일이 빨리 진행되기만 한다면 그러 겠소." K는 그렇게 말하고서 옷장을 열고 한참 동안 이 옷 저 옷 들추다가 제일 좋아 보이는 검은색 옷을 골라냈다. 허리선이 잘빠 져서 주위 사람들 사이에 거의 화제가 되다시피 했던 신사복이었 다. 그리고 셔츠도 하나 다른 것으로 꺼내 놓은 다음 조심스럽게 옷을 입기 시작했다. 마음속으로 그는 감시인들이 그에게 목욕도 해야 한다고 말하는 것을 잊어버린 덕분에 전체 일이 한결 빨리 진행될 수 있게 되었다고 생각했다. 그들이 혹시나 그것을 생각해 내는 게 아닐까 싶어 그들의 표정을 유심히 살펴보았지만, 역시나 그들에게는 그런 생각이 전혀 떠오르지 않았다. 그 대신 빌렘은 K 가 옷을 입고 있다는 보고를 하도록 프란츠를 감독관에게 보내는 것을 잊지 않았다.

옷을 다 입고 나자 K는 빌렘 바로 앞에 서서 비어 있는 옆방을 지나 다음 방으로 들어가야 했다. 문은 양쪽 다 이미 열려 있었다. 이 방에는 K도 잘 알고 있듯이 얼마 전부터 타이피스트인 뷔르스 트너 양이 살고 있었는데, 그녀는 아주 일찍 일하러 나갔다가 늦 게 집으로 돌아오곤 했기 때문에 K와는 인사말 이상의 대화를 나누어 본 적이 없었다. 그녀의 침대 머리맡에 있던 협탁이 지금은 심리용 테이블이 되어 방 한가운데로 옮겨져 있었고, 감독관은 그 뒤에 앉아 있었다. 그는 다리를 꼬고 앉아서 한쪽 팔은 의자 등받이에 걸치고 있었다. 방 한쪽 구석에는 세 명의 젊은 사람들이 서서 벽걸이 매트에 붙어 있는 뷔르스트너 양의 사진들을 보고 있었다. 열린 창문 손잡이에는 흰 블라우스가 걸려 있었다. 건너편 창문에는 다시 그 두 노인이 보였는데, 그 무리의 수가 늘어나 있었다. 그들 뒤에는 그들보다 훨씬 키가 큰 남자가 하나 서 있었기 때문이다. 그 남자는 가슴을 풀어헤친 셔츠 차림으로 불그스름하고 뾰족한 턱수염을 손가락으로 눌렀다 돌렸다 하고 있었다.

"요제프 K씨입니까?" 감독관이 물었다. 아마도 단지 K의 산만한 시선을 자기 쪽으로 돌리기 위해 던진 질문 같았다. K는 고개를 끄덕였다. "오늘 아침 일로 매우 놀라셨겠지요?" 감독관은 그렇게 물으면서 두 손으로 협탁 위에 놓여 있는 초와 성냥, 책, 바늘 쌈지 등 몇 가지 물건을 마치 심리에 필요한 물건들인 양 밀어 놓았다. "그럼요." K가 말했다. 그리고 마침내 말이 통하는 사람과 마주하게 되어 자신의 일에 대해 이야기를 나눌 수 있게 되었다는 흐뭇한 느낌이 그를 사로잡았다. "그럼요, 놀랐죠. 하지만 그리 크게 놀란 건 아닙니다." "크게 놀라지 않았다고요?" 감독관이 물었다. 그리고 협탁 한가운데 초를 세워 놓고는 그 주위로 다른 물건들을 모아 놓았다. "아마 제 말을 오해하고 계신 것 같습니다." K가 서둘러 말했다. "제 말은……." K는 말을 멈추고 앉을 의자를 찾아 방을 둘러보았다. "앉아도 되겠지요?" 그가 물었다.

"그건 관행에 어긋나는 일입니다." 감독관이 대답했다. "제 말은……." 이제 K는 더 이상 뜸을 들이지 않고 말했다. "물론 매우 놀라기는 했습니다만, 사람이 30년쯤 세상을 살다 보면, 게다가 저의 경우처럼 혼자서 역경을 헤쳐 나가야만 하는 신세라면, 놀라는 일에 단련이 돼서 그런 것을 별로 대단치 않게 여기게 되지요. 특히 오늘 같은 일은 그렇습니다." "왜 특히 오늘 같은 일이 그렇다는 겁니까?" "이 모든 걸 장난으로 본다는 말은 아닙니다. 그러기엔 벌어진 일의 규모가 너무 엄청나 보이니까요. 하숙집 사람들 그리고 당신들까지 모두 이 일에 가담하고 있다는 말인데, 그렇다면 그건 장난의 범위를 벗어나는 일일 테니까요. 따라서 저는 이것이 장난이라고 말하고 싶지는 않습니다." "전적으로 맞는 말입니다." 감독관이 말했다. 그러면서 성냥갑 안에 성냥개비가 몇 개나 있는지 살펴보았다. "그러나 다른 한편으로……." K는 말을 계속했다. 그러면서 모두를 향해 자세를 틀었는데, 사진을 보고 있는 그 세 사람까지도 자기 쪽을 바라보았으면 하는 눈치였다. "그러나 다른 한편으로 보자면 이 사건은 그리 대수로운 것이 아닐 수도 있습니다. 그렇게 생각하는 것은 내가 고소를 당하기는 했지만 누군가 나를 고소할 만한 죄라고는 털끝만큼도 찾아낼 수 없기 때문입니다. 그러나 그것도 부수적인 문제이고, 중요한 문제는 내가 누구한테 고소를 당했느냐 하는 것입니다. 어떤 기관이 이런 일을 수행하고 있는 건가요? 당신들은 관원들인가요? 제복을 입고 계신 분이 아무도 없습니다. 당신들의 복장을……." 그때 그는 프란츠 쪽을 바라보았다. "제복이라고 부를 수 없다면 말입니다. 그건 차라리 여행복이라 할 수 있으니까요. 이런 의문들에 대해 나는 해명을 요구합니다. 그리고 그런 것들이 해명되고 나면 우리는 서로 아무런 유감도 없이 헤어질 수 있으리라 확신합니다." 감독관이 성냥갑을 탁자 위에 탁 내려놓았다. "당신은 크게 착각하고 있습니다." 그가 말했다. "여기 이분들과 나는 당신의 일과 관련해 전적으로 부수적인 사람들입니다. 아니, 당신 일에 대해 아는 게 거의 없습니다. 우리는 규정에 맞는 정식 제복을 입을 수도 있지만, 그런 걸 입지 않았다고 해서 당신의 사건이 조금이라도 더 악화되는 일은 없을 겁니다. 나는 당신이 고소되었다는 말도 확실히 해 드릴 수 없습니다. 아니, 나는 당신이 고소되었는지 여부조차 모른다고 해야 할 겁니다. 당신이 체포되었다는 것, 그건 맞습니다. 그 이상은 나도 모릅니다. 아마 감시인들이 뭔가 다른 소릴 지껄인 모양인데, 그렇다면 그건 그저 지껄여 본 말에 불과할 뿐입니다. 내가 당신의 질문들에 대답은 못 드려도 충고는 드릴 수 있습니다. 우리들에 대해서나 앞으로 당신에게 일어날 일에 대한 생각보다는 당신 자신에 대한 생각을 더 많이 하는 편이 나을 겁니다. 그리고 자신이 결백하다는 생각에 더는 이런 소란을 피우지 마세요. 그렇게 하면 과히 나쁘지 않은 당신의 인상을 망치게 돼요. 말이 나왔으니 말인데, 당신은 인상이 괜찮은 편이오. 또 한 가지, 당신은 말할 때 좀 더 자제하는 게 좋을 겁니다. 당신이 조금 전에 한 말들은 한두 마디만 들어도 당신의 태도에서 거의 모두 알아차릴 수 있는 것들이었으니까요. 게다가 그런 말들은 당신한테 이로울 게 하나도 없었어요."

K는 감독관을 뚫어지게 바라보았다. 학교에서나 듣는 훈계를 여기서 자기보다 손아래로 보이는 사람한테 듣게 되다니? 솔직함의 대가로 질책의 벌을 받고 있는 것일까? 그런데 체포의 이유나 그것을 지시한 사람에 대해서는 아무것도 들은 바가 없지 않은가? 그는 약간 흥분이 되어 방 안을 이리저리 왔다 갔다 했는데 아무도 그를 막지는 않았다. 그는 셔츠의 커프스를 밀어 넣기도 하고, 가슴을 만져 보기도 하고, 머리를 매만지기도 하다가 세 남자 곁을 지나가면서 말했다. "참으로 어이없는 일이로군." 이 말에 그들은 그를 향해 몸을 돌리더니 호의적인 눈빛으로, 하지만 진지하게 그를 바라보았다. 그는 마침내 다시 감독관의 탁자 앞에 멈추어 섰다. "하스테러 검사*가 내 친한 친구인데……." 그가 말했다. "그에게 전화를 걸어도 되겠습니까?" "그럼요." 감독관이 말했다. "하지만 그게 무슨 의미가 있을지 모르겠군요. 뭔가 사적인 용건으로 그분과 상담할 일이 있다면 모를까." "무슨 의미가 있겠냐구요?" K는 화가 나서라기보다는 깜짝 놀라서 소리쳤다. "당신은 도대체 누굽니까? 의미 운운하면서 당신은 지금 세상에서 이보다 더 무의미할 수 없는 그런 짓을 하고 있는 것 아닌가요? 이거야말로 정말 복장 터질 노릇 아닙니까? 저 사람들 처음엔 나를 급습하더니만 지금은 여기서 대충 앉아 있거나 멀거니 서서 나더러 당신 앞에서 재주를 부려 보라 시키는군요. 내가 체포된 거라고들 하면서 검사한테 전화를 거는 일이 무슨 의미가 있겠느냐구요? 좋습니다, 전화를 걸지 않겠습니다." "그러지 말고……." 감독관이 말했다. 그러면서 전화가 있는 현관 복도 쪽으

로 손을 내뻗었다. "전화를 거세요." "아닙니다. 이젠 걸고 싶지
않아요." K는 그렇게 말하며 창가로 갔다. 건너편 창가엔 아직도
그 무리가 있었다. 다만 지금 K가 창가로 다가서자 조용히 구경하
던 평화로움이 약간 깨진 듯이 보였다. 노인들은 몸을 일으키려
했지만 뒤에 있던 남자가 그들을 진정시키고 있었다. "저쪽에도
저렇게 구경꾼들이 있어요." K는 아주 큰 소리로 감독관을 향해
외치면서 집게손가락으로 밖을 가리켰다. 그러고는 건너편에 대
고 소리쳤다. "거기서들 물러나시오." 그러자 세 사람은 즉시 몇
걸음 물러났는데, 두 노인은 더 물러나서 남자 뒤로까지 갔다. 남
자는 널찍한 몸으로 그들을 가려 주고는 입을 놀리는 것으로 보아
무슨 말인가를 하는 것 같은데 먼 거리 때문에 알아들을 수는 없
었다. 하지만 그들은 아주 사라진 것이 아니라 기회를 엿보다가
몰래 다시 창가로 다가올 순간을 기다리는 듯했다. "끈질기고 뻔
뻔스러운 자들이로군!" K는 방 쪽으로 다시 몸을 돌리며 말했다.
K가 곁눈으로 슬쩍 보니 감독관도 그의 말에 동의하는 것 같았다.
그러나 그의 말을 아예 듣고 있지 않았을 수도 있었다. 왜냐하면
그는 한 손을 책상 위에 대고 꾹 누르며 손가락들의 길이를 비교
하고 있는 것처럼 보였기 때문이다. 두 명의 감시인은 장식용 천
으로 덮어 놓은 트렁크 위에 앉아 무릎을 문지르고 있었다. 세 명
의 젊은 사람들은 양손을 허리에 얹은 채 별 목적 없이 사방을 두
리번거리고 있었다. 텅 빈 사무실처럼 조용했다. "자, 여러분!" K
가 외쳤다. 순간 그는 그들 모두를 어깨에 짊어지고 있는 듯한 느
낌이 들었다. "당신들의 모습으로 봐서는 저에 대한 용무가 끝난

것 같군요. 제 생각엔 당신들의 행동이 정당한지 아닌지는 그만 생각하기로 하고 서로 악수를 나누며 일을 원만하게 마무리하는 게 가장 좋을 것 같습니다. 당신들도 저와 같은 생각이시라면 어서……." 그는 그렇게 말하고 감독관의 탁자를 향해 걸어가서 손을 내밀었다. 감독관은 눈을 치켜뜨고 입술을 깨물며 K가 내민 손을 쳐다보았다. K는 감독관이 악수에 응할 것이라고 여전히 믿고 있었다. 그러나 감독관은 일어나서 뷔르스트너 양의 침대 위에 놓여 있는 빳빳한 둥근 모자를 집어 들고는 새 모자를 써 볼 때처럼 두 손으로 조심스럽게 썼다. "당신한테는 모든 게 참 단순하게 여겨지나 보군요!" 모자를 쓰며 그가 K에게 말했다. "일을 원만히 마무리짓자고 하셨나요? 아니, 안 됩니다. 그건 정말 어림도 없는 일입니다. 그렇다고 당신한테 희망을 버리라고 말하고 싶은 마음은 조금도 없습니다. 없지요, 내가 왜 그러겠어요? 당신은 단지 체포되었을 뿐이라는 것, 그 이상은 아무것도 없습니다. 나는 당신에게 그것을 알려야 했기에 그렇게 했고 당신이 그것을 어떻게 받아들였는지도 보았습니다. 오늘은 그것으로 충분하고 우린 이제 헤어져도 됩니다. 물론 잠시 동안이지만요. 당신은 지금 은행에 가고 싶겠지요?" "은행에요?" K가 물었다. "난 내가 체포된 몸인 줄 알았는데." K는 다소 반발하는 말투로 물었다. 비록 그가 청한 악수는 받아들여지지 않았지만, 특히 감독관이 자리에서 일어선 후로는 이 사람들 모두로부터 점점 벗어나는 느낌이 들었기 때문이다. 그는 그들과 장난을 하고 있었다. 이제 그들이 가야 한다고 하면 대문까지 따라 나가서 자기를 체포해 가라고 말할 작정이었다. 그래서 그는 재차 이렇게 말했다. "나는 체포된 몸인데 어떻게 은행에 갈 수 있단 말인가요?" "아, 그런가요." 어느새 문가에 이른 감독관이 말했다. "당신은 내 말을 오해하셨군요. 당신이 체포된 건 분명합니다. 하지만 그 사실이 당신이 직장에 나가 일하는 것을 가로막지는 않을 겁니다. 당신의 평소 생활 방식도 방해를 받지 않을 겁니다." "그렇다면 체포되었다는 게 그리 나쁜 일은 아니군요." K는 그렇게 말하면서 감독관을 향해 가까이 다가갔다. "난 나쁘다고 말한 적 없습니다." 감독관이 말했다. "그렇다면 체포 사실을 알리는 것도 꼭 필요했던 일 같지는 않군요." K는 말하면서 더 가까이 다가갔다. 다른 사람들도 가까이 왔다. 이제 모두가 문가의 좁은 공간에 모이게 되었다. "그건 내 의무였습니다." 감독관이 말했다. "멍청한 의무로군요." K가 지지 않고 말했다. "그럴지도 모르지요." 감독관이 대답했다. "그런데 우리는 이런 이야기로 시간을 허비하고 싶은 마음이 없습니다. 난 당신이 은행에 갈 거라고 생각했지요. 당신은 모든 말에 대해 하나하나 신경을 쓰기 때문에 덧붙여 말해 두겠는데, 나는 당신한테 은행에 가라고 강요하는 게 아닙니다. 단지 당신이 은행에 가길 원할 거라고 미루어 짐작했던 것뿐입니다. 그리고 가는 길을 마음 편히 갈 수 있고 은행에 도착해서도 가능한 한 눈에 띄지 않도록 하기 위해 당신의 직장 동료인 이 세 사람을 당신한테 붙여 놓았으니 문제가 생기면 언제든 이들이 당신을 도와 드릴 겁니다." "뭐라고요?" K는 외치면서 세 사람을 놀란 얼굴로 쳐다보았다. 여전히 사진을 구경하던 무리로만 기억 속에 남아 있는 이 특징 없고 창백한 젊은이들은 실제로 그의 은행 직원들이었다. 동료들은 아니었다. 그들을 동료라고 하는 것은 지나친 말이었고 모든 것을 다 알고 있는 것 같았던 감독관의 전지적 능력에 허점이 있음을 드러내는 것이었지만 그들이 은행의 말단 직원임에는 틀림없었다. K가 어떻게 그것을 알아차리지 못하고 지나칠 수 있었을까? 감독관과 감시인들한테 얼마나 정신이 팔려 있었으면 이 세 사람을 알아보지 못했단 말인가! 양손을 흔들거리고 동작이 뻣뻣한 라벤슈타이너, 눈이 쑥 들어간 금발의 쿨리히, 만성적인 근육 과도 신장증으로 인해 보기 흉한 미소를 짓는 카미너.* "안녕들 하시오." 잠시 후 K는 인사말을 건네고는 깍듯이 고개 숙이는 세 사람에게 손을 내밀었다. "여러분들을 전혀 알아보지 못했소. 우리 이제 그럼 직장에 가 볼까요, 네?" 세 사람은 내내 그 말을 기다렸다는 듯 웃으면서 열심히 고개를 끄덕였다. K가 자기 방에 모자를 놔두고 온 것을 깨닫고 안타까워하자 그들은 모두가 그것을 가지러 앞 다투어 달려갔는데, 그것은 적어도 그들이 약간 당황하고 있다는 것을 짐작케 해 주는 것이었다. K는 가만히 서서 열려 있는 두 개의 문을 통해 그들의 뒷모습을 바라보았다. 맨 뒤의 사람은 당연히 무심한 라벤슈타이너였는데, 그는 주법(走法)을 우아한 속보로 바꾸어 달리는 시늉만 할 뿐이었다. 모자를 건네준 사람은 카미너였는데, K는 그의 미소가 의도적인 것이 아니라고, 아니 그는 결코 의도적으로 미소 지을 수 있는 사람이 아니라고 스스로에게 다짐하듯 말해야 했다. 그런데 그것은 은행에서도 수시로 필요한 일이었다. 이어 현관에서는 그루바흐 부인이 문을 열어 주었는데, 그녀는 전혀 죄책감을 느끼지 않는 것 같았다. 그리고 K는 종종 그랬듯이 그녀의 육중한 몸통을 불필요하게 깊숙이 동여맨 앞치마 끈을 내려다보았다. 아래로 내려온 K는 시계를 손에 쥐고 택시를 타기로 결심했다. 이미 30분이나 늦은 시간을 불필요하게 더 지체시키지 않기 위해서였다. 카미너는 차를 불러오기 위해 길모퉁이로 달려갔고 다른 두 사람은 K의 기분을 풀어 주려고 애쓰는 기색이 역력했다. 그때 갑자기 쿨리히가 건너편 집 대문을 가리켰다. 거기엔 바로 그 금발의* 뾰족 수염을 한 키 큰 남자가 나타났다가 자기 몸 전체를 드러낸 것이 순간 당황스러웠던지 벽 쪽으로 물러나 거기에 몸을 기대었다. 두 노인은 아직 계단을 내려오는 중인 것 같았다. K는 쿨리히가 그 남자를 보라고 가리킨 것에 짜증이 났다. K 자신이 이미 먼저 그를 보았을 뿐만 아니라 심지어는 그가 나타나리라 예측까지 했던 것이다. "그쪽은 쳐다보지 말아요!" 그가 내뱉듯이 말했다. 그런 식의 말투가 다 큰 남자들에게 얼마나 어색한 것인지를 미처 깨닫지 못하고 튀어나오는 대로 한 말이었다. 그러나 변명할 필요도 없게 되었다. 마침 자동차가 와서 다들 자리에 앉았고 차가 출발했기 때문이다. 그때 K는 감독관과 감시인들이 떠나는 것을 전혀 깨닫지 못했다는 생각이 났다. 아까는 감독관이 이 세 사람을 못 보도록 가린 셈이었고, 이번에는 이들이 감독관을 가려 못 보게 한 것이었다. 이는 침착성이 떨어진다는 것을 입증하는 것이어서 그는 그러한 면에서 자신을 좀 더 정확히 관찰해야겠다고 마음먹었다. 그러나 그는 또 무심결에 몸을 돌려 혹시나 감독관과 감시인들을 볼 수 있지 않을까 하여

자동차의 뒷좌석 너머로 몸을 굽혔다. 하지만 그는 곧 다시 돌아 앉아 차 한쪽 구석에 편안히 몸을 기대고서 누굴 찾으려는 시도를 아예 포기해 버렸다. 비록 내색은 하지 않았지만 그가 바로 지금 필요로 하는 것은 위로의 말이었을지 모른다. 그런데 이제 동행인 들은 지친 모습이었다. 라벤슈타이너는 차의 오른쪽 창밖을, 쿨리 히는 왼쪽 창밖을 내다보고 있었다. 오직 카미너만 히죽히죽 웃으 며 그의 심중을 헤아리고 있었는데, 그런 웃음을 짓궂게 놀린다는 것은 인정상 차마 할 수 없는 일이었다.

그루바흐 부인과의 대화
이어서 뷔르스트너 양

올봄에 K는 일과 후 아직 가능하다면 — 그는 대개 아홉시까지 사무실에 앉아 있었다 — 혼자서 혹은 아는 사람들과 함께 잠시 산책을 하다가 맥줏집에 들러 저녁 시간을 보내곤 했는데, 그곳에서 그는 단골 자리에 앉아 보통 열한시까지 대체로 나이 많은 사람들과 어울렸다. 그러나 이런 저녁 시간표에 예외가 생길 때도 있었는데, 가령 그의 업무 능력과 성실성을 높이 평가하는 지점장으로부터 함께 드라이브를 하자거나 그의 별장에서 저녁 식사를 하자는 청을 받을 때였다. 그 외에 K는 일주일에 한 번 엘자라는 여자에게 갔는데, 그녀는 밤 시간 동안엔 늦은 아침까지 술집에서 여급으로 일했고 낮 시간에 찾아가면 항상 침대에서 일어나 맞아주곤 했다.

그러나 오늘 저녁에 — 낮 시간은 고된 업무를 보는 가운데 깍듯하고 정겨운 생일 축하 인사를 수도 없이 받느라 빠르게 지나갔다 — K는 곧장 집에 가려고 했다. 낮에 일을 하다 잠깐씩 쉴 틈이

날 때마다 그는 그 일을 생각했었다. 이런 생각이 무얼 말하는 건지 정확히 알 수 없었지만, 그에게는 그루바흐 부인의 집 전체가 아침의 사건들로 인해 커다란 혼란에 빠져 있으며 다시 질서를 회복하기 위해서는 자기가 꼭 필요할 것 같은 생각이 들었다. 일단 질서가 회복되면 사건의 흔적은 말끔히 사라질 것이고 모든 것이 다시 본래의 상태로 돌아가리라. 특히 그 세 명의 직원들에 대해서는 조금도 두려워할 필요가 없었다. 그들은 다시 은행의 거대한 조직 속에 파묻혔으며 그들에게선 어떠한 변화도 느낄 수 없었다. K는 이따금 그들을 한 사람씩 또는 한꺼번에 자기 사무실로 불러보았는데, 이는 오직 그들의 태도를 살펴보기 위한 목적에서였다. 그때마다 그는 그들을 안심하고 돌려보낼 수 있었다.

저녁 아홉시 반에 그가 살고 있는 집 앞에 도착했을 때 그는 건물 입구에서 한 청년과 마주쳤다. 청년은 다리를 떡 벌리고 서서 파이프 담배를 피우고 있었다. "누구시지요?" K가 즉시 물었다. 그러고는 얼굴을 청년에게로 가까이 가져갔지만 통로가 어둑어둑해서 잘 보이지 않았다. "저는 건물 관리인의 아들인데요, 아저씨." 청년이 대답하며 파이프를 입에서 빼내고는 옆으로 물러섰다. "건물 관리인의 아들이라고?" K가 물으며 지팡이로 조급하게 바닥을 두드렸다. "아저씨, 무슨 볼일이 있으신가요? 제가 아버지를 모셔 올까요?" "아니, 아니야." K가 말했다. 그의 목소리에는 마치 청년이 무슨 나쁜 짓을 했지만 자기가 용서해 준다는 듯한 말투가 섞여 있었다. "괜찮아." 그는 그렇게 말하고는 지나쳤는데 계단을 오르기 전에 다시 한 번 돌아보았다.

그는 곧장 자기 방으로 갈 수도 있었지만 그루바흐 부인과 이야기를 나누고 싶어서 바로 그녀의 방문을 두드렸다. 그녀는 양말을 뜨개질하면서 식탁에 앉아 있었는데 식탁 위에는 낡은 양말들이 수북이 쌓여 있었다. K는 허둥거리며 이렇게 늦게 찾아와서 죄송하다는 말을 했지만, 그루바흐 부인은 매우 친절해서 그런 말은 아예 들으려 하지 않고, 그가 원한다면 자기와는 언제든 이야기를 나눌 수 있고, K야말로 자기가 가장 좋아하는 최고의 하숙인이라는 것을 그도 잘 알고 있지 않느냐고 말했다. K가 방 안을 둘러보았더니 다시 완전히 예전 상태로 돌아와 있었다. 아침에 창가 작은 탁자 위에 놓여 있던 아침 식사 그릇들도 이미 싹 치워 놓았다. '여자의 손이란 조용히 많은 것을 해치우는구나' 하고 그는 생각했다. '내 맘 같아서는 그 그릇들을 그 자리에서 부숴 버렸을망정 절대 가지고 나가지는 않았으리라.' 그는 그루바흐 부인을 다소 고마운 마음으로 바라보았다. "왜 이렇게 늦게까지 일을 하시나요?" 그가 물었다. 이제는 두 사람 다 식탁에 앉아 있었고, K는 때때로 양말들 속에다 손을 집어넣곤 했다. "일이 많아요." 그녀가 말했다. "낮에는 하숙인들한테 매여 있어야 하니까 내 일을 돌보려면 저녁 시간밖에 없어요." "게다가 오늘 제가 너무 큰 일거리를 하나 더 안겨 드렸지요?" "무슨 말씀이신가요?" 그녀는 약간 상기된 얼굴로 물었고, 일감은 무릎 위로 내려져 있었다. "제 말은 오늘 아침 여기에 왔던 남자들 있잖아요." "아, 그 일요." 그녀는 그렇게 말하면서 다시 안정을 되찾았다. "별로 특별한 일은 아니었어요." K는 그녀가 다시 양말 뜨개질감을 손에 잡는 모습을 말없이 지켜보았다. 그러면서 생각했다. '이 여자는 내가 그 일에 대해 이야기하는 것을 의아해하는 것 같은데. 내가 그 이야기를 하는 게 옳지 않다고 여기는 것 같군. 그럴수록 더 그 이야기를 하는 것이 중요하지. 그 이야기를 같이할 수 있는 사람은 나이 든 여자뿐이야.' "아닙니다. 분명 폐를 끼쳐 드렸어요." 그가 말했다. "하지만 다시는 그런 일이 없을 겁니다." "그럼요, 다시는 그런 일이 없으셔야죠." 그녀가 힘주어 말했다. 그러고는 K에게 안쓰러워하는 미소를 지어 보였다. "진심으로 하시는 말씀인가요?" K가 물었다. "그럼요." 그녀가 목소리를 더 낮추어 말했다. "하지만 무엇보다도 그 일을 너무 심각하게 받아들여서는 안 돼요. 세상에는 별의별 일이 다 일어나잖아요! K씨, 저와 이렇게 허물없이 이야기를 하시니 저도 당신께 고백하건대, 저는 문 뒤에서 조금 엿들었고 두 감시인들이 저한테 약간 이야기해 준 것도 있어요. 당신의 운명에 관한 일이지요. 그리고 그건 정말이지, 제 마음이 쓰이는 일이에요. 어쩌면 제 분수 이상으로 마음을 쓰고 있는지도 모르겠어요. 저야 하숙집 주인일 뿐이니까요. 그런데 제가 약간 들은 게 있다고는 했지만 그게 특별히 안 좋은 것이었다고 말할 수는 없어요. 그런 게 아니었어요. 당신이 체포되었다곤 해도 도둑처럼 체포된 것은 아니잖아요. 도둑처럼 체포되는 것은 나쁜 일이지만 이런 체포는…… 어딘지 학문적인 것처럼 여겨져요. 제가 어리석은 말을 한다면 용서하세요. 그것은 제가 잘 모르고 사람들도 꼭 알아야 할 필요가 없는, 무언가 학문적인 것 같다는 생각이 들어요."

"부인께서 말씀하신 것은 전혀 어리석은 게 아닙니다, 그루바흐 부인. 적어도 부분적으로는 저도 부인과 같은 생각입니다. 다만 저는 일 전체를 부인보다 더 예리하게 판단하고 있지요. 그래서 이 일을 그냥 어떤 학문적인 것이라고는 보지 않고 전혀 아무것도 아닌 것이라고 봅니다. 저는 기습을 당한 겁니다. 바로 그것이었어요. 만일 제가 잠에서 깨어난 후 안나가 오지 않는 것에 동요되지 않고 곧바로 일어나 나를 가로막는 사람 따위엔 개의치 않고 부인에게 갔더라면, 그래서 이번만은 예외적으로 가령 부엌에서 아침 식사를 했더라면, 그리고 부인한테 제 방에서 옷가지를 좀 가져다 달라고 부탁했더라면, 요컨대 제가 이성적으로 행동했더라면, 더 이상 아무 일도 일어나지 않았을 것이고 생겨나려 했던 모든 일이 사전에 제압되었을 겁니다. 하지만 저로서는 거의 아무런 준비도 되어 있지 않았어요. 예컨대 은행에서라면 준비가 되어 있지요. 따라서 거기서는 도저히 그와 같은 일이 저한테 일어날수 없을 겁니다. 그곳엔 제가 부리는 사환이 있고, 일반 전화와 구내전화가 제 책상 위에 놓여 있으며, 끊임없이 고객들과 직원들이 찾아옵니다. 게다가, 아니 무엇보다도 거기서는 항상 일과 연관을 맺고 있어서 정신을 차리고 있다는 점입니다. 만일 그곳에서 오늘 아침과 같은 일을 마주친다면 그건 저한테 오히려 즐거운 일이 될 겁니다. 그런데 이젠 다 지나간 일이므로 사실 저는 그 일에 대해 더 이상 이야기하고 싶지 않았습니다. 다만 부인의 판단을, 사리에 밝은 여자 분의 판단을 듣고 싶었을 뿐인데, 우리가 이 일에 관해 서로 생각이 일치하고 있어서 여간 기쁘지 않습니다. 이제 저에게 손을 내밀어 주세요. 이러한 생각의 일치는 악수를 통해 더욱 단단해지는 법이니까요."

'이 여자가 과연 나와 악수를 할까? 감독관은 나와 악수하지 않았는데.' 그는 이렇게 생각하며 조금 전과는 달리 부인을 꼼꼼히 살펴보았다. 그가 일어났기 때문에 그녀도 일어섰다. K가 말한 것을 모두 다 이해하진 못했기 때문에 그녀는 약간 당황하고 있었다. 당황스러운 나머지 그녀는 전혀 마음에도 없는, 그리고 그 상황에 전혀 어울리지도 않는 말을 했다. "K씨, 일을 너무 어렵게 생각하지 마세요." 그녀는 그렇게 말했는데 목소리엔 울음이 섞여 있었고 악수하는 것은 물론 잊고 있었다. "저는 일을 어렵게 생각한다고 보지 않는데요." K가 말했다. 그러고는 갑자기 피곤해졌고 그녀의 동의 따위는 모두 무가치하다는 것을 깨달았다.

문가에서 그는 또 물었다. "뷔르스트너 양은 집에 있나요?" "없어요." 그루바흐 부인이 말했다. 그러고는 이 무미건조한 대답에 대해 뒤늦게나마 기대에 부응하는 관심을 표하며 빙긋이 웃었다. "그녀는 극장에 갔어요. 그녀에게 무슨 볼일이라도 있으세요? 제가 말씀을 전해 드릴까요?" "아, 그녀와 그저 몇 마디 이야기를 나눌까 해서요." "안됐지만 언제 돌아올지 모르겠어요. 극장에 가면 대개 늦게 돌아와요." "그건 전혀 상관없어요." K는 그렇게 말하고는 숙였던 머리를 어느새 문 쪽으로 돌리면서 나가려고 했다. "제가 오늘 그녀의 방을 사용한 일에 대해 그저 사과를 드리고 싶었을 뿐입니다." "그럴 필요 없어요, K씨. 정말 세심하시네요. 그 아가씨는 아무것도 몰라요. 아침 일찍 나가서 아직 집에 돌아오지도 않은 데다, 방은 이미 다 정리되어 있으니까요. 직접 보세요."
그러면서 그녀는 뷔르스트너 양의 방문을 열었다. "고맙습니다.
그렇겠군요." K가 말했다. 그러고는 열린 문을 향해 다가갔다. 달
빛이 어두운 방 안을 고요히 비추고 있었다. 눈에 보이는 것은 실
제로 모든 것이 제자리에 있었다. 블라우스도 이제는 더 이상 창문
손잡이에 걸려 있지 않았다. 침대 속의 베개가 눈에 띄게 높이 솟
아 있는 듯 보였고 그 일부는 달빛을 받고 있었다. "이 아가씨는
집에 늦게 올 때가 많더군요." K는 말하면서 그 책임이 그루바흐
부인에게 있다는 듯 그녀를 쳐다보았다. "젊은 사람들이 뭐 그렇
지요!" 그루바흐 부인이 변명하듯 말했다. "그럼요, 그렇지요." K
가 말했다. "하지만 너무 지나칠 수 있어요." "그럴 수 있지요." 그
루바흐 부인이 말했다. "그 말씀 정말 맞아요, K씨. 어쩌면 이 아
가씨 경우에도 그럴 거예요. 물론 제가 뷔르스트너 양을 비방하려
는 건 아니에요. 그녀는 착하고 귀여운 처녀지요. 친절하고, 단정
하고, 기일 잘 지키고, 부지런하지요. 그 모든 면을 높이 평가하고
있어요. 하지만 한 가지 부정할 수 없는 것은 그녀가 자신을 더 중
히 여기고 더 조신하게 처신해야 한다는 거예요. 이번 달에 벌써
두 번이나 그녀를 외진 거리에서 본 적이 있는데 그때마다 다른 남
자와 있었어요. 정말 곤혹스러운 일이에요. 이 얘기는, 하늘에 대
고 맹세코, K씨 당신에게만 말씀드리는 겁니다. 하지만 언젠가는
아가씨 본인하고도 이 일에 대해 이야기하지 않을 수 없을 거예요.
그런데 그녀에게 의심스러운 점은 그 일만이 아니에요." "아주 빗
나간 말씀을 하시는군요." K가 화를 내며 말했다. 그 감정을 거의

숨길 수가 없었다. "덧붙여 말씀드리자면, 부인께서는 아가씨에 대한 제 말을 오해하신 게 분명합니다. 그런 뜻으로 말한 게 아니었어요. 그리고 또 한마디 일러두겠는데, 아가씨한테 아무 얘기나 함부로 하지 마세요. 부인께서는 전적으로 착각하고 계신 겁니다. 저는 아가씨를 매우 잘 알고 있어요. 부인께서 하신 말씀은 전혀 맞지 않아요. 아니, 어쩌면 제가 너무 심한 말씀을 드리는 건지도 모르겠군요. 부인을 막지는 않겠습니다. 그녀에게 하고 싶은 말씀이 있으면 하세요. 안녕히 주무세요." "K씨!" 그루바흐 부인이 애원하듯 말하며 K가 이미 열어 놓았던 그의 방문까지 급히 뒤따라왔다. "아직은 아가씨와 아무 말도 하고 싶지 않아요. 물론 그러기 전에 그녀를 더 지켜볼 생각입니다. 제가 알고 있는 것을 당신에게만 털어놓은 거예요. 결국 하숙집을 정결하게 유지하려면 하숙인 누구나 염두에 두어야 하니까요. 제가 하려는 노력도 바로 그것이랍니다." "정결이라고요!" K가 문틈으로 소리쳤다. "하숙집을 정결하게 유지하시려면 먼저 저부터 내보내셔야 할 겁니다." 그러고 나서 그는 문을 쾅 닫았고, 살며시 똑똑 두드리는 노크 소리에도 더 이상 알은체하지 않았다.

그런데 그는 전혀 잠을 잘 기분이 아니어서 이번 기회에 뷔르스트너 양이 언제쯤 돌아오나 확인도 할 겸 계속 깨어 있기로 결심했다. 그러다 보면 비록 시간이 안 좋긴 하지만 그녀와 몇 마디 이야기를 나누는 일도 어쩌면 가능할지 모를 일이었다. 그는 창틀에 엎드려 피곤한 두 눈을 꾹 누르는 순간, 그루바흐 부인을 혼내 준 다음 뷔르스트너 양을 잘 설득해 함께 이 집을 나가 버릴까 하는 생각까지 떠올랐다. 그러나 금방 그것은 너무도 지나친 짓으로 여겨졌고, 결국 자기가 아침에 있었던 일 때문에 집을 옮기려는 생각을 하고 있는 게 아닌가 하는 의심까지 들었다. 이보다 더 어리석고 또 무모하고 경멸스러운 일은 없으리라.

텅 빈 거리를 내다보는 일에 싫증이 나자 그는 현관 쪽 방문을 조금 열어 놓은 다음 소파 위에 누웠는데, 그것은 집에 들어오는 사람이면 누구든 소파에서 바로 볼 수 있기 위한 것이었다. 대략 열한시까지는 시가를 피우며 소파 위에 조용히 누워 있었다. 그러나 그 후로는 더 이상 견디지 못하고 현관 가까이로 나가 보았다. 그렇게 하면 혹시나 뷔르스트너 양의 귀가를 앞당길 수 있지 않을까도 생각되었다. 그는 특별히 그녀를 만나고 싶은 마음이 있는 것도 아니었고, 그녀가 어떻게 생겼는지조차도 제대로 기억할 수 없었다. 그러나 지금은 그녀와 이야기를 나누고 싶었고 그녀가 늦게 옴으로 해서 이날의 마지막이 불안과 혼란으로 물들게 될 것에 자못 흥분이 되었다. 오늘 그가 저녁을 먹지 않은 것도, 엘자를 찾아가려던 계획을 포기한 것도 그녀 탓으로 여겨졌다. 물론 지금이라도 엘자가 일하는 술집에 간다면 두 가지 다 만회할 수 있었다. 그는 뷔르스트너 양과 이야기를 하고 난 뒤에 늦게라도 그렇게 할 생각이었다.

열한시 반이 지났을 때 층계 쪽에서 인기척이 들렸다. 이런저런 생각에 몰두한 채 현관 앞 통로를 마치 자기 방인 양 저벅거리며 이리저리 걷고 있던 K는 자기 방문 뒤로 달아났다. 들어온 사람은 뷔르스트너 양이었다. 문을 닫으면서 그녀는 한기로 몸을 부르르 떨며 좁은 어깨에 두른 비단 숄을 끌어당겨 오므렸다. 다음 순간 그녀는 틀림없이 자기 방으로 들어갈 텐데, 한밤중에 K가 그리로 같이 따라 들어갈 수는 없는 노릇이었다. 따라서 지금 말을 걸어야 했다. 그러나 불행히도 자기 방의 전등을 켜지 않았기 때문에 그가 이 어두운 방에서 앞으로 걸어 나갔다가는 그녀를 불시에 습격하는 꼴이 될 것이고 적어도 깜짝 놀라게 할 것이 틀림없었다. 어찌해야 좋을지 몰랐지만 지체할 시간이 없었기 때문에 그는 문 틈으로 속삭이듯 말했다. "뷔르스트너 양." 그것은 부르는 것이 아니라 부탁하는 것처럼 들렸다. "거기 누가 있어요?" 뷔르스트너 양이 그렇게 물으면서 휘둥그런 눈으로 주위를 둘러보았다. "접니다." K가 말하면서 앞으로 나섰다. "아, K씨였군요!" 뷔르스트너 양이 미소를 지으면서 말했다. "안녕하세요." 그러고는 그에게 손을 내밀었다. "몇 마디 말씀을 나누고 싶은데, 지금 괜찮으시겠어요?" "지금요?" 뷔르스트너 양이 물었다. "꼭 지금이어야 되나요? 좀 이상하네요, 그렇지 않은가요?" "아홉시부터 아가씨를 기다렸습니다." "글쎄요, 저는 극장에 갔다 왔는데요. 그러니 선생님이 그러신 줄 전혀 몰랐지요." "제가 아가씨한테 말씀드려야 겠다고 마음먹게 된 것은 바로 오늘 벌어진 일 때문입니다." "그러시다면 뭐 저로서는 거절할 이유가 원칙적으로는 없지요. 피곤해서 쓰러질 것 같다는 것 말고는 말이에요. 그럼 잠깐만 제 방에 들어오세요. 우리가 여기서 이야기를 나눈다는 건 절대 안 될 일이에요. 사람들을 모두 깨우게 될 테니까요. 그리고 다른 사람들 때문이 아니라 우리 때문에 그렇게 된다면 저로선 더욱 불쾌한 일이 될 거예요. 제가 방에 불을 켤 때까지 여기서 기다려 주세요. 그런 다음 여기 불을 꺼 주세요." K는 하라는 대로 했다. 하지만 그러고는 뷔르스트너 양이 자기 방에서 나지막한 소리로 들어오라고 거듭 재촉하며 말할 때까지 더 기다렸다. "앉으세요." 그녀는 말하면서 터키식 소파*를 가리켰다. 피곤하다더니 정작 그녀 자신은 침대 기둥에 기댄 채 그대로 서 있었다. 그녀는 모자조차 벗지 않았는데 조그마한 모자엔 넘치도록 많은 꽃들이 장식되어 있었다. "무슨 이야긴데 그러세요? 정말 궁금하네요." 그녀는 살짝 다리를 꼬았다. "아마도 아가씨는" 하고 K가 말하기 시작했다. "이 일이 지금 이야기하지 않으면 안 될 만큼 그렇게 절박한 게 아니라고 말씀하시겠지만……." "전 언제나 서론 같은 건 잘 듣지 않아요." 뷔르스트너 양이 말했다. "그렇게 나오시니 제 마음이 한결 가벼워지는군요." K가 말했다. "아가씨 방이 오늘 아침, 어느 정도는 제 죄로 인해, 좀 어질러졌습니다. 제 뜻과는 무관하게 저도 모르는 사람들에 의해 그렇게 되었습니다만, 말씀드렸듯이 저의 죄로 인해 일어난 일입니다. 그래서 용서를 빌려는 것입니다." "제 방이오?" 하고 뷔르스트너 양이 물으면서 방을 둘러보는 대신 K를 아래위로 훑어보았다. "그렇습니다." K가 말했다. 그러고는 둘 다 이제 처음으로 서로의 눈을 바라보았다. "무슨 일이 어떻게 해서 일어났는지는 말할 만한 게 못 됩니다." "하지만 정말 재미있는 이야기일 것 같은데요." 뷔르스트너 양이 말했다. "아닙니다." K가 말했다. "그렇다면……." 뷔르스트너 양이 말했다. "굳이 비밀을 캐려 하지는 않겠어요. 재미없다고 하시니까 거기에 무슨 토를 달고 싶지도 않습니다. 선생님께서 바라시는 용서는 기꺼이 해 드리겠어요. 딱히 어질러진 흔적 같은 것도 찾을 수 없으니까요." 그녀는 양손을 편 채 허리에 대고 방 안을 한 바퀴 돌아보았다. 사진들이 붙어 있는 매트 옆을 지나다 걸음을 멈추고 그 앞에 우뚝 섰다. "이것 좀 보세요!" 그녀가 외쳤다. "제 사진들이 정말 엉망으로 뒤섞여 버렸군요. 볼썽사나워요. 그러니까 누군가가 허락도 없이 제 방에 들어왔었군요." K는 고개를 끄덕이며 속으로 직원 카미너를 저주했다. 그자는 넘치는 활기를 주체 못하고 괜히 아무거나 만지며 실없이 부산을 떠는 자신의 습성을 결코 누그러뜨리지 못하는 사람이었다. "이상한 일이군요." 뷔르스트너 양이 말했다. "선생님 스스로 알아서 하지 말아야 할 일을 제가 하지 마시라고 애써 일러 드려야 하다니요. 제 말씀은 그러니까 제가 없는 동안 제 방에 들어오신 일을 두고 하는 말이에요." "하지만 아가씨, 제가 분명히 말씀드렸지요." K는 그렇게 말하면서 자신도 사진들 쪽으로 갔다. "사진에 손을 댄 사람은 제가 아니라고요. 그러나 제 말을 믿지 않으시니 고백하지 않을 수 없군요. 심리 위원회 사람들이 세 명의 은행 직원을 데려왔는데 그중 한 사람이, 그자는 다음 기회에 은행에서 내보낼 생각입니다만, 사진을 만진 것 같습니다." "그래요, 심리 위원회가 여기서 열렸어요." 뷔르스트너 양이 묻는 듯한 눈빛으로 그를 쳐다보았기 때문에 K는 덧붙여 말했다. "선생님 때문에요?" 그녀가 물었다. "그렇습니다." K가 대답했다. "그럴 리 없어요!" 그녀는 그렇게 외치면서 웃었다. "정말이에요." K가 말했다. "그럼 제가 무죄라고 믿으시는 건가요?" "글쎄, 무죄라고……." 그녀가 말했다. "아마도 중대한 영향을 미치게 될 판단을 지금 당장 내리고 싶지 않아요. 또 저는 선생님을 모르잖아요. 하지만 즉각 심리 위원회 사람들을 보내 압박하는 걸 보면 중범죄자의 경우임에 틀림없어요. 그런데 선생님은 지금 자유로운 몸이니까—이렇게 태연하신 모습을 보니 적어도 선생님이 감옥을 도망쳐 나온 사람은 아니라는 판단이 들긴 합니다만—그런 범죄를 저지르셨을 리 없어요." "그래요." K가 말했다. "하지만 심리 위원회는 제가 죄가 없거나 짐작했던 것만큼 죄가 그리 크지 않다는 것을 인식했을 수도 있지요." "분명히 그럴 거예요." 뷔르스트너 양은 매우 신중하게 말했다. "그런데 보세요." K가 말했다. "아가씨는 재판 관련 일에 별로 경험이 없겠지요." "네, 없어요." 뷔르스트너 양이 말했다. "그래서 유감스러울 때가 많았어요. 저는 무엇이든 다 알고 싶으니까요. 더구나 재판에 관해서는 굉장히 관심이 많거든요. 재판은 뭔가 독특한 매력이 있어요, 그렇지 않은가요? 저는 그 방면으로 제 지식을 확실하게 완성시켜 나갈 거예요. 다음 달에 제가 변호사 사무실에 사무원으로 들어가게 되어 있거든요." "그거 아주 잘된 일이군요." K가 말했다. "그렇게 되면 제 소송과 관련해 저를 도와주실 수도 있겠군요." "그럴 수 있을 거예요." 뷔르스트너 양이 말했다. "그럼요, 왜 못하겠어요? 저의 지식을 기꺼이 활용해 보겠어요." "저는 진심으로 말씀드리는 겁니다." K가 말했다. "아니면 적어도 아가씨가 그렇게 하시는 것처럼 반쯤은 진심으로 그러는 겁니다. 변호사를 쓰기에는 사건이 너무 사소하니까요. 하지만 조언자가 있다면 저한테는 큰 힘이 될 겁니다." "좋아요. 하지만 제가 조언자가 되려면 무슨 사건인지를 알아야겠지요." 뷔르스트너 양이 말했다. "그게 바로 어려운 점입니다." K가 말했다. "저 자신도 그걸 잘 모르겠으니까요." "그렇다면 저를 놀리신 거군요." 뷔르스트너 양이 너무나 실망스러운 표정으로 말했다. "그러시려고 이렇게 늦은 밤 시간을 택해 찾아오시다니, 그야말로 어이가 없군요." 그녀는 그들이 그동안 한 덩어리가 되어 나란히 서 있던 사진들 앞에서 물러났다. "그런 게 아닙니다, 아가씨." K가 말했다. "저는 농담을 하는 게 아닙니다. 제 말을 믿지 못하시겠다는 거군요! 제가 알고 있는 건 이미 다 말씀드렸습니다. 심지어는 제가 알고 있는 것 이상으로까지 말씀드렸지요. 왜냐하면 그건 결코 심리 위원회가 아니었으니까요. 제가 그걸 그렇게 부르는 것은 그에 대한 다른 마땅한 이름을 모르기 때문입니다. 아무런 심리도 행해지지 않았어요. 저는 다만 체포되었을 뿐입니다. 무슨 위원회 같은 것에 의해서 말이에요." 뷔르스트너 양은 터키식 소파에 앉아 다시 웃었다. "대체 어떤 일이 있었나요?" 그녀가 물었다. "끔찍한 일이었습니다." K가 말했다. 그러나 그는 지금 그 일을 생각하는 대신 뷔르스트너 양의 모습에 흠뻑 사로잡혀 있었다. 그녀는 얼굴을 한 손으로 받치고서 — 팔꿈치는 소파의 쿠션 위에 놓여 있었다 — 다른 한 손으로는 천천히 허리 부분을 쓰다듬고 있었다. "그건 너무 막연해요." 뷔르스트너 양이 말했다. "무엇이 너무 막연하다는 건가요?" K가 물었다. 그러고는 기억을 떠올리며 물었다. "어떤 일이 있었는지 보여 달라는 말씀이신가요?" 그는 움직이려 했지만 떠나가려는 것은 아니었다. "이젠 정말 피곤해요." 뷔르스트너 양이 말했다. "아가씨가 너무 늦게 오셨어요." K가 말했다. "결국엔 제가 핀잔을 다 듣는군요. 그럴 만도 하지요. 선생님을 들어오시게 하는 게 아니었는데 말이에요. 보다시피 그럴 필요도 없었어요." "아니, 필요가 있었습니다. 이제 곧 보시게 될 겁니다." K가 말했다. "저 협탁을 아가씨 침대에서 이리로 끌어다 놓아도 될까요?" "무슨 생각을 하시는 거예요?" 뷔르스트너 양이 말했다. "물론 그래서는 안 돼요." "그러면 보여 드릴 수가 없습니다." 그녀의 말에 엄청난 손해라도 입은 듯 K가 흥분해서 말했다. "좋아요. 보여 주시는 데 필요하다면 협탁을 좋으실 대로 옮겨 놓으세요." 뷔르스트너 양이 말했다. 그러고는 잠시 후 더 힘 빠진 목소리로 덧붙여 말했다. "저는 너무 피곤해서 필요 이상으로 허락해 드리는 거예요." K는 협탁을 방 한가운데에다 가져다 놓고는 그 뒤에 앉았다. "인물들의 배치를 잘 떠올리셔야 합니다. 아주 재미있어요. 제가 감독관이고, 저기 트렁크 위에 두 명의 감시인이 앉아 있고, 사진 가까이에는 세 명의 젊은이가 서 있습니다. 창문 손잡이에는, 이건 그냥 곁들여 말해 두는 것에 불과합니다만, 흰 블라우스가 걸려 있습니다. 그리고 이제 시작됩니다. 아, 저를 빠뜨렸군요. 가장 중요한 인물이라 할 저는 여기 협탁 앞에 서 있습니다. 감독관은 아주 편안한 자세로 앉아 있습니다. 두 다리를 포개고 팔은 이렇게 등받이 너머로 축 늘어뜨린 채 말이에요. 그야말로 무례하기 짝이 없는 자입니다. 그러면 이제 정말 시작됩니다. 감독관이 저를 잠에서 깨워야 하는 사람처럼 외칩니다. 아니, 소리를 질러

댑니다. 아가씨가 제대로 이해하실 수 있게 하려면 저도 어쩔 수 없이 소리를 질러야 합니다. 그런데 그자가 그렇게 소리 지르며 말하는 것은 바로 제 이름뿐입니다." 웃으면서 듣고 있던 뷔르스트너 양은 K가 소리 지르는 것을 막으려고 집게손가락을 입에 갖다 댔지만 이미 때가 늦었다. 역할에 너무 몰두해 있던 K는 천천히 외쳤다. "요제프 K!" 그런데 그것은 그가 겁을 주며 말했던 것만큼 그렇게 큰 소리가 아니었다. 그러나 그 외침은 갑자기 입 밖으로 튀어나온 후 점차 방 안으로 퍼져 나가는 것처럼 보였다.

그때 옆방 쪽 문에서 누군가 노크를 하는 소리가 몇 차례 났다. 강하고 짧고 규칙적인 소리였다. 뷔르스트너 양은 얼굴이 하얘지면서 가슴에 손을 댔다. K가 잠시 동안 머릿속에 떠올릴 수 있는 것은 오직 오늘 아침의 사건과 자기가 그것을 재현해 보여 주고 있는 이 아가씨뿐이었기 때문에 그는 더욱 크게 놀랐다. 마음이 진정되자 그는 뷔르스트너 양에게 달려들어 그녀의 손을 잡았다. "겁낼 것 없어요." 그가 속삭였다. "제가 다 처리하겠습니다. 그런데 누굴까요? 이 옆방은 거실일 뿐이고 거기선 아무도 자는 사람이 없는데 말이에요." "그렇지 않아요." 뷔르스트너 양이 K의 귀에 대고 속삭였다. "어제부터 거기서 그루바흐 부인의 조카가 자고 있어요. 대위예요. 마침 거기 말곤 빈방이 없다는 거예요. 저도 깜빡했어요. 꼭 그렇게 소리를 질러야 했나요! 그 때문에 제가 난처해졌잖아요." "그럴 이유는 전혀 없어요." K가 말했다. 그러고는 그녀가 쿠션에 몸을 누이자 그녀의 이마에 키스를 했다. "저리 가요, 저리 가!" 그녀는 말하면서 급히 다시 몸을 일으켰다. "어서

가세요, 어서. 뭘 하시려는 거예요. 저 사람이 문가에서 엿듣고 있잖아요. 다 듣고 있단 말이에요. 저를 어지간히도 괴롭히시는군요!" "아가씨가 좀 진정될 때까지는……." K가 말했다. "가지 않겠습니다. 방 저쪽 구석으로 가세요. 거기라면 우리 말을 못 들을 겁니다." 그녀는 그쪽으로 이끌려 갔다. "잘 생각해 보세요." K가 말했다. "이런 일이 아가씨한테 불쾌한 일이기는 하지만 결코 위험한 일은 아닐 겁니다. 아시겠지만 이 일에서 결정권을 쥐고 있는 사람은 그루바흐 부인인데, 더구나 저기 대위라는 자가 그 부인의 조카라니 더욱 그렇습니다만, 부인은 저를 여간 존경하는 게 아니고 제가 하는 말이면 무엇이든 무조건 믿는답니다. 게다가 그 부인은 제게 신세도 지고 있어요. 저한테서 목돈을 빌려 간 일이 있거든요. 우리가 여기 함께 있는 것에 대해 해명하는 일에 관해서는 아가씨께서 어떤 제안을 하시든 그것이 약간이라도 이치에 맞으면 그 제안을 받아들이겠습니다. 그리고 제가 보증하건대, 저는 그루바흐 부인의 마음을 움직여 아가씨가 하시는 해명의 말을 그녀가 남들 앞에서만이 아니라 정말 진심으로 믿게 할 자신이 있습니다. 그때 아가씨께서는 조금도 저를 생각해 주실 필요가 없습니다. 제가 아가씨한테 달려들었다고 소문을 내고 싶으시다면 그 말은 그루바흐 부인한테 그대로 전해지게 될 것입니다. 그러면 부인은 그대로 믿을 테지만, 그렇다고 저에 대한 신뢰를 저버리지는 않을 겁니다. 그만큼 부인은 저한테 의존하고 있거든요." 뷔르스트너 양은 기진하여 몸이 약간 늘어진 채 조용히 자기 앞의 방바닥을 내려다보고 있었다. "제가 아가씨한테 달려들었다는 말을 그루바흐 부인이 왜 믿지 못하겠어요?" K가 덧붙여 말했다. 그의 눈앞에 그녀의 머리털이 보였다. 가르마를 타고, 살짝 부풀게 해서 꼭 동여맨 불그스레한 머리털이었다. 그는 그녀가 자기에게 시선을 돌릴 거라고 생각했으나, 그녀는 자세를 바꾸지 않고 말했다. "용서하세요. 제가 놀란 것은 갑작스러운 노크 소리 때문이었지, 대위가 있음으로 해서 벌어질 수 있는 일들 때문이 아니에요. 선생님께서 소리를 지르신 후 정적이 감돌았는데 바로 그때 노크 소리가 들렸던 거예요. 그래서 제가 그렇게 놀란 거예요. 게다가 저는 문 가까이 앉아 있었기 때문에 바로 옆에서 노크하는 것 같았어요. 선생님의 제안은 감사하지만 받아들이지는 않겠어요. 제 방에서 일어나는 일에 대해서는 모두 제가 책임질 수 있어요. 그 누구에 대해서도 말이에요. 선생님의 제안 속엔 저한테 얼마나 모욕스러운 내용이 들어 있는지 모르는데 그걸 깨닫지 못하시다니 이상하네요. 물론 거기에는 좋은 의도가 더 많이 들어 있다는 걸 저도 분명히 인정합니다. 하지만 이젠 가세요. 절 혼자 있게 내버려 두세요. 조금 전보다 지금 더 절실히 혼자 있고 싶어요. 몇 분이면 된다고 하신 게 이제 반 시간도 더 되었어요." K는 그녀의 손을 잡았고 다음은 손목을 붙잡았다. "그런데 저한테 화가 나신 건 아니지요?" 그가 말했다. 그녀가 그의 손을 뿌리치며 대답했다. "아녜요, 그렇지 않아요. 저는 절대로 누구한테도 화를 내지 않아요." 그는 다시 그녀의 손목을 잡았다. 그녀가 이번엔 그대로 잡게 놔두고는 그런 상태로 그를 문 쪽으로 데리고 갔다. 그는 돌아가기로 굳게 마음먹었다. 그러나 막상 문 앞에 서자 그는 이런 곳에 문이 있으리라곤 예상치 못했다는 듯 걸음을 멈추었다. 뷔르스트너 양은 그 순간을 틈타 몸을 빼낸 다음 문을 열고 현관 복도로 슬며시 나가더니 그곳에서 나지막한 소리로 K에게 말했다. "자, 어서 나오세요. 저기 좀 보세요." 그녀는 대위의 방문을 가리켰고, 그 아래로 불빛이 새어 나오고 있었다. "불을 켜놓고 우리 얘기를 즐기고 있어요." "자, 나갑니다" 하고 K는 말하면서 달려오더니 그녀를 붙잡고는 입에 키스를 했다. 그러고는 목마른 짐승이 마침내 발견한 샘물을 마구 혀로 핥아 대듯이 온 얼굴에 키스를 퍼부었다. 마지막에는 후두가 있는 목 부분에 키스를 했는데 그곳에 오래도록 입술을 대고 있었다. 대위의 방에서 무슨 소리가 나자 그는 얼굴을 들었다. "이젠 가겠습니다" 하고 그는 말하면서 뷔르스트너 양을 세례명으로 부르고 싶었지만 그 이름을 몰랐다. 그녀는 피곤한 모습으로 고개를 끄덕이고는 이미 반쯤 몸을 돌린 채 그에게 키스하도록 손을 내주었다. 마치 자기가 그렇게 한 걸 모르는 듯한 자세였다. 그러고는 몸을 구부린 채 자기 방으로 들어갔다. 곧이어 K는 자기 침대에 누웠다. 그러고는 금방 잠이 들었다. 잠들기 전, 잠시 자신의 행동에 대해 곰곰이 생각해 보았는데 그는 만족스러웠다. 그러나 보다 더 만족스럽지 못한 것이 이상하게 여겨졌다. 그놈의 대위 때문에 뷔르스트너 양이 진정 염려스러웠던 것이다.

첫 심리

K는 다음 일요일에 그의 사건에 대해 간단한 심리가 열릴 것이라는 전화 통보를 받았다. 앞으로 이런 심리가 정기적으로 열리게 되는데 아마 매주는 아니어도 간격이 더욱 짧아질 것이니 유념하라고 했다. 한편으로 소송을 빨리 끝내는 것이 모두의 일반적인 관심사이긴 하지만, 다른 한편으로 심리는 모든 면에서 철저해야 하는데 그에 수반되는 노력이 크기 때문에 너무 오래 걸려서는 안 된다는 것이었다. 그렇기 때문에 잦은 간격으로 빠르게 이어지지만 짧은 시간에 진행되는 심리의 방법을 택한 것이라고 했다. 일요일을 심리일로 정한 것은 K의 직장 일을 방해하지 않기 위해 임의로 내린 결정이라는 것이다. 그가 동의할 것이라고 가정하지만 만일 다른 날을 원한다면 가급적 그의 요구를 받아들일 것이라고 했다. 가령 심리는 밤에도 할 수 있지만 그땐 아마도 K의 정신이 그리 맑지 못할 것이라고도 했다. 어쨌든 K가 아무런 이의를 제기하지 않는 한 일요일로 해 두겠다는 것이었다. 그가 어김없이 출

두해야 하는 것은 자명한 일이며, 그 점에 대해서는 유의하라는 말조차 할 필요가 없을 것이라고 했다. 그러곤 출두해야 할 건물 주소를 그에게 일러 주었다. K가 아직 한 번도 가 본 적이 없는 교외의 외딴 거리에 있는 건물이었다.

이런 통보를 받고서 K는 대답도 없이 수화기를 내려놓았다. 그러고는 일요일에 가기로 그 자리에서 결심했다. 가지 않을 수 없는 일임이 분명했고, 소송이 시작되었으니 일단 거기에 대응해야 했다. 이번 첫 심리가 곧 마지막 심리가 되도록 해야겠다고 다짐했다. 그는 아직 생각에 잠겨 전화기 옆에 서 있었는데, 그때 등 뒤에서 부지점장의 목소리가 들렸다. 전화를 걸려고 하는데 K가 길을 막고 있었던 것이다. "안 좋은 소식인가요?" 부지점장이 별생각 없이 물었다. 무슨 대답을 듣기 위해서가 아니라 K를 전화기에서 물러나게 하려고 던진 질문이었다. "아니요, 아닙니다." K는 말하면서 옆으로 비켜섰지만 그 자리를 떠나지는 않았다. 부지점장이 수화기를 들고 전화가 연결되기를 기다리는 동안 수화기 너머로 말했다. "K씨, 한 가지 물어볼 게 있어요. 일요일 아침에 내 요트를 타고 뱃놀이를 하려고 하는데 함께해 주실 수 있겠소? 상당히 큰 모임이 될 겁니다. 물론 K씨가 아는 분들도 오시지요. 특히 하스테러 검사도 참석할 겁니다. 오시겠소? 꼭 와 주시오!" K는 부지점장이 하는 말에 주의를 기울이려고 했다. 부지점장의 말은 그에게 중요한 의미를 갖는 것이었다. 이제껏 관계가 썩 좋은 적이 없었던 부지점장의 이런 초대는 그쪽 편에서의 화해 시도를 의미하는 것이었기 때문이다. 그것은 또한 K가 은행 내에서 얼마나 중요한 인물이 되었는지, 그리고 은행에서 두 번째로 높은 지위에 있는 부지점장에게는 K와의 친분이나 아니면 적어도 그의 중립적인 태도가 얼마나 소중한 것으로 여겨지는지를 보여 준 것이었다. 이 초대는 전화 연결을 기다리면서 수화기 너머로 한 말이긴 하지만 부지점장이 스스로 자존심을 접고서 한 것이었다. 그러나 K는 한 번 더 그의 자존심을 꺾는 말을 하지 않을 수 없었다. 그는 이렇게 말했다. "감사합니다! 하지만 유감스럽게도 일요일엔 시간이 없습니다. 이미 선약이 있어서요." "유감이오." 부지점장이 말했다. 그러고는 마침 연결된 전화 통화에 열중하기 시작했다. 짧은 통화가 아니었지만 K는 멍한 모습으로 내내 전화기 옆에 가만히 서 있었다. 부지점장이 통화를 끝내고서야 그는 깜짝 놀라면서 자기가 쓸데없이 거기에 서 있는 것을 조금이라도 변명하기 위해 말했다. "저한테 어딘가로 와 달라는 전화를 받았는데 어느 시간에 오라는 건지를 잊어버리고 말해 주지 않았어요." "그럼 다시 물어보지 그래요." 부지점장이 말했다. "별로 대수로운 건 아닙니다." K는 그렇게 말함으로써 그 자체만으로도 허약했던 앞서의 변명을 더욱 허약하게 만들고 말았다. 부지점장은 그 자리를 떠나면서 다른 일들에 대해 더 말했다. K는 마지못해 답변을 하긴 했지만, 머릿속으로는 일요일 오전 아홉시에 거기로 가는 게 가장 좋겠다는 생각을 주로 했다. 평일에도 모든 법원이 바로 그 시간에 일을 시작했기 때문이다.

일요일은 흐린 날이었다. K는 단골 술자리에 참석하느라 밤늦게까지 술집에 있었기 때문에 몹시 피곤했고 하마터면 늦잠을 잘 뻔했다. 곰곰이 생각해 볼 만한 여유도, 주중에 생각해 낸 여러 가지 계획들을 짜맞추어 볼 시간도 없이 그는 서둘러 옷을 입고는 아침 식사도 거른 채 일러 준 교외로 달려갔다. 주위를 살펴볼 여유가 거의 없었지만 기이하게도 그는 이 사건에 관여하고 있는 세 명의 직원 라벤슈타이너, 쿨리히, 카미너와 마주쳤다. 앞의 두 사람은 전차를 타고 K의 길을 가로질러 지나간 반면, 카미너는 어느 카페의 테라스에 앉아 있다가 K가 지나가는 순간 호기심에 찬 얼굴을 하고 난간 너머로 몸을 내밀었다. 세 사람은 모두 그의 뒷모습을 유심히 바라보며 자신들의 상사가 이렇게 달려가듯 걸어가고 있는 것을 의아하게 생각했다. K가 차를 타지 않은 것은 일종의 오기 때문이었다. 그는 자신의 이 사건으로 그 누구의 도움도 받기가 싫어 아무리 사소한 도움조차 거부했던 것이다. 또한 그는 부탁을 한다든가 해서 누군가를 조금이라도 이 일에 끌어들이고 싶지 않았다. 그리고 시간을 너무 정확히 엄수함으로써 심리 위원회 앞에서 자신이 값싸게 보이고 싶은 마음도 전혀 없었다. 하지만 정해진 시간에 출두해야 하는 것도 아니었는데 그가 지금 서둘러 걷고 있는 것은 되도록이면 아홉시에 도착하기 위한 것뿐이었다.

그는 스스로가 그저 막연히 상상해 본 어떤 표시라든가 아니면 입구 앞에서의 어떤 특별한 움직임 같은 것을 보고 멀리서도 그 건물을 알아볼 수 있을 것으로 생각했다. 그러나 그 건물이 있다고 한 율리우스 거리는 그 초입에서 잠시 걸음을 멈추고 바라보니 양옆으로 거의 똑같은 형태의 집들이 줄지어 있었다. 빈민들이 거주하는 회색빛의 높은 임대 주택들이었다. 일요일 아침인 지금 대부분의 창문에는 사람들이 있었다. 셔츠 바람의 남자들이 창에 기댄 채 담배를 피우거나 어린아이들을 창틀에 올려놓고 조심스럽고 다정스럽게 끌어안고 있었다. 다른 창문들에는 높이 이불과 시트 따위가 널려 있었고 그 위로 한 여자의 헝클어진 머리가 슬쩍슬쩍 보이곤 했다. 좁은 길 건너로 사람들이 서로 외쳐 대며 말을 주고받았는데, 그런 외침 중 하나가 바로 K의 머리 위에서 커다란 웃음을 터뜨리게 했다. 긴 거리에는 고른 간격으로 갖가지 식료품을 파는 작은 가게들이 늘어서 있었는데, 가게들은 모두 도로면 아래에 놓여 있어서 몇 개의 계단을 내려가야 들어갈 수 있었다. 가게들마다 여자들이 들락거렸고 몇몇은 계단에 서서 수다를 떨고 있었다. 창문들을 올려다보며 물건 사라고 외쳐 대던 한 과일 장수가 K와 마찬가지로 주의를 기울이지 않는 바람에 자기 손수레로 하마터면 그를 치어 넘어뜨릴 뻔했다. 바로 그때 잘사는 동네에서 쓰다 고물이 된 축음기 한 대가 찢어질 듯한 소리를 내며 울리기 시작했다.

K는 길 속으로 더 깊숙이 걸어 들어갔다. 마치 이제는 시간이 충분하다는 듯, 또는 예심 판사가 어느 창문에선가 그를 내려다보며 K가 도착했음을 확인이라도 했다는 듯 느릿느릿 걸었다. 아홉 시가 조금 지난 시각이었다. 그 건물은 상당히 멀리 있었고 보기 드물게 넓은 면적으로 퍼져 있었다. 특히 정문 통로가 높고 널찍했다. 화물 차량들이 드나들기 쉽도록 그렇게 지어 놓은 것임이 분명했다. 커다란 안마당을 둘러싸고 있는 여러 상품 창고들에 소속된 차량들이 그곳을 드나들었다. 창고들은 지금 모두 닫혀 있었

고 각기 다른 회사 이름이 붙어 있었는데 그중 몇몇은 K가 은행 업무를 통해 알고 있는 이름들이었다. 그는 평소 습관과는 다르게 이런 외형적인 것들 하나하나에 더욱더 세세한 관심을 보이며 마당 입구에 잠시 서 있었다. 그와 가까운 곳에선 한 남자가 맨발인 채로 상자 위에 걸터앉아 신문을 읽고 있었다. 손수레 위에는 두 명의 사내아이가 시소를 타듯 오르내리고 있었다. 펌프 앞에서는 연약하게 생긴 어린 소녀가 잠옷 가운을 걸친 채 서서 물이 통에 쏟아져 내리는 동안 K를 바라보고 있었다. 마당 한쪽 구석에선 두 개의 창문 사이에 줄이 매어지고 있었는데 줄 위엔 빨래가 이미 널려 있었다. 한 남자가 아래에 서서 몇 차례 소리치며 일을 지시하고 있었다.

K는 심리가 열리는 방으로 가기 위해 계단 쪽으로 향하다가 다시 멈춰 섰다. 마당에는 이 계단 외에도 위로 오르는 계단이 세 개나 더 보였고 게다가 마당 끝에는 작은 통로가 하나 있는데 또 다른 마당으로 통하는 것 같았기 때문이다. 그는 자기에게 방의 위치를 좀 더 자세히 일러 주지 않은 것에 화가 났다. 그들이 그를 대하는 방식은 이상하게도 무성의하거나 무관심한 것이었다. 그는 이 점을 아주 큰 목소리로 분명히 따져야겠다고 생각했다. 하지만 결국에 그는 처음에 오르려던 계단에 발을 디디면서 재판은 죄가 있어서 열리는 것이라는 감시인 빌렘의 말을 떠올리며 마음속으로 그 말을 되새겨 보았다. 그 결과, 심리실은 K가 우연히 택한 계단 쪽에 있어야 한다는 결론이 내려졌다.

올라가면서 그는 계단에서 놀고 있는 많은 아이들을 방해하게 되었는데, 아이들은 그가 자기들 속을 헤치고 나아가자 화가 난 눈빛으로 그를 쳐다보았다. '다음에 다시 이곳에 오게 된다면' 하고 그는 속으로 말했다. '애들의 환심을 사기 위해 과자를 사 갖고 오거나 아니면 애들을 때려 줄 지팡이를 들고 와야겠다.' 2층에 거의 다 이르러서는 심지어 공놀이가 한 차례 다 끝날 때까지 잠시 기다려야 했다. 그러는 동안 다 자란 불량배의 복잡한 얼굴을 한 두 명의 어린 사내아이가 그의 바지를 붙잡고 있었다. 그가 이 아이들을 뿌리쳐 버리려 했다면 틀림없이 아이들을 다치게 했을 텐데, 그럴 때 지르게 될 아이들의 비명 소리가 그는 두려웠다.

2층에서부터 본격적인 방 찾기가 시작되었다. 그러나 심리 위원회가 어디에 있느냐고 물을 수 없었기 때문에 그는 란츠라는 이름의 목수를 생각해 내고는―이 이름이 떠오른 것은 그루바흐 부인의 조카인 대위의 이름이 바로 란츠였기 때문이다―이제 집 집마다 다니며 여기에 란츠라는 목수가 사느냐고 물어보려고 했다. 그렇게 하면 집 안을 들여다볼 기회를 얻을 수 있었기 때문이다. 그러나 대개는 그렇게 하지 않아도 들여다볼 수 있다는 것을 알게 되었다. 왜냐하면 거의 모든 문들이 열려 있어서 아이들이 들락날락하고 있었기 때문이다. 대체로 창문이 하나인 작은 방들이었고 그 안에서 취사도 하고 있었다. 젖먹이를 한 팔에 안고 비어 있는 다른 손으로 부뚜막 일을 하고 있는 여자들이 한둘이 아니었다. 앳돼 보이고 앞치마만 입은 것 같은 계집아이들이 더 이상 부지런할 수 없을 만큼 분주하게 이리저리 뛰어다니고 있었다. 어느 방이나 침대에는 아직 누워 있는 사람이 있었는데, 병자이거나 아직 자고 있는 사람이거나 옷을 입은 채 쉬고 있는 사람들이었다. 문이 닫혀 있는 집이면 노크를 하고 여기에 목수 란츠가 살고 있지 않느냐고 물어보았다. 대개는 여자가 문을 열어 주었는데, 질문을 듣고는 침대에서 몸을 일으키고 있는 방 안의 누군가를 향해 말했다. "여기 어떤 분이 목수 란츠가 우리 집에 사느냐고 묻는데요." "목수 란츠라고?" 침대의 그 사람이 물었다. "그렇습니다." K는 그렇게 말했지만, 거기엔 심리 위원회가 없다는 게 분명했고 따라서 그의 용건은 이미 끝난 것이었다. 많은 사람들이 목수 란츠를 찾는 일이 K에게 아주 중요한 일이라 믿고서 한참 동안 골똘히 생각하더니 이름이 란츠가 아닌 어떤 목수를 언급하거나 란츠와는 전혀 비슷하지도 않은 엉뚱한 이름을 말하기도 하고, 아니면 이웃집 사람에게 물어본다든가 K를 멀리 떨어진 집까지 동행하여 자기들 생각으로는 거기에 그런 사람이 세입자에게 다시 세 들어 살고 있는 것 같다고 하거나 자기들보다 더 잘 안내해 줄 만한 사람이 거기에 있다고 했다. 마침내는 K가 더 이상 직접 물어볼 필요가 없게 되었고 그런 식으로 여러 층을 이끌려 다녔다. 처음에는 꽤 쓸모 있을 것 같았던 자신의 계획이 못마땅하게 여겨졌다. 6층으로 올라가려다 말고 그는 이제 찾는 일을 포기하기로 결심하고는 자기를 데리고 계속 올라가려는 친절한 젊은 노동자와 헤어져서 아래로 내려갔다. 그러나 순간 이 모든 노력이 허사가 되고 말았다 생각하니 부아가 치밀어 그는 다시 돌아 올라가 6층의 첫 번째 문을 두드렸다. 그 작은 집 안에서 그의 눈에 처음으로 들어온 것은 커다란 벽시계였는데 이미 열시를 가리키고 있었다. "란츠라는 목수가 여기에 살고 있나요?" 그가 물었다. "들어오세요." 한 젊은 여자가 검은 두 눈을 반짝이며 말했다. 그녀는 마침 큰 대야 속에서 아이들의 옷을 빨고 있던 중이라 물이 뚝뚝 떨어지는 손으로 옆방의 열린 문을 가리켰다.

K는 어떤 집회에 들어가는 느낌이었다. 북적거리는 각양각색의 사람들이―들어오고 있는 그에게 아무도 눈길조차 주지 않았다―창이 둘 달린 중간 크기의 홀을 가득 채우고 있었다. 천장 바로 아래로는 빙 둘러서 회랑이 놓여 있었는데 그곳도 빽빽이 들어차 있었다. 거기에 있는 사람들은 몸을 구부리고서만 설 수 있었는데 그러면 머리와 등이 천장에 닿았다. 공기가 너무 탁하게 느껴진 K는 다시 밖으로 나와 틀림없이 자기 말을 잘못 알아들은 것 같은 그 젊은 여자에게 말했다. "저는 목수를, 란츠라는 사람을 찾았는데요?" "그래요." 여자가 말했다. "어서 들어가 보세요." K는 그 여자가 자기한테 다가와 문손잡이를 잡고 이렇게 말하지 않았더라면 그녀의 말을 따르지 않았을 것이다. "당신이 들어간 뒤에는 문을 닫아야 합니다. 더 이상은 아무도 들어갈 수 없어요." "지당하신 말씀입니다." K가 말했다. "하지만 지금도 이미 초만원인걸요." 그래도 그는 다시 안으로 들어갔다.

문가에 붙어서 이야기를 나누고 있는 두 남자 사이에서―한 남자는 두 손을 멀찌감치 앞으로 내밀고서 돈을 세는 동작을 하고 있었고, 다른 남자는 그 남자의 두 눈을 날카롭게 쳐다보고 있었다―불쑥 손 하나가 튀어나오더니 K를 붙잡았다. 두 볼이 발그레한 작은 소년이었다. "이리 오세요, 절 따라오세요." 소년이 말했다. K는 아이가 이끄는 대로 따라갔다. 가다 보니 마구 뒤섞여 우글거리는 군중 사이로 좁다란 길이 하나 나 있는 게 보였는데, 아마도 그것이 한 무리의 군중을 두 그룹의 당파로 나누고 있는 것 같았다. K가 그 사이를 걸어가는데 좌우로 첫 번째 열의 사람들 가운데 K 쪽으로 얼굴을 돌린 사람은 거의 볼 수 없고 자기편 사람들을 향해 말과 몸짓을 하고 있는 사람들의 등만 보인다는 사실 또한 그러한 추측을 뒷받침해 주는 것이었다. 대부분 검은색 차림이었는데 아래로 길게 축 늘어진 낡은 예복을 입고 있었다. 이 옷차림만 K를 혼란스럽게 하는 것이었을 뿐, 그것만 아니라면 그는 이 전체를 어느 지구당의 정치 집회로 보았을 것이다.

K가 인도되어 간 홀의 다른 쪽 끝에는 역시 사람들로 꽉 들어찬 매우 낮은 연단이 있었고 그 위에 한쪽 가장자리 가까이로 작은 테이블이 비스듬히 놓여 있었다. 테이블 뒤에는 숨소리가 거친 작고 뚱뚱한 남자가 앉아 있었는데, 마침 그는 자기 뒤에 서 있는 사람과—이 남자는 팔꿈치를 의자 등받이에 올려놓고 다리를 꼬고 있었다—큰 소리로 웃으며 이야기를 나누고 있었다. 가끔씩 그는 누군가를 흉내 내며 놀리는 듯 한쪽 팔을 허공으로 내던졌다. K를 데려온 소년은 보고를 하는 데 애를 먹었다. 이미 두 번이나 발뒤꿈치를 들고 서서 무언가를 알리려 했으나 위에 있는 그 남자의 주목을 받지 못했던 것이다. 연단 위의 사람들 중 하나가 소년을 보라고 일러 주고 나서야 그 남자는 소년 쪽으로 얼굴을 돌려 몸을 아래로 구부린 채 소곤소곤 말하는 그의 보고를 들었다. 그러자 그는 시계를 꺼내더니 재빨리 K 쪽을 바라보았다. "당신은

한 시간 오 분 전에 출두했어야 합니다." 그가 말했다. K는 뭐라고 대답하려 했으나 그럴 틈이 없었다. 그 남자가 말을 마치자마자 홀의 오른쪽 절반 여기저기서 불만을 터뜨리며 웅성거리는 소리가 올라왔기 때문이다. "당신은 한 시간 오 분 전에 출두했어야 합니다." 이제 그 남자는 목소리를 높여서 다시 한 번 말한 다음 재빨리 홀 아래쪽을 내려다보았다. 그러자 즉시 불만의 소리도 더 커졌고 남자가 더 이상 아무 말도 하지 않자 차츰 가라앉았다. 이제 홀 안은 K가 들어왔을 때보다 훨씬 더 조용했다. 회랑 위의 사람들만 말하기를 멈추지 않았다. 그들은 위쪽의 어스름 빛과 뿌연 공기와 먼지 속에서 잘 분간이 안 됐지만 아래쪽 사람들보다 옷차림이 떨어지는 것 같았다. 많은 사람들이 눌려서 상처를 입지 않도록 방석을 가져와 머리와 천장 사이에 그것을 끼웠다.

K는 말을 하기보다는 관찰을 하기로 결심했다. 그 때문에 그가 지각을 했다는 주장에 대해 자신을 변호하기를 포기하고 단지 이렇게 말했다. "제가 너무 늦게 왔는지는 모르겠지만 지금 여기 이렇게 와 있지 않습니까." 그러자 박수갈채가 뒤따랐는데, 다시 홀의 오른쪽 절반에서 일어난 반응이었다. 쉽게 마음을 움직일 수 있는 사람들이라고 K는 생각하면서도 홀의 왼쪽 절반에서의 침묵이 마음에 걸렸다. 그 순간 홀의 왼쪽 절반은 그의 뒤쪽에 위치해 있었는데, 거기로부터는 단지 산발적인 박수 소리가 한두 번 들려왔을 뿐이다. 그는 모두의 마음을 한꺼번에, 아니 그것이 불가능하다면, 적어도 잠시만이라도 저쪽 사람들의 마음을 얻기 위해서는 무슨 말을 해야 할지 골똘히 생각했다.

"그렇습니다." 그 남자가 말했다. "하지만 나는 더 이상 지금 당신을 심문할 의무가 없습니다." 다시 불만의 소리가 들렸는데 이번에는 오해에서 비롯된 것이었다. 왜냐하면 그 남자는 사람들에게 손짓으로 조용히 하라고 하면서 이렇게 말을 계속했기 때문이다. "그렇지만 예외적으로 오늘은 심문을 하기로 하겠습니다. 이와 같이 지각하는 일은 두 번 다시 되풀이되어서는 안 됩니다. 그러면 이제 앞으로 나오시오!" 어떤 사람이 연단에서 아래로 뛰어내려왔다. 그 바람에 K가 있을 자리가 생겨 그는 그 위로 올라갔다. 그는 테이블 쪽에 바짝 붙어 서 있었는데 그의 등 뒤에 몰려 있는 사람들이 많아서 그가 예심 판사의 테이블을 연단에서 밀쳐 떨어지게 하지 않으려면 그들의 압박에 저항을 해야 했다. 자칫하면 예심 판사까지도 밀려서 떨어질 판이었다.

그러나 예심 판사는 그런 것에 개의치 않고 아주 편안하게 자신의 의자에 앉아 뒤에 있는 남자에게 마무리하는 말을 한 다음 테이블 위에 놓인 유일한 물건인 조그마한 메모장을 집었다. 그것은 학생용 공책처럼 생겼는데, 매우 낡았고 너무 뒤적거려서 꼴이 우습게 망가져 있었다. "그러니까" 하고 예심 판사는 말하면서 메모장을 이리저리 뒤적거리더니 확인하는 어조로 K에게 물었다. "당신은 도장공이지요?" "아닙니다." K가 말했다. "큰 은행의 차장*입니다." 이 대답에 뒤이어 아래 오른쪽 그룹에서 웃음이 터져 나왔는데 아주 밝고 자연스러운 웃음이어서 K도 따라 웃지 않을 수 없었다. 사람들은 두 손으로 무릎을 누르며 심한 기침이 발작적으로 날 때처럼 몸을 흔들어 댔다. 심지어 회랑 위에서도 몇몇이 웃었다. 잔뜩 화가 난 예심 판사는 아마도 아래쪽 사람들에 대해서는 속수무책인 듯 대신 회랑 쪽에 대고 화풀이를 하려고 벌떡 일어나 회랑 사람들을 위협했다. 그러자 이제까지는 별로 눈에 띄지 않던 그의 눈썹이 가운데로 몰리며 두 눈 위에서 덥수룩하고 시커멓고 커다랗게 두드러졌다.

그런데 홀의 왼쪽 절반은 여전히 조용했다. 그쪽 사람들은 줄지어 서서 얼굴을 연단 쪽으로 향한 채 그 위에서 주고받는 말들을 다른 쪽 그룹에서 떠드는 소리나 마찬가지로 조용히 듣고만 있었다. 그들은 심지어 대열 가운데 몇몇이 때때로 다른 쪽 당파 사람들과 같은 행동을 취해도 가만히 내버려 두었다. 왼쪽 당파 사람들은 엄밀히 말해서 오른쪽 당파 사람들과 마찬가지로 그리 중요치 않은 존재일지라도, 그리고 다른 쪽에 비해 수적으로도 더 적었지만 그들의 차분한 태도로 인해 더 의미가 있게 보였다. K는 이제 말을 시작하면서 그들의 입장에서 말을 하고 있다는 확신이 들었다.

"예심 판사님, 제가 도장공이 아니냐고 하신 질문은—실은 질문하신 게 아니고 단정적으로 말씀하신 거지만—저에 대해 진행되고 있는 소송 절차의 전체적인 성격을 특징적으로 보여 주는 것입니다. 판사님께서는 이것이 전혀 소송이 아니라고 반박하실지 모르겠습니다. 그렇다면 판사님 말씀이 정말 옳습니다. 제가 이것을 소송으로 인정할 때만 이건 소송이라고 할 수 있으니까요. 그런데 저는 지금 잠시 이 소송을 인정합니다만, 그건 말하자면 동정심에서 그러는 것이라 할 수 있습니다. 일반적으로 소송을 존중

하고자 할 때는 그것에 대해 동정하는 마음으로 임하는 수밖에 없으니까요. 이것이 부도덕한 소송이라고 말씀드리는 것은 아닙니다만, 제가 이런 표현을 쓰는 것은 판사님께서 자신을 아실 수 있도록 하기 위해서입니다."

K는 말을 중단하고 홀을 내려다보았다. 그가 한 말은 날카로웠다. 그가 의도했던 것보다 더 날카로웠다. 하지만 옳은 말이었다. 여기저기서 박수갈채가 터질 만도 했는데 모두가 잠잠했다. 숨을 죽이고 그다음 말을 기다리고 있음이 분명했다. 어쩌면 정적 속에서 모든 것을 끝장낼 모종의 폭발이 마련되고 있는 것인지도 몰랐다. 그런데 바로 그때 정적을 깨는 일이 일어났다. 홀 저쪽 끝의 문이 열리더니 예의 그 젊은 세탁부가 아마도 일을 다 끝냈는지 안으로 들어온 것이다. 그녀로서는 최대한 조심하느라 했는데도 몇 사람의 시선을 자기 쪽으로 향하게 했다. 예심 판사만이 K를 직접적으로 기쁘게 해 주었다. 왜냐하면 그는 K의 말에 즉각 충격을 받은 것처럼 보였기 때문이다. 그는 지금까지 내내 선 채로 이야기를 들었다. 그가 회랑 쪽을 향해 일어서는 동안 기습적으로 K가 이야기를 시작하는 바람에 깜짝 놀라 그대로 자세가 굳어 버렸던 것이다. 이제 말이 중단된 틈을 타서 그는 자리에 앉았는데, 마치 그것을 남들한테 들키지 않으려는 듯 천천히 조금씩 앉았다. 그리고 아마도 자신의 표정을 진정시키기 위해서인 듯 그는 다시 메모장을 집어 들었다.

"그래도 소용없습니다." K가 말을 계속했다. "예심 판사님, 그 메모장도 제가 하는 말을 입증해 줄 겁니다." 낯선 모임에서 자신의 차분한 말밖에 안 들리는 것에 만족스러운 K는 예심 판사에게서 서슴없이 메모장을 빼앗아 마치 꺼려 하는 물건을 잡듯 두 손가락 끝으로 가운데 종잇장 한 장을 잡고서 높이 들었다. 그러자 글자가 빽빽하게 쓰여 있고, 얼룩얼룩하고, 가장자리가 누렇게 변한 종잇장들이 양쪽으로 축 늘어졌다. "이것이 예심 판사라는 분의 서류입니다." 그는 말하면서 메모장을 테이블 위로 떨어뜨렸다. "예심 판사님, 그것을 마음껏 계속해서 읽으시지요. 그런 범죄 기록부 따위는 조금도 두렵지 않습니다. 비록 제가 그 내용은 알 수 없습니다만 말입니다. 저는 그것을 두 손가락으로밖에 집을 수 없고 손에 들지는 않을 테니까요." 예심 판사는 메모장을 책상 위에 떨어진 그대로 집어서 잠깐 매만지더니 다시 앞에다 놓고는 읽기 시작했는데, 그것은 깊은 굴욕의 표시이거나 아니면 적어도 그렇게 이해되어야 했다.

맨 앞줄에 있는 사람들이 잔뜩 긴장한 얼굴로 K를 바라보고 있어서 그는 잠시 그들을 내려다보았다. 모두 나이 지긋한 사람들이었고 그중엔 수염이 하얀 사람도 몇 있었다. 어쩌면 이들이 이 모임 전체에 영향을 줄 수 있는 결정적인 사람들이 아닐까? K가 말을 시작한 이후로 미동도 없던 그들은 예심 판사의 굴욕적인 태도를 보고서도 그 부동의 자세를 조금도 흐트러뜨리지 않았다.

"저한테 일어났던 일은" 하고 K는 말을 이어 나갔는데 조금 전보다 목소리를 약간 더 낮추어 말했다. 그러면서 맨 앞줄 사람들의 얼굴을 연방 살펴보는 바람에 그의 말은 약간 산만한 인상을 주었다. "저에게 일어났던 일은 단지 개인적인 사건일 뿐이고 그 자체로는 그리 중요한 것이 아닙니다. 제 자신이 그것을 그다지 심각하게 여기지 않으니까요. 그러나 그것은 많은 사람들에게 행해지고 있는 소송 절차의 한 본보기입니다. 저는 그들을 위해 여기에 서 있는 것이지, 저 한 사람을 위해 서 있는 것이 아닙니다."

그는 자기도 모르게 목소리를 높였다. 어디선가 두 손을 높이 쳐들고 박수를 치며 외쳤다. "브라보! 옳소! 브라보! 한 번 더 브라보!" 맨 앞줄 사람들 중에는 수염을 쓰다듬는 사람이 간간이 있었지만 그 외침 소리에 뒤를 돌아보는 사람은 아무도 없었다. K도 그것에 의미를 두지는 않았지만 그래도 힘을 얻었다. 그는 이제 더 이상 모두가 박수를 칠 필요는 없다고 여겼으며, 대부분이 이 사건에 대해 깊이 생각하기 시작하고 가끔씩 그의 말에 공감하여 지지하는 사람이 하나라도 있으면 그것으로 족했다.

이런 생각 끝에 K는 다시 말을 시작했다. "저는 말로 이기려는 것이 아닙니다. 그렇게 할 수도 없습니다. 말이야 예심 판사님께서 훨씬 더 잘하실 겁니다. 그것이 그분의 본업이니까요. 제가 원하는 것은 공적인 폐단을 공개적으로 논의하자는 것뿐입니다. 들어 보세요. 저는 열흘 전쯤 체포되었습니다. 그 체포라는 사실 자체가 우스운 일입니다만, 지금 여기서는 말씀드릴 일이 못 됩니다. 저는 아침에 침대에 누워 있다가 급습을 당했습니다. 아마도 그들은—이것은 예심 판사님께서 하신 말씀으로 미루어 볼 때 있을 법한 일입니다만—저처럼 죄가 없는 어떤 도장공을 체포하라는 명령을 받은 모양인데 대신 저를 택한 거지요. 제 옆방은 두 명의 무례한 감시인이 접수해 버렸습니다. 설령 제가 위험한 강도라 해도 그보다 더한 조치를 취할 수는 없었을 겁니다. 게다가 그 감시인들은 형편없는 불량배들이었습니다. 그들은 귀가 따가울 정도로 저한테 지껄여 대질 않나, 뇌물을 받아먹으려고 하질 않나, 농간을 부려 제 내의며 옷가지를 착복하려고 하질 않나, 제가 보는 앞에서 제 아침 식사를 뻔뻔스럽게 다 먹어 치우고는 저한테 아침 식사를 사다 주겠다며 돈을 요구하기도 했습니다. 그뿐만이 아닙니다. 저는 세 번째 방에 있는 감독관 앞으로 인도되어 갔습니다. 그곳은 제가 존경해 마지않는 한 숙녀 분의 방이었는데, 저는 감시인들과 감독관이 그 방에 있음으로 인해 그곳이 이를테면 불결해지는 것을 목격해야 했습니다. 그들이 그곳에 들어오게 된 것이 저 때문이긴 하지만 저는 아무 죄도 없습니다. 침착성을 잃지 않는 것이 쉽지 않았습니다. 하지만 저는 그것을 해냈고 감독관에게 더없이 차분하게—만일 그가 이곳에 있다면 제 말을 확인해 줄 텐데 말입니다만—왜 내가 체포되었는지 물었습니다. 그러자 감독관이 뭐라고 대답했을까요? 방금 말씀드린 그 숙녀 분의 의자에 그자가 우둔하기 짝이 없는 오만한 자세로 앉아 있는 모습이 지금도 눈에 선합니다. 여러분, 그는 사실상 아무런 대답도 하지 않았습니다. 어쩌면 그는 정말 아무것도 모르는 것 같았고, 저를 체포해 놓고는 그것으로 만족스러워했습니다. 게다가 그는 한 가지 쓸데없는 일을 더 했는데, 그 숙녀의 방으로 제가 다니는 은행의 말단 직원 세 명을 데려온 것입니다. 그들은 그 숙녀 분의 소유물인 사진들에 손을 대서 흐트러뜨리는 일에만 열중했습니다. 이 직원들을 데려온 데에는 물론 또 다른 목적이 있었습니다. 저의 하숙집 여주인과 그녀의 가정부와 마찬가지로 그들로 하여금 제가 체포되었다는 소식을 사방에 퍼뜨리게 해서 저의 공적인 명예를 훼손시키고 특히 은행에서 저의 지위를 흔들어 놓기 위한 것입니다. 그런데 그중 아무 일도 이루어진 게 없습니다. 그야말로 터럭만큼도 없습니다. 저의 집주인은 아주 단순한 사람인데 — 저는 여기서 그녀의 이름을 존경하는 뜻에서 말씀드립니다만, 그루바흐 부인이라고 합니다 — 이 그루바흐 부인조차 충분한 분별력이 있어서 이런 체포는 사내아이들이 어른들의 눈을 피해 골목길에서 저지르는 못된 장난 정도에 지나지 않는다는 것쯤은 간파할 수 있었습니다. 거듭 말씀드리지만 이 모든 것이 저에게 불쾌감과 일시적인 분노만을 가져다주었을 뿐이지만, 더 안 좋은 결과를 초래할 수도 있지 않았을까요?"

K가 여기서 말을 중단하고 잠잠한 예심 판사 쪽을 바라보니 그 자가 마침 눈짓으로 군중 속의 누군가에게 어떤 신호를 보내고 있는 장면을 포착한 느낌이 들었다. K는 미소를 지으며 말했다. "방금 여기 제 곁에 계신 예심 판사님께서는 여러분들 중 누군가에게 어떤 비밀스러운 신호를 보내신 것 같습니다. 그러니까 여러분들 중에는 이 연단 위로부터 지시를 받는 사람들이 있는 거지요. 저는 그 신호가 지금 야유를 하라는 것인지 아니면 갈채를 보내라는 것인지 모르겠습니다만, 제가 일을 사전에 들추어냄으로 해서 그 신호의 의미를 알아내는 일은 제 스스로가 의식적으로 포기하는 셈이 되었습니다. 그것이 어떤 의미이든 저로서는 전혀 상관없습니다. 그러니 예심 판사님께 공개적으로 권한을 드리겠는데 저 아

래 판사님의 고용된 사람들에게 비밀스러운 신호 대신 큰 소리로 가령 이번에는 '지금 야유를 보내라', 다음번엔 '지금 박수를 쳐라'라는 식의 말로 직접 명령을 내리도록 하십시오."

당황해서인지 아니면 초조해서인지 예심 판사는 의자에 앉아 이리저리 몸을 움직였다. 아까 이야기를 나누었던 등 뒤의 남자가 다시 그에게로 몸을 굽혔다. 그에게 그저 용기를 북돋워 주는 말을 하기 위해서인지 아니면 무슨 특별한 조언의 말을 해 주기 위해서인지는 알 수 없었다. 연단 아래에서는 사람들이 나지막한 소리로 이야기를 나누었지만 활기가 넘쳤다. 아까는 서로 대립된 의견을 가진 것처럼 보였던 두 그룹의 사람들이 이제는 뒤섞여서, 어떤 사람들은 손가락으로 K를 가리켰고 또 어떤 사람들은 예심 판사를 가리켰다. 안개처럼 뿌옇고 혼탁한 실내 공기는 몹시 신경에 거슬렸고 멀리 떨어져 서 있는 사람들을 제대로 분간할 수 없게 했다. 특히 회랑 쪽 사람들에게는 이런 공기가 방해되고 있음이 분명했는데, 그들은 겁먹은 눈빛으로 예심 판사를 곁눈질해 보면서 일이 어떻게 되어 가는지 보다 상세히 알기 위해 집회 참가자들에게 소곤소곤 물어보아야 했다. 그러면 대답하는 쪽도 손으로 입을 가리고 똑같이 소곤소곤 말하는 것이었다.

"이제 곧 끝납니다." K는 그렇게 말하고는 종이 없었기 때문에 주먹으로 테이블을 내려쳤다. 그 소리에 깜짝 놀라 서로 맞대고 있던 예심 판사와 조언자의 머리가 잠시 떨어졌다. "사건 전체는 사실 저와 별 관계가 없습니다. 그래서 저는 이 사건을 차분하게 판단합니다만, 여러분에게 소위 이 재판이라는 것이 무언가 중요한 것이라고 전제할 때 여러분이 제 말을 경청한다면 크게 유익하리라 생각합니다. 제가 말씀드리는 것에 대해 서로의 의견을 나누는 일은 나중으로 미뤄 주시기 바랍니다. 저는 시간이 없고 곧 가야 하기 때문입니다."

즉시 장내가 조용해졌다. 그만큼 K는 어느새 이 집회를 지배하고 있었다. 더 이상 처음처럼 마구 소리치는 사람도 없었고 박수를 치는 사람도 없었다. 그러나 사람들은 이미 확신을 가지고 그의 말을 옳은 것으로 인정하거나 거의 그런 확신의 단계에 이른 것처럼 보였다.

"의심의 여지가 없습니다." K는 매우 나지막한 소리로 말했다. 모임 전체가 숨을 죽인 채 귀를 기울이고 있는 것이 그는 기뻤기 때문이다. 정적이 흐르는 가운데 어디선가 휘익 하는 소리가 났는데, 그 소리는 열광적인 박수갈채보다 더 자극적이었다. "의심의 여지 없이 이 법정의 모든 발언들 뒤에는, 그러니까 제 경우에 비추어 말하자면 체포 사건과 오늘의 심리 뒤에는 어떤 거대한 조직이 있습니다. 그것은 금품을 밝히는 감시인들, 유치한 감독관들 그리고 기껏해야 겸손 떠는 게 전부인 예심 판사들을 고용하고 있을 뿐만 아니라, 나아가 어쨌든 상급과 최상급의 판사들을 먹여 살리고 있고, 그들과 더불어 꼭 필요한 수도 없이 많은 정리, 서기, 경찰관, 그 밖의 보조 인력, 게다가 —저는 이 단어를 서슴지 않고 말하지만—사형 집행인들까지 거느리고 있는 거대한 조직일 겁니다. 그러면 여러분, 이 거대한 조직의 의미는 무엇일까요? 죄 없는 사람들을 체포하여 그들을 상대로 무의미하고 대개는 제 경우처럼 아무 성과도 없는 소송을 벌이는 데 그 의미가 있습니다. 전체가 이렇게 무의미한데 어찌 관리들의 극심한 부패를 피할 수 있겠습니까? 그것은 불가능한 일입니다. 아무리 높은 위치에 있는 재판관이라도 혼자 힘으로는 결코 해낼 수 없는 일입니다. 그 때문에 감시인들이 체포된 사람들에게서 옷을 훔치려 하고, 그 때문에 감독관들이 아무 때나 남의 집에 들이닥치고, 그 때문에 죄 없는 사람들이 심문을 받는 대신 모두가 모인 집회에 출두하여 모욕을 당해야 합니다. 감시인들은 체포된 사람들의 소유물을 맡아 두는 보관소에 대한 얘기만 했습니다. 한번 그 보관 장소를 보고 싶습니다. 체포된 사람들이 애써 모은 재산이 손버릇 고약한 보관소 직원들한테 도둑맞지 않는 한은 거기에서 썩고 있을 겁니다."

K의 말은 홀 저쪽 끝에서 들려온 날카로운 비명 소리에 중단되었다. 그는 그쪽을 보기 위해 손으로 눈 위를 가렸다. 흐릿한 햇빛이 탁한 실내 공기를 뿌옇게 만들어 눈을 부시게 했기 때문이다. 소란을 피운 장본인은 그 세탁부였다. K는 그녀가 들어올 때부터 그녀를 집회에 장애가 될 요주의 인물로 생각했었다. 방금 벌어진 일에 대해 그녀가 책임이 있는지 없는지는 알 수 없었다. K가 본 것은 어떤 남자가 그녀를 문가의 구석으로 끌고 가서 꽉 껴안는 장면뿐이었다. 하지만 날카로운 비명을 지른 것은 그녀가 아니라 그 남자였다. 남자는 입을 쩍 벌린 채 천장을 바라보고 있었다. 두 사람 주위에는 몇 사람이 모여들어 작은 원을 이루었고, 가까이에 있는 회랑 사람들은 K가 이 집회에 끌어들인 진지한 분위기가 그렇게 해서 깨져 버린 것에 반색하며 기뻐하는 눈치였다. K는 처음

심정으로는 당장 그쪽으로 달려가고 싶었지만, 또한 머릿속으로는 그곳의 질서를 회복하고 적어도 두 사람을 홀 밖으로 내쫓는 것이 모두가 원하는 일이라고 생각했다. 그러나 바로 앞에 있는 맨 앞줄 사람들은 단단히 버티고 앉아 아무도 움직이지 않았으며 아무도 K에게 길을 내주지 않았다. 도리어 사람들은 그를 방해했는데, 늙은이들은 팔을 앞으로 쳐들어 막았고 뒤에서 누군가의 손이 ─ 그는 돌아볼 틈도 없었는데 ─ 그의 목덜미를 붙잡았다. K는 더 이상 그 두 사람에 대한 생각을 하지 못했고, 자신의 자유가 구속당하는 느낌을 받았으며, 사람들이 정말 자기를 체포하는 느낌이 들었다. 그러자 그는 무작정 연단에서 뛰어내렸다. 이제 그는 몰려든 사람들과 서로 마주 보며 정면으로 대치하였다. 이 사람들을 제대로 판단한 것일까? 자신의 연설이 불러올 효과를 지나치게 자신했던 것은 아닐까? 자신이 말하고 있는 동안에는 사람들이 속마음을 감추고 있었으나 이제 결론에 도달하니까 그 가식적인 태도에 신물이 난 걸까? 그를 둘러싸고 있는 얼굴들이라니! 작고 검은 눈들이 이리저리 바쁘게 움직였고, 양 볼은 술주정뱅이들의 볼처럼 축 늘어졌으며, 긴 수염은 뻣뻣하고 숱이 빈약해서 그것을 잡으면 수염을 잡고 있는 게 아니라 손가락만 안으로 우그리고 있는 것 같았다. 그런데 수염 아래로는 ─ 이것은 K 자신의 의미 있는 발견이었다 ─ 상의 옷깃에 온갖 다양한 크기와 색깔의 배지가 가물가물 빛나고 있었다. 보이는 범위 내에서는 모두가 이 배지를 달고 있었다. 겉보기에 좌우의 두 당파로 보였던 그들은 모두 한패였던 것이다. 그리고 그가 갑자기 몸을 홱 돌려 보니 두 손을 무릎 위에 올려놓고 가만히 아래쪽을 바라보고 있는 예심 판사의 옷깃에도 똑같은 배지가 보였다. "그렇군!" 하고 K가 외치면서 두 팔을 허공으로 치켜들었다. 갑작스러운 깨달음은 공간을 필요로 했던 것이다. "이제 보니 당신들 모두 관리들이로군. 조금 전내가 공격했던 바로 그 부패한 무리들이야. 당신들은 이곳에 몰려와 방청자와 첩자 노릇을 함께하며 겉으로는 파당을 이루고서 한무리는 나를 시험하기 위해 박수를 쳐 댔던 거지. 당신들은 죄 없는 사람들을 어떻게 해야 골탕 먹일 수 있는가를 배우러 온 거야. 그렇다면 당신들이 여기에 왔다가 빈손으로 돌아가지 않기를 바라겠어. 당신들은 누군가 당신들에게 무죄에 대한 변호를 기대했다는 것에 대해 속닥거리며 즐거워했거나, 아니면─이거 봐, 안놓으면 때리겠소." K는 떠밀려서 자기한테 특히 가까이 다가와 덜덜 떨고 있는 한 노인을 향해 외쳤다. "아니면 실제로 무언가를 배운 게 있었거나 했을 거요. 그럼 이것으로 당신들의 영업에 행운이 있기를 바라겠소." 그는 재빨리 테이블 가장자리에 놓여 있던 모자를 집어 들고는 온통 침묵에 휩싸인 사람들 속을 뚫고 출구를 향해 나아갔다. 그것은 어쨌든, 너무 놀란 나머지 넋이 나가버린 자들의 침묵이었다. 그러나 예심 판사가 K보다 더 빨랐던 것같다. 그는 문가에서 K를 기다리고 있었기 때문이다. "잠깐." 예심 판사가 말했다. K는 걸음을 멈추었으나 예심 판사 쪽은 보지도않고 자신이 이미 손잡이를 잡고 있는 문을 보고 있었다. "당신에게 다음 한 가지만 분명히 일러 주고 싶소." 예심 판사가 말했다. "그건 당신이 오늘─아직 당신은 잘 모르고 있는 것 같은데─심문을 받으면 얻게 될 이득을 스스로 포기해 버렸다는 것이오. 체포된 자에게 심문이란 어떠한 경우에도 이득을 의미하니까 말이오." K는 문을 바라보며 웃었다. "이 쓰레기 같은 자들!" 그가 외쳤다. "그럼 심문을 모두 다 내줄 테니 당신들이나 받아." 그리고 문을 열고서 계단을 급히 내려갔다. 그의 등 뒤에서 다시 생기를 되찾은 집회의 소음이 들려왔는데, 아마도 이 사건을 연구자들의 방식대로 논의하기 시작한 모양이었다.

텅 빈 법정에서
대학생
법원 사무처

K는 다음 한 주일 내내 매일 같이 새로운 통보가 오기를 기다렸다. 그는 심문을 포기한다는 자신의 말이 곧이곧대로 받아들여졌으리라고는 생각할 수 없었다. 그러나 기다리던 통보가 토요일 저녁때까지도 실제로 오지 않자 그는 동일한 시간에 동일한 건물로 다시 출두하라는 무언의 통보를 받은 것으로 여겼다. 그래서 일요일에 다시 그곳을 찾아갔는데, 이번에는 곧장 계단과 복도를 지나서 갔다. 그를 기억하는 몇몇 사람들이 자기 집 문간에서 그에게 인사를 했지만, 그는 더 이상 아무에게도 물을 필요가 없었기에 곧 그 문에 당도했다. 노크를 하자 곧바로 문이 열렸다. 문 옆에 서 있는 전의 그 낯익은 여자 쪽으로는 더 이상 눈길도 주지 않고 그는 곧장 옆방으로 들어가려고 했다. "오늘은 법정이 열리지 않는데요." 그 여자가 말했다. "왜 열리지 않나요?" 그는 그렇게 물으면서 그 말을 믿으려 하지 않았다. 그러자 여자는 옆방 문을 열어 그에게 확인시켜 주었다. 방은 실제로 텅 비어 있었고, 그렇게

비어 있으니까 지난 일요일보다 더욱 형편없어 보였다. 연단 위에 그대로 놓여 있는 테이블 위에는 책이 몇 권 있었다. "저 책들을 봐도 되겠습니까?" K는 그렇게 물었지만 특별한 호기심이 있어서가 아니라 아무런 소득도 없이 그냥 이곳에 왔다 가는 게 싫어서였다. "안 돼요." 여자는 말하면서 다시 문을 닫았다. "그건 못하게 되어 있어요. 그 책들은 예심 판사님 거예요." "아, 그런가요." K는 말하면서 고개를 끄덕였다. "그 책들은 아마 법률 책들이겠지요. 그리고 죄 없는 사람에게 게다가 본인 자신도 모르게 유죄 판결을 내리는 것이 이곳의 재판 방식 중 하나이지요." "그럴 거예요." 여자는 그렇게 말했으나 그의 말을 제대로 이해하지 못한 것 같았다. "자, 그러면 돌아가야겠군요." K가 말했다. "예심 판사님께 무슨 전하실 말씀이라도 있나요?" 여자가 물었다. "판사님을 아시나요?" K가 물었다. "물론이죠." 여자가 말했다. "제 남편이 법원 정리예요." 이제야 K는 지난번에 왔을 땐 세탁통 하나만 덩그러니 놓여 있던 방이 지금은 잘 꾸며 놓은 거실로 변해 있음을 깨달았다. 여자는 그가 놀라는 것을 알아차리고 말했다. "그래요, 우리는 이 집에 무료로 살고 있는데, 개정일이면 방을 비워 줘야 해요. 남편의 직위로는 어려운 점이 많아요." "제가 놀란 것은 방 때문이라기보다는……." K는 말하면서 그녀를 화난 듯이 쏘아보았다. "오히려 당신이 결혼했다는 사실 때문입니다." "아마 제가 당신의 연설을 방해했던 지난번 심리 때의 일을 두고 돌려서 말씀하시는 건가요?" 여자가 물었다. "물론이죠." K가 말했다. "이젠 이미 지나간 일이고 거의 잊혀졌지만 그땐 정말이지 울컥 화가 치밀었습니다. 그런데 지금은 당신이 스스로 결혼한 여자라고 말하고 있군요." "그때 연설이 중단된 것이 당신에게 해가 되는 일은 아니었어요. 나중에 사람들이 그 연설에 대해 아주 안 좋은 평들을 했거든요." "그럴 수도 있겠죠." K는 말머리를 돌리며 말했다. "하지만 그것으로 용서되는 것은 아닙니다." "저를 아시는 분이라면 누구나 용서해 주시는데요." 여자가 말했다. "그때 저를 껴안았던 남자는 이미 오래전부터 저를 쫓아다니고 있어요. 저는 대체로 남자들의 마음을 끌지 못하는 편인 것 같은데 그 남자에게는 그렇지가 않아요. 그자가 그러는 걸 막을 길이 없어요. 남편도 글쎄 두 손 들고 말았어요. 자신의 지위를 유지하려면 그 일을 묵인하는 수밖에 없어요. 그 남자는 대학생이니 장차 상당한 출세를 할 테니까요. 그자는 줄곧 제 뒤를 따라다녀요. 오늘도 당신이 오시기 직전에 여기서 나갔어요." "이곳의 다른 모든 일들과 잘 어울리는 이야기로군요." K가 말했다. "그러니 저는 놀라지 않습니다." "당신은 이곳을 좀 개선해 보려는 모양이지요?" 여자는 자신과 K 두 사람 모두에게 무슨 위험한 말이라도 하는 것처럼 천천히 조심스럽게 물었다. "당신의 연설에서 이미 그 뜻을 읽을 수 있었어요. 연설은 개인적으로 마음에 꼭 들었어요. 물론 일부분만 들은 것이긴 하지만요. 첫 부분은 놓쳤고 끝 부분에서는 그 대학생과 바닥에 누워 있었지요." "이곳은 정말 역겨운 곳이에요." 그녀는 잠깐 사이를 두었다가 말했다. 그러고는 K의 손을 잡았다. "당신은 자신이 개선을 이루어 내는 데 성공하리라고 믿으시나요?" K는 미소를 지으며 그녀의 부드러운 두 손 안에서 자신의 손을 약간 돌렸다. "사실……." 그가 말했다. "저는 당신 표현대로 여기서 개선을 이루어 내는 일을 맡지도 않았고, 그래서 만일 당신이 예컨대 예심 판사에게 그런 말을 한다면 비웃음을 사거나 아니면 처벌을 받게 될 겁니다. 실제로 저는 제 뜻대로 할 수 있었다면 아예 이런 일에 개입하지도 않았을 것이고, 이런 사법 제도는 개선할 필요가 있다 해도 결코 그 일로 해서 잠을 설치는 일도 없었을 겁니다. 그러나 저는 소위 체포되었다는 사실 때문에 — 그러니까 저는 현재 체포된 신분이라는군요 — 어쩔 수 없이 이곳 일에 개입하게 되었는데, 그건 결국 제 자신을 위한 것입니다. 그런데 제가 그 일을 할 때 당신한테도 어떻게든 도움이 될 수 있다면 저는 물론 기꺼이 그렇게 할 것입니다. 그건 이를테면 단지 이웃에 대한 사랑에서만이 아니라 당신도 저를 도울 수 있다는 생각에서입니다." "그런데 제가 어떻게 그런 일을 할 수 있을까요?" 여자가 물었다. "가령 저기 테이블 위에 있는 책들을 저한테 보여 준다든가 하면 됩니다." "그럼 그렇게 해요." 여자는 그렇게 외치더니 그를 후닥닥 끌고 갔다. 그것은 낡고 닳아 버린 책들이었는데, 한 권은 표지 한가운데가 거의 부서져 있었고 그 조각들은 섬유 조직에 의해서만 간신히 서로 붙어 있었다. "이것들 다 정말 더럽군요." K가 고개를 절레절레 흔들며 말했다. 그러자 여자는 K가 책들을 집어 들기 전에 앞치마로 겉 부분만이라도 먼지를 대충 훔쳐 냈다. K는 맨 위에 있는 책을 펼쳤는데, 점잖지 못한 그림이 나타났다. 한 남자와 한 여자가 벌거벗은 채 소파 위에 앉아 있는 그림이었는데, 화가의 천박한 의도가 뚜렷이 엿보였다. 하지만 그

솜씨가 매우 서툴러서 남녀의 육체만 그림에서 너무 두드러져 보였다. 남녀는 지나치게 곧추앉아 있었으며, 잘못된 원근법으로 인해 가까스로 서로를 향해 있었다. K는 더 이상 책장을 넘기지 않고 두 번째 책의 속표지만 펼쳐 보았는데 '그레테가 남편 한스에게 당해야 했던 고통'이라는 제목의 소설이었다. "이것이 여기서 연구되고 있는 법률서들이로군요." K가 말했다. "내가 이런 인간들한테 재판을 받아야 하다니." "제가 도와 드릴게요." 여자가 말했다. "괜찮겠어요?" "그러다 당신 자신이 위험에 빠질 수도 있을 텐데, 과연 그러실 수 있겠어요? 아까 하신 말씀으로는 당신 남편이 윗사람한테 꼼짝 못한다면서요?" "그래도 도와 드리겠어요." 여자가 말했다. "이리 오세요. 우리 같이 의논해 봐요. 제 위험에 대해서는 더 이상 말하지 마세요. 위험이란 내가 두려워하고자 할 때만 두려운 법이거든요. 이리 오세요." 그녀는 연단을 가리키며 함께 계단에 앉자고 했다. "아름답고 검은 눈을 가지고 있군요." 그들이 앉은 후 그녀가 말했다. 그러더니 K의 얼굴을 밑에서 올려다보았다. "저도 눈이 아름답다는 말을 듣고 있지만 당신 눈이 훨씬 더 아름다워요. 말이 나왔으니 말인데, 당신은 처음 이곳에 들어선 바로 그 순간 제 눈에 들었어요. 제가 나중에 이 집회실로 들어온 것도 당신 때문이에요. 평소에는 절대 들어가지도 않을뿐더러 심지어는 금지된 일이라고도 할 수 있어요." '그러니까 더 이상 볼 것도 없어.' K가 생각했다. '이 여자는 나에게 몸을 맡기는 거야. 이 여자도 이곳 주변의 모든 사람들과 마찬가지로 부패해 있어. 법원 직원들한테는 싫증이 나 버렸고, 그건 이해할 만도 하지, 그래서 아무나 모르는 사람한테도 눈이 어떻다는 둥 듣기 좋은 말을 해 대며 이렇게 반기는 거야.' 그러고서 K는 마치 자신의 생각을 큰 소리로 말했고 그럼으로써 그 여자에게 자신의 태도를 설명이라도 한 것처럼 말없이 자리에서 일어났다. "저는 당신이 저를 도울 수 있다고 생각지 않아요." 그가 말했다. "저를 실제로 돕기 위해서는 고위 관리들과 연줄이 있어야 합니다. 하지만 당신은 이곳에 수두룩하게 널려 있는 말단 직원들만 알고 있는 게 분명해요. 당신은 분명 그들을 잘 알고 있어서 그들에게 부탁해 여러 가지 일을 해낼 수도 있을 테지요. 그 점은 저도 의심치 않습니다. 그러나 그들을 통해 해낼 수 있는 일이 아무리 크다 해도 소송의 최종 결말을 위해서는 전혀 의미 없는 사소한 것에 불과할 겁니다. 그렇게 하다가 당신은 자칫 친구들 몇 명을 잃게 될 수도 있을 겁니다. 저는 그러길 원치 않습니다. 그 사람들과 지금까지 맺어 온 관계를 계속 유지하세요. 당신한테는 그것이 꼭 필요한 것으로 보이니까요. 그렇게 말하니 연민의 정이 느껴집니다. 당신의 호의에 어떻게든 응답을 하기 위해 말씀드리자면, 저도 당신이 마음에 들기 때문입니다. 지금처럼 저를 슬프게 바라볼 때 특히 그렇습니다. 그런데 당신한테는 슬퍼할 이유가 하나도 없습니다. 당신은 제가 맞서 싸워야 할 사람들 무리에 속해 있지만, 그 안에서 아주 잘 지내고 있으니까요. 게다가 당신은 그 대학생을 사랑하고 있고, 아니 사랑하지는 않는다 해도, 적어도 당신의 남편보다는 좋아하고 있잖아요. 그건 당신의 말에서 쉽게 알 수 있었습니다." "아네요!" 그녀가 외쳤다. 그러고는 그대로 앉은 채 K의 손을 잡았는데 그는 손을 빼낼 만큼 그리 재빠르지 못했다. "지금 가 버리시면 안 돼요. 저에 대해 잘못 판단하신 채 이렇게 가시면 안 돼요! 정말 지금 가실 생각이세요? 잠깐만 더 계실 수 없겠어요? 그렇게도 제가 정말 가치 없는 사람인가요?" "제 말을 오해하고 계십니다." K는 그렇게 말하며 앉았다. "제가 여기에 있기를 진정으로 원하신다면 기꺼이 그렇게 하겠습니다. 저는 시간이 있어요. 오늘 심리가 있을 것으로 기대하고 여기에 온 것이니까요. 제가 조금 전에 드린 말로써 단지 제가 부탁 드리고 싶은 것은 제 소송 문제로 저를 위해 아무 일도 하지 말아 달라는 것뿐입니다. 이렇게 말한다고 서운해하실 필요는 없습니다. 소송 결과 따위는 저한테 전혀 중요한 것이 아니고, 만일 유죄 판결이 내려진다 해도 저는 그저 웃어넘길 거라는 점을 생각한다면 그러실 일이 아닙니다. 이 말도 소송이 실제로 어떤 결말에 이를 것이라는 전제하에 한 것인데, 과연 그렇게 될지 그 전제 자체가 의심스럽습니다. 오히려 저는 관리들의 태만이나 건망증 때문에 또는 어쩌면 심지어 두려움 때문에 소송이 이미 중단되었거나 가까운 시일 내에 중단될 것이라는 생각이 듭니다. 물론 상당히 큰 어떤 뇌물을 기대하고 소송을 형식적으로 속행할 수도 있지요. 하지만 제가 오늘 분명히 말해 두지만 그건 전혀 헛된 기대일 겁니다. 저는 누구에게도 뇌물 같은 것은 주지 않으니까요. 만일 당신이 예심 판사나 중요한 소식을 잘 퍼뜨리고 다니는 누군가에게 저라는 인간은 무슨 일이 있어도, 그리고 그 양반들이 아마 다양하게 쓸 수 있는 그 어떤 술책으로도 뇌물 따위를 바치도록 마음을 움직일 수는 없을 거라는 말을 전해 주신다면, 그것만으로도 당신이 저한테 해 주실 수 있는 값진 도움이 될 겁니다. 그런 일은 전혀 가망이 없을 것이라고 그들에게 분명히 말씀해 주시면 됩니다. 그런데 어쩌면 그들 스스로 이미 그것을 눈치 챘을지도 모릅니다. 만일 그렇지 않다 해도 그들이 지금 그것을 알고 모르고는 저한테 전혀 중요한 일이 아닙니다. 알고 있다면야 그 양반들이 헛수고를 하지 않아도 될 것이고 물론 저도 불쾌한 일들을 면하게 되겠지요. 그러나 만일 그 일들이 어느 것이든 동시에 그들에게도 타격이 될 수 있다는 것을 제가 알 수만 있다면 아무리 불쾌한 일이라도 저는 기꺼이 떠맡겠습니다. 그리고 그렇게 될 수 있도록 힘써 보겠습니다. 그런데 당신은 정말로 예심 판사를 알고 있나요?" "물론이지요." 여자가 말했다. "제가 당신을 돕겠다고 했을 때 제일 먼저 그분을 생각했어요. 저는 그분이 하급 관리에 지나지 않는다는 건 몰랐어요. 하지만 당신이 그렇게 말씀하시니 틀림없이 맞는 말이겠지요. 그렇지만 그분이 위에 올리는 보고서는 그래도 어느 정도 영향력이 있을 거라고 생각해요. 그리고 그분은 아주 많은 보고서를 쓰고 있어요. 당신은 관리들이 게으르다고 말씀하시는데 분명 모두가 다 그런 건 아니에요. 특히 그 예심 판사님은 그렇지 않아요. 그분은 아주 많이 쓰거든요. 일례로 지난 일요일에는 심리가 저녁 무렵까지 계속되었지요. 사람들이 다 가고 예심 판사님만 홀에 남아 있었어요. 저는 그분에게 등불을 갖다 드려야 했는데 작은 부엌용 등불밖에 없었지요. 하지만 그분은 그것으로도 만족하고 곧바로 글을 쓰기 시작했어요. 그사이 제 남편도 왔는데 그날은 마침 휴가 중이었어요. 우리는 가구들을 가져와 다시 우리 방을 꾸며 놓았지요. 이어서 이웃집 사람들이 놀러 와 우리는 또 촛불을 하나 켜 놓고 담소를 나누었어요. 요컨대 우리는 예심 판사님을 잊어버린 채 그만 잠자리에 들고 말았던 거예요. 한밤중에, 이미 밤이 깊었을 때였음이 분명한데, 갑자기 제 눈이 뜨이는 거예요. 그래서 보니 침대 옆에 글쎄 예심 판사님이 서서 제 남편한테 빛이 가지 않도록 손으로 등불을 가리고 있는 게 아니겠어요. 그건 괜한 염려였지요. 제 남편은 일단 잠이 들면 불빛이 비쳐도 깨어나는 일이 없을 정도로 깊이 곯아떨어지는 사람이거든요. 저는 소스라치게 놀라 하마터면 소리를 지를 뻔했어요. 하지만 예심 판사님은 매우 자상했어요. 저한테 조심하라고 이르더니, 자기는 지금까지 글을 썼고 이제 등불을 돌려주겠으며, 자신이 발견한 저의 잠자는 모습을 결코 잊지 못할 것이라고 속삭이며 말했어요. 이 모든 이야기를 통해 제가 단지 말씀드리고 싶은 것은 예심 판사님이 실제로 많은 보고서를 쓰고 있다는 사실이에요. 특히 당신에 대해 많이 쓰고 있는데, 당신에 대한 심리가 분명히 그 일요일 재판에서 가장 중요한 사안 중 하나였기 때문일 거예요. 그렇게 긴 보고서들이 전혀 의미가 없을 리는 없지 않겠어요. 게다가 당신도 이번 사건에서 보셨지만, 예심 판사님은 저한테 마음을 두고 있고, 바로 지금 초기 단계일 때, 그분은 이제야 저를 알아본 것이 분명한데, 제가 그분한테 큰 영향을 미칠 수 있을 거예요. 그분이 저한테 관심이 많다는 것에 대해서는 지금 다른 증거도 또 있어요. 어제 그분은 글쎄 자신이 크게 신임하고 있고 자신의 일을 돕고 있는 그

대학생을 시켜 저한테 실크 스타킹을 선물로 보내왔지 뭐예요. 제가 법정을 청소해 주는 것에 대한 대가라고는 하지만 그건 구실에 불과하지요. 왜냐하면 그 일은 제 의무일 뿐이며 그 대가로 제 남편이 봉급을 받고 있으니까요. 멋진 스타킹이에요. 보세요." 그녀는 두 다리를 뻗어 치마를 무릎까지 끌어올리고는 자신도 그 스타킹을 쳐다보았다. "멋진 스타킹이에요. 하지만 사실 너무 고와서 저한테는 어울리지 않아요."

갑자기 그녀가 말을 중단하고는 K를 진정시키려는 듯 자신의 손을 그의 손 위에 올려놓으며 속삭였다. "조용히 해요. 베르톨트가 우리를 보고 있어요." K는 천천히 고개를 들어 올렸다. 법정 문 안에 한 젊은 남자가 서 있었는데, 키가 작고 다리는 약간 휘었으며 코 밑으로 얼굴의 아래쪽은 온통 수염으로 덮여 있었다. 그는 길이가 짧고 숱이 적어 빈약해 보이는 불그스름한 수염 속에 손가락을 넣어 계속 이리저리 움직이면서 위엄을 보이고자 했다. K는 그를 호기심에 찬 눈으로 바라보았다. 그는 K가 말하자면 인간적으로 직접 마주치게 된 최초의 대학생으로 법학이라는 생소한 학문을 하고 있었는데, 역시 언젠가는 틀림없이 고위 관직에 오를 사람이었다. 반면에 그 대학생은 K를 겉으로 보기엔 전혀 거들떠보지도 않는 것 같았으며, 잠시 수염 속에서 빼낸 한 개의 손가락만을 까딱거려 그 여자에게 신호를 보내고는 창가로 갔다. 여자는 K에게 몸을 구부리며 속삭였다. "저한테 화내지 마세요. 제발 부탁이에요. 저를 나쁘게 생각하지도 마세요. 저는 지금 저 사람한테가 봐야 해요. 저 징그러운 인간한테요. 저 굽은 다리 좀 보세요.

하지만 금방 돌아올게요. 그런 다음엔 당신이 저를 데려가 주신다면 따라가겠어요. 어디든 원하시는 대로 가겠어요. 당신이 원하시는 걸 저와 함께하실 수 있어요. 이곳을 가능한 한 오랫동안 떠나 있을 수 있다면 저는 행복할 거예요. 물론 제일 좋은 것은 영원히 떠나는 거구요." 그녀는 K의 손을 쓰다듬다가 벌떡 일어나 창가로 달려갔다. 자신도 모르게 K는 또 그녀의 손을 잡으려고 허공을 움켜쥐었다. 여자는 정말로 그를 유혹하고 있었다. 그는 아무리 생각해 봐도 자기가 왜 유혹에 넘어가지 말아야 하는지 확실한 이유를 찾지 못했다. 여자가 법원을 위해 자기를 옭아매려는 것이라는 의혹이 얼핏 들었지만 그는 그 의혹을 간단히 떨쳐 냈다. 그녀가 어떤 식으로 그를 옭아맬 수 있단 말인가? 적어도 자신의 문제와 관련해서는 법원 전체를 당장 때려 부술 수도 있을 만큼 그는 여전히 자유로운 몸이 아닌가? 그만한 자신감도 없단 말인가? 그런데 자진해서 도움을 주겠다는 그녀의 제의는 솔직하게 들렸고 어쩌면 쓸모가 있을지도 몰랐다. 그리고 예심 판사와 그의 추종자들에 대한 복수로. 그들에게서 이 여자를 빼앗아 자기 것으로 만드는 것보다 더 통쾌한 복수는 아마 없을 것 같았다. 그렇게 되면 예심 판사가 K에 대한 거짓 보고서를 작성하느라 밤늦도록 고된 일을 하고 나서 와 보니 저 여자의 침대가 비어 있는 것을 발견하게 되는 경우도 언젠가는 생길 수 있을 것이다. 그리고 침대가 비어 있는 것은 그녀가 이젠 K의 것이기 때문이다. 창가에 있는 저 여자가, 거칠고 무거운 천의 검은색 원피스를 입은 저 풍만하고 나긋나긋하고 따뜻한 육체가 전적으로 K만의 것이기 때문이다.

여자에 대한 의구심을 이런 식으로 떨쳐 버린 그는 창가에서 소곤대는 둘만의 대화가 너무 길게 느껴져 연단 위를 손가락 관절로 두드려 보다가 주먹으로도 두드렸다. 대학생은 여자의 어깨 너머로 힐끗 K 쪽을 쳐다보았으나 전혀 개의치 않고 이제는 심지어 여자에게 몸을 바싹 붙이더니 그녀를 껴안는 것이었다. 그녀는 그의 말을 주의 깊게 들으려는 것처럼 머리를 깊이 숙였고, 그는 그녀가 몸을 구부리자 목에다 요란한 소리를 내며 키스했는데 그러면서도 이야기를 멈추지 않고 계속 해 댔다. 이 장면에서 K는 여자가 호소한 대로 대학생이 그녀에게 횡포를 부리는 모습을 확인했다고 생각하고는 일어나서 방 안을 왔다 갔다 했다. 그는 곁눈질로 대학생을 쳐다보면서 어떻게 하면 저 녀석을 되도록 빨리 내쫓을 수 있을까 곰곰이 생각했다. 그래서 방을 거닐다 때때로 발을 구르기까지 하는 K의 신경질적인 행동에 분명 신경이 거슬린 듯더 이상 못 참고 대학생이 말을 해 왔을 때는 차라리 반가운 마음이 없지 않았다. "그렇게 못 참겠으면 가지 그러시오. 진작에 갔으면 좋았을 걸 그랬소. 간다고 아쉬워할 사람 아무도 없소. 아니, 내가 들어왔을 때 후딱 가 버렸어야지." 말을 하는 도중 계속 솟구쳐 오르는 분노가 금방이라도 터져 나올 것 같았지만, 아무튼 그의 말 속에는 미래의 법관이 될 사람으로서 기분 나쁜 피고를 상대로 말할 때의 오만함이 들어 있었다. K는 그의 곁으로 가까이 다가가 미소를 지으며 말했다. "그래 맞소. 나는 못 참겠소. 하지만 이 조급증은 당신이 우리를 떠나 주면 씻은 듯 사라질 것이오. 그런데 혹시 여기에 공부하러 왔다면—나는 당신이 대학생이라고 들었소만―당신한테 기꺼이 자리를 내드릴 테니 나는 이 여자와 나가 드리겠소. 말이 나왔으니 말인데, 판사 나리가 되시려면 그전에 아직 공부를 많이 해 두셔야 할 것 아니겠소. 당신네 사법 제도에 대해서는 아직 잘 모르기는 하지만 당신이 뻔뻔스럽게도 잘도 구사해 대는 그 난폭한 언사만으로는 결코 어림도 없을 것이오." "이런 자를 이렇게 마음대로 돌아다니게 하는 게 아니었는데." K의 모욕적인 언사에 대해 여자에게 무언가 설명을 하려는 듯이 대학생이 말했다. "실책이었어. 예심 판사에게도 그렇게 말했었지. 이런 자는 심리가 없을 때는 적어도 자기 방 안에다 붙들어 두었어야 하는 건데 말이야. 예심 판사는 가끔 이해할 수가 없어." "쓸데없는 소리 집어치워." K는 그렇게 말하면서 여자 쪽으로 손을 내뻗었다. "이리 와요." "아 그러셔." 대학생이 말했다. "안 되지, 안 돼. 이 여자는 못 주지." 그러더니 믿기지 않는 힘으로 그녀를 한쪽 팔로 번쩍 안아 올리고는 등을 구부리고서 그녀를 사랑스러운 듯 올려다보며 문 쪽으로 달려갔다. 순간 K에 대한 어떤 두려움의 빛이 역력히 드러났다. 그럼에도 그는 비어 있는 다른 손으로 여자의 팔을 쓰다듬기도 하고 꾹 눌러 보기도 하면서 계속 K의 신경을 건드렸다. K는 몇 걸음 그를 따라 나란히 달렸는데, 여차하면 그를 붙잡아 목을 조를 작정이었다. 그때 여자가 말했다. "그래야 소용없어요. 예심 판사님이 저를 데려오라고 한 거예요. 당신과는 함께 갈 수 없겠어요. 이 흉악한 사람이……." 그러면서 그녀는 대학생의 얼굴을 손으로 쓱 훑었다. "이 흉악한 사람이 저를 놔주지 않아요." "그리고 당신 자신도 벗어날 생각이 없는 거겠지!" K가 그렇게 소리 지르며 대학생의 어깨 위에 손을 올려놓자 대학생은 그 손을 이빨로 덥석 물려고 했다. "안 돼!" 여자가 외치며 K를 두 손으로 밀쳐 냈다. "안 돼요, 안 돼. 그건 안 돼요. 대체 무슨 생각을 하는 거예요! 그러시면 저는 파멸이에요. 이 사람을 놓아주세요, 제발, 놓아주세요. 예심 판사님의 명령을 받들어 저를 그분한테 데려가는 것뿐이에요." "그럼 가라고 하시지. 그리고 당신을 절대 다시는 안 보겠어." K는 실망스러운 나머지 격분해서 그렇게 말하고는 대학생의 등짝을 한 차례 세게 때렸다. 그러자 그는 잠시 비틀거리더니 넘어지지 않은 것이 기쁜 듯 자신의 짐을 끌어안고 더 높이 들어 올리며 껑충껑충 뛰어갔다. K는 그들의 뒤를 천천히 따라가면서 이것이 그가 그들로부터 당한 최초의 명백한 패배임을 깨달았다. 물론 그렇다고 해서 불안해할 이유는 없었다. 그가 패배를 당한 것은 오직 그가 싸움을 걸었기 때문이다. 만일 그가 집에 계속 있으면서 평소의 익숙한 생활을 해 나간다면 그는 그들 중 누구보다도 월등히 우세할 것이고 누구든 발로 한번 걷어차면 길에서 비켜나게 할 수 있을 것이다. 그리고 그는 가장 우스꽝스러운 장면을 상상해 보았다. 가령 이 형편없는 대학생 녀석이, 이 시건방진 자식이, 이 다리 휜 털보 놈이 엘자의 침대 앞에 무릎을 꿇고 두 손을 모아 관대한 처분을 빈다고 한다면 세상에 더할 수 없이 우스꽝스러운 장면이 될 것이다. K는 이 상상이 마음에 들어 언젠가 기회만 오면 이 대학생을 한번 엘자에게 데려가리라 마음먹었다.

호기심을 못 이기고 K는 또 문을 향해 서둘러 달려갔다. 그는 여자가 어디로 실려 가는지 보고 싶었다. 대학생이 그녀를 한 팔로 안고 설마 길 건너편으로 데려가지는 않을 테니까. 이동 거리가 생각보다 훨씬 더 짧다는 것을 알 수 있었다. 이 집 바로 맞은편에 좁은 나무 계단이 하나 있었는데 아마도 지붕 밑 다락방으로 올라가는 계단 같았다. 중간에 한 번 구부러져 있어서 그 끝이 보이지 않았다. 대학생은 이 계단 위로 여자를 안고 올라가는데 어느새 속도가 매우 느려졌고 신음 소리가 새어 나왔다. 이제껏 달려오느라 힘이 빠졌던 것이다. 여자는 K를 내려다보며 손으로 인사하고는 양어깨를 들었다 내림으로써 자신은 이 납치극에 아무 죄가 없음을 보이고자 했다. 그러나 그 몸짓에는 크게 애틋해하는 기색이 들어 있지 않았다. K는 낯선 여자를 대하듯 그녀를 무표정하게 바라보았다. 그는 자기가 실망했다는 것도, 그 실망을 쉽사리 이겨 낼 수 있으리라는 것도 겉으로 드러내려 하지 않았다.

두 사람은 이미 사라지고 없었지만, K는 여전히 문간에 서 있었다. 그는 여자가 자기를 기만했을 뿐만 아니라 예심 판사에게 끌려가는 것이라는 말로 거짓말까지 했다고 생각하지 않을 수 없었다. 예심 판사가 설마 다락방에 앉아 기다리지는 않을 테니까. 나무 계단은 아무리 오랫동안 쳐다보고 있어도 설명해 주는 것이 아무것도 없었다. 그때 K는 계단 입구 옆에 붙어 있는 조그만 표찰을 발견하고는 그리로 건너가 보니 천진하고 서투른 글씨체로 '법원 사무처 올라가는 입구'라고 적혀 있었다. 그렇다면 이 임대 건물의 다락 공간에 법원 사무처가 있단 말인가? 그것은 별로 주목을 끌 만한 시설이 아니었다. 세입자들 자신이 이미 극빈자들에

속하는데, 그런 사람들이 쓸모없는 잡동사니나 던져 두는 곳에 사무처를 두고 있다면, 법원은 도대체 얼마나 적은 자금을 운용하고 있다는 것인가. 그에 대해 한번 상상해 보는 것도 피고인에겐 위안을 주는 것이었다. 법원이 돈은 충분히 가지고 있지만 그것을 법원의 여러 목적을 위해 사용하기 전에 관리들이 달려들어 착복할 가능성도 물론 배제할 수 없었다. 그것은 K가 겪어 온 지금까지의 경험들에 비추어 볼 때 심지어 가능성이 매우 높다고도 할 수 있었다. 만일 그렇다면 법원의 그런 타락은 피고인에게 굴욕감을 주는 것이긴 하지만, 근본적으로 보면 법원이 궁핍한 경우가 주는 위안보다 더욱 큰 위안을 주는 것이었다. 이제 K는 첫 심문 때 피고를 다락방으로 소환하기가 부끄러워 그의 집에서 그를 귀찮게 괴롭히는 쪽을 택한 것이라고 이해할 수도 있었다. 하지만 판사에 비해 K는 얼마나 좋은 자리에 있는 것인가! 판사가 다락방에 앉아 있는 신세인 반면에, K 자신은 은행에서 대기실까지 딸린 큰 방을 쓰고 있고 대형 유리창을 통해 활기찬 도시 광장을 내려다볼 수도 있으니 말이다. 다만 뇌물이나 횡령에서 들어오는 부수입이 없었고, 사환을 시켜 여자를 팔에 안아 사무실로 데려오게 할 수도 없었다. 그러나 K는 적어도 지금 같은 생활을 계속 누릴 수만 있다면 그런 것쯤은 기꺼이 포기하고 싶었다.

K가 아직 그 표찰 앞에 서 있는데, 한 남자가 계단을 올라와서는 열린 문을 통해 거실 안을 들여다보았다. 거실에서는 다시 법정 안도 들여다보였다. 그리고 마침내 K에게 혹시 조금 전에 여기서 어떤 여자를 못 보았느냐고 물었다. "당신이 정리(廷吏)군요,

아닌가요?" K가 물었다. "네." 남자가 말했다. "아, 그렇군요. 당신이 피고 K씨로군요. 이제 저도 알아보겠습니다. 잘 오셨습니다." 그러고는 K에게 손을 내밀었는데 그로서는 전혀 예상치 못한 일이었다. K가 말이 없자 정리가 말했다. "그런데 오늘은 심리가 열리지 않습니다." "알고 있습니다." K는 말하면서 정리가 입고 있는 사복을 살펴보았다. 사복에는 몇 개의 평범한 단추 외에 관직에 있다는 유일한 표시로 두 개의 금색 단추가 달려 있었는데 낡은 장교용 외투에서 떼어 낸 듯 보였다. "조금 전에 당신 부인과 얘기를 나눴는데, 지금은 여기 없습니다. 대학생이 부인을 예심 판사한테 데리고 갔습니다." "그것 보세요." 정리가 말했다. "그들은 항상 저한테서 아내를 빼앗아 간다니까요. 오늘은 일요일이잖아요. 그래서 일을 안 해도 되는데 오직 저를 이곳에서 멀리 떼어 놓기 위해 아무리 봐도 쓸데없는 통지를 저에게 맡겨 전하라는 심부름을 내보내는 겁니다. 그런데 저를 보낸 곳이 아주 멀지는 않아서 급히 서두르면 제때에 돌아올 수 있으리라 생각했습니다. 그래서 저는 할 수 있는 한 힘껏 달려가서 심부름 가는 사무소의 문틈으로 저쪽에선 거의 알아듣지 못할 정도로 숨을 헐떡이며 통지 내용을 외치고는 다시 냅다 달려왔습니다. 하지만 대학생이 저보다 더 빨랐지요. 물론 그 친구는 길이 훨씬 더 가까워서 다락방 계단을 달려 내려오기만 하면 되었지만 말이에요. 제가 이렇게 매여 있는 몸이 아니라면 일찌감치 그 대학생 놈을 이 벽에 짓눌러 죽여 버렸을 겁니다. 여기 이 표찰 옆에다 대고 말입니다. 저는 늘 그런 꿈을 꾼답니다. 바닥에서 조금 떨어진 이 위쪽에 그놈이 짓눌려 있는데, 양팔은 쭉 뻗어 있고, 손가락은 쫙 펴져 있고, 굽은 두 다리는 원을 이루고 있고, 사방엔 온통 피가 튀어 있는 겁니다. 하지만 지금까지 그건 단지 꿈일 뿐이었습니다." "달리 어떤 방도가 없나요?" K가 미소 지으며 물었다. "저는 방도를 모르겠어요." 정리가 말했다. "그런데 이젠 일이 더욱더 안 좋아지고 있어요. 여태까지는 그놈이 자신을 위해서만 제 아내를 데려갔는데, 이젠 예심 판사한테도 데려가는 겁니다. 물론 그것은 일찍이 예상했던 일이긴 합니다만." "그런데 그럴 때 당신 부인은 전혀 죄가 없나요?" K가 물었다. 그렇게 물으면서 그는 감정을 억눌러야 했다. 그만큼 그는 지금 질투심을 느끼는 것이기도 했다. "천만에요." 정리가 말했다. "그냥 죄가 있을 뿐 아니라 심지어 가장 큰 죄를 짓고 있지요. 그녀 스스로 그놈에게 달라붙었거든요. 그놈으로 말할 것 같으면 여자를 보았다 하면 누구든 쫓아다니지요. 이 건물에서만도 벌써 다섯 집이나 몰래 기어들어 갔다 쫓겨난 걸요. 이 건물 전체에서는 물론 제 아내가 제일 미인이지요. 그러니 저로서는 막아 낼 도리가 없어요." "사정이 그렇다면 정말 방도가 없겠군요." K가 말했다. "왜 없다는 겁니까?" 정리가 물었다. "그 대학생 놈은 겁쟁이여서 다시 또 제 아내한테 손을 대려고 하면 다시는 그런 짓을 할 엄두조차 못 내도록 단단히 혼을 내 주면 될 텐데. 하지만 저로서는 그럴 처지가 못 되고 다른 사람들도 저를 위해 대신 나서 주지 않아요. 모두들 그자의 권력이 두려워서랍니다. 오직 당신 같은 남자만이 그 일을 할 수 있을 겁니다." "어떻게 제가 그런 걸?" K가 놀라서 물었다. "당신은 고소당한 처지이니까요." 정리가 말했다. "그래요." K가 말했다. "하지만 그러니까 더욱 두려워하지 않을 수 없지요. 그자가 비록 소송의 결과에 대해서는 영향력이 없다 하더라도 예심에는 분명히 영향을 미칠 수 있을 테니까요." "그야 그렇지요." 정리는 K의 생각이 자신의 생각과 똑같이 옳다는 듯 말했다. "하지만 우리 법원에서는 대개 가망이 없는 소송은 하지 않습니다." "저는 그렇게 생각하지 않는데요." K가 말했다. "하지만 그렇다고 해서 가끔은 그 대학생 놈의 버르장머리를 고쳐 주는 일을 못할 건 없어요." "정말 뭐라고 감사드려야 할는지요." 정리가 다소 정중한 말투로 말했다. 그런데 실은 자신이 진정으로 바라는 일이 이루어질 수 있으리라는 것에 대해서는 믿지 못하겠다는 눈치였다. "어쩌면 말입니다." K가 말을 계속했다. "당신네 직원들 중 일부도, 아니 심지어는 직원들 모두가 똑같은 취급을 받아야 마땅할 겁니다." "그렇고말고요." 정리가 당연한 일이라는 듯 말했다. 그러고는 K를 신뢰의 눈길로 바라보았는데, 지금까지 그는 더없이 친절하긴 했어도 그런 태도를 보인 적은 없었다. 그리고 이렇게 덧붙여 말했다. "반란은 뭐늘 일어나는 법이지요." 그런데 대화가 그에게는 약간 못마땅하게 되어 버린 것 같았다. 왜냐하면 그가 하던 말을 중단하고 이렇게 말했기 때문이다. "이제 저는 사무처에 가 봐야 해요. 같이 가시겠어요?" "저는 그곳에 아무런 용무도 없는데요." K가 말했다. "사무처를 구경해도 되지요. 아무도 당신한테 신경 쓰지 않을 겁니다." "구경할 만한가요?" K가 머뭇거리며 물었다. 하지만 따라가고 싶은 마음이 커졌다. "글쎄요." 정리가 말했다. "제 생각엔 당신한테 흥미로울 것 같은데요.""좋아요."K가 마침내 결심한 듯 말했다. "같이 갑시다." 그러고는 정리보다 더 빨리 계단을 올라갔다.

그는 문을 열고 들어가려다 넘어질 뻔했다. 왜냐하면 문 뒤에는 계단이 한 단 더 있었기 때문이다. "방문자를 배려하는 마음이 별로 없군요." 그가 말했다. "전혀 없어요." 정리가 말했다. "여기 대기실 좀 보세요." 그것은 긴 복도였는데, 그곳은 대충 짜서 만든 문들을 통해 지붕 밑 다락 공간의 각 부서들로 들어가는 통로였다. 빛이 직접 들어오는 곳은 없었지만 그다지 어둡지는 않았다. 왜냐하면 여러 부서들이 복도 쪽으로 단일한 판자벽 대신 천장까지 이어진 칠 안 한 나무 격자를 갖추고 있어서 그 격자를 통해 어느 정도 빛이 들어왔기 때문이다. 그리고 격자를 통해 직원들도 하나하나 볼 수 있었다. 그들은 책상에 앉아 무언가를 쓰고 있거나 격자에 붙어 서서 격자 틈으로 복도에 있는 사람들을 살펴보고 있었다. 일요일이어서 그런지 복도에는 사람들이 얼마 되지 않았다. 그들은 매우 겸손한 인상을 주었다. 거의 규칙적인 간격을 두고 서로 떨어져 복도 양옆에 놓인 두 줄의 긴 나무 벤치 위에 앉아 있었다. 모두 허름한 옷차림이었지만 대부분은 얼굴 표정, 태도, 수염 스타일, 그 밖에 뭐라고 꼬집어 말할 수 없는 여러 가지 사소한 세부적 특징들로 미루어 볼 때 적어도 중류층 이상에 속하는 사람들이었다. 옷을 걸어 놓는 자리가 없었기 때문에 그들은 누군가의 본을 따른 모양인 듯 모자를 벤치 밑에 놓아두었다. 문에서 가장 가까이 앉아 있던 사람들이 K와 정리의 모습을 보자 인사를 하기 위해 일어섰다. 다음 사람들도 그것을 보더니 자기들 역시 인사를 해야 한다고 생각해서 결국은 두 사람이 지나가자 모두가 일어섰다. 그들은 결코 똑바로 서 있지 못했는데, 등은 구부정하고 무릎은 꺾인 채 거리의 걸인들처럼 서 있었다. K는 자기보다 조금 뒤떨어져 오고 있는 정리를 기다렸다가 말했다. "이 사람들은 정말 기가 다 빠진 모양이군요." "네." 정리가 말했다. "피고들입니다. 여기 보이는 사람들 모두가 피고들입니다." "정말요!" K가 말했다. "그럼 내 동료들이군요." 그러면서 그는 가장 가까이에 있는, 키가 크고 호리호리하고 이미 백발이 거의 다 된 남자에게 얼굴을 돌렸다. "여기서 무얼 기다리시나요?" K가 정중히 물었다. 그런데 이 예기치 않은 질문이 그 남자를 당황스러워 어쩔 줄 모르게 만들었다. 그는 세상 경험이 많아 다른 곳에서라면 분명 자신의 마음을 잘 다스릴 줄 알고 많은 사람들에 대해 얻게 된 우월감을 쉽사리 포기하지 않았을 남자임이 틀림없었기 때문에 당황스러워하는 그 모습이 더욱 안쓰럽게 보였다. 그런데 이곳에서 그는 그렇게 간단한 질문에도 대답을 하지 못하고 다른 사람들을 쳐다보았는데, 그 모습이 마치 그들이 자기를 도와야 할 의무라도 있다는 듯한, 그리고 만일 그들의 도움이 없다면 아무도 자기한테서 어떤 대답을 요구할 수 없다는 듯한 태도였다. 그러자 정리가 다가와 그 남자를 달래고 격려하기 위해 말했다. "여기 이분께서는 단지 당신이 무엇을 기다리고 있는가 물어보시는 것뿐입니다. 어서 대답해 보세요." 그에게는 아마도 익숙한 정리의 목소리가 한결 도움이 된 듯했다. "제가 기다리는 건……" 하고 말을 시작하다가 멎어 버렸다. 분명 그는 질문에 대해 아주 정확한 대답을 하기 위해 그렇게 말을 시작했지만 그다음 말을 잇지 못한 듯했다. 기다리고 있던 사람들 가운데 몇 명이 다가와 세 사람 주위에 둘러서자 정리가 그들에게 말했다. "비켜요, 비켜. 통로를 막지 마요." 그들은 약간 뒤로 물러났으나 이전의 자리로 돌아가지는 않았다. 그러는 사이에 질문을 받은 그 남자가 마음을 가다듬었는지 심지어 살짝 미소까지 지어 보이며 대답했다. "저는 한 달 전에 제 사건에 관련해 몇 가지 증거 신청을 했는데 그 처리 결과를 기다리고 있습니다." "정말 고생이 많으신 것 같습니다." K가 말했다. "네." 남자가 말했다. "제일인 걸 어쩌겠어요." "누구나 당신처럼 생각하는 건 아닙니다." K가 말했다. "예를 들면 저도 고소를 당한 처지이지만 정말이지 잘되기를 바랄 뿐 증거 신청도 하지 않았고 그 밖에 어떤 비슷한 일도 하지 않았습니다. 그런 게 과연 필요하다고 생각하시나요?" "저는 잘 모르겠습니다." 남자가 다시 잔뜩 불안한 태도로 말했다. 그는 필시 K가 자기를 놀리고 있다고 생각했으며, 그 때문에 자기가 다시 또 무슨 실수를 하지 않을까 두려워 조금 전의 대답을 그대로 되풀이하는 게 아마도 가장 좋겠다고 생각하는 것 같았다. 그러나 대답을 기다리는 K의 초조한 눈빛 앞에서 그는 단지 이렇게 말할 뿐이었다. "저로 말씀드리면 저는 증거 신청을 했습니다." "당신은 제가 고소당했다는 걸 믿지 못하시겠다는 건가요?" K가 물었다. "아, 아닙니다. 믿고말고요." 남자는 그렇게 말하며 약간 옆으로 물러났지만 대답 속에는 믿음이 아니라 두려움만 들어 있었다. "그러니까 제 말을 믿지 않으시는 거지요?" K가 물었다. 그러고는 자기도 모르게 남자의 비굴한 태도에 자극되어 그의 팔을 잡았는데, 그것은 마치 그를 억지로 믿게 하려는 듯한 동작처럼 보였다. K는 그를 아프게 할 생각이 없었고 그래서 그를 아주 살짝 잡았을 뿐이었는데, 그럼에도 그 남자는 마치 자기를 두 손가락이 아니라 벌겋게 달아오른 부집게로 잡기라도 한 것처럼 소리를 질러 댔다. 이 어처구니없는 비명 소리에 K는 그에게 결정적으로 정나미가 떨어졌다. 자기가 고소당했다는 말을 믿지 못하겠다면 더 잘된 일이었다. 어쩌면 이 남자는 자신을 심지어 판사로까지 생각하는지도 몰랐다. K는 이제 작별을 위해 그를 정말로 꽉 붙잡아 벤치 쪽으로 떠다밀고는 그 자리를 떠났다. "피고들은 대부분 저렇게 예민하답니다." 정리가 말했다. 그들 뒤에서는 대기실에 있던 거의 모든 사람들이 이미 비명을 그친 그 남자 주위로 몰려들어 그 돌발 사건에 대해 자세히 캐묻는 것 같았다. 그때 K를 향해 경비원 한 명이 다가왔는데 무엇보다 사벨*을 차고 있어서 그가 누구인지 알아볼 수 있었다. 적어도 그 빛깔로 볼 때 칼집은 알루미늄으로 만들어진 것 같았다. 그걸 보고 K는 놀라워서 만져 보려고 손까지 뻗어 보았다. 비명 소리를 듣고 나타난 경비원은 무슨 일이 난 거냐고 물었다. 정리가 몇 마디 말로 그를 진정시키려고 했지만 경비원은 아무래도 자기가 직접 알아봐야겠다고 말하더니 경례를 하고는 매우 급한 걸음으로 달려갔다. 하지만 통풍(痛風)에 걸린 탓인 듯 종종걸음이었다.

K는 경비원과 복도 위의 사람들에게 그리 오래 신경을 쓰지 않

앉는데, 특히 그가 복도 중간쯤 왔을 때 오른쪽에 문이 안 달린 통로가 보여 그쪽으로도 갈 수 있다는 것을 알았기 때문이다. K가 이쪽으로 가는 게 맞는 길이냐고 정리에게 묻자 정리는 고개를 끄덕였고 K는 이제 정말 그쪽 길로 들어섰다. 그가 정리보다 계속 한두 걸음 앞서 걸어가고 있는 것이 신경에 거슬렸다. 적어도 이곳에서는 마치 자기가 체포되어 앞에 선 채 연행되어 가는 것처럼 보일 수도 있었기 때문이다. 그래서 그는 몇 번이나 걸음을 늦추어 정리가 옆에 오기를 기다렸으나 그자는 금방 다시 뒤처지는 것이었다. 결국 K는 언짢은 기분을 끝내기 위해 이렇게 말했다. "이제 이곳이 어떻게 생겼는지 보았으니 그만 가 보겠습니다." "아직 다 보시지 않았는데요." 정리는 전혀 다른 뜻 없이 말했다. "다 보고 싶지는 않습니다." K는 그렇게 말했는데 실제로도 피곤한 느낌이 들었다. "가려고 하는데, 나가는 길이 어떻게 되지요?" "벌써 길을 잃어버린 건 아니시죠?" 정리가 놀라서 물었다. "이 길로 모퉁이까지 가신 다음 오른쪽으로 돌아 복도를 쭉 내려가시면 문이 있습니다." "같이 가시지요." K가 말했다. "저한테 길을 가리켜 주세요. 아무래도 길을 잘못 들 것 같은데요. 여기는 길이 아주 많아서 말입니다." "길은 하나뿐입니다." 정리는 이제 완연히 책망하는 투로 말했다. "저는 당신과 함께 되돌아갈 수 없습니다. 보고를 올려야 하는데 당신 때문에 벌써 시간을 많이 지체했거든요." "같이 갑시다!" 마침내 정리의 거짓을 포착이라도 한 듯 K가 이번에는 더 날카롭게 말했다. "그렇게 소리치지 마세요." 정리가 속삭이며 말했다. "여기는 전부 사무실이거든요. 혼자 돌아가기

싫으시면 함께 조금만 더 가시든가 아니면 제가 보고를 마치고 올 때까지 여기서 기다려 주세요. 그러면 기꺼이 함께 돌아가지요."

"아니요, 아닙니다." K가 말했다. "저는 기다리지 않을 겁니다. 그러니 당신은 지금 저와 함께 가야 합니다." K는 아직 자기가 서 있는 장소를 전혀 둘러보지 않았는데 주변에 있는 많은 나무 문들 가운데 하나가 열리자 비로소 시선을 그리로 돌렸다. 아마도 K가 크게 말하는 소리를 듣고 나온 듯, 한 아가씨가 다가오더니 물었다. "저분 왜 그러세요?" 그녀의 등 뒤로 멀찌감치 어둑어둑한 곳에서 또 한 남자가 다가오는 것이 보였다. K는 정리를 쳐다보았다. 이자는 아무도 K에게 신경 쓰지 않을 거라고 말하지 않았는가. 그런데 벌써 두 사람이 나타난 것이다. 전혀 그럴 만한 일이 아니었는데 관리들이 그에게 관심을 갖게 되어 그가 왜 이곳에 왔는지 해명을 듣고자 할지도 모른다. 납득할 만하고 인정받을 만한 유일한 해명은 그가 피고이며 다음번 심리 일자를 알고 싶어 왔다는 것이었지만, 그는 그런 해명을 하고 싶지 않았다. 무엇보다 그것은 사실에도 맞지 않기 때문이었다. 즉 그가 여기에 온 것은 단지 호기심에서였고, 그게 아니라면, 이것은 해명의 말로는 더욱 부적합한 것이긴 하지만, 이 사법 기관의 내부도 그 외부만큼이나 마찬가지로 역겨운 모습이라는 사실을 확인하고 싶은 욕구에서였으니까. 그런데 그의 추측은 옳은 것 같았다. 하지만 더 이상 파고들고 싶지 않았다. 그가 지금까지 본 것만으로도 충분히 가슴이 답답했다. 지금으로서는 어느 문 뒤에서 불쑥 나타날지도 모르는 고위 관리와 얼굴을 마주할 기분이 아니었고 그냥 이곳을 벗어나고 싶었다. 정리와 같이 가거나 사정이 여의치 않으면 혼자서라도 가고 싶었다.

그런데 그가 아무 말 없이 서 있는 모습이 사람들의 주목을 끈 게 틀림없었다. 그래서 실제로 아가씨와 정리는 다음 순간 분명히 그에게 어떤 큰 변신이 일어나기라도 할 것처럼, 그래서 그 장면을 놓치지 않고 보아야겠다는 듯이 그를 쳐다보았다. 그리고 K가 조금 전에 멀찌감치 보았던 그 남자가 문에 서서 키가 낮은 문의 가로대를 꽉 붙잡고는 조급한 구경꾼처럼 발돋움을 한 채 살살 몸을 흔들었다. 그런데 아가씨는 처음에 K의 거동이 어딘가 몸이 좀 불편한 것에 그 원인이 있는 것으로 생각하고는 의자를 가져와서 이렇게 물었다. "앉지 않으시겠어요?" K는 즉시 앉았고 더욱 편한 자세를 취하려고 팔꿈치를 팔걸이에 괴었다. "좀 어지러우시죠, 아닌가요?" 그녀가 그에게 물었다. 그는 이제 그녀의 얼굴을 바로 코앞에서 보았다. 많은 여자들이 한창 젊을 때 짓는 새침한 표정이었다. "너무 괘념치 마세요." 그녀가 말했다. "이곳에서는 보통 일어나는 일이에요. 거의 누구나 처음 이곳에 오면 그런 증세를 보이니까요. 이곳은 처음이시죠? 글쎄 뭐, 그러니까 전혀 이상한 일이 아니에요. 이곳 지붕 구조물에 햇볕이 내리쬐면 뜨거워진 나무가 실내 공기를 후텁지근하고 답답하게 만들어요. 그래서 이 장소는 사무실로 쓰기엔 그리 적합하지 않아요. 물론 그 밖에 좋은 점도 있긴 하지만요. 그러나 공기에 관해 말하자면 소송 당사자들의 왕래가 많은 날에는, 그런데 거의 매일이 그런 날이지요, 거의 숨을 쉴 수 없을 정도예요. 게다가 또 이곳에는 갖가지 세탁물이 수시로 널린다는 점을 생각하신다면—세 든 사람들에게 그것을 전혀 못하게 할 수도 없어요—속이 좀 안 좋아지셨다 해서 더 이상 이상하다는 생각이 들지 않으실 거예요. 하지만 다들 결국엔 이 공기에 매우 잘 적응해서 익숙해지지요. 두세 번쯤 오시게 되면 더 이상 이곳의 짓누르는 듯한 느낌은 들지 않으실 거예요. 이젠 좀 나아지셨나요?" K는 대답하지 않았다. 이렇게 갑자기 무력해져서 이곳 사람들에게 몸을 맡기게 된 자신의 처지가 너무 한심스러웠다. 게다가 그는 지금 속이 안 좋아진 원인을 알게 되자 기분이 나아지기는커녕 도리어 약간 더 나빠졌다. 아가씨는 그것을 금방 알아차리고 K가 맑은 공기를 마실 수 있도록 하기 위해 벽에 기대 놓은 갈고리 달린 막대기를 집어 바로 K의 머리 위쪽에 설치되어 있는 바깥으로 통하는 조그마한 통풍창을 밀어 열었다. 그런데 그을음이 너무 많이 떨어져 내리는 바람에 아가씨는 통풍창을 곧 다시 잡아당겨 닫아야 했고, K의 두 손에 묻은 그을음을 손수건으로 닦아 주어야 했다. K가 너무 지쳐 있어 그것을 스스로 처리할 수 없었기 때문이다. 그는 혼자서 걸어 나갈 만큼 충분히 원기를 회복할 때까지 거기에 가만히 앉아 있고 싶었다. 그런데 사람들이 자신에 대해 신경을 덜 쓸수록 더 빨리 회복될 것만 같았다. 하지만 아가씨는 이렇게 말했다. "여기 계속 계시면 안 돼요. 우리가 여기에 있으면 통행에 방해가 되니까요." K는 도대체 자기가 여기서 통행에 무슨 방해가 되느냐고 눈빛으로 물었다. "원하시면 병실로 모셔다 드릴게요. 저 좀 도와주세요." 그녀가 문에 서 있는 남자에게 말하자 그가 즉시 다가왔다. 그러나 K

는 병실로 가고 싶지 않았다. 더 이상 끌려가는 것 자체가 싫었기 때문이다. 가면 갈수록 일이 더 고약하게 꼬일 것만 같았다. 그래서 "나 이제 걸을 수 있어요"라고 말하며 자리에서 일어났으나 어느새 편히 앉아 있는 것에 길이 든 탓인지 몸이 떨렸다. 그러고 나서도 그는 몸을 똑바로 세울 수가 없었다. "아무래도 안 되겠어." K는 고개를 가로저으며 그렇게 말하고는 한숨을 내쉬며 다시 앉았다. 그는 정리가 생각났다. 정리라면 이 모든 상황에도 불구하고 자신을 쉽사리 밖으로 데리고 나갈 수 있을 것 같았다. 그러나 그는 이미 일찌감치 떠나 버린 듯했다. K는 자기 앞에 서 있는 아가씨와 남자 사이로 살펴보았지만 정리의 모습은 보이지 않았다.

"제 생각에는" 하고 남자가 입을 열었다. 그는 옷차림이 우아했는데 특히 끝이 양쪽으로 길게 갈라진 회색빛 조끼가 눈에 띄었다. "이분의 몸이 불편한 것은 이곳 공기 때문입니다. 그러니 이분을 먼저 병실로 데려갈 게 아니라 아예 사무처 밖으로 모시고 나가는 게 가장 좋을 것이고, 또 본인도 그걸 가장 원할 겁니다." "바로 그겁니다." K는 그렇게 외치면서 너무 기쁜 나머지 그만 그 남자의 말에 끼어들었다. "분명히 금방 좋아질 겁니다. 저는 결코 그렇게 약한 사람이 아닙니다. 겨드랑이 밑을 조금만 받쳐 주시면 됩니다. 그리 큰 수고를 끼치지는 않을 겁니다. 길도 그다지 멀지 않아요. 저를 문까지만 데려다 주세요. 그다음은 계단 위에 조금만 더 앉아 있으면 곧 회복될 겁니다. 이제껏 이런 증세로 고생한 적이 없거든요. 저 자신도 놀라고 있습니다. 저 역시 직장이 있는 사람이라 사무실 공기엔 익숙합니다만, 이곳은 당신들 말씀대로 공기가 너무 안 좋은 것 같습니다. 그러니 저를 조금만 데려다 주시면 고맙겠습니다. 저 혼자 일어서면 현기증이 나서 몸이 안 좋아지니까요." 그러고는 두 사람이 자신을 부축하기 쉽도록 양어깨를 쳐들었다.

그러나 남자는 요청에 응하지 않고 양손을 가만히 바지 주머니에 찔러 넣은 채 큰 소리로 웃었다. "거봐요." 그가 아가씨에게 말했다. "그러니까 내가 바로 맞혔지요. 이분은 여기서만 몸이 안 좋은 거고, 다른 데서는 대개 안 그렇다잖아요." 아가씨도 미소를 지으며 웃었지만 남자가 K를 너무 심하게 놀렸다는 듯 손가락 끝으로 남자의 팔을 살짝 쳤다. "그런데 어떻게 생각해요." 남자가 여전히 웃으며 말했다. "나는 이분을 정말 밖으로 데려다 드리려고 하는데요." "그럼 좋아요." 아가씨가 앙증맞게 생긴 머리를 잠시 갸우뚱하면서 말했다. "이분이 웃는 것에 별 의미를 두지는 마세요." 아가씨가 K에게 말했는데 K는 다시 우울해져서 멍하니 앞만 바라볼 뿐 무슨 설명을 원치 않는 것 같았다. "이분은, 제가 소개해도 되겠지요? (남자는 손짓으로 허락했다.) 그러니까 이분은 안내 담당자예요. 대기 중인 소송 당사자들에게 그들이 필요로 하는 모든 안내를 해 드리지요. 우리의 법원 제도는 일반인들에게 별로 알려져 있지 않기 때문에 안내 요청이 많이 들어온답니다. 이분은 어떤 질문에도 대답을 해 줄 수 있어요. 마음이 내키시면 한번 시험해 보세요. 하지만 그것이 이분의 유일한 특기는 아니에요. 두 번째 특기는 옷을 우아하게 입는 거랍니다. 우리들, 즉 관리들 생각에 안내 담당자는 끊임없이, 또한 맨 처음으로 소송 당사자들을 상대하는 위치에 있으므로 품위 있는 첫인상을 주기 위해서는 역시 우아하게 옷을 차려입어야 한다는 거예요. 그런데 우리 같은 사람들은, 저를 보시면 금방 아시겠지만, 슬프게도 매우 형편없고 유행에 뒤떨어진 옷을 입고 있지요. 그렇다고 옷에다 돈을 쓴다는 건 역시 별 의미가 없어요. 우리는 거의 언제나 사무처에만 틀어박혀 있고 잠도 여기서 자니까요. 그러나 말씀드렸듯이 안내 담당자한테는 멋진 옷차림이 필요하다고 우린 생각했지요. 그런데 이 점에서 우리의 행정 관청은 좀 이상합니다만, 관청으로부터 옷을 지급받을 수 없었기 때문에 우리가 모금을 해서—소송 당사자들한테서도 기부를 받아—이분에게 이 멋진 옷과 또 다른 물건들도 사 드렸답니다. 이제 좋은 인상을 줄 수 있는 여건이 다 갖추어진 셈인데, 이분은 그 웃음 때문에 그만 분위기를 도로 망쳐 버리고 사람들을 놀라게 하지 뭐예요." "아, 그래요." 남자가 비웃듯이 말했다. "하지만 이봐요, 왜 이분한테 우리의 은밀한 속사정을 모두 이야기하는지 이해할 수 없군요. 아니, 이야기한다기보다는 억지로 들려준다고 하는 편이 낫겠네요. 이분 자신이 그걸 알고 싶어 하는 게 결코 아닌데 말입니다. 자, 보세요. 이분은 분명 자신의 용무를 보려는 일념으로 여기에 앉아 있는 거예요." K는 항변할 마음조차 없었다. 아가씨의 의도는 좋은 것 같았는데, 아마도 그의 기분을 전환시켜 주거나 그가 마음을 가다듬을 수 있는 기회를 줄 생각이었는지 모르지만, 그 수단이 잘못된 것이었다. "저는 이분한테 당신의 웃음에 대해 설명해 드리지 않을 수 없었어요." 아가씨가 말했다. "모욕적이었거든요." "내 생각엔 이분을 결국 밖으로 모셔다 드리기만 한다면 이분은 더 심한 모욕이라도 용서해 주실 거라고 보는데요." K는 아무 말도 하지 않았고 위를 올려다보지도 않았다. 그는 이 두 사람이 자신에 대해 마치 사건 다루듯 옥신각신하는 것을 묵묵히 듣고만 있었다. 그러는 것이 그에게는 심지어 더없이 마음에 들기까지 했다. 그런데 갑자기 그는 안내 담당자의 손이 자신의 한쪽 팔에, 아가씨의 손이 다른 쪽 팔에 닿는 것을 느꼈다. "자 일어나세요, 약골 선생님." 안내 담당자가 말했다. "두 분께 뭐라 감사드려야 할지 모르겠습니다." K는 놀랍기도 하고 기쁘기도 하여 그렇게 말하고는 천천히 몸을 일으키며 부축하기에 가장 알맞은 자리로 두 사람의 손을 가져갔다. 그들이 복도 쪽으로 다가가는 동안 아가씨가 나지막한 소리로 K의 귀에 대고 말했다. "이 안내 담당자가 좋은 인상을 받도록 하는 것이 저한테 특히 아주 중요한 일인 것처럼 보일지 몰라요. 하지만 뭐 그렇게 생각해도 좋아요. 저는 진실을 말하면 그뿐이니까요. 이분은 무정한 사람이 아니에요. 몸이 아픈 소송 당사자를 밖으로 데리고 나가는 게 이분의 소임이 아닌데도, 보시다시피 이분은 그 일을 하고 있잖아요. 아마도 우리 중에 누구도 무정한 사람은 없을 거예요. 우리 모두 사람들을 기꺼이 도와주고 싶어 한답니다. 그러나 법원 직원들이라 해서 우리가 마치 피도 눈물도 없고 아무도 도와주려고 하지 않는 사람들처럼 보이기 쉽거든요. 그 때문에 정말 속상해요." "여기 좀 앉지 않으시겠어요?" 안내 담당자가 물었다. 그들은 이미 복도에 나와 있었고 K가 아까 말을 건넸던 바로 그 피고 앞에 와 있었다. K는 그 사람한테 슬며시 창피한 느낌이 들었다. 아까는 그의 앞에 똑바로 서 있었는데, 지금은 두 사람의 부축을 받아야 하는 신세가 아닌가. 모자는 안내 담당자가 손가락을 펼쳐 그 위에 씌운 채 들고 있었고, 머리 모양은 마구 헝클어져 있었으며, 머리카락은 땀에 젖은 이마 위로 늘어뜨려져 있었다. 그러나 피고는 그런 것 따윈 전혀 알아보지 못하는 것 같았고, 자기 너머로 그 뒤쪽을 보고 있는 안내 담당자 앞에 겸손하게 서서 오직 자기가 거기에 와 있는 것에 대해서만 변명하려고 애썼다. "저는……." 그가 말했다. "제가 한 신청이 오늘도 처리될 수 없다는 걸 알고 있어요. 그래도 제가 온 것은 여기서 기다려도 괜찮겠다 싶어서랍니다. 일요일이라 시간도 있고 여기 있어도 방해되지는 않을 것 같아서요." "그렇게 애써 변명하실 필요 없어요." 안내 담당자가 말했다. "당신의 신중한 태도는 정말이지 칭찬할 만합니다. 당신은 여기서 쓸데없이 자리를 차지하고 있긴 합니다만, 제 신경에 거슬리지만 않는다면 당신이 소송 사건의 진행 과정을 자세히 추적하는 것을 결코 막고 싶은 마음은 없습니다. 자신의 의무를 파렴치하게도 게을리 하는 사람들을 보고 나니 당신 같은 분들은 너그럽게 대해야 한다는 것을 배우게 되는군요. 앉으세요." "저분은 어쩌면 저렇게 소송 당사자들과 이야기하는 솜씨가 좋은지 몰라요." 아가씨가 속삭였다. K는 고개를 끄덕였으나 안내 담당자가 그에게 "여기에 앉지 않겠습니까?" 라고 다시 묻는 바람에 정신이 번쩍 났다. "아닙니다." K가 말했다. "저는 쉬고 싶지 않습니다." 그는 가능한 한 확실하게 말했지만 사실 앉으면 매우 좋았을 것이다. 마치 뱃멀미가 난 것 같았다.

성난 파도 속에 갇힌 배를 타고 있는 것처럼 생각되었다. 물이 밀려와 나무 벽들에 부딪히고, 복도 저쪽 끝 깊은 곳에서부터 덮쳐 오는 물소리처럼 쏴아 소리가 들려오고, 복도가 좌우로 흔들리고, 기다리고 있는 복도 양편의 소송 당사자들이 가라앉았다 솟아올랐다 하는 것 같았다. 그 때문에 자기를 데리고 가는 아가씨와 남자의 침착한 태도를 더욱 이해할 수 없었다. 그는 그들에게 맡겨져 있어서 그들이 그를 놓아 버린다면 널빤지처럼 쓰러질 것이 분명했다. 그들의 작은 눈에서는 날카로운 시선이 이리저리 뻗어 나갔다. K는 그들의 규칙적인 발걸음을 느꼈지만 거기에 보조를 맞출 수가 없었다. 거의 매 걸음마다 그들이 그를 들어 나르다시피 했기 때문이다. 마침내 그는 그들이 자기에게 말하고 있는 것을 깨달았으나 그들의 말을 한마디도 알아들을 수 없었고 단지 소음만 들릴 뿐이었다. 소음은 사방에 가득 차 있었고 그 한가운데를 사이렌 소리처럼 단조롭고 높은 소리가 가로질러 울리는 것 같았다. "더 크게 말해 봐요." 그는 고개를 숙인 채 그렇게 속삭이고는 부끄러운 느낌이 들었다. 비록 알아들을 수는 없었지만 그들이 충분히 큰 소리로 말했다는 것을 알았기 때문이다. 그때 마침 자기 앞에서 벽이 갈라지는 것처럼 신선한 바람 한줄기가 불어왔고 옆에서 누군가 말하는 소리가 들려왔다. "저 사람 처음엔 나가고 싶어 하더니만, 여기가 출구라고 수없이 말해 줘도 꼼짝하지 않는군요." K는 자신이 아가씨가 열어 준 출구의 문 앞에 서 있다는 것을 깨달았다. 그러자 자신의 모든 힘이 한꺼번에 되돌아온 듯한 느낌이었다. 다시 맞게 된 자유를 미리 한번 맛보기 위해 그는 곧

바로 계단에 첫발을 내디뎌 보았다. 그리고 그 자리에서 자기 쪽으로 몸을 숙이는 두 동행자들에게 작별을 고했다. 그는 "정말 감사합니다"라는 말을 되풀이하며 두 사람과 몇 번이고 악수를 나누다가 그들이 사무처의 실내 공기에 너무 익숙한 탓인지 계단 쪽에서 올라오는 비교적 신선한 공기를 견디기 힘들어 하는 것 같다는 생각이 들었을 때에야 비로소 손을 놓았다. 그들은 거의 대답을 할 수 없을 정도였는데, 만일 K가 문을 재빨리 닫아 주지 않았더라면 아가씨는 아마 굴러 떨어졌을지도 모른다. 그런 뒤 K는 잠시 더 가만히 서 있다가 손거울을 꺼내 비쳐 보며 머리 모양을 바르게 고치고는 가장 가까운 층계참 위에 놓여 있는 자신의 모자를 집어 들더니 ─ 안내 담당자가 아마 그것을 던졌는데 거기에 떨어진 모양이었다 ─ 계단을 달려 내려갔다. 어찌나 상쾌하고 어찌나 큰 걸음으로 성큼성큼 내려갔던지 그 갑작스러운 변화가 거의 두렵게 느껴질 정도였다. 이런 놀라움은 평소에 건강 상태가 아주 안정적이었기 때문에 아직 한 번도 겪어 보지 못한 것이었다. 그동안의 과정을 별 어려움 없이 견디어 냈기에, 혹시 그의 육체가 혁명을 일으켜 그에게 새로운 과정을 마련해 주려는 것일까? 다음 기회에 한번 병원에 가 봐야겠다는 생각을 완전히 떨쳐 버리지는 않은 채, 하지만 적어도 ─ 그는 이 일로 스스로를 독려할 수 있었다 ─ 앞으로 맞이하게 될 일요일 오전만큼은 어느 날이든 오늘보다는 더 잘 보내야겠다고 마음먹었다.

태형리

다음 며칠 중 어느 날 저녁에 K가 그의 사무실과 중앙 계단 사이로 난 복도를 지나가고 있었는데—그날 그는 거의 맨 마지막까지 남아 있다가 이제 집에 가려는 참이었고, 발송부에서만 아직 사환 둘이 남아 백열등의 침침한 불빛 속에서 일하고 있었다—한 번도 직접 들여다본 적이 없고 늘 그저 잡동사니 창고일 거라고만 추측했던 방문 뒤에서 신음 소리가 들려왔다. 그는 깜짝 놀라 걸음을 멈추고 서서 자기가 잘못 들은 것은 아닌지 확인하기 위해 다시 귀를 기울여 보았다. 잠시 조용해지는가 싶더니만 다시 신음 소리가 터져 나왔다. 처음에 그는 어쩌면 증인이 필요할 수도 있겠다 싶어 사환 한 명을 데려올까 하다가, 그만 걷잡을 수 없는 호기심에 사로잡혀 문을 확 열어 버렸다. 그곳은 그가 옳게 추측한 대로 잡동사니를 넣어 두는 창고였다. 문턱 뒤에는 쓸모없어진 낡은 서식 용지가 여기저기 흩어져 있었고, 사기로 만든 빈 잉크병들이 나뒹굴고 있었다. 방 안에는 세 명의 남자가 서 있었는데 천장이 낮아 몸을 구부리고 있었다. 선반 위에 고정시켜 놓은 촛불이 그들을 비추고 있었다. "여기서 뭣들 하는 거요?" K가 물었다. 흥분한 나머지 허둥대며 물었지만 소리가 크지는 않았다. 다른 두 남자를 분명 제압하고 있는 듯 보이는 한 남자가 먼저 그의 눈길을 끌었는데, 목과 가슴팍 그리고 양팔 전체를 맨살로 드러내 놓은 일종의 거무스름한 가죽 옷을 입고 있었다. 그 남자는 대답하지 않았다. 그러나 다른 두 사람이 외쳤다. "이봐요! 그쪽에서 예심 판사한테 우리에 대해 불평을 늘어놓는 바람에 우리가 매를 맞아야 하는 거요." 그제야 K는 그 두 사람이 감시인 프란츠와 빌렘이라는 것을 겨우 알아보았고, 세 번째 남자가 그들에게 매질을 하기 위해 손에 회초리를 들고 있다는 것을 깨달았다. "글쎄" 하고 K는 말하면서 그들을 똑바로 쳐다보았다. "나는 불평을 늘어놓지 않았소. 단지 내 집에서 일어났던 일을 그대로 말했을 뿐이오. 그리고 사실 당신들도 비난받을 여지 없이 행동한 것은 아니었잖소." "선생님." 빌렘이 말했다. 반면 프란츠는 그의 등 뒤에 숨어 세 번째 남자로부터 자신을 지키고자 하였다. "우리 봉급이 얼마나 형편없는지 아신다면 우리에 대한 판단이 달라지실 겁니다. 나는 가족을 부양해야 하는 몸이고, 여기 프란츠는 결혼을 앞두고 있어요. 누구나 다 형편 되는 대로 돈을 모아 부자가 되려고 애쓰는데, 그냥 일만 해 가지고는 아무리 뼈 빠지게 한다 해도 어림도 없답니다. 당신의 고급 내의에 그만 눈이 멀었어요. 물론 그렇게 행동하는 것은 감시인들에게 금지된 일이고 부당한 일이었지만, 내의가 감시인들의 차지가 되는 것은 관례로 굳어진 일이고 늘 그래 왔습니다. 정말입니다, 믿어 주세요. 사실 이해할 만도 한 일이랍니다. 체포를 당하는 큰 불행을 겪는 사람한테 그런 물건 따위가 대체 무슨 의미가 있겠어요? 다만 그 사람이 그런 일을 공공연하게 발설한다면 처벌이 따르지 않을 수 없지요." "당신들이 지금 말하는 걸 나는 몰랐고, 결코 당신들의 처벌을 요구한 적도 없소. 나한테 중요한 건 오직 원칙이었소." "프란츠." 빌렘이 다른 감시인에게 몸을 돌렸다. "이분이 우리의 처벌을 요구하지 않았을 거라고 내가 말하지 않았어? 지금 자네도 들었지, 우리가 처벌을 받아야 한다는 것조차 모르셨다고 말이야." "이 사람들 말에 동요되지 마쇼." 세 번째 남자가 K에게 말했다. "처벌은 정당하고 불가피한 것이오." "그 사람 말은 듣지 말아요." 빌렘이 말했다. 그러고는 말을 중단했는데 그것은 회초리에 얻어맞은 손을 재빨리 입으로 가져가기 위해서였을 뿐이다. "우리가 처벌받는 것은 오직 당신이 우리를 고발했기 때문이랍니다. 그렇지 않았더라면 우리가 한 일을 사람들이 알게 되었다 하더라도 우리한테는 아무 일도 일어나지 않았을 겁니다. 이런 걸 공정한 처사라고 할 수 있을까요? 우리 두 사람, 특히 나로 말할 것 같으면 감시인으로 오랜 세월 봉직해 오면서 꽤 인정을 받은 편이었지요—관청의 입장에서 볼 때 우리가 감시를 잘했다는 것은 당신도 인정해야 할 거예요—우리는 출세할 전망도 있었고 머지않아 틀림없이 이 사람처럼 태형리도 되었을 겁니다. 이 사람은 그저 운이 좋아 아무한테도 고발을 당하지 않았던 거지요. 이런 고발이 들어오는 경우는 정말로 아주 드문 일이니까요. 그런데 이제는 모든 게 끝장이 났어요. 우리의 출셋길도 막혀 버렸지요. 우리는 감시 일보다 훨씬 더 못한 일을 해야 할 거예요. 게다가 지금 이런 지독하게 아픈 매질을 당하고 있는 처지입니다." "그런데 회초리가 그토록 아픈가요?" K는 그렇게 묻고는 태형리가 자기 앞에서 흔들어 대는 회초리를 살펴보았다. "우리는 옷을 다 벗고 알몸이 되어야 할 겁니다." 빌렘이 말했다. "아, 그래요." K는 말하면서 태형리를 유심히 살펴보았다. 그는 마도로스처럼 갈색으로 검게 탄 피부에 생기가 도는 사나운 얼굴을 하고 있었다. "두 사람이 태형을 면할 방도는 없습니까?" K가 그에게 물었다. "없소." 태형리는 말과 함께 빙긋이 웃으며 고개를 저었다. "옷들 벗어!" 그가 감시인들에게 명령했다. 그리고 K에게는 이렇게 말했다. "이자들의 말을 다 믿어서는 안 돼요. 매질이 너무 두려운 나머지 정신이 약간 이상해졌단 말이오. 예를 들어 여기 이자는…… (그는 빌렘을 가리켰다.) 자기 출셋길이 어떻다느니 얘기했지만 그건 정말 웃기는 말이지요. 이자가 얼마나 살이 쪘는지 좀 보슈, 처음에 맞은 회초리 몇 대쯤은 비곗살 속에서 거의 흔적도 없이 사라져 버렸지 뭐요. 무얼 먹고 그렇게 살이 쪘는지 아슈? 그는 체포당한 사람들의 아침 식사를 먹어 치우는 습관이 있다오. 당신의 아침 식사도 먹어 치우지 않았소? 글쎄, 내가 말한 대로지요. 하지만 저런 배를 가진 사람은 절대로 태형리가 될 수 없어요. 전혀 불가능하지요." "그런 태형리도 있어요." 마침 허리띠를 풀고 있던 빌렘이 주장했다. "없어." 태형리가 말했다. 그러면서 회초리를 빌렘의 목에 쓱 그어 대자 그는 움찔했다. "얘기에 참견 말고 옷이나 벗어." "이 사람들을 풀어 주면 내 후하게 보답해 드리겠소." K는 그렇게 말하면서 태형리를 다시 쳐다보지 않은 채—이런 거래는 쌍방이 서로 눈을 내리깔고서 진행하는 게 상책이다—지갑을 꺼냈다. "그런 다음엔 나도 고발하실 작정이겠지." 태형리가 말했다. "그래서 나도 태형을 받게 하려고 말이야. 그럼 안 되지, 안 돼!" "흥분 가라앉히고 잘 생각해 봐요." K가 말했다. "내가 만일 이 두 사람이 처벌받기를 원했다면 지금 굳이 돈을 써 가며 이들을 구해 내려고 할 리가 없지 않겠소. 나야 그냥 복도로 나가서 이 문을 닫은 뒤 더 이상 아무것도 보지도 듣지도 않고 집으로 가 버리면 그만이지요. 그렇지만 난 그렇게 하지 않고, 오히려 이들을 어떻게든 구해 내는 것이 내가 진정으로 바라는 일이오. 그들이 처벌을 받게 된다거나 처벌을 받을지도 모른다는 걸 예감했더라면 난 이들의 이름을 절대 말하지 않았을 거요. 나는 이들에게 죄가 있다고는 전혀 생각지 않거든요. 죄가 있는 건 사법 기관이고, 고위 관리들이지요." "그건 그래요!" 감시인들이 그렇게 외치자 즉시 그들의 이미 벌거벗은 등짝 위로 매가 한 대씩 날아갔다. "만일 지금 여기서 고위직 판사가 당신의 회초리를 맞는다면……" K는 말하면서 또다시 쳐들고 올라가려는 회초리를 잡아 눌렀다. "나는 당신이 때리는 걸 막지 않을 거요. 반대로 좋은 일 하는 데 힘내라고 돈이라도 집어 줄 것이오." "당신이 하는 말은 그럴듯하게 들리지만……" 태형리가 말했다. "나는 매수당하지 않을 거요. 매질하라고 고용된 몸이니 나는 매질을 하겠소." K의 관여에 대해 좋은 결말을 기대하는 눈치인 듯 이제껏 몸을 사리고 있던 감시인 프란츠가 바지만 입은 채 문 쪽으로 다가와서는 무릎을 꿇고 K의 팔에 매달리며 속삭이듯 말했다. "우리 두 사람을 모두 보호해 줄 수 없다면 최소한 나만이라도 구해 낼 수 있게 힘써 주세요. 빌렘은 나보다 나이가 많고 어느 면에서나 신경이 둔한 편이에요. 게다가 이미 몇 년 전에도 가벼운 태형을 한 번 받은 적이 있어요. 그런데 나는 아직 내 명예를 더럽힌 일이 없고 다만 내가 하는 행동은 모두 빌렘이 하는 대로만 보고 따라 한 것뿐입니다. 그는 좋든 싫든 내 스승이니까요. 저 아래 은행 앞에서는 불쌍한 내 약혼녀가 일의 결과를 기다리고 있어요. 정말이지 창피해서 못 살겠어요." 그는 눈물범벅이 된 얼굴을 K의 상의 자락으로 닦았다. "나는 더 이상 못 기다리겠소." 태형리가 말했다. 그러고는 두 손으로 회초리를 움켜잡더니 프란츠를 후려쳤다. 그러는 동안 빌렘은 한쪽 구석에 웅크리고 앉아 감히 고개를 돌리지도 못한 채 몰래 지켜보고 있었다. 그때 프란츠가 지르는 비명 소리는 변함없는 톤으로 끊어지지 않고 계속되었는데, 그것은 인간에게서 나오는 소리가 아니라 마치 고통을 당하는 기계에서 나는 소리 같았다. 그 때문에 복도 전체가 울렸고 건물 전체가 그 소리를 듣지 않을 수 없었다. "소리 지르지 말아요." K가 외쳤다. 그는 자제할 수가 없었다. 그리고 사환들이 분명히 오게 될 방향을 마음 졸이며 쳐다보다가 프란츠를 툭 쳤다. 별로 세게 친 것도 아니었는데, 그 정신 나간 사람은 그 충격으로 바닥에 쓰러지더니 경련을 일으키며 두 손으로 바닥을 더듬었다. 그럼에도 그는 매질을 면하지 못했는데, 회초리가 흙바닥 위에 있는 그를 발견하고 계속 날아왔다. 회초리 아래에서 그가 몸을 뒹구는 동안 회초리의 예리한 끝은 규칙적으로 오르락내리락했다. 그러는 사이에 벌써 저 멀리서 사환이 한 명 나타났는데 몇 걸음 뒤에 또 한 명이 뒤따랐다. K는 재빨리 복도로 나와 문을 닫고는 안마당 쪽 창문들 중 하나로 걸어가서 창문을 열었다. 비명은 완전히 그쳤다. 사환들이 다가오지 못하게 하기 위해 그가 외쳤다. "나요!" "안녕하세요, 차장님!" 그쪽에서도 소리쳐 응답해 왔다. "무슨 일 있나요?" "아니요, 아냐." K가 대답했다. "안마당에서 개가 짖은 것뿐이라네." 그래도 사환들이 움직이지 않자 그가 덧붙여 말했다. "가서 일이나 계속들 해요." 사환들과의 대화를 피하기 위해 그는 창밖으로 몸을 내밀었다. 잠시 후 다시 복도 쪽을 돌아보았을 때 그들은 이미 가 버리고 없었다. 하지만 K는 계속 창가에 머물렀다. 선뜻 창고로 들어갈 엄두도 나지 않았고 집에 가고 싶은 마음도 없었다. 그가 내려다보고 있는 안마당은 조그마한 사각형이었는데 그 둘레에 사무실들이 들어차 있었다. 창문들은 모두 다 컴컴했고 맨 위쪽 창문들만 달빛을 받아 빛나고 있었다. K는 두 눈에 힘을 주고 마당 한쪽 구석의 어둠 속을 애써 들여다보려고 했다. 어둠 속엔 손수레 몇 대가 서로 맞물린 채 모여 있었다. 태형을 저지하지 못한 것이 마음 아팠다. 그러나 그렇게 하지 못한 것이 그의 잘못은 아니었다. 프란츠가 비명을 지르지 않았더라면─하기야 아프긴 매우 아팠겠지만 결정적인 순간엔 자제를 해야 하는 법인데─아무튼 그가 비명을 지르지 않았더라면, K는 태형리를 설득시킬 수단을 찾아냈을 텐데. 적어도 그럴 가능성이 매우 높았다. 말단 공무원들은 모두 저질이라 할 때 그중 가장 비인간적인 직책을 맡고 있는 태형리 따위가 어찌 예외일 수 있겠는가. 게다가 K는 그자가 지폐를 보는 순간 두 눈이 번득이던 모습을 목격했던 것이다. 그는 오직 뇌물 액수를 좀 더 높이기 위해 매질을 실제로 해 보인 것이 분명했다. 그리고 K는 돈을 아끼지 않았을 것이다. 그에게는 감시인들을 구하는 일이 정말 중요하게 여겨졌기 때문이다. 그가 이제 이 법원 조직의 부패에 맞서 싸우기 시작한 이상, 역시 이 방면으로부터 개입해 들어가는 것은 당연한 일이었다. 그러나 프란츠가 비명을 지르기 시작한 순간 모든 것이 끝장나고 말았다. K로서는 사환들과 아마도 올지 모를 다른 사람들까지 모두 몰려와 자신이 창고에 있는 사람들과 흥정을 벌이고 있는 장면을 불시에 목격하도록 놔둘 수는 없는 일이었다. 사실 아무도 K에게 그런 희생쯤은 감수하라고 요구할 순 없었다. 만일 그가 희생을 감수할 생각이었다면, K 자신이 옷을 벗고 감시인들을 대신해 태형을 받겠다고 태형리 앞에 나서는 편이 더 간단할 수 있었을 것이다. 그런데 태형리는 대신 매를 맞겠다는 그 제안을 보나마나 받아들이지 않았을 것이다. 그렇게 해 봐야 아무런 이득도 얻지 못할뿐더러 자신의 의무만 크게 저버리는 결과가 되었을 것이기 때문이다. 그리고 어쩌면 이중으로 의무를 저버리게 되었을 것이다. 왜냐하면 소송 중인 동안에는 아마 법원의 어떤 직원도 K에게 손을 대서는 안 되었기 때문이다. 물론 이런 경우에는 특별한 규정이 적용될 수도 있었다. 어쨌든 K로서는 문을 닫는 것 외에 달리 어떤 일도 할 수 없었다. 그렇게 했어도 K에게는 아직 모든 위험이 다 해소된 것은 아니었다. 마지막에 프란츠를 툭 친 것은 애석한 일이었는데, 그가 흥분한 탓에 일어난 일이라고밖에는 달리 설명할 길이 없었다.

멀리서 사환들의 발걸음 소리가 들려왔다. 그들의 눈에 띄지 않으려고 그는 창문을 닫고 중앙 계단 쪽으로 걸어갔다. 창고 문 앞에 잠시 멈춰 서서 귀를 기울여 보았다. 아주 조용했다. 그 남자가 감시인들을 때려죽였을지도 모를 일이다. 그들은 완전히 그의 수중에 들어 있었으니까. K는 손잡이를 잡으려고 손을 뻗었다가 다시 거두어들였다. 이젠 누구도 도울 수가 없었다. 그리고 사환들이 금방 올 것임에 틀림없었다. 그러나 그는 이 사건을 화제에 올리고, 아직 한 명도 감히 자기 앞에 모습을 나타내지 않는 진짜 죄인들인 고위 관리들에게 자기 힘이 미치는 한 응분의 처벌을 내리리라 속으로 굳게 다짐했다. 은행의 옥외 계단을 내려가면서 그는 지나가는 사람들을 모두 세심하게 바라보았고 그 주변을 비교적 멀리까지 둘러보아도 누군가를 기다리는 아가씨는 볼 수 없었다. 약혼녀가 자기를 기다리고 있다는 프란츠의 말은 오직 동정심을 불러일으키려는 목적에서 한 거짓말임이 드러났다. 물론 용서할 만한 거짓말이었다.

다음 날에도 감시인들이 K의 머리에서 떠나지 않았다. 그는 일하면서도 내내 정신이 산만했기에 일을 다 마무리하기 위해 전날보다 좀 더 오래 사무실에 남아 있어야 했다. 퇴근하는 길에 다시 그 창고 앞을 지나면서 그는 습관처럼 문을 열어 보았다. 캄캄할 것이라는 예상과 달리 실제로 눈앞에 보게 된 장면 앞에서 그는 마음을 가라앉힐 수가 없었다. 모든 것이 전날 저녁에 그 문을 열었을 때 발견한 그대로였다. 변한 게 없었다. 문턱 바로 뒤에 흩어져 있는 서식 용지와 잉크병들, 회초리를 든 태형리, 아직도 옷을 홀딱 벗고 있는 감시인들, 선반 위의 촛불, 그리고 감시인들이 하소연을 시작하려고 외쳤다. "선생님!" K는 즉시 문을 닫고는 더 단단히 닫으려는 듯 두 주먹으로 문을 쾅쾅 두드려 댔다. 거의 울먹거리면서 그는 사환들에게 달려갔는데, 그들은 복사기 곁에서 조용히 일하다가 놀라 일을 멈추었다. "잡동사니 창고 좀 어서 치워 주게나!" 그가 외쳤다. "온통 오물로 뒤덮여 빠져 죽게 생겼어!" 사환들이 다음 날 그렇게 하겠다고 하자 K는 고개를 끄덕였다. 이렇게 저녁 늦게 그들에게 그 일을 하라고 강요할 수는 없었다. 사실은 지금 하라고 시킬 생각이었다. 그는 사환들을 잠시 동안 가까이 있게 하기 위해 잠깐 앉아서 복사물 몇 장을 뒤적거렸는데, 그렇게 하면 그것을 검사하는 듯한 인상을 줄 수 있다고 생각했다. 그런 뒤 사환들이 감히 자기와 같이 퇴근할 생각을 못한다는 걸 깨닫고는 피곤에 지쳐 아무 생각 없이 집으로 갔다.

숙부
레니

어느 날 오후―마침 우편물 마감 시간을 앞두고 있어서 K는 정신없이 바빴다―서류를 들고 들어오는 두 명의 사환 사이를 헤치고 K의 숙부인 카를이 사무실로 들이닥쳤다. 그는 시골의 소지주였다. K는 숙부님의 모습을 보고 깜짝 놀랐는데, 이미 꽤 오래전에 숙부님이 오시는 모습이 상상 속에 떠올라 깜짝 놀랐을 때보다는 그래도 덜한 편이었다. 숙부님이 반드시 오시리라는 것은 이미한 달 전쯤부터 K에게는 기정사실이나 다름없었다. 그때 이미 그는 숙부님이 지금처럼 구부정한 모습으로 찌그러진 파나마모자*를 왼손에 든 채 벌써 멀리서부터 오른손을 그를 향해 내뻗고는 도중에 거치적거리는 물건들을 죄다 밀쳐 넘어뜨리면서 주변은 거들떠보지도 않고 황급히 다가와 책상 너머로 그 오른손을 내미는 모습을 눈앞에 보는 것 같았다. 숙부님은 언제나 급히 서두르는 모습이었다. 수도에 올라와서는 항상 하루밤에 머물지 않으면서 그 하루 동안에 계획해 둔 일들을 전부 다 처리해야 하고 게다가 간간이 생기는 대화나 홍정이나 오락 따위를 하나도 놓쳐서는 안 된다는 불행한 생각에 쫓기고 있었기 때문이다. 예전에 그의 후견인 역할을 떠맡은 관계로 숙부님한테 각별한 신세를 지고 있던 K로서는 자신이 할 수 있는 모든 일을 도와 드려야 했고 게다가 자기 집에서 묵으시게 해야 했다. 그는 이런 숙부를 가리켜 '시골 도깨비'라고 부르곤 했다.

인사를 주고받자마자—K는 안락의자에 앉으시라고 권했지만 숙부님은 그럴 여유가 없었다—숙부는 K에게 단둘이서 잠시 이야기를 나누자고 청했다. "꼭 해야 한다." 그가 아주 힘들게 침을 삼키면서 말했다. "내 마음 좀 가라앉게 얘기 좀 하자꾸나." K는 즉시 아무도 들여보내지 말라는 지시와 함께 사환들을 방에서 내보냈다. "요제프, 내가 무슨 얘기를 들은 줄 아니?" 단둘이만 있게 되자 숙부는 그렇게 외쳤다. 그러고는 책상 위에 걸터앉았더니 좀 더 잘 앉기 위해 뭔지 보지도 않은 채 여러 가지 서류들을 아무렇게나 엉덩이 밑으로 쑤셔 넣었다. K는 아무 말도 하지 않았다. 무슨 얘기가 나올지 알고 있었지만 열중하고 있던 힘겨운 일로부터 벗어나 갑자기 긴장이 풀어지면서 그는 일단 기분 좋은 나른함에 빠져 들었다. 그러고는 창문을 통해 길 건너편을 바라보았는데 그가 앉은 자리에서는 조그마한 삼각형의 단면밖에 보이지 않았다. 그것은 두 개의 상점 쇼윈도 사이에 난 비어 있는 건물 벽의 일부분이었다. "넌 창밖만 내다보는 거냐!" 숙부가 양팔을 쳐들며 소리쳤다. "원, 세상에! 요제프, 어서 대답 좀 해 봐라! 그게 사실이냐, 그게 대체 사실일 수 있는 거냐?" "숙부님." K는 입을 열면서 멍한 기운을 떨쳐 버리고 정신을 차렸다. "저한테 무슨 말씀을 하시려는 건지 전혀 모르겠는데요." "요제프." 숙부가 주의를 주는 듯이 말했다. "내가 아는 한, 너는 언제나 진실을 말해 왔지. 지금 네가 한 말을 나쁜 징조로 여겨야 하겠니?" "이제 무슨 말씀인지 어렴풋이 알겠어요." K가 얌전하게 말했다. "아마 제 소송 사건에 대해 들으신 모양이군요." "그렇단다." 숙부가 천천히 고개를 끄덕이며 대답했다. "네 소송 사건에 대한 얘기를 들었다." "대체 누구한테서 들으셨나요?" K가 물었다. "에르나가 내게 편지를 했단다." 숙부가 말했다. "그 아인 너하고 전혀 왕래가 없지. 서운하지만 네가 그 아이한테 별로 신경을 쓰지 않는 거지. 그런데도 그 아인 그것을 알고 있더구나. 오늘 편지를 받았는데, 물론 즉시 달려왔지. 다른 이유는 없었고 그것만으로도 충분한 이유가 되는 것 같구나. 너에 관한 편지 구절을 읽어 주마." 그는 지갑에서 편지를 꺼냈다. "여기로군. 이렇게 쓰여 있다. '요제프 오빠는 못 본 지 오래됐어요. 지난주에 한번 은행에 들렀지만 오빠가 워낙 바빠서 면회를 할 수 없었어요. 한 시간쯤 기다리다가 피아노 시간이 되어서 집으로 돌아와야 했답니다. 오빠랑 얘기를 하고 싶었는데 아마 곧 기회가 있겠지요. 제 영명 축일*에 오빠가 커다란 초콜릿 한 상자를 보내 주었어요. 어쩌면 마음씨가 그렇게 정겹고도 세심하신지요. 그때 이 얘기를 편지로 알려 드린다는 것을 그만 잊어버리고 말았는데, 아빠가 물어보시니까 지금에야 생각이 나네요. 초콜릿은, 아빠도 잘 아시겠지만, 기숙사에 들어오기 무섭게 금방 사라지니까요. 누군가 초콜릿을 선물로 받았다는 것을 알자마자 그것은 어느새 없어져 버려요. 그런데 요제프 오빠에 관해 좀 더 말씀드리고 싶은 게 있어요. 말씀드렸듯이 저는 은행에서 오빠를 만나지 못했는데, 그 이유는 오빠가 어떤 분하고 상담하고 있었기 때문이에요. 저는 한동안 가만히 기다리다가 한 사환에게 상담이 더 오래 걸리겠느냐고 물어보았어요. 그가 말하기를 아마 그럴 것 같다고, 왜냐하면 차장님에 대해 진행 중인 소송에 관한 상담일 것이기 때문이라는 거예요. 그게 대체 어떤 소송이냐, 그쪽에서 착각하고 있는 것은 아니냐고 제가 물었지요. 그러나 사환이 말하기를, 자기가 착각하고 있는 것은 아니며, 그건 틀림없이 소송이고, 게다가 중대한 소송이라고, 하지만 그 이상은 자기도 모른다는 거예요. 차장님은 선량하고 공정하신 분이라 자기도 도와 드리고 싶은데 어떻게 도와 드려야 할지 모르겠다고, 오직 영향력 있는 분들이 차장님을 잘 돌봐 드리기를 바랄 뿐이라고요. 분명히 그렇게 될 것이고 결국 좋은 결말이 나겠지만, 차장님의 심기로 미루어 보건대 일단 지금으로서는 사정이 영 안 좋은 것 같다는 거예요. 저는 그런 이야기에 물론 별 의미를 두지 않았고 그 단순한 사환을 달래 보려고도 했어요. 그러고는 그에게 다른 사람들한테는 이 일에 관해 이야기하지 말라고 일러두었어요. 저는 그 전부를 허튼 이야기라고 생각해요. 그렇지만 아빠, 다음번에 올라오시거든 이 일을 자세히 알아보시는 게 좋을 듯싶어요. 아빠라면 보다 정확한 내용을 쉽게 알아내실 수 있을 거예요. 그래서 정말 그럴 필요가 있다면 아빠가 아시는 유력한 분들을 통해 어렵지 않게 이 일에 개입하실 수 있을 거예요. 하지만 그럴 필요가 없다면,

아마도 틀림없이 그렇게 되겠지만, 적어도 아빠의 딸에게는 아빠를 포옹할 수 있는 기회가 생길 것이고 그렇다면 저는 기쁠 거예요.' 착한 녀석이야." 숙부는 편지 읽기를 마치면서 그렇게 말하고는 눈시울에 맺힌 눈물을 닦아 냈다. K는 고개를 끄덕였다. 그는 최근의 여러 가지 골치 아픈 일들 때문에 에르나를 완전히 잊고 있었다. 심지어 그 애의 생일까지도 잊어버렸다. 그러니 초콜릿 이야기는 순전히 숙부와 숙모에게 그를 감싸 주려는 목적으로 지어낸 것이 분명했다. 정말 감동적이었다. 그래서 그가 이제부터 그 아이에게 정기적으로 보내 주려고 작정한 극장표만으로는 충분한 보상이 되기에 어림도 없을 것 같았다. 그렇다고 해서 가끔씩 기숙사를 찾아가 열일곱 살짜리 어린 김나지움 여학생과 이야기를 나눈다거나 하는 것은 왠지 부적절한 느낌이 들었다. "그래, 이제 뭐라고 말할 셈이냐?" 숙부가 물었다. 그는 편지로 인해 급하고 흥분 잘하는 자신의 성정을 다 잊어버리고는 편지를 한 번 더 읽고 있는 듯 보였다. "네, 숙부님." K가 말했다. "그건 사실입니다." "사실이라고?" 숙부가 외쳤다. "뭐가 사실이란 말이냐? 그런데 그게 어떻게 사실일 수 있단 말이냐? 무슨 소송이냐? 설마 형사 소송은 아니겠지?" "형사 소송입니다." K가 대답했다. "그런데 넌 여기 가만히 앉아서 형사 소송이라는 짐을 어깨에 짊어진 채 무작정 견디고만 있는 거냐?" 숙부가 외쳤는데 언성이 점점 더 높아졌다. "가만히 있을수록 결과는 더 좋아요." K의 말소리에 피곤함이 묻어 있었다. "아무 걱정 마세요." "그런 말에 내 마음이 진정될 수 있을 것 같으냐!" 숙부가 외쳤다. "애야, 요제프, 너 자신과 네 친지들과 우리 가문의 명예를 생각해라! 넌 이제껏 우리들의 자랑이었단다. 네가 우리들의 수치가 되어서는 안 된다. 너의 태도는……." 그는 머리를 비스듬히 기울인 채 K를 바라보았다. "내 마음에 들지 않아. 죄 없는 피고인으로 아직 힘을 쓸 수 있는 사람이라면 그런 태도를 보이지 않는 법이지. 어서 빨리 말해 봐라, 무슨 일 때문에 그러는 거냐. 그래야 내가 널 도울 수 있지 않겠니. 당연히 은행에 관한 일 때문이겠지?" "아니요." K가 말하면서 일어섰다. "그런데 숙부님, 말소리가 너무 커요. 아마 사환이 문가에 서서 엿듣고 있을 거예요. 그건 불쾌한 일이에요. 우리 밖으로 나가는 게 좋겠어요. 그런 다음 숙부님 질문에 제가 할 수 있는 한 모두 다 대답해 드릴게요. 집안 분들에게 해명해야 한다는 것은 저도 잘 알고 있어요." "그래, 맞아!" 숙부가 소리쳤다. "맞고말고. 자 서둘러라, 요제프, 서둘러!" "잠깐만요, 몇 가지 지시만 해 놓으면 돼요." K가 말했다. 그러고는 자신의 일을 대리해 줄 직원을 전화로 부르자 그가 몇 초 만에 들어왔다. 그렇게 안 해도 자명한 일이었을 텐데 숙부는 흥분한 탓에 그를 부른 것은 K라고 손으로 가리켰다. 책상 앞에 서 있던 K는 여러 가지 서류를 내보이며 자기가 없는 동안 오늘 중으로 처리해야 할 일들을 젊은 친구에게 나지막한 목소리로 설명해 주었고, 그 친구는 냉정하지만 주의 깊게 듣고 있었다. 숙부는 처음엔 두 눈을 크게 뜨고 신경질적으로 입술을 깨물며 옆에 서 있었지만 이야기에 귀를 기울이고 있는 것은 아니었다. 그럼으로써 그는 방해가 되었는데 사실 그의 모습만으로도 충분히 방해가 되었다. 그다음엔 방 안을 왔다 갔다 하다가 때때로 창문 앞이나 그림 앞에 멈추어 섰다. 그때마다 그는 "전혀 이해할 수 없는 일이야!"라든가 "도대체 앞으로 일이 어떻게 되는 건지 지금 좀 말해 봐!"와 같은 말들을 불쑥불쑥 내지르는 것이었다. 젊은 친구는 그런 말들을 하나도 알아차리지 못하는 체하면서 K의 지시를 끝까지 침착하게 듣고는 몇 가지 메모를 한 뒤 먼저 K에게 그리고 숙부에게도 꾸벅 인사를 하고 나갔다. 하지만 숙부는 마침 그에게 등을 돌린 자세로 창밖을 내다보며 두 손을 뻗어 커튼을 꽉 움켜잡고 짓구겼다. 문이 닫히자마자 숙부는 소리를 질렀다. "드디어 꼭두각시가 나갔군. 이제 우리도 나갈 수 있는 거지. 드디어!" 현관 홀에는 몇몇 직원과 사환들이 여기저기 서 있었고 마침 부지점장도 홀을 가로질러 가는 중이었는데, 그런 곳에서 난처하게도 소송에 관한 질문을 하는 숙부를 못하게 막을 도리가 없었다. "그러니까, 요제프." 숙부는 주변에 있는 사람들의 인사에 가벼운 거수경례로 답을 하면서 말을 시작했다. "이제 무슨 소송인지 솔직하게 말해 다오." K는 아무 내용도 없는 말을 몇 마디 하고는 약간 웃기도 했는데, 계단 있는 곳에 와서야 숙부에게 설명하기를 사람들 있는 곳에서는 털어놓고 이야기하고 싶지 않다고 말했다. "그건 옳다." 숙부가 말했다. "하지만 이젠 말해 봐라." 고개를 기울인 채 시가를 짧고 급하게 뻑뻑 피워 대면서 그는 경청했다. "숙부님, 무엇보다 먼저." K가 말했다. "이건 보통 법원에서의 소송이 결코 아닙니다." "그거 고약한 일이로구나." 숙부가 말했다. "어떻다고요?" K는 말하면서 숙부를 바라보았다. "그것참, 고약하다고." 숙부가 반복해서 말했다.

그들은 거리를 향해 내려가는 옥외 계단 위에 서 있었다. 수위가 엿듣고 있는 것 같아서 K는 숙부를 아래로 끌어당겼다. 생동감 넘치는 거리의 흐름 속으로 두 사람은 섞여 들어갔다. K와 팔짱을 낀 채 걸으며 숙부는 소송에 대해 더 이상 그리 다급하게 묻지 않았다. 그들은 심지어 한동안 아무 말도 없이 계속 걸어가기만 했다. "대체 어떻게 된 일이냐?" 마침내 숙부가 물었다. 그러면서 갑자기 멈추어 서는 바람에 뒤에 걸어오던 사람들이 깜짝 놀라 피했다. "그런 일들은 갑자기 나타나는 것이 아니고 오래전부터 서서히 모습을 드러내는 법이니 틀림없이 무슨 징조가 있었을 텐데, 왜 나한테 편지를 하지 않았니? 내가 너를 위해서라면 무슨 일이라도 한다는 걸 알지. 난 아직도 어느 정도는 네 후견인이라 할 수 있고 이제까지 그걸 자랑스럽게 생각해 왔단다. 물론 지금도 널 도와줄 생각이다. 다만 지금 소송이 이미 진행 중이라면 매우 어렵겠다. 어쨌든 지금으로서 최선책은 잠시 휴가를 얻어 우리 시골로 내려오는 것일 게다. 또 그러고 보니 네 모습이 좀 수척해졌구나. 시골에 오면 원기를 되찾을 것이고 그렇게 된다면 좋은 일이지. 보나마나 힘든 일들이 곧 닥칠 테니까. 게다가 시골로 내려오면 법원으로부터 어느 정도 벗어나 있는 셈이 될 게다. 여기서는 그들이 온갖 가능한 권력 수단을 가지고서 너한테도 당연히 그 수단들을 자동적으로 사용할 것이다. 그러나 시골이라면 겨우 직원들을 파견하는 정도이거나 단지 편지, 전보, 전화 등으로만 너한테 영향력을 행사하려 들 것이 분명하다. 그렇게 되면 자연히 그 힘이 약화될 것이고 네가 완전히 해방되는 것은 아니지만 안도의 숨을 쉴 수 있을 게야." "그들은 제가 여길 떠나는 것을 금할지도 모릅니다." K가 말했다. 그는 숙부의 말에 이끌려 그 사고의 흐름 속으로 끌려 들어갔다. "나는 그들이 그렇게 할 거라고는 생각지 않는다." 숙부가 생각에 잠긴 채 말했다. "네가 떠난다고 해서 그들이 입게 될 권력의 손실은 그리 크지 않거든." "저는 생각했어요." K는 말하면서 숙부가 멈추어 서지 못하도록 숙부의 팔 아래를 받쳐 잡았다. "숙부님은 사건 전체를 저보다 더 대수롭지 않게 여기실 거라고요. 그런데 지금 보니까 아주 심각하게 생각하고 계시는군요." "요제프." 숙부가 외쳤다. 그러고는 멈추어 서려고 그에게서 몸을 빼내려 했지만 K가 놓아주지 않았다. "넌 달라졌어. 넌 언제나 올바른 이해력을 가지고 있었는데 말이다. 하필 지금 그것이 널 떠난 게냐? 도대체 넌 소송에 지고 싶은 거니? 그게 무얼 뜻하는 건지나 알고 있니? 그건 네가 그냥 지워져 버린다는 것을 뜻하는 거야. 그리고 집안사람들 모두가 함께 휩쓸려 들어가거나 아니면 적어도 철저히 수모를 당하게 된다는 걸 말하는 거지. 요제프, 제발 정신 좀 차려라. 너의 무심한 태도를 보고 있자니 내 복장이 터져 환장할 노릇이다. 널 쳐다보면 '그런 소송을 한다는 건 이미 진 것이나 다름없다'는 격언을 거의 믿고 싶어지는구나." "숙부님." K가 말했다. "흥분은 도움이 안 돼요. 숙부님한테도 그렇고 저한테도 역시 그럴 거예요. 흥분해서는 소송에 이길 수 없어요. 숙부님의 경험에 놀랄 때가 많지만 그래도 제가 언제나 그리고 지금도 그것을 존중하듯이 저의 현실 경험도 좀 인정해 주세요. 집안사람들도 소송 때문에 함께 고통을 당하게 될 것이라고 말씀하시니까—저로서는 전혀 이해할 수 없는 말씀이지만, 그건 그리 중요치 않은 일입니다—무슨 일이든 숙부님 말씀에 기꺼이 따를까 합니다. 다만 시골로 가는 문제만큼은 숙부님 뜻에 비추어 보아도 별로 이로울 게 없다고 생각해요. 그건 곧 도피를 의미하는 것이자 죄를 인정하는 것일 테니까요. 게다가 여기 있으면 더 많은 핍박을 받기는 하겠지만 제 자신도 일을 더 많이 추진할 수가 있어요." "맞는 말이다." 숙부는 이제야 마침내 두 사람 뜻이 서로 가까이 접근하게 되었다는 듯한 말투로 말했다. "내가 그런 제안을 한 것은, 단지 네가 여기 있으면 너의 무심한 태도로 말미암아 일이 위태롭게 되겠다 싶었고 너 대신 내가 나서서 일하는 게 더 낫겠다고 생각했기 때문이다. 하지만 네 스스로가 전력을 다해 일을 추진하겠다면 물론 그게 훨씬 더 낫지." "그럼 그 점에서 우리는 의견이 일치한 셈이군요." K가 말했다. "그러면 제가 우선 무얼 해야 하는지 거기에 대해 지금 무슨 제안을 하실 게 있나요?" "나는 물론 이 일을 더 깊이 생각해 봐야겠다." 숙부가 말했다. "내 이미 20년간을 거의 줄곧 시골에서만 살고 있다는 것을 감안해야 한다. 그러니 이 방면에 대한 감각이 떨어진다. 이곳에 살면서 그 방면으로 아마 더 잘 알고 있는 사람들과의 이런저런 중요한 연줄이 저절로 느슨해져 버렸지. 너도 잘 알다시피, 나는 시골에서 다소 소외된 채 살고 있단다. 이런 기회가 돼서야 그런 걸 스스로 깨닫게 되는 법이지. 네 일은 나 역시 부분적으로는 전혀 예기치 못한 것이었지만, 이상하게도 에르나의 편지를 받고 나서 이미 그런 일을 예감했고 오늘 네 모습을 보는 순간 거의 확실히 알게 되었단다. 하지만 그런 건 아무래도 상관없고, 지금 가장 중요한 건 시간을 허비하지 않는 것이다." 이렇게 말하다가 그는 까치발을 하고 손짓을 보내 택시 한 대를 부르더니 먼저 탄 다음 K를 차 안으로 끌어들였다. 그러면서 동시에 운전사에게 큰 소리로 주소를 일러 주었다. "우리는 지금 훌트 변호사한테 가는 거다." 그가 말했다. "그는 나의 학교 동창이지. 너도 그 이름을 알고 있겠지? 모른다고? 참 이상하구나. 그는 변론인으로, 빈민 변호사로 상당한 명성을 누리고 있는데 말이다. 하지만 나는 특히 인간적인 면모에서 그 사람에 대해 커다란 신뢰를 가지고 있단다." "저는 숙부님이 하시는 일이면 무엇이든 괜찮아요." K는 그렇게 말했지만 급하게 밀어붙이는 숙부의 일 처리 방식이 불만스러웠다. 피고인 신분으로 빈민 변호사에게 간다는 것 또한 그리 유쾌한 일은 아니었다. "저는 몰랐어요." K가 말했다. "이런 사건에 변호사까지 끌어들일 수 있다는 걸요." "그걸 말이라고 하니." 숙부가 말했다. "그건 당연한 일이야. 대체 왜 그럴 수 없겠니? 자이제, 지금까지 있었던 일을 모두 이야기해 다오. 내가 이 사건에 대해 정확히 알 수 있도록 말이다." K는 즉시 이야기를 시작했고 아무것도 숨기지 않았다. 전부 다 털어놓는 솔직함이야말로 소송은 커다란 수치라는 숙부의 견해에 맞서 그가 취할 수 있는 유일한 저항 방법이었다. 뷔르스트너 양의 이름은 딱 한 번만 슬쩍 언급하고 넘어갔는데, 그것이 솔직함의 원칙을 침해하는 것은 아니었다. 뷔르스트너 양은 이 소송과는 아무 관계도 없었기 때문이다. 이야기하는 동안 그는 창밖을 내다보면서 지금 그들이 마침 법원 사무처가 위치해 있는 교외 쪽으로 가까이 가고 있다는 것을 깨달았다. 그는 숙부에게 그 사실을 알려 주었으나 숙부는 그 우연의 일치를 별로 대수롭지 않게 여겼다. 자동차가 어느 거무칙칙한 건물 앞에 멈추었다. 숙부는 곧바로 1층 첫 번째 문의 벨을 눌렀다. 기다리는 동안 그는 미소를 지으면서 커다란 이를 드러내고는 속삭이듯 말했다. "여덟시로구나. 소송 일로 방문하기에는 적당한 시간이 아니로군. 하지만 훌트는 내 이 무례를 나쁘게 생각하지 않을 거야." 문에 난 길쭉한 구멍창에 크고 검은 두 개의 눈이 나타나더니 잠시 두 손님을 살펴보고는 사라졌다. 그러나 문은 열리지 않았다. 숙부와 K는 두 개의 눈을 보았다는 사실을 서로 확인했다. "새로 온 하녀가 낯선 사람을 두려워하는 게로군." 숙부가 말하면서 다시 한 번 노크했다. 다시 두 눈이 나타났는데, 지금은 거의 슬프게 보이는 눈이었다. 하지만 그것은 머리 바로 위에서 쉬익 소리를 내며 타고 있는 가스등의 흐릿한 불빛으로 인해 생긴 착각인지도 몰랐다. "문 열어요." 숙부는 그렇게 외치면서 주먹으로 문을 두드렸다. "변호사의 친구들이오." "변호사님은 편찮으십니다." 그들 뒤에서 속삭이는 소리가 들렸다. 작은 복도의 다른 쪽 끝에 있는 문에 가운 차림의 한 남자가 서서 아주 낮은 목소리로 그렇게 알려 주는 것이었다. 이미 오래 기다리는 바람에 화가 나 있던 숙부는 홱 돌아서며 외쳤다. "아프다고? 그 사람이 병이 났단 말이오?" 그러고는 그 남자가 마치 병이라도 되는 듯 거의 위협적으로 그를 향해 다가갔다. "문은 이미 열려 있어요." 그 남자가 말했다. 그러면서 변호사네 문을 가리키고는 가운을 홱

여미며 사라졌다. 문은 정말 열려 있었고 한 젊은 아가씨가—K
는 검고 약간 튀어나온 그 눈이 조금 전의 그것임을 알아보았
다—길고 하얀 앞치마를 두른 채 현관에 서서 손에 촛불을 들고
있었다. "이다음엔 좀 빨리 열어 주시오." 숙부는 인사 대신 그렇
게 말했다. 반면에 아가씨는 무릎을 살짝 굽혀 인사했다. "들어가
자, 요제프." 천천히 아가씨 옆을 지나고 있는 K에게 그가 말했
다. "변호사님은 편찮으세요." 숙부가 걸음을 멈추지 않고 방문
쪽으로 급히 걸어가자 아가씨가 말했다. K는 아직도 아가씨를 놀
란 듯 멍하니 바라보고 있는데 그녀는 이미 돌아서서 현관문을 다
시 닫으러 가려는 중이었다. 그녀는 동그랗게 인형처럼 생긴 얼굴
을 하고 있었고 창백한 볼과 턱뿐만 아니라 관자놀이와 이마 언저
리도 둥그스름했다. "요제프." 숙부가 다시 외치더니 아가씨에게
물었다. "심장병이오?" "그러신 것 같아요." 아가씨가 말했다. 어
느 틈에 그녀는 촛불을 들고 앞질러 가서는 방문을 열었다. 촛불
의 불빛이 아직 미치지 못하는 방 한쪽 구석에서 긴 수염을 한 얼
굴이 침대로부터 올라왔다. "레니, 대체 누가 오신 거니?" 변호사
가 물었다. 그는 촛불에 눈이 부셔서 손님들을 알아보지 못했다.
"자네의 오랜 친구 알베르트*일세." 숙부가 말했다. "아, 알베르
트." 변호사가 말하면서 이 손님에 대해서는 체면을 차릴 필요가
없다는 듯 다시 베개 위로 몸을 던져 풀썩 드러누웠다. "정말 그렇
게 안 좋은가?" 숙부는 그렇게 물으며 침대 가에 앉았다. "나는 그
렇게 생각하지 않네. 자네의 심장병에 부수된 발작 증세일 테니
예전처럼 곧 지나갈 걸세." "그럴 수 있지." 변호사가 나지막하게

말했다. "하지만 예전의 어느 때보다도 더 심하네. 숨 쉬기가 힘들고 잠을 통 못 자는 데다 날로 기력이 떨어지고 있네." "저런." 숙부는 말하면서 파나마모자를 무릎 위에 놓고 그 큰 손으로 꾹 눌렀다. "그거 나쁜 소식이로군. 그런데 간호는 제대로 받고 있는 건가? 여긴 또 너무 음울하고 어둡네. 내가 여기에 마지막으로 왔다 간 게 벌써 오래전 일이로군. 그때는 더 밝고 아늑했던 것 같은데. 저 조그만 아가씨도 별로 명랑해 보이지 않는군. 아니면 괜히 그런 척하는 것이든가." 아가씨는 여전히 촛불을 든 채 문가에 서 있었다. 그녀의 모호한 눈길에서 알 수 있는 한, 그녀는 숙부가 지금 자기 이야기를 하고 있는데도 숙부보다는 오히려 K 쪽을 바라보고 있었다. K는 자기가 아가씨 가까이로 밀어 놓은 의자에 기대고 있었다. "나처럼 이렇게 병이 들면……." 변호사가 말했다. "쉬어야 하네. 나한테는 이곳이 음울하지 않아." 잠시 사이를 두고 쉬었다가 이어서 말했다. "그리고 레니는 나를 잘 돌보고 있네. 착실한 아이일세." 그러나 숙부는 그 말에 확신을 가질 수 없었다. 그가 시중드는 아가씨에 대해 편견을 가지고 있는 것임이 역력했다. 그는 환자에게 어떤 이의의 말도 하지 않았지만 아가씨의 거동을 매서운 눈길로 뒤쫓고 있었다. 지금 그녀는 침대 쪽으로 가서 협탁위에 촛불을 세워 놓고는 환자 위로 몸을 구부리더니 베개를 바로잡아 주면서 그에게 뭐라고 속삭였다. 숙부는 환자에 대한 배려를 거의 잊은 듯 자리에서 일어나 아가씨의 등 뒤로 가서 왔다 갔다 했다. 때문에 K는 숙부가 뒤에서 그녀의 스커트를 붙잡고 그녀를 침대에서 끌어낸다 해도 놀라지 않았을 것이다. K 자신은 이 모든 것을 가만히 지켜보고 있었다. 변호사가 병이 난 것이 그에게는 그리 반갑지 않은 일은 아니었다. 숙부가 자신의 소송 일에 대해 보이는 열성을 도무지 막을 수가 없었는데, 지금 그 열성이 자신의 관여 없이도 다른 데로 쏠리고 있는 것을 그는 기꺼이 받아들였다. 그때 아마도 시중드는 아가씨를 모욕 주기 위한 일념에서였는지 숙부가 이렇게 말했다. "아가씨, 잠시 자리 좀 비켜 주겠소. 내 친구와 개인적인 용무로 상담할 일이 있어서." 그러자 아직도 환자 너머로 멀찍이 몸을 구부리고서 벽 가의 시트를 반듯하게 펴고 있던 아가씨가 고개만 돌린 채 아주 조용히 말했다. 그것은 화가 치민 나머지 막혔다가 다시 뚫려 넘쳐흐르는 듯한 숙부의 말과는 현저한 대조를 이루었다. "보시다시피 선생님께서는 많이 편찮으세요. 무슨 용무로도 상담을 하실 수 있는 처지가 아니에요." 그녀는 아마도 단지 편의상 숙부의 표현을 일부 그대로 되풀이한 것 같은데, 그러나 그것은 제삼자의 입장에서 보더라도 조롱하는 말투로 여겨질 수 있었다. 숙부로서는 당연히 무엇에 찔린 사람처럼 펄쩍 뛰었다. "이 빌어먹을 년." 그는 그렇게 말했지만 흥분한 탓에 목에서 나는 그르렁거리는 소리에 묻혀 잘 알아들을 수가 없었다. 어느 정도 비슷한 상황이 벌어질 것으로 예상하기는 했지만 K는 깜짝 놀랐고, 두 손으로 입을 막으려는 뚜렷한 의도를 가지고 급히 숙부에게 다가갔다. 그런데 다행히 아가씨의 등 뒤에서 환자가 몸을 일으켰다. 숙부는 무언가 역겨운 것을 삼키기라도 하듯 침울한 표정을 지으며 다소 침착해진 어조로 말했다. "물론 우리는 아직 이성을 잃지 않았소. 내가 요구하는 것이 만일 들어주기 불가능한 것이라면 난 그걸 요구하지도 않을 거요. 제발 부탁하는데, 이제 그만 나가 주시게나!" 시중드는 아가씨는 완전히 숙부 쪽으로 얼굴을 돌린 채 침대 가에 똑바로 서 있었는데, 한 손으로는 변호사의 손을 쓰다듬고 있었다. K는 그렇게 보았다고 생각했다. "레니 앞에서는 무슨 말을 해도 괜찮네." 환자가 한 말이었는데 간절히 부탁하는 어조임에 틀림없었다. "나에 관한 일이 아닐세." 숙부가 말했다. "내 비밀이 아니란 말이네." 그러고는 마치더 이상 협상에 응할 생각이 없지만 잠시 더 생각할 시간을 주겠다는 듯이 몸을 돌렸다. "그럼 대체 누구에 관한 일인가?" 변호사가 꺼져 가는 듯한 목소리로 묻고는 다시 뒤로 누웠다. "내 조카일일세." 숙부가 말했다. "그를 여기 데리고 왔네." 그러고는 K를 소개했다. "은행 차장 요제프 K일세." "오오." 환자는 훨씬 더 생기 있게 말하며 K에게 손을 내밀었다. "용서하세요. 그쪽을 전혀 알아보지 못했어요. 나가 있거라, 레니." 그가 시중드는 아가씨에게 말하자 그녀는 더 이상 거부하는 기색이 전혀 없었고, 그는 마치 긴 이별이라도 하는 것처럼 그녀에게 손을 건넸다. "그러면 자네는……." 이제 마음이 풀려 가까이 다가온 숙부에게 그가 마침내 말했다. "나한테 병문안을 온 게 아니라 일 때문에 온 거로군." 친구가 병문안을 왔다는 생각이 마치 지금까지 변호사를 무력하게 만든 원인이라도 되는 것 같았다. 그래서인지 이제 그는 제법 기운을 차린 모습이었다. 상당히 힘들어 보이는데도 한쪽 팔꿈치로 계속 몸을 지탱하면서 가운데에 있는 수염 한 가닥을 자꾸 잡아당기는 것이었다. "자네 훨씬 건강해 보이는군." 숙부가 말했다. "그 마녀 같은 계집애가 나간 뒤로 말일세." 그는 말을 중단하고 속삭이듯 말했다. "내 장담하건대, 틀림없이 우리 얘길 엿듣고 있을 거야." 그러면서 문을 향해 껑충 뛰어갔다. 그러나 문 뒤에는 아무도 없었고, 그래서 숙부는 돌아왔는데 실망스러운 모습이 아니었다. 왜냐하면 그녀가 엿듣지 않는 것이 그에게는 더욱더 사악한 행실로 여겨졌기 때문이다. 하지만 기분이 상한 것 같았다. "자네가 그 아이를 잘못 본 거네." 변호사는 그렇게 말했지만 시중드는 아가씨를 더 이상 감싸 주지는 않았다. 그렇게 함으로써 아마도 그녀가 보호를 필요로 하지 않는다는 것을 표현하려는 듯했다. 그리고 훨씬 더 관심 있는 어조로 그는 말을 계속했다. "자네 조카님 일에 관해서 말인데, 내 힘이 그 어려운 과제를 능히 감당할 수 있을 만큼 충분하다면 물론 더없이 기쁠 걸세. 그 힘이 충분치 못할 것 같아서 심히 염려가 된다네. 어쨌든 아무런 시도도 안 하고 가만히 있지는 않겠네. 내 힘으로 부족하다면 누군가 다른 사람한테 도움을 청할 수도 있을 걸세. 솔직히 말해서, 그 사건은 내가 아무런 관여도 하지 않고 과감히 포기하기에는 너무 흥미로운 일이라네. 만일 내 심장이 견뎌 내지 못한다 해도 적어도 그 일이라면 심장이 완전히 멎어 버릴 수 있는 합당한 기회를 얻게 될 것일세." K는 이 모든 말을 하나도 알아듣지 못했다는 생각이 들었다. 그는 설명을 구할 수 있을까 싶어 숙부를 쳐다보았는데, 숙부는 손에 촛불을 든 채 협탁 위에 앉아 있었다. 협탁에서는 이미 약병 하나가 양탄자 위로 굴러 떨어져 있었다. 거기에 앉아 그는 변호사가 하는 모든 말에 고개를 끄덕였고 모든 말에 동의하면서 때때로 K에게도 똑같이 동의를 표하도록 재촉하며 그를 쳐다보았다. 혹시 숙부가 변호사에게 전에 이미 소송에 대해 이야기를 한 것일까? 하지만 그것은 불가능했다. 지금까지 일어난 모든 일이 그것과 맞지 않았다. 그래서 그는 이렇게 말했다. "저는 이해가 안 되는데요—." "그래요? 혹시 내가 그쪽을 오해했나요?" 변호사도 K만큼이나 놀라고 당황해서 물었다. "내가 너무 성급했던 모양이군요. 그럼 대체 무슨 일로 나하고 상담하려는 건가요? 나는 그쪽의 소송에 관한 일이라고 생각했는데요?" "물론이지." 숙부가 말하고는 K에게 물었다. "대체 왜 그러는 거니?" "맞아요, 하지만 어떻게 저와 제 소송에 대해 알고 계신가요?" K가 물었다. "아, 네." 변호사가 미소를 지으며 말했다. "난 변호사니까 법원 사람들과 접촉할 일이 많지요. 거기서는 여러 가지 소송에 대해 이야기들을 하는데, 보다 주목을 끄는 소송, 특히 친구의 조카에 관한 거라면 기억에 남게 되지요. 그건 전혀 이상한 일이 아니잖아요." "대체 왜 그러니?" 숙부가 K에게 다시 물었다. "아주 불안해 보이는구나." "법원 사람들과 접촉하신다고요?" K가 물었다. "그래요." 변호사가 말했다. "어린애 같은 질문을 하는구나." 숙부가 말했다. "내 분야 사람들 말고 내가 대체 누구하고 접촉하겠습니까?" 변호사가 덧붙여 말했다. 그 말은 도저히 반박할 여지가 없게 들려서 K는 아무 대꾸도 하지 않았다. '하지만 선생님께서 일하시는 곳은 법무성 건물 안에 있는 법원이지 다락방 법원은 아니잖아요.' 그는 그렇게 말하고 싶었지만 실제로 그 말을 입 밖에 낼 수는 없었다. "그렇지만 이걸 생각해야 합니다." 변호사는 마치 당연한 것을 불필요하게 그리고 내친김에 설명한다는 말투로 계속 말했다. "내가 그러한 접촉을 통해 내 소송 의뢰인들에게 크게 득이 될 만한 것들을 얻어 내기도 한다는 것을 생각해야 합니다. 그것도 여러 가지 면에서 말입니다. 이런 이야기는 아무 때나 말할 것은 못 됩니다. 물론 나는 지금 병으로 인해 다소 지장이 있습니다만, 법원에서 좋은 친구들이 찾아와 주어 그래도 어느 정도는 소식을 듣고 있지요. 최고의 건강한 몸으로 하루 종일 법원에서 보내는 여느 사람들보다는 아마 내가 더 많이 알고 있을 겁니다. 이를테면 지금도 마침 반가운 손님이 와 계십니다." 그러고서 그는 어두운 방구석을 가리켰다. "대체 어디요?" K는 너무 놀라서 거의 당돌하게 물었다. 그는 불안하게 이리저리 둘러보았다. 작은 초의 불빛이 도저히 맞은편 벽까지는 미치지 못했다. 그런데 실제로 그쪽 구석에서 무언가가 움직이기 시작했다. 숙부가 촛불을 높이 치켜들자 그 불빛 속에서 그곳의 작은 테이블 곁에 중년의 한 신사가 앉아 있는 것이 보였다. 그렇게 오랫동안 눈에 띄지 않고 거기에 계속 있었던 것을 보니 그는 아예 숨을 쉬지 않았나 보다. 이제 그는 귀찮다는 듯 일어났는데 사람들의 시선이 자기한테 쏠리게 된 것이 분명 못마땅한 눈치였다. 그는 양손을 짧은 날개처럼 움직였는데 그렇게 함으로써 모든 소개와 인사를 거부하려는 듯이 보였다. 또한 자기가 거기에 있음으로 해서 결코 남들을 방해하고 싶지 않으며 제발 다시 자기를 어둠 속에 있도록 내버려두고 자신의 존재를 잊어 달라고 간절히 바라는 듯했다. 그러나 이렇게 된 이상 이제 그럴 수는 없는 노릇이었다. "자네들이 불시에 찾아와 우릴 놀라게 한 걸세." 설명을 하느라 변호사가 그렇게 말했다. 그러면서 그 신사에게는 염려할 것 없으니 가까이 오라는 손짓을 보냈다. 그러자 신사는 쭈뼛거리는 태도로 주위를 둘러보며 그러나 어느 정도는 위엄을 차리면서 느릿느릿 다가왔다. "사무처장님께서 ― 아 그렇지, 죄송합니다, 제가 소개를 드리지 않았군요 ― 여기는 제 친구 알베르트 K이고, 여기는 알베르트의 조카 되시는 은행 차장 요제프 K씨이고, 그리고 이쪽이 사무처장님이시네 ― 그러니까 사무처장님께서 친절하시게도 친히 날 찾아와 주셨다네. 이런 분께서 찾아오신다는 게 얼마나 황송한 일인지는 처장님이 일 더미에 파묻혀 사시는 분이라는 걸 아는 사람만이 사실 그 가치를 깨달을 수 있지. 그런데 그럼에도 불구하고 이렇게 와 주셨고, 우리는 허약한 내 몸이 허락하는 한에서 평온하게 이야기를 나누는 중이었다네. 레니에게 손님이 와도 들여보내지 말라는 당부를 해 두지는 않았지만, 찾아올 사람이 없을 거라고 생각했으니까 말이야, 우리 생각은 둘이서만 있어야 한다는 거였지. 그런데 알베르트, 바로 그때 자네가 주먹으로 두드리는 소리가 들려온 걸세. 그 바람에 사무처장님께서는 의자와 테이블을 들고 방구석으로 물러나신 거라네. 그러나 이렇게 된 이상 우리가 어쩌면, 즉 그럴 의향이 있다면, 어떤 공동의 문제를 상의해야 할 일이 생겨 서로 다시 당겨 앉아 긴밀한 관계를 갖게 될지도 모르겠네. 저, 처장님." 그는 고개를 기울이고 비굴한 미소를 지으며 말했다. 그러고는 침대 가까이에 있는 안락의자를 가리켰다. "유감스럽게도 전 몇 분밖에 못 있겠네요." 사무처장이 친절하게 말했다. 그러고는 안락의자에 떡 벌어지게 앉아 시계를 들여다보았다. "일이 밀려서요. 그래도 내 친구의 친구 분을 알게 되는 기회를 놓치고 싶지는 않군요." 그는 숙부를 향해 가볍게 머리를 숙였다. 숙부는 이 새로운 인연에 매우 만족해하는 것처럼 보였지만 타고난 천성 때문에 상대방에게 자신을 낮추는 겸양의 마음을 표현하지는 못하고 사무처장의 말에 어색하지만 요란한 웃음으로 응대를 해 주었다. 이 얼마나 꼴사나운 모습인가! K는 조용히 모든 것을 관찰할 수 있었다. 아무도 그에게 관심을 두는 사람이 없었기 때문이다. 사무처장은 일단 끌려 나오자 이것이 그의 습관인 모양인 듯 대화의 주도권을 잡았고, 변호사는 처음에 허약한 모습을 보인 것이 단지 새로 온 손님을 쫓아 보내기 위한 방책이었던지 손을 귀에 대고 열심히 듣고 있었으며, 촛불 담당인 숙부는— 그는 촛불을 넓적다리 위에 놓고 균형을 잡았는데, 변호사는 걱정스러운 듯 힐끔힐끔 그쪽을 쳐다보았다— 곧 어색함에서 벗어나 사무처장이 말하는 투며, 말을 하면서 곁들이는 물결 모양의 부드러운 손동작에 매료되었다. 침대 기둥에 기대고 있는 K는 사무처장에 의해 왠지 의도적으로 완전히 따돌림을 당한 느낌까지 들었으며 이 노신사들의 대담을 들어주는 들러리 역할만 하고 있었다. 게다가 그들이 무엇에 관한 이야기를 하고 있는지도 거의 몰랐다. 그는 시중드는 아가씨와 그녀가 숙부한테서 당한 심한 처사에 대해 생각해 보기도 하다가, 이 사무처장이란 사람을 언젠가 본 적이 없는지, 아마 그 첫 심리 때 모인 사람들 속에서 본 것은 아닐까도 생각해 보았다. 착각인지도 모르지만, 사무처장은 그 심리 모임에서 맨 앞줄에 있던, 수염이 듬성듬성 난 노신사들에 끼여 있었다면 딱 어울릴 사람처럼 보였다.

그때 현관 쪽에서 사기그릇이 깨지는 듯한 소리가 들려와서 다들 긴장해서 귀를 기울였다. "제가 무슨 일인지 살펴보고 오겠습니다." K가 말했다. 그러고는 다른 사람들에게 자신을 가지 못하게 만류할 기회를 주려는 것처럼 천천히 걸어 나갔다. 그가 방 밖으로 나와 어둠 속에 어느 정도 적응이 되려는 순간, 아직도 문을 붙잡고 있던 그의 손 위에 작은 손 하나가 놓이더니 문을 조용히 닫았다. K의 손보다 훨씬 더 작은 손이었다. 시중드는 아가씨가 거기서 기다리고 있었던 것이다. "아무 일도 아니었어요." 그녀가 속삭였다. "접시 한 장을 벽에다 던졌을 뿐이에요. 당신을 나오게 하려고요." 쑥스러워하며 그가 말했다. "나도 당신을 생각했어요." "그렇다면 더 잘됐군요." 시중드는 아가씨가 말했다. "이리 오세요." 몇 걸음 걸어가자 우윳빛 유리문이 나타났는데 아가씨가 K에 앞서서 그 문을 열었다. "어서 들어오세요." 그녀가 말했다. 그곳은 변호사의 사무실이 분명했다. 달빛이 두 개의 커다란 창문을 통해 바닥 위에 두 개의 작은 사각형 면을 비추고 있었는데, 그 달빛 속에서 볼 수 있는 한 그 방은 무겁고 낡은 가구들을 갖추고 있었다. "이리 오세요." 아가씨가 말하면서 목조(木彫) 난간이 붙어 있는 거무스름한 궤짝을 가리켰다. 거기에 앉으면서 K는 방 안을 둘러보았다. 천장이 높은 커다란 방이었다. 빈민 변호사의 의뢰인들은 이 방에 들어와 분명 어리둥절해했을 것이다. K는 커다란 책상 앞으로 나아가는 방문자들의 잔걸음이 눈에 보이는 듯한 느낌이 들었다. 그러나 그런 것은 이내 잊어버리고 시중 드는 아가씨에게만 눈길이 갔다. 그녀는 바로 옆에 붙어 앉아 그를 거의 옆 난간 쪽으로 밀어붙이고 있었다. "저는 생각했어요." 그녀가 말했다. "제가 먼저 부르지 않아도 당신 스스로 나와서 저한테 오실 거라고요. 하지만 이상했어요. 처음에 당신은 들어서자마자 저를 계속 쳐다보시더니 그다음엔 저를 기다리게 만들었어요." 그녀는 말하는 한순간도 놓칠 수 없다는 듯 재빨리 덧붙였다. "그런데 저를 레니라고 불러 주세요." "좋아요." K가 말했다. "레니, 이상하다는 말을 했는데 그건 쉽게 설명할 수 있어요. 첫째, 나는 노인네들이 수다 떠는 걸 들어줄 수밖에 없었고, 아무 이유 없이 그냥 나와 버릴 순 없었어요. 둘째, 난 뻔뻔스럽지 못하고 수줍어하는 편인 데다, 레니, 당신도 정말이지 단숨에 마음을 얻을 수 있는 여자처럼 보이지는 않았거든요." "그건 그렇지 않아요." 레니가 말했다. 그러면서 팔을 난간 위에 걸치며 K를 쳐다보았다. "하지만 내가 마음에 안 들었죠, 지금도 마음에 안 들고요." "마음에 든다는 말로는 부족할 겁니다." K가 회피하면서 말했다. "어머!" 그녀는 말하면서 미소를 지었는데 K의 말과 이 짤막한 외침으로 어느 정도 우월감을 갖게 되었다. 그래서 K는 잠시 입을 다물고 있었다. 방 안의 어둠에는 이미 익숙해졌기 때문에 그는 가구며 집기들의 세세한 부분까지도 분간할 수 있었다. 방문 오른쪽에 걸려 있는 커다란 그림이 유난히 눈에 띄었다. 그는 더 잘 보려고 몸을 앞으로 구부렸다. 법복을 입은 한 남자의 그림이었다. 그 남자는 높은 옥좌처럼 생긴 의자에 앉아 있었는데 의자의 금칠한 부분이 지나치게 두드러져 보였다. 특이한 점은 이 판사가 차분하고 위엄 있게 앉아 있는 것이 아니라 왼팔은 등받이와 팔걸이를 꽉 눌러 대면서 오른팔은 아무 데도 안 기댄 채 손으로만 팔걸이를 잡고 있을 뿐이라는 것이었다. 그것은 마치 어떤 결정적인 말을 하거나 아니면 판결을 내리기 위해 금방이라도 사납고 격분한 모습으로 돌변하여 벌떡 일어날 듯한 기세처럼 보였다. 피고는 아마 계단의 발치쯤에 있을 것으로 생각되는데, 그림에는 노란 양탄자가 깔려 있는 계단 윗부분만 보였다. "아마 내 담당 판사인지도 모르겠군." K는 말하면서 손가락으로 그림을 가리켰다. "나는 저분을 알아요." 레니도 말하면서 그림을 올려다보았다. "꽤 자주 여기에 오시는 분이에요. 그림은 젊었을 때 것인데, 그분이 그때 결코 저 모습과 조금이라도 닮았을 리가 없어요. 그분은 키가 거의 난쟁이만 하니까요. 그런데도 그림에는 키를 저렇게 늘려 그리게 한 거예요. 여기 있는 사람들이 다 그렇듯이 그분도 허영심이 엄청 많아서 그래요. 하지만 허영심은 저도 많아요. 그래서 내가 당신 마음에 전혀 들지 않는다는 게 매우 불만이에요." 이 마지막 말에 대해 K는 레니를 껴안아 끌어당기는 것으로 대답을 대신했다. 그녀는 가만히 그의 어깨에 머리를 기댔다. 나머지 말에 대해서는 그가 이렇게 말했다. "저 사람은 어떤 지위에 있나요?" "예심 판사예요." 그녀가 말했다. 그러고는 자기를 껴안고 있는 K의 손을 잡고 손가락을 만지작거렸다. "또 예심 판사란 말이야?" K가 실망해서 말했다. "고위직들은 다 숨어 있군. 하지만 저 사람은 옥좌 같은 의자에 앉아 있지 않나요." "그건 전부 꾸며 낸 거예요." 레니가 K의 손 위로 얼굴을 숙이면서 말했다. "사실은 부엌 의자에 앉아 있는 건데 그 위에 낡은 모포를 접어서 얹어 놓은 거예요. 그런데 당신은 계속 소송에 대해 생각해야 하나요?" 그녀는 천천히 덧붙여 말했다. "아니요, 전혀 그렇지 않아요." K가 말했다. "오히려 너무 생각하지 않아서 탈이지요." "그건 당신이 잘못하고 있는 게 아니에요." 레니가 말했다. "당신이 너무 굽히지 않는다는 말을 들었어요." "누가 그런 말을 하던가요?" K가 물었다. 그리고 자신의 가슴에 와 닿은 그녀의 몸을 느끼면서 숱이 많고 단단히 땋은 그녀의 검은 머리를 내려다보았다. "그걸 말하면 내가 너무 많은 걸 발설하는 게 될 텐데요. 제발 이름은 묻지 말아주세요. 잘못하는 게 있으시면 고치시고 더 이상 그렇게 고집을 세우지 마세요. 누구도 법원에 맞서 싸울 수는 없어요. 결국은 자백을 하게 마련이에요. 다음번엔 꼭 자백하도록 하세요. 그러고 나서야 빠져나갈 구멍이 생기는 거예요. 그러고 나서야 말이에요. 그러나 그것도 남의 도움이 없으면 불가능해요. 하지만 그 도움 때문이라면 걱정하지 않으셔도 돼요. 내가 직접 도와 드리겠어요." "당신은 이 법원과 거기서 요구하는 사기 관행에 대해 많은 걸 알고 있군요." K가 말했다. 그러면서 그녀가 너무도 억세게 들이미는 통에 그녀를 안아 무릎 위에 올려놓았다. "이렇게 해 주시니 좋아요." 그녀가 말했다. 그러고는 스커트를 만져서 펴고 블라우스도 바로잡으며 그의 무릎 위에서 자세를 고쳐 앉았다. 그런 다음 두 손으로 그의 목에 매달리더니 몸을 뒤로 젖히고는 한참 동안 그를 쳐다보았다. "그런데 만일 내가 자백하지 않는다면 날

도와줄 수 없나요?" K가 마음을 떠보려고 그렇게 물었다. '이거 내가 여자 도우미들을 모집하고 있는 셈이로군.' 그는 거의 놀란 심정으로 그렇게 생각했다. '처음엔 뷔르스트너 양, 그다음엔 정리(廷吏)의 부인, 그리고 마지막으로 이 조그만 시중드는 아가씨. 그런데 이 아가씨는 나한테 이해할 수 없는 욕망을 품고 있는 것 같군. 내 무릎 위에 앉아 있는 모습이라니, 마치 거기가 자신의 유일한 보금자리라도 되는 듯한 태도가 아닌가!' "안 돼요." 레니가 대답하면서 천천히 고개를 가로저었다. "그렇게 안 하시면 도와드릴 수 없어요. 하지만 당신은 내 도움을 전혀 원치 않으시죠. 그런 것엔 하나도 관심이 없으시고요. 당신은 고집이 세셔서 남의 말 같은 건 들으려 하지 않으니까요." 잠시 말을 멈추었다가 그녀가 물었다. "애인은 있으세요?" "없어요." K가 말했다. "에이, 설마." 그녀가 말했다. "그래요, 사실은 있어요." K가 말했다. "이건 어떻게 생각해요? 나는 애인이 없다고 했지만 그녀의 사진까지 지니고 다니거든요." 그녀가 졸라 대는 바람에 그는 엘자의 사진을 보여 주었다. 그러자 그녀는 그의 무릎 위에서 몸을 웅크린 채 사진을 연구하듯 들여다보았다. 그건 스냅 사진이었다. 엘자가 술집에서 즐겨 추는 소용돌이 춤을 추고 난 후 찍은 것이었다. 스커트는 회전할 때 생기는 소용돌이 주름이 아직 지워지지 않은 채 그녀의 몸에 휘감기며 날리고 있었고, 그녀는 탄탄한 허리에 양손을 올려놓고는 목을 뻣뻣이 세운 채 웃으면서 옆을 보고 있었다. 누구를 보고 웃는지는 사진으론 알 수가 없었다. "코르셋 끈을 너무 꼭 졸라맸군요." 레니는 말하면서 자기가 보기에 그렇게 보이는 곳을 가리켰다. "이 여자 마음에 안 들어요. 어색하고 거칠어요. 하지만 당신한테는 아마 부드럽고 다정하겠죠. 사진을 보면 알수 있어요. 이렇게 크고 억센 여자들은 부드럽고 다정한 것밖에 모르는 경우가 많거든요. 그런데 그녀가 당신을 위해 헌신할 수 있을까요?" "아니요." K가 말했다. "그 여자는 부드럽고 다정하지도 않고 날 위해 헌신하지도 않을 거예요. 나도 여태껏 그 여자에게 그어느 쪽도 요구한 적이 없고요. 그러고 보니, 난 아직 그 사진을 당신처럼 그렇게 자세히 들여다본 적조차 없군요." "그럼 당신은 그여자에게 별로 관심이 없으신 거군요." 레니가 말했다. "그렇다면그녀는 당신의 애인이 아니에요." "아니요." K가 말했다. "난 내말을 취소하지 않겠습니다." "그럼 그녀가 지금 당신의 애인이라고 해 두죠." 레니가 말했다. "하지만 당신이 만일 그녀를 잃는다거나 누군가 다른 사람, 이를테면 나와 바꾸게 된다 해도 당신은별로 아쉬워하지 않을 거예요." "물론이지요." K가 미소를 지으며말했다. "그렇게 생각할 수도 있지만, 그 여자는 당신에 비해 큰장점이 있습니다. 그녀는 내 소송 사건에 대해 아무것도 모르고 있다는 점입니다. 혹시 알게 된다 해도 그런 것에 마음 쓰지 않을 사람입니다. 나한테 고집 부리지 말라고 설득하려 들지도 않을 거고요." "그건 장점이 아니에요." 레니가 말했다. "그녀에게 그 밖에다른 장점이 없다면 나는 용기를 잃지 않겠어요. 그 여자한테 어딘가 신체적인 결함은 없나요?" "신체적인 결함이오?" K가 물었다. "네." 레니가 말했다. "전 그런 작은 결함이 있거든요. 자, 보세요." 그녀가 오른손 가운뎃손가락과 넷째 손가락 사이를 벌렸다. 그러자 두 손가락 사이의 연결 피막이 짧은 두 손가락의 거의 윗마디까지 올라와 있었다. 그녀가 자기에게 무얼 보여 주려고 하는지 K는 어둠 속에서 금방 알아차리지 못했다. 그러자 그녀는 그의 손을 끌어와 그곳을 만져 보게 했다. "이 무슨 자연의 장난이란 말이오." K가 말했다. 그리고 손 전체의 모습이 한눈에 들어온 순간 덧붙여 말했다. "아, 정말 귀여운 갈퀴 같은 손이야!" 일종의 자부심을 느끼며 레니는 K가 놀라워하면서 자기의 두 손가락을 몇 번이나 벌렸다 오므렸다 하는 모습을 지켜보았는데, 그 끝에 그는 손가락에 살짝 키스하고는 손을 놓아주었다. "어머!" 그녀가 즉시 소리쳤다. "저한테 키스를 하셨네요!" 입을 벌린 채 그녀는 급히 무릎으로 그의 몸을 기어올랐다. K는 거의 넋이 나간 얼굴로 그녀를 올려다보았다. 그녀가 그렇게 가까이 접근하자 후추처럼 쓰고 자극적인 냄새가 그녀에게서 풍겨 나왔다. 그녀는 그의 머리를 끌어안고 그녀에게로 몸을 구부리더니 그의 목을 깨물고 키스를 했다. 그러고는 그의 머리카락 속까지 입으로 물어 댔다. "당신은 애인을 나로 바꾸신 거예요." 그녀는 때때로 소리를 질렀다. "보세요, 이젠 애인을 나로 바꾸셨잖아요!" 그때 그녀의 무릎이 미끄러지면서 짧은 비명 소리와 함께 그녀는 거의 양탄자 위로 떨어졌고, K는 떨어지는 그녀를 붙잡으려고 껴안다가 그녀에게 끌려 내려갔다. "이제 당신은 내 거예요." 그녀가 말했다.

"여기 집 열쇠 받으세요. 언제든 오고 싶을 때 오세요." 이것이 그녀의 마지막 말이었다. 그러고는 이제 문을 나서고 있는 그의 등에 목표를 잃은 키스가 날아와 부딪쳤다. 그가 건물 현관문 밖으로 나오자 가는 빗방울이 떨어지고 있었다. 아직 창가에 서 있을 레니를 볼 수 있을까 해서 길 한복판으로 나가려는데, 건물 앞에 서 있던 자동차에서 숙부가 뛰쳐나왔다. K는 멍한 상태에서 자동차를 전혀 알아보지 못한 것이다. 숙부가 그의 양팔을 붙잡더니 현관문 쪽으로 그를 밀어붙였다. 마치 그를 거기에다 박아 넣을 듯한 기세였다. "이 녀석." 그가 외쳤다. "네가 어떻게 그런 짓을 할 수 있단 말이냐! 일이 잘돼 가던 중이었는데 네 스스로 네 일을 처참하게 망쳐 놓다니. 그 조그맣고 더러운 계집애하고 몰래 숨어 들어가서는, 게다가 그 계집애는 분명 변호사의 애인인 것 같던데, 몇 시간이나 뭘 하고 나타나질 않을 수가 있어. 둘러댈 구실조차 찾을 생각도 않고, 아무것도 숨기질 않고, 아니, 아예 다 드러내 놓고, 그년한테 달려가서는 내내 붙어 있다니. 너희들이 그러고 있는 동안 우리는 모여 앉아 있었지. 널 위해 애쓰는 이 숙부하고, 널 위해 내 편으로 만들어야 할 변호사, 그리고 특히 그 사무처장 말이다. 지금 단계에서는 네 사건을 마음대로 주무르다시피 할 수 있는 대단한 양반 아니냐. 이렇게 우리 세 사람은 머리를 맞대고 앉아서 어떻게 하면 널 도울 수 있을까 상의를 하려고 했지. 나는 변호사를 조심스럽게 다루어야 했고, 변호사는 또 변호사대로 사무처장을 그렇게 대해야 했다. 그러니 넌 나를 적어도 어떻게든 지원해 주려고 애써야 할 이유가 얼마든지 있었던 거지. 그런데 그러기는커녕 넌 어디론가 가더니 돌아오질 않는 거야. 결국은 숨길 수 없는 일이 되어 버렸지. 그래도 그분들은 점잖고 세상 경험이 많은 사람들이라 거기에 대해서는 함구한 채 나를 감싸 주었단다. 그러나 결국 그분들도 더는 참을 수가 없게 되었고, 그 사건에 대해 이야기를 할 수 없게 되니까 아예 입을 다물어 버렸지. 우린 몇 분 동안이나 말없이 앉아서 이제나 저제나 네가 돌아오지 않을까 귀를 기울이고 있었다. 모든 게 허사였지. 마침내 본래 예정보다 훨씬 더 오래 앉아 있던 사무처장이 자리에서 일어나 작별 인사를 하고는, 나를 도와줄 수 없어서 안타깝다고 하며 나를 동정하는 기색이 완연하더니, 믿기 어려운 호의를 보이며 문에서 한동안 더 기다리다가 가 버렸단 말이다. 그분이 가 버려서 나는 물론 안도의 숨을 쉴 수 있었지. 그동안 숨이 막혀 죽을 지경이었으니까. 병이 든 변호사한테는 모든 게 더욱 강하게 작용해서, 사람 좋은 그 친구는 내가 작별 인사를 하는데도 전혀 입을 열지 못했지. 너는 분명 그 친구가 완전히 기력을 잃고 쓰러지게 하는 데 기여한 거야. 그래서 네가 의지해야 할 사람의 죽음을 재촉한 셈이지. 그리고 네 숙부인 나를 이렇게 빗속에 몇 시간 동안이나 기다리게 했다. 자, 만져 봐라. 완전히 젖어 버렸잖아."

변호사
제조업자
화가

어느 겨울날 오전 — 밖에는 칙칙한 눈이 내리고 있었다 — 아직 이른 시간인데도 K는 벌써 완전히 지친 모습으로 사무실에 앉아 있었다. 최소한 아래 직원들만이라도 피하기 위해 그는 중요한 일을 하고 있으니 그들 중 누구도 들여보내지 말라고 사환에게 일러 놓은 터였다. 그러나 일을 하는 대신 그는 의자에 앉아 몸을 이리저리 돌리다가 책상 위에 있는 몇 가지 물건들을 천천히 밀어 놓고는 자기도 모르게 책상 위에 팔을 쭉 뻗고 머리를 숙인 채 꼼짝도 하지 않고 앉아 있었다.

소송에 대한 생각이 이젠 그의 머리에서 떠나질 않았다. 변론서를 작성해서 법원에 제출하는 것이 좋지 않을까 하고 그는 이미 몇 번이나 곰곰이 생각해 보았다. 변론서에다 간단한 이력을 제시하면서, 왠지 보다 중요해 보이는 사건들에 대해서는 하나하나 어떤 이유에서 자신이 그런 행동을 했는지, 그런 행동 방식이 지금의 판단으로 보면 비난할 만한 것인지 아니면 시인할 만한 것인지, 그리고 비난이나 시인에 대해 어떤 이유를 들 수 있는지 설명을 달고자 했다. 그렇지 않아도 비난할 여지가 없지 않은 변호사의 그렇고 그런 변호에 비하자면 그렇게 작성된 변론서의 장점이란 의심할 나위가 없었다. 사실 K는 변호사가 무슨 일을 꾀하고 있는지 전혀 알지 못했다. 적어도 많은 일을 하는 것 같지는 않았다. 변호사는 이미 한 달 동안이나 그를 더 이상 부르지 않았고, 그전에 수차례 상담을 했을 때에도 K는 이 남자가 자기를 위해 많은 일을 해 줄 수 있을 것 같은 인상을 받은 적이 한 번도 없었다. 무엇보다도 변호사는 그에게 무언가를 자세히 물어본 적이 거의 없었다. 이런 일을 하려면 질문해야 할 내용이 얼마나 많이 있겠는가. 질문하는 일이야말로 가장 중요한 일이 아니겠는가. K는 자기가 직접 이 일과 관련해 필요한 온갖 질문을 던질 수 있을 것 같은 느낌이 들었다. 그와 달리 변호사는 질문 대신 자기 이야기만 하거나, 아니면 입을 다물고 그를 마주 보고 앉아 아마도 청력이 약한 탓인지 책상 위로 몸을 약간 앞으로 구부린 채 수염 한 가닥을 잡아당기며 양탄자를 내려다보는 것이었다. 그곳은 아마 K가 레니와 함께 누워 있던 바로 그 자리 같았다. 때때로 그는 K에게 아이들에게나 할 듯한 별 내용 없는 훈계를 몇 마디 던지기도 했다. 쓸데없고 지루한 이야기라서 K는 사례금을 청산할 때 한 푼도 줄 생각이 없었다. 변호사는 그를 실컷 주눅 들게 했다 싶으면 그 다음엔 다시 약간 용기를 북돋워 주고자 했다. 그러고서 그는 이야기를 늘어놓았다. "나는 이미 이와 유사한 많은 소송에서 완전히 또는 부분적으로 승소를 했습니다. 실제로는 아마 이 소송만큼 그렇게 어려운 것은 아니었을지라도 겉으로 보기엔 더 가망이 없어 보이는 소송들이었습니다. 그 소송 기록들을 목록으로 정리해 여기 서랍 안에 가지고 있는데……." 그러면서 그는 책상 서랍 하나를 톡톡 두드렸다. "그 문서들은 직무상의 기밀이기 때문에 유감스럽게도 보여 줄 수가 없습니다. 그렇지만 내가 이 모든 소송들을 통해 얻게 된 큰 경험은 이제 물론 당신에게 도움이 될 것입니다. 나는 당연히 즉시 일에 착수했고 첫 청원서는 이미 거의 다 완성되었습니다. 그것은 매우 중요한데, 변호사 측이 주는 첫인상이 소송의 전체 방향을 결정지을 때가 많기 때문입니다. 그러나 유감스럽게도 법원에서 첫 청원서를 전혀 읽지 않는 일도 흔치 않다는 사실을 일러 드리지 않을 수 없군요. 법원에서는 그것을 그냥 다른 서류들 속에 던져 놓고는 당분간은 피고를 심문하고 관찰하는 일이 글로 써 놓은 그 어떤 것보다 더 중요하다는 점을 일깨워 줍니다. 청원자가 끈질기게 요구하면 법원 측은 판결 전에 모든 자료가 수집될 때까지 물론 전체적인 연관 속에서 모든 서류를, 따라서 그 첫 청원서도 함께 검토하게 될 것이라고 덧붙여 말합니다. 그러나 유감스럽게도 그것마저 대개는 사실이 아니어서, 첫 청원서는 보통 다른 곳에 잘못 가 있거나 아니면 완전히 분실되는 일이 다반사이며, 만일 끝까지 보존된다 해도, 물론 이것은 내가 단지 소문으로 주워들은 것이긴 하지만, 그것을 읽어 보는 일은 거의 없다는 것입니다. 이 모든 것이 한심한 일이긴 하지만 전혀 부당한 일만은 아닙니다. 재판은 공개적인 것이 아니며, 법원이 필요하다고 여기면 공개될 수도 있지만, 법률은 공개를 규정하고 있지 않다는 사실을 유념해 주었으면 좋겠습니다. 그렇기 때문에 법원 서류들 역시, 특히 기소장은 피고와 그의 변호인 측에서 열람할 수가 없습니다. 그래서 첫 청원서를 쓸 때 무엇을 겨냥하고 써야 할지 대개는 모르거나 적어도 정확히 알 수가 없습니다. 따라서 첫 청원서는 사실 우연이 아니고서는 무언가 소송에 의미 있는 내용을 담을 수 없습니다. 정말 실효성이 있고 논증력이 있는 청원서는 나중에 피고에 대한 심문 과정에서 개개의 공소 사실과 그 근거 제시가 보다 분명히 드러나거나 아니면 그에 대한 추측이 가능하게 될 때에야 비로소 작성할 수 있습니다. 사정이 이러하므로 변호인은 당연히 매우 불리하고 어려운 처지에 있습니다. 하지만 그것도 다 의도되어 있는 것입니다. 변호인은 사실 법률에 의해 허용되어 있지 않고 단지 묵인되고 있을 뿐이거든요. 그리고 해당 법조문이 적어도 묵인을 뜻하는 것으로 해석되어야 하는지에 대해서조차 논란이 분분한 실정입니다. 따라서 엄밀히 말해 사법부에 의해 공인된 변호사란 없는 것이며, 법정에서 변호사라고 등장하는 자들은 모두 따지고 보면 무면허 변호사들에 불과한 셈이지요. 그로 인해 전체 변호사 계층이 심하게 위신을 손상당하게 되는 것은 당연한 일입니다. 당신이 조만간 법원 사무처에 가게 되거든 그 사실을 직접 눈으로 확인도 해 볼 겸 변호사 대기실을 한번 둘러보세요. 그러면 그곳에 모여 있는 한 무리의 사람들을 보고 아마 깜짝 놀랄 겁니다. 그들에게 배정된 좁고 낮은 그 방만 보더라도 법원이 그들을 얼마나 무시하고 있는지를 알 수 있습니다. 빛은 천창(天窓)을 통해서만 들어오는데, 창이 너무 높아서 누군가 밖을 내다보려면 먼저 밟고 올라서도록 등을 대 줄 동료부터 구해야 합니다. 그렇게 해서 밖을 볼 수 있다 해도 바로 앞에 있는 굴뚝의 연기가 콧속으로 들어오고 얼굴을 시커멓게 만듭니다. 이 방의 바닥에는—이런 형편없는 사정에 대한 예를 하나만 더 든다면—벌써 1년도 더 전부터 구멍이 하나 나 있는데, 사람이 쑥 빠져 버릴 정도로 크지는 않지만 다리 한쪽은 완전히 다 빠지고도 남을 정도입니다. 변호사 대기실은 2층 다락에 있으니까 누군가 그 구멍에 빠지면 그의 다리는 1층 다락의 천장에 걸려 있게 되는 거지요. 그런데 그곳은 바로 소송 당사자들이 대기하는 복도랍니다. 변호사들 사이에서는 이런 형편을 두고 치욕적이라고 하는데, 그건 지나친 말이 아닙니다. 행정 당국에 불만을 토로해도 아무런 소용이 없을뿐더러, 그렇다고 방 안의 그 무엇도 자비를 들여 고치는 일은 변호사들에게 엄격히 금지되어 있습니다. 그러나 변호사들을 이렇게 대우하는 데에도 다 그럴 만한 이유가 있습니다. 변호인을 가능한 한 배제하고 모든 일을 피고인들 스스로 알아서 하게 하려는 겁니다. 근본적으로 나쁜 취지는 아니지만, 그렇다고 해서 이 법원에서 변호사들은 피고에게 불필요한 존재라고 결론을 내린다면 그보다 더 잘못된 생각은 없을 겁니다. 반대로, 다른 어떤 법원에서도 이 법원에서만큼 변호사들을 필요로 하는 곳은 없습니다. 재판 과정이 대개는 일반인들뿐만 아니라 피고에게도 비밀로 되어 있거든요. 물론 그것이 가능한 한에서만 그렇다는 얘기인데, 사실 매우 넓은 범위에서 그것이 가능합니다. 피고마저도 법원 서류를 열람할 수 없게 되어 있으니까요. 그렇다고 심문 내용을 가지고 그 근거가 되는 서류들을 추론으로 알아낸다는 것은 매우 어려운 일입니다. 당황스러운 데다 온갖 걱정에 사로잡혀 마음이 어지러운 피고에게는 더욱 그렇지요. 그럴 때 바로 변호인이 나서게 됩니다. 일반적으로 심문 때는 변호인이 참석할 수 없게 되어 있으므로 변호인은 심문이 끝난 후 가능한 한 법정 문 앞에서 피고에게 심문에 대해 세세히 캐묻고는 어느새 희미해지기 쉬운 그의 말에서 변호에 도움이 될 만한 내용을 잡아내야 합니다. 그러나 가장 중요한 것은 그런 것이 아닙니다. 그런 식으로는 많은 것을 알아낼 수 없기 때문입니다. 물론 어느 분야에서나 마찬가지로 이 분야에서도 유능한 사람은 다른 사람들보다 더 많은 것을 알아내기 마련이지만 말입니다. 그러나 뭐니 뭐니 해도 가장 중요한 것은 변호사의 개인적인 연줄이며, 바로 그것에 변호의 핵심적인 가치가 있는 겁니다. 그런데 당신도 직접 겪어 봐서 알겠지만 법원의 말단 조직이란 결코 완전하지 못하여 의무를 망각하고 매수에 잘 넘어가는 직원들이 있기 마련이고, 그로 인해 말하자면 법원의 엄격한 보안 체계에 구멍이 뚫리게 되는 겁니다. 바로 거기에 대다수의 변호사들이 비집고 들어가 매수를 하고 정보를 캐내는 겁니다. 예전에는 심지어 서류를 훔쳐 내는 경우도 있었습니다. 그렇게 하면 일시적으로나마 피고를 위해 때론 놀라울 정도로 유리한 결과들을 얻어 낼 수도 있다는 것은 부인할 수 없는 사실인데, 이 형편없는 변호사들은 그것을 자랑삼아 떠들고 다니며 새로운 고객을 유치하려고 합니다. 그러나 그 이후의 소송 과정에는 그것이 아무런 의미도 없거나 아니면 결코 좋은 결과를 가져오지 못합니다. 진정으로 가치가 있는 것은 오직 튼튼한 개인적 관계, 즉 고위 관리들과의 연줄뿐입니다. 물론 하급 법원의 고위 관리들을 말하는 겁니다. 그런 관계를 통해서만 소송의 진행에 영향을 미칠 수 있는데, 처음에는 그 영향이 잘 드러나지 않지만 나중에는 갈수록 점점 더 뚜렷하게 나타나게 되지요. 그렇게 할 수 있는 변호사는 물론 소수에 불과한데, 그런 점에서 당신의 선택은 매우 탁월한 것이었습니다. 나, 홀트 박사와 비슷한 정도로 연줄을 동원할 수 있는 변호사는 아마 한두 사람밖에 안 될 겁니다. 그런 변호사들은 물론 변호사 대기실의 동료들에 대해서는 관심도 없고 또 그들에게 아무런 볼일도 없습니다. 그러나 법원 관리들과의 관계는 그만큼 더 긴밀해집니다. 나, 홀트 박사로 말할 것 같으면 법원에 갈 필요조차 없을 때가 많습니다. 법원에 가서 예심 판사들의 대기실에서 그들이 우연히 나타나기를 기다렸다가 그들의 기분 여하에 따라 대개는 겉보기만의 성과를 얻거나 아니면 그나마도 얻지 못하거나 하는 것은 이 사람과는 어울리지 않는 일입니다. 암요, 그렇고말고요. 당신도 직접 보시지 않았습니까. 관리들이, 그중엔 정말 높은 관리들까지 직접 찾아와 자진해서 정보를 제공합니다. 확실하거나 적어도 쉽게 알아들을 수 있는 정보를 제공해 주고는 소송의 다음 진행에 대해 상의를 하기도 합니다. 게다가 경우에 따라서는 설득을 당하기도 하고 이쪽 의견을 기꺼이 받아들이기도 합니다. 물론 그렇다고 해서 그들을 너무 신뢰해서는 안 됩니다. 그들의 의도가 처음과는 다르게 변호인 쪽에 유리한 방향으로 바뀌어 그 새로운 의도를 아무리 확실하게 표명한다 해도 그들은 곧바로 사무처로 가서 그다음 날 정반대되는 내용의 결정을 내릴지도 모릅니다. 어쩌면 그 결정은 그들이 완전히 포기했다고 주장한 처음 의도보다 피고에게는 훨씬 더 가혹한 것이 될 수도 있습니다. 물론 그에 맞서 저항할 도리는 없습니다. 두 사람 사이에서 나눈 얘기는 그저 두 사람 사이의 얘기일 뿐이며, 변호인 측이 평소에까지 그럴 건 없지만, 평소에도 그 양반들의 환심을 사려고 아무리 많은 공을 들였다 해도 그런 사적인 얘기가 그대로 공적인 결정으로 이어지지는 않기 때문입니다. 다른 한편 그 양반들이 가령 단지 인간적인 애착이나 우호적인 감정만으로 변호사, 물론 유능한 변호사와 관계를 가지려는 게 아니라는 것도 맞는 말입니다. 그들도 어떤 면에서는 오히려 변호사들에게 의존하고 있는 겁니다. 바로 그런 점에서 시작 단계부터 비밀 재판을 고수하고 있는 법원 조직의 단점이 드러나는 겁니다. 관리 양반들은 일반 주민들과의 접촉이 없다는 점입니다. 그들은 중간 정도의 평범한 소송에 대해서는 준비가 잘되어 있습니다. 그런 소송은 정해진 궤도를 따라 거의 저절로 굴러가기 때문에 가끔씩 슬쩍 밀어주기만 하면 됩니다. 그러나 아주 단순한 사건이나 특히 어려운 사건에 대해서는 어찌할 바를 몰라 당황스러워할 때가 많습니다. 그들은 밤낮 법률에만 얽매여 살고 있기 때문에 인간관계에 대해 올바른 감각을 가지고 있지 않습니다. 한데 그런 사건들은 그런 감각이 없으면 풀어 나가기가 어렵지요. 그럴 때면 그들은 조언을 구하러 변호사한테 오는데, 그들 뒤에는 사환이 한 명씩 평소에는 그토록 비밀로 취급했던 서류를 들고 따라옵니다. 다른 때 같으면 이런 곳에서 보게 되리라고는 기대조차 할 수 없는 양반들이 이 창가에 서서 암담한 얼굴로 거리를 내다보는 모습을 볼 수도 있습니다. 반면에 변호사는 자기 책상에 앉아 그들에게 적절한 조언을 해 주기 위해 서류를 검토하는 거지요. 그리고 또 바로 그럴 때면 그 양반들이 자신들의 직업을 지나치리만큼 진지하게 생각하고 있으며 그들의 본성상 극복할 수 없는 장애에 부딪쳐 그들이 얼마나 큰 절망 속으로 빠져 드는가를 볼 수 있습니다. 그들의 지위는 평소엔 역시 만만하지 않습니다. 그러니 그들에게 부적절한 행동을 한다든가 그들의 지위를 가벼이 여겨서는 안 됩니다. 법원의 서열과 진급 체계는 끝이 없어서 그 세계를 잘 안다는 사람조차 제대로 가늠할 수가 없을 정도입니다. 그런데 상급 법원에서의 재판 과정은 일반적으로 하급 관리들에게도 비밀입니다. 때문에 그들은 자신들이 다루는 사건의 향후 추이를 완전히 파악할 수가 없습니다. 따라서 재판 사건은 대개 그것이 어디서 온 것인지도 모르는 채 그들의 시야에 나타났다가 어디로 가는지도 모르게 계속 진행되어 가는 겁니다. 그래서 개별적인 소송 단계들, 최종적인 결정과 그 근거들을 연구해서 얻을 수 있는 교훈 같은 것이 이들 관리들에게는 주어질 수 없습니다. 그들은 법률이 그들에게 정해 준 소송의 해당 부분에만 관여할 수 있을 뿐이고, 그 이상의 일, 그러니까 그들이 맡은 일의 결과에 대해서는 대개 변호인들보다도 아는 게 적습니다. 변호인들이야 거의 소송이 끝날 때까지 대체로 피고인과 계속 관계를 갖게 되니까요. 그런 면에서도 그들은 변호사로부터 여러 가지 유익한 정보를 얻을 수 있습니다. 이 모든 것을 염두에 둔다 해도, 소송 당사자들에 대해 종종—누구나 이런 경험을 하게 되지만—모욕적인 방식으로 표출되는 관리들의 과민한 심리 상태에 대해 당신은 의아하게 생각할 것입니다. 관리들이란 모두가 겉으론 태연한 듯 보이더라도 과민한 상태입니다. 물론 평범한 변호사들은 관리들의 그런 성격 때문에 특히 많은 고통을 겪기 마련이지요. 가령 다음과 같은 이야기가 떠도는데 정말 있을 법한 이야기로 보입니다. 선량하고 조용한 성품의 연로한 한 관리가 있었는데, 그는 변호사의 청원서로 인해 특히 복잡해진 골치 아픈 소송 사건을 맡아 하루 낮 하루 밤을 꼬박 쉬지도 않고 그 일에만 매달렸다고 합니다—그런 관리들은 실제로 다른 어느 누구보다도 부지런하지요. 24시간 일을 했지만 아마도 별 성과를 못 거둔 채 이제 아침 녘이 되자 그는 출입문 쪽으로 가서 그 뒤에 가만히 숨어 짬을 보다가 들어오려는 변호사들을 죄다 계단 아래로 밀어 버렸다는 겁니다. 변호사들은 그 아래 층계참에 모여 어떻게 하면 좋을지 상의했습니다. 한편으로 그들은 사실 들여보내 달라고 요구할 권리가 없기 때문에 그 관리에 대해 어떤 법적인 대응을 거의 시도할 수가 없었고, 또한 이미 언급했듯이 관리들을 자극해 반감을 사지 않도록 조심해야 했습니다. 그러나 다른 한편으로는 법원 밖에서 시간을 보내면 그들에겐 손해이므로 어떻게든 그 안으로 들어가는 것이 매우 중요한 일이었습니다. 결국 그들은 이 늙은 양반을 지쳐 버리게 만들기로 합의를 보았습니다. 계속해서 변호사를 한 명씩 계단 위로 올려 보내 비록 소극적이긴 하지만 최대한 저항을 하다가 밀려 떨어지게 되면 동료들이 받아 주기로 한 것입니다. 그렇게 대략 한 시간가량 지속되자 노인은 가뜩이나 밤샘 작업으로 지칠 대로 지쳐 있던 터라 완전히 기진맥진하여 자기 집무실로 돌아갔답니다. 밑에 있는 사람들은 처음엔 그 사실을 전혀 믿으려 하지 않다가 먼저 한 사람을 올려 보내 정말로 사람이 없는지 문 뒤를 살펴보게 했지요. 그런 다음에야 그들은 밀려 들어갔는데, 어느 누구도 불평할 엄두조차 내지 않았을 것입니다. 왜냐하면 변호사들에게는―아무리 보잘것없는 변호사라도 전후 상황을 적어도 부분적으로는 파악할 능력이 있으므로―법원에 어떤 개선할 점을 제의한다거나 관철시키려 하는 일은 결코 있을 수 없는 일이기 때문입니다. 반면에―이건 매우 특기할 만한 일입니다만―피고의 경우엔 거의 누구나 아주 단순 무지한 사람들조차 소송에 발을 들여놓게 되면 그때부터 제도 개선안을 생각하기 시작하고, 그 일로 공연히 시간과 정력을 허비해 버리는 일이 허다합니다. 그것을 다른 데다 쓰면 훨씬 더 유용하게 쓸 수 있을 텐데 말입니다. 오직 한 가지 올바른 길은 눈앞의 현실을 묵묵히 받아들이는 것입니다. 비록 세세한 부분들은 개선할 수 있다 해도―하지만 그것은 터무니없는 망상입니다― 잘해야 앞으로 있을 소송에는 약간의 도움이 될 수도 있겠지만, 늘 보복의 길을 찾고 있는 관리들의 각별한 주의를 끌게 되어 본인 자신은 이루 헤아릴 수 없이 엄청난 손해를 입게 될 것입니다. 그러니 주의를 끌지 않도록 하십시오! 아무리 비위에 거슬리는 일이 있더라도 그저 가만히 있어야 합니다! 이 거대한 법원 조직은 말하자면 영원한 부유(浮遊) 상태에 있다고 할 수 있습니다. 그래서 만일 누군가 자신의 위치에서 독자적으로 무언가를 바꾼다면 딛고 서 있는 지반을 스스로 없앰으로써 그 자신만 추락해 버릴 뿐이고, 그 거대한 조직 자체는 그 사소한 장애를 다른 곳에서 쉽게—모든 것이 유기적으로 연결되어 있으니까요—보완하여 전과 다름없는 상태를 유지한다는 사실을 깨닫도록 해야 합니다. 어쩌면 그 조직은, 이건 충분히 있을 수 있는 일인데, 전보다 더 단단하게 결속하여 더욱 주의 깊고, 더욱 엄격하고, 더욱 지독해질 수도 있습니다. 그러니 일을 방해하지 말고 변호사에게 일을 맡겨 두십시오. 비난해 봐야 별 소용이 없습니다. 특히 비난의 이유를 그 전체적인 의미와 함께 이해시킬 수 없다면 말입니다. 그러나 이건 꼭 말씀드려야겠습니다. K씨 당신이 사무처장에 대한 그때의 태도로 인해 당신 자신의 소송에 얼마나 큰 손해를 입혔는지 아십니까. 그토록 영향력 큰 인물이 당신을 위해 무언가를 부탁할 수 있는 사람들의 명단에서 거의 지워져야 할 형편입니다. 소송에 대한 가벼운 언급조차 그분은 이제 의도적으로 못 들은 체하는 기색이 역력합니다. 여러 가지 면에서 관리들은 어린아이와 같지요. 그들은 종종 악의 없는 일에도, 그러나 당신의 태도는 유감스럽게도 그런 일에 속하는 것도 아니었지만, 마음 상하기 일쑤여서, 좋은 친구들하고도 이야기를 하지 않고 그 친구들을 우연히 만나게 되어도 외면을 하며 할 수 있는 모든 일에서 그 친구들을 방해하기도 합니다. 그러다가 별다른 이유도 없이 갑작스럽게 그들은 단지 모든 것이 가망이 없어 보일 뿐이어서 상대방이 아무렇게나 던져 보는 대수롭지 않은 농담에도 웃음을 터뜨리며 기분이 풀어지기도 합니다. 그들을 상대하는 일은 어렵기도 하고 쉽기도 한데, 거기에 무슨 원칙 같은 것은 거의 없습니다. 이 바닥에서 웬만큼 성공적으로 일을 해 나갈 수 있는 방법을 터득하는 데에는 그저 평범한 생활을 하는 것만으로 충분하며 오직 그것만이 유일한 길인데, 그것은 때로 놀라운 일이 아닐 수 없습니다. 물론 누구나 그렇듯이 우울한 때가 있습니다. 그럴 때면 이루어 놓은 게 하나도 없다는 생각이 들기도 하고, 처음부터 좋은 결과가 예정된 소송만 결말이 좋았던 것처럼 보이며 특별히 손을 쓰지 않았더라도 그렇게 되었을 것처럼 여겨지는 것입니다. 반면에 그렇지 않은 다른 소송은 백방으로 쫓아다니며 갖은 애를 다 써 보았고 작으나마 겉보기엔 그런대로 성공을 거둔 것 같아 그만큼 기뻐하기도 했지만 결국엔 패소해 버린 것입니다. 그렇게 되면 더 이상 아무것도 확실한 것이 없어 보이고, 특정한 의문들을 쫓다 보면 본래는 잘 진행되어 갈 소송이 공연히 손을 쓰는 바람에 틀어져 버렸다는 생각이 들어도 부인할 엄두조차 못 내게 될 것입니다. 그것도 일종의 자기 믿음이겠지만 그런 자기 믿음이야말로 그럴 경우에 남게 되는 유일한 것입니다. 변호사들이 그런 발작적인 생각에 — 그것은 물론 발작적인 것일 뿐 그 이상의 아무것도 아닙니다 — 특히 잘 빠져 드는 것은 그들이 충분히 깊은 단계까지 만족스럽게 진행시켜 온 소송을 갑자기 그들 손에서 빼앗기게 되었을 때입니다. 그것은 아마도 변호사에게 일어날 수 있는 최악의 일일 겁니다. 가령 피고로 인해 변호사가 소송을 빼앗기는 일은 없으며, 그런 일은 아마 결코 일어나지 않을 겁니다. 일단 특정한 변호사를 선임한 피고는 무슨 일이 있어도 그 변호사를 떠나선 안 됩니다. 일단 도움을 요청한 이상 어떻게 피고 혼자 버텨 낼 수 있단 말입니까? 따라서 그런 일은 있을 수 없지만, 변호사가 더 이상 따라갈 수 없는 방향으로 소송이 진행되는 경우가 더러는 있습니다. 소송도 피고도 전부 다 변호사의 손을 속절없이 떠나게 되는 거지요. 그러면 법원 관리들과의 관계가 아무리 좋다 한들 더 이상 소용없게 됩니다. 왜냐하면 관리들 자신은 아무것도 모르기 때문입니다. 그럴 경우 소송은 이제 더 이상 어떤 도움도 제공할 수 없는 단계로 들어서게 된 것인데, 접근이 불가능한 상급 법원들이 소송을 다루게 되며, 피고에게도 변호사의 손길이 미칠 수 없게 됩니다. 그러다 어느 날 집에 돌아와 보면 이 사건과 관련해 더없이 밝은 희망 속에서 온갖 정성을 다해 만들었던 그 많은 청원서들이 모두 책상 위에 고스란히 놓여 있는 걸 발견하게 됩니다. 그 청원서들은 소송의 새로운 단계에서는 전용(轉用)될 수 없는 것이기에 반려되어 돌아온 것이지요. 이제 아무짝에도 쓸모없는 휴지 조각이나 다름없게 된 겁니다. 그렇다고 해서 아직 소송에 진 것은 아닙니다. 전혀 아니지요. 적어도 그렇게 추측할 만한 결정적인 근거가 없습니다. 다만 이제는 소송에 대해 알 수 있는 게 더 이상 아무것도 없으며 앞으로도 역시 그것에 대해 알아낼 길이 없다는 것뿐입니다. 그런데 다행히도 그런 경우는 예외적인 것이고, 만일 당신의 소송이 그런 경우에 해당된다 하더라도 지금으로서는 아직 그런 단계와는 거리가 멉니다. 그러니까 현 상황에서는 아직 변호사가 개입해 일할 만한 기회가 얼마든지 있으며 그 기회를 철저히 이용할 것이라는 점은 믿으셔도 됩니다. 청원서는 언급한 대로 아직 제출되지 않았지만 급히 서두를 것도 없습니다. 훨씬 더 중요한 것은 유력한 관리들과 예비 접촉을 갖는 일인데, 그 일은 이미 성사되었습니다. 터놓고 말해 보라고 하면, 여러 가지 성과가 있었습니다. 현재로서는 세세한 내용을 밝히지 않는 편이 훨씬 더 좋겠습니다. 그 내용을 듣는다면 당신은 좋지 않은 영향을 받게 되어 지나치게 낙관적이 되거나 아니면 지나치게 불안한 쪽으로 치우칠 수 있을 테니까요. 단지 이 정도만 말씀드리도록 하겠습니다. 몇 사람은 매우 긍정적인 의견을 말하면서 아주 적극적으로 도와주겠다는 태도까지 보인 반면, 다른 사람들은 그보다는 덜 긍정적으로 말했지만 그래도 도와주겠다는 뜻을 거두지는 않았습니다. 그러니까 전체적으로 볼 때 결과는 매우 만족스러운 편입니다만, 그 결과로부터 특별한 결론을 끌어내서는 안 됩니다. 예비 교섭이란 모두 이와 비슷하게 시작되며 일이 더 진전된 뒤에야 비로소 그 가치를 드러내는 법이니까요. 아무튼 아직 실패한 것은 아무것도 없고, 만일 온갖 어려움을 뚫고 그 사무처장을 우리 편으로 끌어들이는 데에도 성공하게 된다면―그 일을 위해 이미 여러 가지로 손을 써 두었습니다만―이 일 전체는 외과 의사들의 표현대로 깔끔한 상처라고 할 수 있습니다. 그러니 다음에 다가올 일을 마음 편히 기다리고 있으면 됩니다."

이런 비슷한 이야기를 시작하면 변호사는 한도 끝도 없었다. 찾아갈 때마다 그런 이야기가 되풀이되었다. 매번 진척이 있었다지만 그것이 어떤 내용의 진척인지 알려 주는 일은 한 번도 없었다.

줄곧 첫 청원서가 작성되고 있지만 완성되지는 않았고, 다음에 가 보면 대개 그것이 오히려 매우 잘된 일로 내세워졌다. 지난번에는 예측할 수 없었지만 그때는 청원서를 제출하기에 매우 불리한 시기였음이 밝혀졌기 때문이라는 것이었다. 그런 식의 이야기에 신물이 나서 K가 몇 차례 여러모로 어려움이 많을 줄로 알지만 그래도 일이 너무 느리게 진척되고 있는 것이 아니냐고 말을 던지면, 결코 느리게 진척되고 있는 것이 아니며 만일 K가 제때에 변호사에게 의뢰했더라면 훨씬 더 많은 진척이 이루어졌을 것이라는 답변이 돌아왔다. 그러나 유감스럽게도 K는 그 일을 게을리 했기 때문에 시간적으로만이 아니라 다른 점에서도 여러 가지로 불리한 결과를 초래하리라는 것이었다.

이 괴로운 방문 시간을 고맙게도 중단시켜 주는 유일한 존재는 레니였다. 그녀는 늘 적절한 기회를 틈타 K가 와 있는 동안 변호사에게 차를 가져다주는 센스를 발휘하였다. 그럴 때면 그녀는 K의 뒤에 서서 변호사가 갈망하는 듯한 태도로 찻잔을 향해 몸을 깊이 수그리며 차를 따라 마시는 모습을 지켜보는 척하면서 슬며시 K에게 손을 잡게 했다. 완전한 침묵이 방 안을 지배했다. 변호사는 차를 마셨고 K는 레니의 손을 꼭 쥐고 있었다. 그리고 때때로 레니는 대담하게도 K의 머리카락을 부드럽게 쓰다듬었다. "넌 아직도 거기 있었니?" 차를 다 마시고 나서 변호사가 물었다. "찻잔을 가져가려고요." 레니가 말했다. 그러고는 마지막으로 한 번 더 손을 꼭 잡았다. 변호사는 입을 닦아 내고 새로운 힘을 얻어 다시 K에게 이야기를 늘어놓기 시작했다.

변호사가 안겨 주려는 것이 과연 위로일까 아니면 절망일까? K
는 도저히 알 수가 없었다. 하지만 곧 자신의 변호가 좋은 사람의
손에 맡겨져 있지 않다는 것은 확실하다고 여겼다. 변호사가 가능
한 한 자신을 전면에 내세우려 한다는 점, 그리고 그의 말에 따르
면 K의 소송은 아주 큰 것인데, 필시 그는 아직 한 번도 그렇게 큰
소송을 맡아 본 적이 없었던 것 같다는 점은 쉽게 간파할 수 있었
지만, 그가 이야기하는 것은 전부 사실일지도 몰랐다. 그러나 누
누이 강조하는 법원 관리들과의 개인적인 연줄은 계속 의심스러
웠다. 그런 연줄이 과연 K에게만 이롭게 이용될 수 있을까? 변호
사가 결코 잊지 않고 언급했듯이, 그가 알고 지내는 자들은 어디
까지나 지위가 낮은 하급 관리들에 불과했다. 그러니까 그들은 매
우 종속적인 위치에 있는, 그래서 소송의 향방이 그들의 승진에
분명히 큰 의미를 가질 수 있는 관리들인 것이다. 어쩌면 그들이
변호사를 이용해 항상 피고에게는 당연히 불리한 그런 방향으로
소송을 전환하려는 것은 아닐까? 물론 어느 소송에서나 다 그렇
게 하지는 않을 것이다. 그런 일은 분명히 있을 수 없는 일이었다.
그렇다면 어떤 경우에는 그들이 변호사에게 그의 업무에 득이 되
도록 협조하는 소송도 있을 것이다. 그럴 때는 변호사의 명예를
손상시키지 않고 지켜 주는 것이 그들에게도 분명 중요하기 때문
이다. 실상이 그러하다면, 그들은 어떤 방법으로 K의 소송에 개입
하게 될 것인가? 변호사의 설명대로 이 소송은 매우 어렵고 따라
서 중요한 소송이어서 처음부터 곧바로 법원 주변에 커다란 관심
을 불러일으켰던 소송이 아니던가? 그들이 무슨 짓을 하려는지는

별로 의문의 여지가 있을 수 없었다. 소송이 시작된 지 벌써 여러 달이 지났는데도 여전히 첫 번째 청원서가 넘어가지 않았다는 사실, 변호사의 언급에 비추어 볼 때 모든 것이 시작 단계에 머물러 있다는 사실에서 이미 그 징후를 감지할 수 있었다. 이런 상황은 물론 피고의 의식을 마비시켜 그를 무방비 상태로 붙들어 놓기에 매우 적합한 것이었다. 그런 다음 나중에 갑자기 판결을 내려 통보하거나, 아니면 적어도 그에게 불리한 쪽으로 종결된 예심 결과가 상급 기관으로 이송된다는 통지를 보낸다든가 하면 피고는 꼼짝 못하고 당하게 되는 것이다.

K 자신이 직접 나서는 것이 절대로 필요했다. 온갖 생각이 제멋대로 머릿속을 스쳐 지나가는 이 겨울날 오전처럼 극심한 피로의 상태에서도 이 확신만은 떨쳐 버릴 수가 없었다. 그가 전에 소송에 대해 가졌던 경멸감은 더 이상 통하지 않았다. 만일 세상에 그 혼자만 산다면 소송 같은 것은 가볍게 무시할 수 있었을 것이다. 그렇다면 물론 소송이라는 것 자체가 아예 생겨날 리도 없었을 테지만 말이다. 그러나 지금 그는 이미 숙부한테 이끌려 변호사에게 왔으며 집안과 가족들도 고려해야 하는 처지에 있었다. 그의 지위 또한 소송의 진행 상황과 완전히 무관할 수 없었다. 그 스스로가 조심스럽지 못하게도 아는 사람들 앞에서 뭐라고 형언할 수 없는 일종의 만족감을 느끼며 소송에 관한 언급을 한 일이 있었고 다른 사람들도 어떻게 해선지는 모르지만 그에 대해 이미 알고 있었다. 뷔르스트너 양과의 관계도 소송에 따라 흔들리는 것처럼 보였다—요컨대 그에게는 이제 소송을 받아들이거나 거부할 선택권

이 없었다. 그는 그 한복판에 서서 자신을 지켜 내야 했다. 그가 지쳐 있다면 그것은 불행한 일이 아닐 수 없었다.

그러나 현재로서는 너무 지나친 우려를 할 이유가 없었다. 그는 은행에서 비교적 짧은 기간에 높은 지위에 올라 모두의 인정을 받으며 그 자리를 유지할 수 있었다. 그것을 가능케 한 그 능력을 이제 조금만 소송 쪽으로 돌리기만 하면 되었다. 그러면 좋은 결과가 있으리라는 것은 의심의 여지가 없었다. 어떤 성과를 거두려면 무엇보다도 자신에게 죄가 있을지도 모른다는 생각을 애초부터 완전히 떨쳐 버릴 필요가 있었다. 죄 같은 것은 없었다. 소송이란 그가 자주 은행 쪽에 이익이 되게 마무리지었던 큰 사업 같은 것이었다. 일반적으로 그러하듯이 그런 사업에는 온갖 위험이 도사리고 있기 마련이므로 어떻게든 그것을 막아 내야 했다. 그러기 위해서는 물론 막연히 어떤 죄에 대한 생각에 사로잡혀 휘둘려서는 안 되고 가능한 한 자신의 이익에 대한 생각만을 붙잡고 확고히 밀고 나가야 한다. 이런 관점에서 보면 하루속히, 가장 좋게는 오늘 저녁에라도 당장, 변호사에게 변호를 그만두게 하는 것도 어쩔 수 없는 일이었다. 변호사의 말에 따르면, 그렇게 하는 것은 전례가 없는 일이며 아마도 매우 모욕적인 일이겠지만, 자기 변호사에 의해 초래된 듯이 보이는 방해 때문에 소송에 관한 자신의 노력이 가로막히게 되는 것은 K로선 용납할 수 없는 일이었다. 그러나 일단 변호사를 떨쳐 버리고 나면 청원서를 즉시 제출해서 그것을 고려해 달라고 가능하다면 매일같이 재촉을 해야 할 것이다. 그러기 위해서는 물론 남들처럼 모자를 벤치 밑에다 넣어 둔 채 복도에 앉아 기다리고 있는 것만으로는 안 될 일이었다. 자신이 직접 가서, 아니면 여자들이나 사환들을 보내 날이면 날마다 관리들을 귀찮게 쫓아다니면서 그들로 하여금 창살 사이로 복도를 바라본다든가 하는 일은 이제 그만두고 책상에 앉아서 K의 청원서를 검토하도록 압박을 가해야 한다. 이런 노력을 그만두어서는 안 되고 모든 일을 조직적으로 추진하면서 감시해야 한다. 법원도 한번쯤은 자신의 권리를 지킬 줄 아는 피고를 만나 애를 먹어 봐야 한다.

K에게는 비록 이 모든 일을 해낼 자신이 있었다 해도 청원서를 작성하는 일만큼은 커다란 어려움으로 다가왔다. 전에는, 가령 일주일 전만 해도, 언젠가 이러한 청원서를 자신이 직접 써야 할지도 모르겠다는 생각을 하면서 부끄러운 느낌만 들었을 뿐 그 일이 어려울 수도 있다는 생각은 전혀 해 본 적이 없었다. 어느 날 오전에 있었던 일이 떠올랐다. 마침 일이 산더미처럼 쌓여 있을 때였는데 그는 갑자기 모든 일을 옆으로 밀어 놓고는 메모장을 집어 들고 시험 삼아 그와 같은 청원서에 들어갈 만한 내용을 적어 보려고 했다. 그리고 그것을 그 느려 터진 변호사에게 보여 준 다음 알아서 하도록 할 생각이었다. 그런데 바로 그 순간 지점장실* 문이 열리더니 부지점장이 큰 웃음소리를 내며 들어왔다. 물론 부지점장이 웃은 것은 그가 전혀 알지도 못하는 청원서 때문이 아니라 그가 방금 들은 증권 관련 농담 때문이었지만 당시에 K로서는 매우 곤혹스러운 상황이었다. 그 농담을 이해하기 위해서는 그림을 그려야 했기에 부지점장은 K의 책상 위로 몸을 구부리더니 K가 손에 쥐고 있던 연필을 빼앗아 청원서를 쓰려고 했던 메모장 위에

그 그림을 그리는 것이었다.

오늘 K는 더 이상 부끄러움을 느끼지 않았다. 어떻게든 반드시 청원서를 쓸 생각이었다. 사무실에서 쓸 시간이 나지 않는다면— 충분히 그럴 수 있었지만— 집에서 밤에라도 써야 했다. 밤 시간도 충분치 않다면 휴가를 얻어야 했다. 무슨 일이 있어도 중간에 그만두는 일은 없어야 한다. 그것은 업무에서만이 아니라 언제 어디서든 가장 어리석은 일이었다. 청원서는 물론 거의 끝이 없는 일이었다. 그리 소심한 성격이 아니더라도 언제고 청원서를 완성시킨다는 것 자체가 불가능한 일이라는 생각은 누구든 쉽게 가질 수 있었다. 그것은 변호사로 하여금 청원서를 완성시키지 못하게 만드는 이유로 보이는 게으름이라거나 간교한 속셈 때문이 아니라, 현재 제기되어 있는 기소 내용이 무엇인지도 모르고 앞으로 그것이 어떻게 확대될 것인지 전혀 감조차 잡을 수 없는 상태에서 지금까지의 삶 전체를 아주 사소한 행동과 사건들에 이르기까지 모두 기억 속에 되살려 묘사하고 여러 각도에서 검토해야 하기 때문이다. 게다가 그런 작업은 참으로 슬픈 일이었다. 그런 일은 언젠가 정년퇴직을 한 후 다시 어린애 같은 심성이 되는 노년의 정신이 몰두하기에 적합한 일이며 노년의 기나긴 날들을 보내는 데 도움이 될 만한 일일 것이다. 그러나 모든 생각을 자신의 일에만 집중해야 하는 이때, 아직 출세 가도에 있으며 어느새 부지점장에게는 위협적인 존재가 되어 버린 그이기에 매 시간이 그토록 빠르게 흘러갈 수가 없는 이때, 그리고 젊은 사람으로서 짧은 저녁과 밤 시간을 마음껏 즐기고도 싶은 이때, 이런 청원서나 작성하는 일을 시작해야 하는 것인가. 그의 생각은 다시 한탄 속으로 빠져들었다. 오직 이 상황을 끝내기 위해 그는 거의 무의식적으로 대기실로 연결된 벨의 단추를 손가락으로 더듬었다. 단추를 누르면서 그는 시계를 올려다보았다. 열한시였다. 두 시간이라는 길고도 소중한 시간을 공상으로 흘려보낸 것이다. 그래서 당연히 전보다 더 힘이 빠져 흐릿해졌다. 그래도 시간을 고스란히 허비한 것은 아니었다. 앞으로 큰 가치를 가질 수도 있는 모종의 결심을 한 것이다. 사환이 여러 가지 우편물 외에 이미 상당히 오랜 시간 K를 기다리고 있는 두 손님의 명함을 전해 주었다. 사실 무슨 일이 있어도 기다리게 해서는 안 될 은행의 매우 중요한 고객들이었다. 그들은 무슨 일로 이렇게 부적절한 시간에 찾아온 것인가? 그리고 손님들 쪽에서는 닫힌 문 뒤에서 이렇게 묻고 있는 듯했다. 어째서 그 성실한 K씨가 사적인 용무를 위해 최상의 업무 시간을 사용하고 있는 것일까? 앞서의 일로 지치고 다가올 일을 시든 얼굴로 기다리며 K는 첫 손님을 맞이하기 위해 자리에서 일어났다.

첫 손님은 K가 잘 알고 있는 제조업자로 체구가 작고 생기 넘치는 신사였다. 그는 K가 중요한 일을 하고 있는데 방해한 것에 대해 죄송해했고, 또한 K 쪽에서는 그를 이렇게 오래 기다리게 한 것에 대해 죄송해했다. 그런데 죄송해하는 말을 K는 매우 기계적인 투와 거의 잘못된 억양으로 말했기 때문에, 만일 제조업자가 사업 일에 완전히 열중해 있지 않았더라면 분명히 그것을 알아차렸을 것이다. 대신에 그는 급히 가방이며 호주머니에서 견적서와 일람표를 꺼내 K 앞에 펼쳐 놓고는 이런저런 항목들을 설명하였고, 쭉 훑어보다가 눈에 띈 사소한 계산 착오를 하나 바로잡더니, 약 1년 전쯤에 K와 계약을 맺은 유사한 사업을 상기시키면서 지나가는 말로 이번에는 다른 은행이 막대한 희생을 감수하면서도 그 사업을 따 내려 하고 있다는 언급을 한 뒤에 이제 K의 의견을 듣기 위해 입을 다물었다. K도 사실 처음에는 제조업자의 말을 잘 따라갔다. 그 사업이 중요하다는 생각이 역시 그를 사로잡은 것인데, 다만 유감스럽게도 그리 오래가지를 못했다. 그는 곧 집중해서 듣는 일에서 멀어졌다. 그래도 한동안은 더 큰 목소리로 외쳐대는 제조업자의 말에 고개를 끄덕였으나 결국엔 그것도 그만두고, 몸을 구부려 서류를 들여다보고 있는 상대방의 벗어진 머리를 바라보며 그의 얘기가 전부 아무 소용도 없다는 것을 제조업자가 언제쯤이나 깨닫게 될까 궁금해하기만 했다. 그가 이제 입을 다물자 K는 처음에 자기가 얘기에 집중할 수 없다는 고백을 할 수 있는 기회를 주기 위해 상대방이 입을 다문 것이라고 생각했다. 그러나 참으로 유감스럽게도, 어떤 반응에라도 단단히 각오가 되어 있는 듯한 제조업자의 긴장된 눈빛을 보고는 이 사업 상담이 계속되어야 한다는 것을 깨달았다. 그래서 K는 마치 무슨 명령을 곧 받을 사람처럼 고개를 숙이고서 연필로 천천히 서류 위를 이리저리 옮겨 다니다가 때때로 동작을 멈추고는 한 숫자를 가만히 응시했다. 제조업자는 K가 이의를 제기하는 것이라고 추측했다. 아마도 숫자들이 실제로 확실치 않거나 결정적인 것이 아닐 거라고 생각했다. 어쨌든 제조업자는 서류를 손으로 가리고는 K에게 바짝 다가앉으면서 사업에 대한 총괄적인 설명을 새로 시작하였다.

"어렵군요." K는 그렇게 말하면서 입술을 오므리더니 유일하게 붙잡고 의지할 만한 근거였던 서류가 가려져 있었기 때문에 힘을 잃고 한쪽 의자 팔걸이 쪽으로 푹 쓰러졌다. 심지어 그는 거의 꺼져 갈 듯한 시선으로 위를 바라볼 뿐이었다. 그때 지점장실* 문이 열리더니 거기에 부지점장의 모습이 마치 가제로 된 베일에 가려진 것처럼 희미하게 나타났다. K는 그 사실에 대해 더 이상 깊이 생각하지 않고 그로 인한 직접적인 효과만을 눈으로 추적하였다. 그 효과는 그에게 매우 즐거운 것이었다. 왜냐하면 제조업자가 부지점장을 보자 의자에서 벌떡 일어나 그를 향해 급히 걸어갔기 때문이다. 그러나 K는 그가 열 배쯤 더 빠르게 가 주었으면 싶었다. 부지점장이 다시 사라져 버리지나 않을까 염려스러웠기 때문이다. 하지만 그것은 쓸데없는 염려였다. 두 사람은 서로 악수를 나누더니 함께 K의 책상 쪽으로 걸어왔다. 제조업자는 은행 차장이 사업에 대해 별 흥미를 못 느끼는 것 같다는 불평을 말하면서, 부지점장의 시선을 받으며 다시 서류 위로 몸을 구부리고 있는 K를 가리켰다. 그러고서 두 사람은 책상에 기대어 섰고 제조업자가 이제 부지점장을 자기편으로 만들고자 공작을 벌이기 시작했을 때, K는 자기 머리 위에서 키가 훨씬 크다고 상상되는 두 남자에 의해 그 자신에 대한 협상이 벌어지고 있는 듯한 기분이 들었다. 그는 두 눈을 조심스럽게 위쪽으로 돌려 그 위에서 무슨 일이 벌어지고 있는지 천천히 알아보고자 했다. 그는 보지도 않고 책상에서 아무 서류나 하나 집어 손바닥 위에 올려놓고는 그 자신이 일어나는 동시에 그것을 서서히 위쪽 두 사람을 향해 들어 올렸다. 그러면서 그는 특정한 무슨 일인가를 하겠다는 생각을 한 것이 아니라, 단지 언젠가 그 대단한 청원서를 완성하여 마음의 짐을 완전히 벗어버리게 된다면 바로 그런 반응을 보일 것 같은 느낌으로 행동했을 뿐이었다. 온 신경을 다 기울여 대화에 열중하던 부지점장은 그 서류를 단지 슬쩍 쳐다보았을 뿐 거기에 무슨 내용이 쓰여 있는지 전혀 훑어보지도 않았다. 차장에게는 중요한 것이 그에게는 중요치 않았기 때문이다. 부지점장은 그것을 K의 손에서 집어 들고는 "고마워요. 이미 다 알고 있습니다"라고 말하더니 그것을 다시 가만히 책상 위에 올려놓는 것이었다. K는 참담한 기분이 되어 그를 곁눈으로 쏘아보았다. 그러나 부지점장은 그것을 전혀 알아차리지 못했거나, 만일 알아차렸다면 그로 인해 도리어 기분이 좋아졌을 것이다. 그래서 그런지 그는 종종 요란한 웃음을 터뜨렸고 한번은 그의 재치 있는 응수로 인해 제조업자가 역력히 당황스러워하는 기색을 보이자 즉시 자신의 말에 스스로 이의를 제기함으로써 그의 당황스러운 마음을 풀어 주었다. 그러고는 마침내 그에게 자기 방으로 건너가자고 권하면서 거기서 이번 일을 종결지을 수 있기를 희망했다. "이건 매우 중요한 사안입니다." 그가 제조업자에게 말했다. "나는 그것을 잘 알고 있습니다. 그리고 우리 차장께서는……." 이 말을 하면서도 그는 사실 제조업자만을 보고 말했다. "우리가 이 일을 가져가면 분명히 반가워할 겁니다. 이 일은 차분한 숙고를 요하지요. 그런데 차장께선 오늘 업무 부담이 몹시 과중해 보입니다. 게다가 대기실에선 이미 서너 사람이 몇 시간씩이나 차장을 기다리고 있고요." K는 가까스로 마음의 평정을 되찾아 부지점장에게서 몸을 돌려 친절하기는 하지만 어딘가 어색한 미소를 제조업자에게만 보냈다. 그 외에는 전혀 관여하지 않았다. 그는 약간 몸을 앞으로 굽힌 채 마치 판매대 뒤의 점원처럼 두 손으로 책상을 짚고 서서 두 사람이 계속 얘기를 나누며 책상에서 서류를 집어 든 뒤 지점장실*로 사라지는 모습을 지켜보았다. 사라지기 전에 제조업자는 문 앞에 서서 뒤를 돌아보더니, 이것으로 아직 작별하는 것은 아니고 상담 결과에 대해서는 물론 차장님께 보고할 것이며 또한 다른 일로 잠시 더 드릴 말씀이 있다고 말하는 것이었다.

마침내 K는 혼자가 되었다. 그 어떤 다른 고객도 맞이할 생각이 전혀 없었다. 밖에 있는 사람들은 그가 아직 제조업자와 상담 중에 있으며 그런 까닭에 아무도, 사환까지도 들어갈 수 없다고 믿고 있을 테니 이 얼마나 통쾌한 일인가 하는 생각이 의식 속에 단지 희미하게 떠오를 뿐이었다. 그는 창가로 가서 창문턱에 걸터앉아 한 손으로 문고리를 꽉 잡은 채 광장을 내다보았다. 눈은 여전히 내리고 있었고, 날이 밝을 기미는 아직 전혀 없었다.

도대체 자신이 무슨 일로 걱정하고 있는지도 잊은 채 그는 오랫동안 그렇게 앉아 있었다. 단지 때때로 무슨 소리를 들은 것 같은 착각에 약간 놀라 어깨 너머로 대기실 문 쪽을 바라보았다. 그러나 오는 사람이 아무도 없었기 때문에 마음이 더욱 차분해졌고 세면대로 가서 찬물로 세수를 하고는 머릿속이 한결 개운해져 다시 창가의 자리로 돌아왔다. 자신의 변호를 스스로 맡겠다는 결심이 처음에 생각했던 것보다 이젠 더욱 묵직하게 느껴졌다. 변호사에게 변호를 맡겨 놓은 동안엔 아직 근본적으로는 소송과 마주치는 일이 거의 없었고 멀리서 지켜보았을 뿐 소송에 직접 접촉할 수가 없었다. 언제든 원하기만 하면 자신의 사건이 어떻게 되고 있는지 들여다볼 수 있었고, 하지만 또 원하기만 하면 언제든 머리를 뒤로 뺄 수도 있었다. 그러나 이제 자신의 변호를 직접 맡는다면 적어도 당분간은 자신을 법원에 전적으로 노출시켜야 했다. 거기서의 성공은 물론 나중에 있을 완전하고도 궁극적인 해방을 의미하지만, 그것에 도달하려면 현재로서는 어쨌든 지금까지보다 훨씬 더 큰 위험 속으로 걸어 들어가야 했다. 만일 그가 그 점을 의심하고자 했다면 오늘 이렇게 부지점장이나 제조업자와 함께하고 있다는 것에서 충분히 그 반대의 경우를 확신할 수도 있었을 테지만 그는 그 점을 믿어 의심치 않았다. 그저 자신을 스스로 변호하겠다는 결심을 했을 뿐인데도 온통 그 생각에만 사로잡혀 얼마나 속수무책으로 앉아 있었던가? 지금 이 모양인데, 나중에는 과연 어떤 지경이 될 것인가? 얼마나 끔찍한 날들이 앞에 가로놓여 있을까! 온갖 난관을 뚫고 좋은 결말에 이르는 길을 그가 과연 발견할 수 있을까? 주도면밀한 변호─그 외에 다른 것은 모두 무의미하다─주도면밀하고 철저한 변호를 하려면 다른 일체의 일로부터 가능한 한 손을 떼야 하지 않을까? 그러고도 무사할 수가 있을까? 그런데 어떻게 은행에 다니면서 그것을 실행해 낼 수 있을까? 문제가 되는 것은 청원서만이 아니라, 앞으로 얼마나 걸릴지 도무지 예측할 수가 없는 소송 전체였다. 청원서는 휴가를 얻으면 아마 충분히 해결할 수 있을 테지만, 지금으로서는 휴가를 신청하는 일 자체도 큰 모험이 아닐 수 없었다. K의 인생 행로에 갑자기 이 무슨 날벼락이란 말인가!

이런 상황에 지금 은행 일을 보고 있어야 하는가? ─ 그는 책상 위를 쳐다보았다 ─ 고객들을 불러들여 상담을 계속해야 하는 것 일까? 소송은 계속 굴러가고 있고 저 위 다락층에선 법원 관리들 이 그의 소송 서류들을 들여다보며 앉아 있는데, 이렇게 은행 업 무에나 매달려 있어야 하는가? 은행 업무란 마치 소송과 연관되 어 있고 소송에 동반되는, 그리고 법원이 인정하는 일종의 고문 같은 것이 아닐까? 그리고 은행에서는 그의 일을 평가할 때 그의 특별한 처지를 고려해 줄까? 아무도 그리고 절대로 그렇게 하지 않을 것이다. 그의 소송은, 누가 얼마만큼 알고 있는지는 분명치 않지만 전혀 알려지지 않은 것은 아니었다. 부지점장의 귀에까지 는 그 소문이 아직 들어가지 않았기를 바라지만, 만일 들어갔다면 틀림없이 K에 대한 일말의 동료로서의 의리나 인간적인 동정심 따위 거들떠보지도 않고 그 소문을 어떻게든 이용하려 들려는 그 자의 모습을 역력히 볼 수 있었을 것이다. 그렇다면 지점장은 어 떠한가? 확실히 그는 K를 잘 보았으므로 소송에 관한 얘기를 듣 자마자 힘 닿는 데까지 K를 위해 여러 가지 편의를 봐주려고 하겠 지만 그 뜻을 실제로 이루지는 못했을 것이다. 이제껏 K가 지녔던 견제력이 약화되어 이제 균형이 무너지기 시작함에 따라 지점장 은 점점 더 부지점장의 영향력을 강하게 받게 될 것이기 때문이 다. 부지점장은 게다가 지점장의 괴로운 처지도 자신의 권력을 강 화하는 데 이용하려 들 것이다. 그렇다면 K는 이제 어떤 희망을 가져야 하는가? 이런 생각들은 아무리 해 봐야 오히려 그의 저항력을 약화시킬 테지만, 스스로를 기만하지 않고 지금 상황에서 할 수 있는 한 모든 것을 명확하게 보는 것도 필요했다.

특별한 이유도 없이, 그저 지금으로서는 아직 책상으로 돌아가지 않아도 되었기 때문에 그는 창문을 열었다. 잘 열리지 않아 두 손으로 문고리를 돌려야 했다. 그러자 연기가 뒤섞인 안개가 창문의 전체 폭과 높이만큼 가득 방 안으로 밀려 들어와 살짝 탄 냄새를 온 방 안에 퍼뜨렸다. 눈송이도 간간이 바람에 실려 들어왔다. "고약한 가을 날씨군요." K의 등 뒤에서 제조업자가 말했다. 그는 부지점장과 헤어져 아무 기적도 없이 어느새 방 안에 들어와 있었다. K는 고개를 끄덕이며 제조업자의 서류 가방을 불안한 시선으로 바라보았다. 그 가방에서 제조업자는 이제 부지점장과의 협상 결과를 K에게 전하기 위해 서류를 꺼내 들 것이다. 그러나 제조업자는 K의 시선을 좇으면서 가방을 열지 않고 그냥 두드리며 말했다. "결과가 어떻게 되었는지 듣고 싶으시겠지요. 잘된 편입니다. 이 가방 안에는 사업 계약서가 이미 들어 있는 것이나 다름없지요. 부지점장님은 멋진 분이십니다. 하지만 전혀 안심할 수만은 없는 분입니다." 그는 웃었고, K의 손을 잡고 흔들면서 함께 웃게 하려고 했다. 그러나 K에게는 제조업자가 서류를 보여 주려고 하지 않는 것이 또다시 수상스럽게 여겨졌고 제조업자의 말이 하나도 우습지 않았다. "차장님." 제조업자가 말했다. "아마 날씨 때문에 괴로우신 것 같군요. 오늘 아주 우울해 보이십니다." "그렇습니다." K는 말하면서 손으로 관자놀이를 만졌다. "두통에다 골치 아픈 집안일까지 겹쳐서요." "맞습니다." 제조업자가 말했다. 그는 성미가 급한 사람이어서 남의 말을 가만히 듣고 있질 못했다. "누구나 짊어져야 할 십자가가 있기 마련이지요." K는 저도 모르게 마치 제조업자를 배웅하려는 듯 문을 향해 한 걸음 떼어 놓았지만, 제조업자는 이렇게 말하는 것이었다. "차장님, 잠시 더 드릴 말씀이 있습니다. 하필 오늘 이런 말씀을 드려 마음을 더 무겁게 해 드리지나 않을까 매우 염려스럽습니다만, 최근에 두 번이나 찾아뵈었어도 번번이 잊어버리고 말씀을 못 드렸거든요. 하지만 또 나중으로 미룬다면 아예 그 의미를 잃어버릴 것만 같아서요. 그렇게 되는 건 안타까운 일일 겁니다. 제가 드릴 말씀이 사실 그렇게 무가치한 것 같지가 않아서 말입니다." K가 응대할 틈을 갖기도 전에 제조업자는 가까이 다가오더니 손가락 관절로 그의 가슴을 톡톡 두드리며 나지막하게 말했다. "소송 중이시지요, 그렇지 않은가요?" K는 뒤로 물러나면서 즉시 외쳤다. "부지점장이 말했군요." "아, 아닙니다." 제조업자가 말했다. "부지점장님이 그걸 어떻게 아시겠어요?" "그럼 당신은요?" K가 훨씬 더 침착해진 어조로 물었다. "저는 때때로 법원 소식을 듣고 있습니다." 제조업자가 말했다. "제가 드리려는 말씀도 바로 그에 관한 것입니다." "참으로 많은 사람들이 법원과 관계를 맺고 있군요!" K는 고개를 숙이며 그렇게 말하고는 제조업자를 책상 쪽으로 데리고 갔다. 그들은 다시 아까처럼 앉았고 제조업자가 말했다. "유감스럽게도 제가 드릴 수 있는 말씀은 그리 많지 않습니다. 그러나 이런 일에는 아무리 사소한 것이라도 소홀히 해서는 안 되지요. 게다가 저는 어떻게든 차장님을 도와 드리고 싶은 마음이 간절합니다. 제 도움이 아무리 보잘것없는 것일지라도 말입니다. 우리는 이제껏 사업상 좋은 친구 관계였으니까요, 그렇지 않은가요? 그럼 이제." K는 오늘 상담 때 보인 자신의 행동에 대해 사과하려 했지만, 제조업자는 자신의 말이 끊기는 것을 용납하지 않고, 자신이 급하다는 것을 보이기 위해 서류 가방을 겨드랑이 밑까지 밀어 올리고는 이야기를 계속했다. "차장님의 소송에 대해서는 티토렐리라는 사람한테 듣고 알게 되었습니다. 화가인데 티토렐리는 그의 예명일 뿐이고 실제 이름은 모릅니다. 그는 몇 년 전부터 가끔씩 제 사무실로 찾아오곤 하는데 조그만 그림들을 가지고 옵니다. 그러면 그림값으로 저는 그에게—그는 거의 거지나 다름없습니다—매번 일종의 적선을 하지요. 아무튼 예쁜 그림들인데, 황야의 풍경이라든가 뭐 그런 것들입니다. 이 거래는—두 사람 다 어느새 익숙해져서—아주 자연스럽게 진행되었지요. 그런데 언젠가 그가 찾아오는 일이 너무 자주 되풀이되어서 그에게 안 좋은 말을 하게 되었고 우리는 대화를 나누게 되었습니다. 그림 그리는 일만으로 어떻게 생계를 유지할 수 있는지 궁금해서 물어봤다가 놀랍게도 그의 주된 수입원이 초상화 그리는 일이라는 걸 알게 되었습니다. 그는 법원을 위해 일한다고 하더군요. 그래서 어느 법원이냐고 물었지요. 그랬더니 저한테 법원에 대한 이야기를 들려주는 겁니다. 그 이야기를 듣고 제가 얼마나 놀랐는지 차장님께서는 충분히 상상이 가고도 남을 겁니다. 그 이후로 저는 그가 찾아올 때마다 뭐든 법원의 새로운 소식을 듣게 되었고 법원 일에 대해 점차 나름대로의 식견도 갖게 되었지요. 그런데 티토렐리는 수다스러운 사람이라 그의 말을 가로막아야 할 때가 많습니다. 그는 분명 거짓말도 하는 것 같은데 그것 때문만이 아니라, 무엇보다도 저 같은 장사꾼이야 제 자신의 사업 걱정만으로도 쓰러질 지경이어서 남들 일에 그렇게 신경 쓸 여유가 많지 않으니까요. 하지만 이건 부수적으로 하는 얘기일 뿐입니다. 어쩌면—지금 드는 생각입니다만—티토렐리가 선생님께 조금은 도움이 될 수도 있겠다 싶더군요. 그 사람은 판사들을 많이 알고 있으니까. 그 자신은 별 영향력이 없더라도 어떻게 하면 영향력 있는 여러 다양한 인사들에게 접근할 수 있는지에 대해서는 조언을 줄 수 있을 겁니다. 그리고 그 조언이 그 자체로는 결정적인 것이 아니더라도 제 생각으론 그것을 차장님께서 듣게 되신다면 큰 의미를 가질 수 있을 거라고 봅니다. 차장님께선 거의 변호사나 다름없으시지요. K차장님은 변호사 같은 분이라고 저는 늘 말하곤 합니다. 아, 저는 차장님의 소송에 대해 전혀 걱정하지 않습니다. 그래도 티토렐리에게 한번 가 보시겠어요? 제 소개장만 있으면 그 친구는 틀림없이 자기가 할 수 있는 일은 무엇이든 해 드릴 겁니다. 저는 정말로 한번 가 보시는 게 좋겠다고 생각합니다. 물론 오늘이 아니더라도 조만간 기회가 되시면 말입니다. 물론 차장님께서는—추가로 드리는 말씀입니다만—제가 이렇게 조언을 드린다고 해서 반드시 티토렐리한테 가셔야 할 의무감 같은 것은 조금도 가지실 필요가 없습니다. 아니, 티토렐리 같은 사람이 없어도 잘 해낼 수 있다고 생각하신다면 그 친구를 아예 무시하는 편이 분명 더 나을 겁니다. 아마 차장님께서는 이미 구체적인 계획을 세우셨을 테니, 티토렐리 같은 친구는 도리어 방해가 될지도 모르겠군요. 아니, 그러시다면 당연히 가시지 말아야겠지요. 또한 그런 친구한테 조언을 듣기 위해서는 자신을 이겨 내는 인내심도 반드시 필요하겠군요. 그러니 이제, 원하시는 대로 하십시오. 이건 소개장이고, 이건 주소입니다."

환멸감에 휩싸인 채 K는 그 편지를 받아 주머니에 넣었다. 소개장이 그에게 안겨 줄 수 있는 이득이 아무리 크다 해도 제조업자가 그의 소송에 대해 알고 있고 화가가 그에 관한 소식을 계속 퍼뜨리고 있다는 사실 속에 놓여 있는 뼈아픈 손실에 비하면 그 이득이란 비교가 안 될 정도로 작은 것이었다. 이미 문 쪽으로 가고 있는 제조업자에게 억지로라도 고맙다는 말을 몇 마디 건네려고 했으나 그 말이 잘 나오질 않았다. "한번 가 보도록 하겠습니다." 문가에서 제조업자와 헤어지며 그가 말했다. "아니면 제가 요즘 몹시 바쁜 처지이므로 한번 제 사무실로 와 달라고 그 사람한테 편지를 쓰겠습니다." "저는 알고 있었습니다." 제조업자가 말했다. "차장님께서 최선의 방책을 찾아내실 거라고요. 그렇지만 저는 소송에 대한 상의를 하기 위해 그 티토렐리 같은 사람을 은행으로 불러들이는 일을 꺼려 하실 거라고 생각했습니다. 또한 편지를 그런 친구의 손에 들어가게 하는 것이 반드시 이로울 것도 없습니다. 하지만 차장님께선 틀림없이 모든 것을 철저히 생각하셨을 것이고 무엇을 해도 되고 무엇을 해서는 안 되는지 잘 아실 겁니다." K는 고개를 끄덕였고 대기실을 다 지나도록 제조업자를 따라 나갔다. 겉으로는 태연한 척했지만 그는 자신에 대해 무척 놀랐다. 그가 티토렐리에게 편지를 쓰겠다고 말한 것은 사실 제조업자에게 단지 자기가 소개장을 소중히 여기고 있으며 티토렐리와 만날 수 있는 여러 가능성을 곧바로 생각해 보겠다는 뜻을 어떤 식으로든 보여 주기 위한 것일 뿐이었다. 그러나 만일 티토렐리의 도움이 가치 있는 것으로 여겼다면 그는 실제로 편지 쓰는 일도 주저하지 않았을 것이다. 그러나 그 결과로 생길 수도 있는 위험에 대해서는 제조업자의 말을 듣고서야 비로소 깨달은 것이었다. 자신의 판단력이 정말로 어느새 이렇게도 믿을 수 없게 된 것일까? 정식으로 편지를 보내 누군지도 모르는 수상쩍은 사람을 은행으로 불러들여 부지점장하고는 문 하나를 사이에 두고 있는 자리에서 소송에 대해 조언을 구할 정도라면, 다른 위험 역시 간과해 버리거나 아니면 그 속으로 뛰어드는 일도 생길 수 있지 않겠는가, 아니 그럴 가능성이 매우 높은 게 아닐까? 그에게 경고를 해 줄 사람이 항상 곁에 있는 것은 아니었다. 있는 힘을 다 모아 한 곳으로 집중해야 할 이때에, 자신의 주의력에 대해 이런 의혹이 고개를 쳐들고 일어나고 있음에 틀림없었다. 이제까지 없던 의혹이었다. 사무를 보고 있을 때 느껴졌던 어려움이 이제 소송에서도 시작되는 것일까? 도대체 어떻게 티토렐리라는 생면부지의 사람에게 편지를 써서 은행으로 불러들일 생각을 할 수 있었는지 지금 그로서는 도저히 납득이 안 되었다.

이런 생각을 하며 그가 고개를 설레설레 흔들고 있는데, 사환이 옆으로 다가오더니 대기실 벤치에 앉아 있는 세 명의 손님에게 관심을 갖게 했다. 그들은 K와의 면담을 위해 오랫동안 기다리고 있었다. 사환이 K와 이야기를 나누자 그들은 자리에서 일어나 서로 먼저 K에게 접근하기 위해 유리한 기회를 포착하려고 했다. 은행 측에서 무심하게도 자기들을 이 대기실에 내버려 둔 채 시간을 허비하게 했으므로 그들 쪽에서도 이제는 더 이상 인정과 사정을 두려고 하지 않았다. "차장님" 하고 그중 한 사람이 불쑥 나서며 말했다. 그러나 K는 사환에게 외투를 가져오게 한 뒤 그의 도움을 받아 외투를 입으면서 세 사람 모두에게 말했다. "여러분, 죄송합니다. 유감스럽게도 지금은 여러분을 만나 볼 시간이 없습니다. 대단히 죄송스럽습니다만, 저는 업무상 시급히 처리해야 할 일이 있어서 즉시 나가 봐야 합니다. 제가 지금 저 안에 붙들려 있느라 시간이 얼마나 오래 지체되었는지 다들 보셨겠지요. 내일이나 또는 언제든 좋으실 때 다시 와 주시면 안 되겠습니까? 아니면 전화로 용건을 말씀해 주시면 어떨까요? 그도 아니면 지금 간단히 무슨 용건이신지 말씀해 주시면 제가 편지로 상세히 답변을 드리겠습니다. 물론 다음에 와 주시는 것이 가장 좋겠습니다만." K의 이런 제안에 그동안 기다린 것이 완전히 헛수고가 되어 버린 세 사람은 어안이 벙벙해져서 서로를 멀뚱멀뚱 쳐다볼 뿐이었다. "그럼 합의된 거지요?" 이제 모자까지 가져온 사환 쪽으로 몸을 돌린 채 K가 물었다. K의 열린 방문을 통해 눈발이 더욱 세차게 날리는 바깥 풍경이 보였다. 그래서 K는 외투 깃을 세우고 목 바로 아래까지 단추를 채웠다.

그때 마침 옆방에서 부지점장이 걸어 나와 K가 외투를 입은 채 고객들과 협상하고 있는 모습을 빙긋이 웃으며 바라보더니 이렇게 물었다. "지금 나가나요, K차장?" "네." K는 말하면서 몸을 똑바로 세웠다. "나가서 처리할 일이 있습니다." 그런데 부지점장은 어느새 고객들 쪽으로 몸을 돌린 상태였다. "그럼 이분들은요?" 그가 물었다. "다들 오랫동안 기다리신 것 같은데……." "우리는 이미 합의를 보았습니다." K가 말했다. 그러자 고객들은 더 이상 가만히 있지 못하고 K를 둘러싸더니, 자기들 용건이 중요한 게 아니고 지금 한 사람씩 개별적으로 상세히 상담할 필요가 없는 것이라면 이렇게 몇 시간씩 기다리지는 않았을 것이라고 설명했다. 부지점장은 그들이 하는 이야기를 잠시 듣고 있더니 모자를 손에 들고 여기저기 먼지를 털고 있는 K도 지켜보다가 이렇게 말했다. "여러분, 아주 간단한 해결책이 있습니다. 저라도 괜찮으시다면 우리 차장님 대신 제가 상담 일을 맡으면 어떻겠습니까? 기꺼이 상담을 해 드리도록 하겠습니다. 여러분의 용건은 물론 즉시 봐 드려야 합니다. 우리도 여러분처럼 사업하는 사람들이라 사업하는 사람들의 시간이 얼마나 소중한지 잘 알고 있습니다. 이리로 들어오시겠습니까?" 그러고는 자기 사무실의 대기실로 통하는 문을 열었다.

이 부지점장이란 자는 그야말로 K가 부득이 포기하지 않으면 안 되는 것들을 모두 자기 것으로 만들 줄 아는 사람이었다! 그런데 K는 꼭 필요한 것 이상으로 더 많은 것을 포기하고 있는 것은 아닐까? 막연하고도, 그 스스로 인정하지 않을 수 없듯이 매우 빈약한 희망을 품고서 알지도 못하는 화가를 찾아가고 있는 동안에, 여기 은행에서는 그의 명망이 회복 불능의 상처를 입게 될 것이다. 이제라도 외투를 다시 벗어 놓고 옆 대기실에서 아직 더 기다려야만 할 두 고객만이라도 되찾아오는 편이 훨씬 더 나은 선택이었을 것이다. 그때 자기 방에서 부지점장이 마치 제 것인 양 K의 서가를 뒤지고 있는 모습을 목격하지 않았더라면 아마 그렇게 했을지도 모른다. K가 흥분해서 문 쪽으로 다가가자 부지점장이 외쳤다. "아, 아직 안 나갔군요." 부지점장은 K에게 얼굴을 돌렸는데, 그 얼굴의 수많은 깊은 주름살은 나이가 아니라 오히려 힘을 입증하고 있는 듯 보였다. 그러더니 곧 다시 무언가를 찾기 시작했다. "계약서 사본을 찾는 중입니다." 그가 말했다. "그 회사의 대리점 주인 말로는, 그것이 당신한테 있다고 하던데, 찾는 걸 좀 도와주지 않겠어요?" K가 한 걸음 다가서는데 부지점장이 말했다. "됐습니다. 제가 찾았습니다." 그러고는 계약서 사본만이 아니라 다른 것도 많이 들어 있음에 분명한 두툼한 서류 뭉치 하나를 들고 다시 자기 방으로 돌아갔다.

"지금은 저자를 당해 낼 수 없지만……." K가 혼잣말을 했다. "앞으로 나의 개인적인 난제가 해결되고 나면 정말이지 제일 먼저 저자에게 따끔한 맛을 보여 줄 것이다. 게다가 되도록이면 쓰디쓴 맛까지." 이런 생각을 하며 약간 마음을 가라앉힌 그는 아까부터 복도로 나가는 문을 열어 놓은 채 기다리고 있는 사환에게 지점장한테는 기회를 봐서 용무가 있어 외근을 나갔다는 말을 하라고 지시한 뒤 이제 한동안은 자신의 일에만 비교적 온전히 몰두할 수 있게 된 것에 거의 행복감을 느끼며 은행을 떠났다.

그는 곧장 화가에게로 갔다. 화가는 교외에 살고 있었는데, 법원 사무처가 있는 교외와는 정반대 쪽이었다. 그곳은 더욱더 가난한 구역이라 집들은 더 칙칙했고 거리는 온통 오물로 가득했는데 그 오물들이 녹고 있는 눈과 범벅이 되어 천천히 이리저리 쓸려 다녔다. 화가가 살고 있는 건물에는 큰 대문의 한쪽 문짝만 열려 있었다. 다른 쪽 문짝에는 이어진 벽 아래쪽으로 구멍이 하나 뚫려 있어 K가 다가가자 마침 그 구멍에서 김이 나는 누렇고 역한 액체가 쏟아져 나왔으며 그것을 피해 쥐 한 마리가 가까운 시궁창 속으로 달아났다. 계단 아래에는 어린아이가 흙바닥에 배를 깔고 엎어져 울고 있었는데, 아이의 울음 소리는 모든 소리를 뒤덮는 엄청난 소음 때문에 거의 들리지 않았다. 그 소음은 대문 쪽 통로의 저쪽 건너편에 있는 함석 공장에서 울려 나오고 있었다. 공장 문은 열려 있었고 직공 세 명이 알 수 없는 어떤 공작 재료 주위에 반원형으로 둘러서서 그 위를 망치로 두드리고 있었다. 벽에 걸린 커다란 함석판 한 장이 창백한 빛을 던졌고, 그 빛은 두 직공 사이를 비춰 그들의 얼굴과 작업용 앞치마가 훤하게 빛났다. K는 이 모든 것을 한번 쓱 스치는 시선으로 가볍게 훑어보았을 뿐이었다. 이곳에서 그는 가능한 한 빨리 용무를 끝내고 싶었다. 화가에게 몇 가지만 물어본 뒤 곧바로 다시 은행으로 돌아갈 생각이었다. 만일 여기서 사소하나마 약간의 소득이라도 거두게 된다면 그것이 은행에서의 오늘 일에도 좋은 영향을 미칠 것 같았다. 4층에 이르러 그는 걸음을 늦추어야 했다. 숨이 턱까지 차오른 데다 계단과 층의 높이가 지나치게 높았다. 그리고 화가는 맨 꼭대기 다락방에 살고 있다고 했다. 또한 공기는 몹시 답답했고 층계참도 없었으며 좁은 계단은 양쪽이 벽으로 막힌 채 벽의 거의 맨 위쪽에만 여기저기 몇 군데 조그만 창문이 달려 있을 뿐이었다. K가 잠시 걸음을 멈춘 순간, 꼬마 여자애들 몇 명이 어느 집에선가 쏟아져 나와서는 까르륵 웃으며 계단 위로 뛰어 올라갔다. K는 그 뒤를 따라 천천히 올라갔는데, 걸려 넘어지는 바람에 다른 애들보다 뒤처지게 된 한 여자애를 따라잡았다. 그 아이와 나란히 걸어 올라가면서 K가 물었다. "여기에 티토렐리라는 화가가 살고 있니?" 열세 살쯤 될까 말까 하고 등이 약간 굽은 여자애는 그 질문에 팔꿈치로 그를 툭 치더니 옆에서 그를 올려다보았다. 어린 나이도 신체적 결함도 그 아이가 어느새 일탈의 길로 들어서는 것을 막을 수는 없었다. 여자애는 전혀 웃는 기색도 없었고 날카롭고 도전적인 눈빛으로 K를 빤히 쳐다보았다. 그 애의 그런 거동을 모르는 체하며 K가 물었다. "화가 티토렐리를 알고 있니?" 여자애는 고개를 끄덕이더니 이번에는 그녀 쪽에서 물었다. "그 사람한테 무슨 일로 오셨나요?" K로서는 빨리 티토렐리에 대해 조금이라도 더 알아 두는 것이 이로울 듯싶었다. "날 그려 달래려고." 그가 말했다. "그려 달래려고요?" 그녀는 그렇게 되물으면서 입을 과도하게 크게 벌렸다. 그러고는 K가 정도 이상으로 놀라운 말이나 부적절한 말이라도 한 것처럼 손으로 K를 가볍게 때린 뒤, 그렇지 않아도 너무 짧은 스커트를 두 손으로 추켜올리더니 가능한 한 빠르게 다른 여자애들의 뒤를 쫓아 달려 올라갔다. 그 애들이 지르는 소리는 저 높이서 희미하게 사라져 버렸다. 그런데 계단이 그다음 구부러지는 곳에서 K는 그 여자애들을 모두 다시 만났다.

그 애들은 분명 곱사등이 여자애로부터 K가 이곳에 온 의도를 전해 듣고 그를 기다리고 있었던 것이다. 그들은 계단 양옆으로 갈라서서 K가 편히 그 사이를 지나갈 수 있도록 벽에다 몸을 딱 붙이고는 손으로 앞치마를 다림질하듯 문지르고 있었다. 모두의 얼굴 표정과 이렇게 도열한 모습에는 천진난만과 타락의 기미가 뒤섞여 나타났다. 이제 K의 뒤에 웃으면서 모여든 여자애들의 맨 앞에는 곱사등이 소녀가 서서 안내역을 맡았다. K가 곧장 바른길을 찾을 수 있었던 것은 그 아이 덕분이었다. 그는 같은 계단을 그냥 쭉 올라가려고 했는데 티토렐리에게 가려면 옆으로 갈라진 계단을 선택해야 한다는 것을 그 아이가 가르쳐 준 것이다. 화가의 방으로 가는 계단은 특히 더 좁고 아주 길었으며, 구부러지는 데가 없어서 계단 전체가 끝까지 다 보였고, 맨 위쪽 계단이 끝나는 자리에 티토렐리의 방문이 서 있었다. 비스듬히 위쪽에 나 있는 조그마한 채광창을 통해 계단 부분과는 달리 비교적 밝게 조명을 받고 있는 그 문은 칠을 하지 않은 나무판들로 만들어져 있었고 그 위에 티토렐리라는 이름이 빨간색의 굵은 붓글씨체로 그려져 있었다. K가 아이들을 뒤에 거느린 채 그 계단을 겨우 중간쯤 올라갔을 때, 틀림없이 무수히 들리는 요란한 발걸음 소리 때문인 듯, 저 위에서 문이 살짝 열리더니 필시 잠옷 하나만 걸친 어떤 남자가 문틈으로 모습을 나타냈다. 한 무리가 떼를 지어 올라오는 것을 보자 그는 "오!" 하고 외치며 안으로 사라졌다. 곱사등이 소녀는 기뻐서 어쩔 줄 몰라 하며 손뼉을 쳐 댔고, 나머지 여자애들은 K를 더 빨리 올라가게 하려고 뒤에서 그를 밀어 댔다.

그런데 그들이 아직 다 올라가지도 않았는데 위에서 화가는 문을 활짝 열어젖히고는 머리를 깊이 숙여 인사를 하더니 K에게 어서 들어오라고 권하는 것이었다. 반면에 여자애들은 못 들어오게 가로막았다. 아이들이 아무리 애원을 하고, 그의 허락을 얻지 못해 억지로라도 밀고 들어오려고 아무리 애를 써도 그는 그들 중 한 아이도 들어오지 못하게 하려고 했다. 곱사등이 소녀만 내뻗은 그의 팔 아래로 미끄러져 들어오는 데 성공했지만 화가는 그 뒤를 쫓아가 스커트를 움켜잡고는 그녀를 자기 주위로 한 바퀴 빙 돌리더니 문 앞에 다른 여자애들 있는 데에다 내려놓았다. 그들은 화가가 그렇게 자리를 비운 동안에도 문지방을 넘어올 엄두를 내지 못한 것이었다. K는 이 모든 장면을 어떻게 판단해야 좋을지 몰랐다. 마치 모든 것이 친한 사이에 서로 뜻이 맞아 벌어지는 장난과도 같은 인상이 들었기 때문이다. 여자애들은 문에 붙어 서서 서로 경쟁적으로 목을 높이 쳐들고는 화가를 향해 여러 가지 농담조의 말들을 외쳐 댔지만 K는 도무지 무슨 말인지 알아듣지 못했다. 또한 화가도 그 곱사등이 소녀가 자신의 손에 붙들린 채 거의 날고 있는 듯한 동작을 하는 동안 껄껄 웃어 대기만 하는 것이었다. 그러고 나서 그는 문을 닫더니 K에게 다시 한 번 머리를 숙여 정중히 인사하고는 손을 내밀며 자기를 소개했다. "화가 티토렐리입니다." K는 여자애들이 소곤거리고 있는 문 쪽을 가리키며 말했다. "이 집에서 매우 인기가 좋으신 것 같습니다." "아, 이런 말괄량이들 같으니라고!" 화가는 그렇게 말하면서 잠옷의 목 부분에 달린 단추를 채우려 했으나 잘 채워지지 않았다. 그는 맨발인

데다 누르스름하고 헐렁한 아마포 바지를 입고 있었는데, 바지를 동여매고 있는 허리끈의 기다란 끝이 이리저리 아무렇게나 흔들렸다. "저 말괄량이들 때문에 정말이지 귀찮아 죽겠습니다." 그가 말을 계속했다. 그러면서 잠옷의 마지막 단추가 마침 툭 떨어지자 잠옷에서 손을 떼고는 의자를 하나 가져다 K에게 자꾸 앉으라고 권했다. "전에 한번 저 애들 중 한 아이를—그 아인 오늘 오지도 않았습니다만—그려 준 적이 있었는데, 그 후로 다들 저를 따라다니는 겁니다. 내가 방에 있을 때는 허락이 떨어져야 들어오는데, 내가 일단 밖에 나가고 없으면 적어도 한 아이는 꼭 들어와 있습니다. 저 아이들은 내 방문 열쇠를 하나 만들어서 자기들끼리 서로 돌려 가며 쓰고 있지요. 그게 얼마나 짜증 나는 일인지 상상할 수도 없을 겁니다. 예를 들어 내가 그림을 그려 주기로 한 어떤 숙녀 분과 함께 집에 와서 열쇠로 방문을 열어 보니, 그 곱사등이 여자애가 저 조그만 책상 앞에 앉아 붓으로 입술을 빨갛게 칠하고 있는가 하면 그 애가 보살펴야 할 어린 동생들은 멋대로 돌아다니며 방 안 구석구석을 온통 더럽히고 있는 겁니다. 아니면 어제 처음으로 있었던 일입니다만, 저녁 늦게 집에 돌아와—이런 제 사정을 고려하시어 저의 이런 꼴이며 방 안이 엉망인 것을 용서해 주세요—그러니까 제가 저녁 늦게 집에 돌아와 침대에 누우려고 하는데 무언가가 내 다리를 꼬집는 거예요. 그래서 침대 밑을 들여다보니 저런 아이가 하나 들어 있어서 끌어냈지 뭡니까. 저 애들이 왜 나한테 그렇게 달려드는지 모르겠습니다. 내가 저 애들을 꾀어 들이고 있지 않다는 것은 방금 보셨겠지요. 물론 저 애들 때문에 내 일까지도 방해를 받고 있습니다. 내가 이 아틀리에를 무료로 쓸 수 있는 게 아니라면 이미 진작에 이사를 갔을 겁니다." 바로 그때 문 뒤에서 조그만 목소리가 소리를 쳤다. 여리고 겁먹은 듯한 목소리였다. "티토렐리, 우리 좀 들어가면 안 돼요?" "안 돼." 화가가 대답했다. "저 혼자만이라도 안 될까요?" 또다시 물었다. "그것도 안 돼." 화가가 말했다. 그러고는 문으로 걸어가 문을 아예 잠가 버렸다.

K는 그사이에 방 안을 둘러보았다. 이렇게 궁색하고 조그만 방을 아틀리에라고 부를 수 있을까? 자신 같으면 절대 그런 생각이 들지 않았을 것이다. 가로세로 모두 큰 걸음으로 두 걸음을 넘을 것 같지 않았다. 바닥, 벽, 천장이 모두 나무로 되어 있었고 나무 판들 사이에는 가늘게 틈이 벌어져 있었다. K의 맞은편 벽 쪽으로 침대가 놓여 있었는데, 그 위에는 여러 가지 색깔의 침구들이 잔뜩 널려 있었다. 방 한가운데에는 이젤 위에 그림이 하나 놓여 있었는데, 그림은 셔츠로 덮여 있었으며 그 셔츠의 소매들이 바닥까지 드리워져 흔들거렸다. K의 뒤쪽으로는 창문이 있었고, 창문 밖에는 안개 때문에 눈 덮인 이웃집 지붕 말고는 그 너머로 더 이상 아무것도 보이지 않았다.

열쇠를 돌려 자물쇠를 잠그는 모습을 보자 K는 자기가 빨리 볼 일을 보고 여기를 곧 떠나기로 작정했던 일이 생각났다. 그래서 그는 제조업자의 편지를 주머니에서 꺼내 화가에게 건네며 말했다. "당신이 잘 아시는 이분한테서 당신에 대해 들었고 이분의 권고에 따라 이렇게 찾아오게 되었습니다." 화가는 편지를 대충 훑어보더니 그것을 침대 위에 던졌다. 만일 제조업자가 티토렐리에 대해 더할 수 없이 분명하게 자기가 잘 아는 사람이며 자기의 자선금에 의지해 살고 있는 불쌍한 사람이라고 말하지 않았더라면, 지금의 이 장면에서 K는 티토렐리가 제조업자를 모르거나 아니면 적어도 그를 기억해 내지 못하는 것이 아닌가라는 생각을 할 수도 있었을 것이다. 게다가 이제는 화가가 이렇게 묻는 것이었다. "그림을 사시겠습니까 아니면 자신의 초상화를 부탁하실 생각이십니까?" K는 의아한 얼굴로 화가를 쳐다보았다. 편지에 도대체 뭐라고 쓰여 있는 것일까? K는 편지에 당연히 자기가 이곳에 온 것은 다름 아닌 소송에 관한 일 때문에 문의할 게 있어서라는 것을 제조업자가 화가에게 알렸을 것이라고만 생각했던 것이다. 그는 잘 생각해 보지도 않고 이곳으로 너무 서둘러서 달려온 것은 아닐까! 그러나 지금 화가에게 뭐라고든 대답을 해야 했기에 그는 이젤을 슬쩍 쳐다보며 말했다. "마침 그림을 그리고 계셨군요?" "네." 화가는 말하면서 이젤 위에 걸쳐져 있는 셔츠를 침대 위 편지 쪽으로 던졌다. "초상화입니다. 좋은 일감인데 아직 완성되지 않았습니다." 이 우연한 일이 K에게 좋은 신호를 던져 주었다. 법원에 관한 이야기를 꺼낼 수 있는 기회가 보기 좋게 제공된 것이다. 왜냐하면 그 그림은 분명히 어느 판사의 초상화였기 때문이다. 그런데 그것은 변호사 사무실에 걸려 있는 그림과 유난히 닮은 데가 많았다. 물론 이 그림 속의 인물은 전혀 다른 판사였다. 검고 무성한 수염이 뺨 위쪽까지 덮고 있는 뚱뚱한 남자였다. 또한 전의 그 그림은 유화였으나 이 그림은 파스텔로 연하고 흐릿하게 그려진 것이었다. 그러나 그 외에 나머지는 모두 비슷했다. 이 그림에서도 판사는 옥좌처럼 생긴 의자에 앉아 양쪽 팔걸이를 꽉 잡고서 위협적으로 몸을 일으키려는 자세를 취하고 있었기 때문이다. "이건 판사로군요." K는 대뜸 그렇게 말하려다가 자제를 하고서 마치 세세한 부분까지 자세히 살펴보려는 듯 그림 쪽으로 가까이 다가갔다. 옥좌 같은 의자의 등받이 위쪽으로 한가운데에 솟아 있는 커다란 형상이 무엇인지 알 수 없어서 그는 화가에게 물어보았다. "그것은 좀 더 손질을 해야 합니다." 화가는 그렇게 대답하더니 조그만 책상에서 파스텔을 하나 집어 들고 그 형상의 가장자리 부분을 조금씩 다듬었다. 하지만 그렇게 해도 K에게는 그것이 더 분명해지지 않았다. "이건 정의의 여신입니다." 화가가 결국 말해 주었다. "이제야 알겠습니다." K가 말했다. "이것이 눈을 가리고 있는 안대이고, 이것이 저울이군요. 그런데 발꿈치에 날개가 돋아 있으니 날고 있다는 말인가요?" "그렇습니다." 화가가 말했다. "저는 주문에 따라 이렇게 그리지 않을 수 없었습니다. 이것은 사실 정의의 여신과 승리의 여신을 하나로 합쳐 놓은 것이지요." "그건 좋은 결합이 아닙니다." K가 미소를 지으며 말했다. "정의의 여신은 가만히 있어야 합니다. 그렇지 않으면 저울이 흔들리고 공정한 판단을 내릴 수가 없습니다." "그런 점에 관해 저는 주문자의 뜻에 따르고 있습니다." 화가가 말했다. "그야 물론이지요." K가 말했다. 그는 누구든 자기 말로 인해 마음 상하는 일이 없기를 원했다. "그 인물은 실제로 옥좌 위에 앉아 있는 그대로 그리신 거겠죠." "아닙니다." 화가가 말했다. "이 인물도 옥좌도 본 적이 없습니다. 이건 다 지어낸 겁니다. 하지만 내가 무엇을 그려야 하는지는 지시를 받았습니다." "뭐라고요?" K는 화가의 말을 완전히 이해하지 못하겠다는 듯이 일부러 그렇게 물었다. "그런데 그 인물은 재판관석에 앉아 있는 판사이지요?" "그렇습니다." 화가가 말했다. "하지만 높은 판사는 아니고 이런 옥좌 같은 의자엔 앉아 본 적도 없는 사람입니다." "그런데도 그렇게 위엄을 갖춘 자세로 자신의 초상을 그리게 하나요? 마치 법원장이라도 되는 듯이 앉아 있군요." "그래요, 그 양반들은 허영심이 강하지요." 화가가 말했다. "하지만 그들은 그렇게 그려도 된다는 상부의 허락을 받았답니다. 자신의 초상을 어떻게 그려도 되는지 누구에게나 정확히 규정되어 있습니다. 다만 유감스럽게도 이 그림으로는 복장이나 의자의 세세한 부분들을 판단할 수가 없습니다. 그런 것들을 묘사하기에는 파스텔화가 적합하지 않거든요." "그렇군요." K가 말했다. "그것이 파스텔로 그려진 것이 이상하군요." "판사가 그렇게 해 달라고 원한 겁니다." 화가가 말했다. "어떤 여자 분한테 줄 거랍니다." 그림을 보자 작업하고 싶은 욕구가 생겼는지, 그는 셔츠 소매를 걷어붙이고 파스텔을 서너 개 손에 쥐었다. K는 파스텔 끝이 떨리듯 움직이더니 판사의 머리 주변에 불그스름한 그림자가 생성되는 것을 지켜보았다. 그 그림자는 방사상으로 그림의 가장자리를 향해 퍼져 나가면서 옅어져 갔다. 이 그림자 효과는 무슨 장식물이나 고귀한 훈장처럼 서서히 머리를 에워쌌다. 그러나 정의의 여신상 주변은 눈에 잘 띄지 않는 가벼운 음영 처리를 제외하고는 계속 밝은 바탕이 유지되었고, 그 밝은 바탕 덕분에 여신상은 특히 도드라져 보였다. 그것은 이제 거의 정의의 여신을 연상시키지 않았으며 그렇다고 승리의 여신도 아니었다. 오히려 사냥의 여신을 영락없이 빼닮은 모습이었다. 화가의 작업은 기대 이상으로 K의 마음을 끌었다. 그러나 마침내 그는 이렇게 오랫동안 여기에 있으면서도 자신의 본래 용건과 관련해서는 사실상 아직 아무 일도 한 게 없다는 것을 깨닫고 스스로를 책망했다. "그 판사 분의 성함은 어떻게 되나요?" 그가 불쑥 그렇게 물었다. "그건 말해 드릴 수 없습니다." 화가가 대답했다. 그는 그림 위로 몸을 깊이 숙인 자세였고 처음엔 그렇게도 조심스럽게 맞이했던 손님을 지금은 분명히 소홀히 대하고 있었다. K는 그것을 그의 변덕스러움 때문으로 여겼고, 그로 인해 시간만 허비했다는 생각이 들자 화가 났다. "당신은 법원 중개인이시지요?" 그가 물었다. 그러자 화가는 즉시 파스텔을 옆에다 치워 놓고 몸을 일으켜 세우더니 두 손을 비비면서 빙긋이 웃는 얼굴로 K를 쳐다보았다. "자, 이제 곧바로 진심을 말해 보시지요." 그가 말했다. "당신은 소개장에도 쓰여 있듯이 법원에 대해 무언가를 알아내고 싶은 거지요. 그래서 내 환심을 사기 위해 먼저 내 그림에 대한 이야기를 하신 거구요. 그러나 그걸 나쁘게 여기는 것은 아닙니다. 그건 저한테 어울리지 않는 방법이라는 걸 아실 리 없었을 테니까요. 아니, 괜찮습니다!" K가 무언가 이의를 제기하려 하자 그가 날카롭게 가로막으면서 말했다. 그러고는 말을 계속했다. "그건 그렇고, 당신 말이 정확히 맞았습니다. 저는 법원 중개인입니다." 그는 K에게 이 사실을 받아들일 시간을 주려는 듯 잠시 말을 멈추었다. 그때 다시 문 뒤에서 여자애들의 소리가 들렸다. 그들은 필시 열쇠 구멍 주위로 몰려들어 그 자리를 먼저 차지하려고 실랑이를 벌이고 있을 것이다. 아마 그런 틈으로도 방 안을 들여다볼 수 있을 것 같았다. K는 어떤 식으로든 변명하려던 마음을 포기했다. 화가의 말을 다른 데로 돌리고 싶지 않았기 때문이다. 그러나 화가가 너무 교만해져서 그러다가 자신을 범접할 수 없는 존재로까지 부풀리는 것 또한 원치 않았기 때문에 그는 이렇게 물었다. "그것이 공인된 직책인가요?" "아닙니다." 화가는 그로 인해 계속하려던 말이 막혀 버렸다는 듯이 짧게 말했다. 그러나 K는 그가 입을 다물어 버리게 하고 싶지 않았기 때문에 이렇게 말했다. "그런데 그와 같이 공인되지 않은 직책이 공인된 직책보다 더 영향력이 클 때가 많지요." "제 경우가 바로 그렇습니다." 화가는 그렇게 말하고는 이마를 찌푸리면서 고개를 끄덕였다. "나는 어제 제조업자와 당신 사건에 대해 이야기를 나누었지요. 그가 나더러 당신을 도와줄 수 없겠느냐고 묻기에, 나는 '그분이 나한테 한번 와 주었으면 좋겠다'고 대답했지요. 그런데 당신을 이렇게 빨리 뵙게 되다니, 반갑습니다. 사건 때문에 몹시 고통을 겪으시는 것 같은데 당연히 그러실 만하다고 생각합니다. 먼저 외투를 벗으시는 게 어떻겠습니까?" K는 이곳에 아주 잠깐 동안만 머무를 생각이었지만 화가가 그런 권유를 해 오자 매우 반가웠다. 방 안 공기가 그에게는 점점 답답해져서 틀림없이 불을 때지 않았을 구석의 조그만 철제 난로를 몇 번이나 의아스러운 눈길로 쳐다보았던 터였다. 방 안의 이 후텁지근한 느낌은 그 영문을 알 수 없었다. 그가 외투를 벗어 놓고 상의의 단추까지도 풀고 있는데 화가가 변명하듯이 말했다. "저는 따뜻해야 되거든요. 여긴 정말 아늑하지요, 그렇지 않나요? 그런 점에서 이 방은 자리를 아주 잘 잡았습니다." K는 거기에 대해 아무런 대꾸도 하지 않았다. 그러나 그가 불쾌한 느낌을 갖는 것은 사실 방 안의 온도 때문이 아니라 오히려 숨을 턱턱 막히게 하는 탁한 공기 때문이었다. 이 방은 오랫동안 환기를 하지 않은 모양이었다. 이 불쾌한 느낌은 화가가 K에게는 침대 위에 앉으라고 권하면서 자기 자신은 이젤 앞에 놓여 있는 이 방의 유일한 의자에 앉는 바람에 더욱 커졌다. 게다가 화가는 K가 계속 침대 언저리에만 앉아 있는 것을 보고 그 까닭을 알 수 없어 하는 것 같더니 K에게 편히 앉으라고 권했으나 그가 머뭇거리자 직접 다가와서는 K를 이불과 베개가 뒤섞인 침대 안쪽으로 깊숙이 밀어 넣는 것이었다. 그러고는 다시 자기 의자로 돌아가 드디어 구체적인 첫 질문을 던졌는데, 그로 인해 K는 다른 일은 모두 잊어버리게 되었다. "당신은 죄가 없습니까?" 그가 물었다. "네." K가 말했다. 이렇게 묻고 대답하는 것이 그에게는 정말 기뻤다. 특히 그것이 사적인 한 개인을 상대로, 그러니까 어떠한 책임에도 얽매이지 않고 이루어지는 것이어서 더욱 기뻤다. 아직 아무도 그에게 그렇게 노골적으로 물어본 사람이 없었던 것이다. 이 기쁨을 만끽하기 위해 그는 거기에 덧붙여 말했다. "나는 완전히 결백합니다." "그렇군요." 화가는 그렇게 말하고는 고개를 숙이고서 깊이 생각에 잠기는 것 같았다. 그러더니 갑자기 다시 고개를 들고는 이렇게 말했다. "당신이 결백하다면 문제는 아주 간단합니다." K

의 눈빛이 흐려졌다. 소위 법원의 중개인이라는 이 사람은 아무것도 모르는 철부지 아이처럼 말하는 것이었다. "내가 아무리 결백해도 그것으로 문제가 간단해지지 않습니다." K가 말했다. 그래도 그는 미소를 짓지 않을 수 없었고 고개를 천천히 가로저었다. "중요한 것은 수없이 많은 세세한 조항들입니다. 법원은 그것들을 캐내고 따지는 데에만 정신이 팔려 있으니까요. 결국 법원은 본래 아무것도 없던 곳에서 커다란 죄를 이끌어 내지요." "네, 네, 그럼요." 화가는 K가 쓸데없이 자신의 생각을 방해하고 있다는 듯이 말했다. "그래도 당신은 죄가 없는 거지요?" "글쎄 그렇다니까요." K가 말했다. "그것이 가장 중요한 문제입니다." 화가가 말했다. 그는 아무리 반대의 논거를 제시해도 그것에 영향을 받을 사람이 아니었다. 그런데 그의 단호한 태도에도 불구하고 그가 확신에서 그렇게 말한 것인지 아니면 단지 무관심에서 그렇게 말한 것인지가 분명치 않았다. K는 먼저 그것을 확인해 보고 싶어 이렇게 말했다. "당신은 분명히 나보다 법원을 훨씬 더 잘 알고 있겠지요. 나는 법원에 대해 비록 아주 다양한 사람들로부터 듣긴 했지만 그 이상으로는 아는 게 별로 없습니다. 그런데 고소란 섣불리 제기되는 법이 없으며, 법원이 일단 고소를 제기하면 피고의 죄를 확신하고 있다는 말이고, 법원으로 하여금 그런 확신을 철회하게 만드는 건 너무도 어려운 일이라는 데에는 다들 일치된 생각을 보이고 있습니다." "어려운 일이라고요?" 화가가 물으면서 한 손을 높이 쳐들었다. "법원이 그것을 철회하는 일은 절대로 없습니다. 내가 여기서 판사들을 모두 나란히 캔버스에 그려 넣고 당신이 그

캔버스 앞에서 자신을 변호하는 편이 실제의 법정에서 그렇게 하는 것보다 성공할 가능성이 더 높을 겁니다." "그렇군요." K가 혼잣말처럼 말했다. 그리고 그는 화가에게 단지 몇 가지만 물어보기로 했던 것을 잊어버렸다.

다시 한 여자애가 문 뒤에서 묻기 시작했다. "티토렐리, 그 사람 곧 돌아가지 않는대요?" "조용히들 해." 화가가 문 쪽에 대고 소리쳤다. "이분하고 이야기를 나누고 있는 게 안 보이니?" 그러나 여자애는 그 말에 만족하지 못하고 다시 물었다. "그 사람을 그릴 건가요?" 화가가 대답하지 않자 그녀가 또 말했다. "제발 그렇게 못생긴 사람은 그려 주지 말아요." 그러자 알아들을 수는 없지만 그 말에 찬성하는 듯한 외침 소리가 한 덩어리로 뒤섞여 들려왔다. 화가는 문을 향해 펄쩍 뛰어가서 문을 약간만 열고는 — 문틈으로 간청하면서 앞으로 내뻗은 여자애들의 겹친 손이 보였다 — 이렇게 말했다. "너희들 조용히 하지 않으면 모두 계단 아래로 던져 버릴 거야. 거기 계단에 앉아 조용히들 하고 있어." 필시 그들이 얼른 말을 듣지 않는 모양인 듯 그는 명령을 내려야 했다. "다들 계단에 앉아!" 그러자 겨우 조용해졌다.

"죄송합니다." 화가는 K에게 다시 돌아오면서 말했다. K는 문쪽을 거의 쳐다보지 않은 채, 화가가 자기를 지켜 줄지, 또 어떻게 지켜 줄지를 전적으로 화가에게 일임하고 있었다. 화가가 이제 자기한테 몸을 굽히고서 밖에서는 들리지 않도록 귀에다 이렇게 속삭일 때에도 그는 거의 꼼짝도 하지 않았다. "저 계집애들도 법원에 속해 있답니다." "뭐라고요?" K는 물으면서 고개를 옆으로 젖히며 화가를 쳐다보았다. 그러나 화가는 다시 자기 의자에 앉아 반은 농담조로 반은 설명조로 이렇게 말했다. "모든 것이 법원에 속해 있지요." "그건 미처 몰랐습니다." K가 짧게 말했다. 일반화한 화가의 말이 여자애들에 관한 언급 속에 들어 있던 불안한 느낌을 모두 불식시켜 준 것이다. 그럼에도 K는 문 쪽을 잠시 물끄러미 바라보았는데, 그 뒤에서 여자애들은 지금 여러 계단에 흩어져 조용히 앉아 있었다. 한 아이만이 나무판 틈새로 지푸라기를 하나 밀어 넣어 그것을 천천히 위아래로 움직이고 있었다.

"당신은 아직 법원에 대한 전체적인 이해가 부족한 것 같군요." 화가가 말했다. 그는 두 다리를 넓게 벌리고는 발끝으로 바닥을 탁탁 두드렸다. "하지만 당신은 죄가 없으니까 그런 게 필요도 없을 겁니다. 나 혼자서 당신을 구해 내도록 하겠습니다." "그걸 어떻게 하실 작정인가요?" K가 물었다. "조금 전에 당신 스스로 법원은 어떤 논거를 대도 절대로 통하지 않는다고 말씀하시지 않았나요." "법정 앞에서 제시하는 논거에 대해서만 통하지 않는다는 말이지요." 화가는 그렇게 말하면서 K가 미묘한 어떤 차이점을 깨닫지 못했다는 듯이 집게손가락을 쳐들었다. "그러나 그와 관련해 공식 법정 뒤에서, 그러니까 상담실이나 복도 같은 곳에서, 아니면 가령 여기 아틀리에 같은 곳에서라도, 접근을 시도해 본다면 다른 반응을 보일 겁니다." 화가가 지금 하는 말이 K에게는 더 이상 그렇게 터무니없는 것만은 아닌 것 같았다. 오히려 그것은 K가 다른 사람들한테 들었던 이야기와 상당히 일치하는 것이었다. 아니, 심지어는 매우 희망적이기까지 했다. 판사들이 정말 변호사가 얘기했던 것처럼 개인적 관계에 의해 그토록 쉽게 움직일 수 있다면, 화가가 허영심 많은 판사들과 맺고 있는 관계는 특히 중요하며 적어도 절대로 무시할 수 없는 것이었다. 그렇다면 화가는 K가 이제껏 자기 주변으로 서서히 끌어 모아 울타리처럼 구축해 온 조력자 그룹에 훌륭히 들어맞는 존재였다. 은행에서 그의 타고난 조직력은 다들 알아주는 것이었는데, 전적으로 자신의 힘만으로 자신을 지켜 내야 할 이 상황이야말로 그 능력을 최대한 시험해 볼 좋은 기회인 것이다. 화가는 자신의 설명이 K에게 미친 영향을 살펴보더니 알 수 없는 어떤 불안감을 내비치며 이렇게 말했다. "내가 거의 법률가처럼 얘기하고 있다는 느낌이 들지 않나요? 법원 사람들과 끊임없이 교제하다 보니 영향을 받아 그렇게 된 겁니다. 그래서 물론 득이 되는 점도 많이 있지만 예술적 열정은 대부분 상실되었습니다." "그런데 어떻게 해서 판사들과 인연을 맺게 되었나요?" K가 물었다. 그는 화가를 자신의 조력자로 확실히 붙잡아 두기 전에 먼저 그의 신뢰를 얻고 싶었다. "그건 아주 간단했지요." 화가가 말했다. "그 인연은 물려받은 것이니까요. 바로 우리 아버지가 법원화가였답니다. 그건 계속 대물림되는 자리지요. 그 자리에 새 사람을 들일 필요가 없어서요. 온갖 다양한 직급의 관리들을 그리는 데에는 다양하고도 복잡하며 무엇보다 비밀스러운 규칙들이 정해져 있어서 특정한 화가 가문 외에는 절대로 그에 관한 지식이 전수되지 않습니다. 이를테면 저기 서랍 안에는 아버지가 남기신 기록들이 간직되어 있는데, 그것은 누구한테도 보여 주는 일이 없습니다. 그런데 그것을 알고 있는 사람만 판사들을 그릴 수 있지요. 그러나 만일 내가 그것을 잃어버린다 해도 내 머릿속에는 나 혼자만 간직하고 있는 규칙들이 아직 많이 남아 있어서 아무도 내 자리를 놓고 나와 겨룰 수 있는 사람은 없을 겁니다. 판사라면 누구나 옛날의 위대했던 판사들이 초상을 그렸던 방식대로 자신의 초상을 그리고 싶어 하는데 오직 나만이 그걸 할 수 있거든요." "참으로 부러운 일입니다." K는 그렇게 말하며 은행에서의 자기 지위를 생각했다. "그러니까 당신의 지위는 확고부동하다는 말씀인가요?" "그렇습니다, 확고부동하지요." 화가는 말하면서 자랑스러운 듯 어깨를 으쓱 추어올렸다. "그렇기 때문에 나는 때때로 소송에 걸린 불쌍한 사람을 감히 도와줄 엄두도 낼 수 있지요." "그런데 어떻게 도와주시나요?" K는 마치 화가가 방금 불쌍한 사람이라고 말한 게 자기는 아니라는 듯이 말했다. 화가는 K의 말에 개의치 않고 이렇게 말했다. "가령 당신의 경우엔 당신이 전혀 죄가 없으니까 다음과 같이 할 생각입니다." 자신의 무죄를 거듭 언급하는 것이 K에게는 이제 부담스럽게 들렸다. 화가가 그 말을 자꾸 반복하는 것은 소송이 유리하게 끝나는 것을 전제 조건으로 하고서 도움을 제공하겠다는 뜻처럼 들리기도 했는데, 만일 그러하다면 그의 도움은 물론 그 의미가 현저히 줄어드는 것이었다. 그러나 K는 그런 의심이 들기도 했지만 자신을 억제하고서 화가의 말을 가로막지 않았다. 그는 화가의 도움을 거절하고 싶지 않았고 도움을 받기로 결심한 것이다. 또한 그에게는 화가의 도움이 변호사의 도움보다 결코 더 의심스러운 것으로 보이지 않았다. 오히려 K는 변호사의 도움보다는 화가의 도움에 훨씬 더 마음이 끌렸다. 왜냐하면 화가는 별

속셈 없이 담백하게 도움을 제시했기 때문이다.

화가는 의자를 침대 쪽으로 더 가까이 끌고 와서는 목소리를 낮추어 말을 계속했다. "먼저 물어본다는 것을 그만 깜빡했습니다만, 당신은 어떤 종류의 구제를 원하시나요? 세 가지 가능성이 있는데, 실제적인 무죄 판결과 가상적인 무죄 판결 그리고 판결 지연이 그것입니다. 물론 실제적 무죄 판결이 가장 좋은 경우지만, 나는 그런 종류의 해결에는 아무런 영향력이 없습니다. 내 생각에, 개인으로서 실제적 무죄 판결이 내려지도록 영향력을 행사할 수 있는 사람은 아무도 없습니다. 이 경우에 결정적인 것은 아마도 분명히 피고의 무죄뿐일 겁니다. 당신은 죄가 없으므로 오직 당신의 무죄만을 믿고 의지하는 일이 실제로 가능할 겁니다. 그렇다면 당신은 나뿐만 아니라 어느 누구의 도움도 필요 없는 셈이지요."

이와 같이 논리 정연한 설명에 대해 K는 처음에 어리둥절했지만 곧이어 화가를 따라 차분한 어조로 말했다. "나는 당신의 말씀이 앞뒤가 맞지 않는다고 생각합니다." "어째서요?" 화가는 참을성 있게 묻고는 빙긋이 웃으며 몸을 뒤로 기댔다. 이 웃음은 K에게, 그가 지금 하려는 것은 화가의 말이 아니라 재판 과정 자체에서 모순을 찾아내려는 것이라는 듯한 느낌을 불러일으켰다. 그래도 그는 물러서지 않고 말했다. "당신은 앞서 법원은 어떤 논거를 제시해도 통하지 않는다는 말을 했고, 그다음엔 그것을 공식 법정의 경우로 한정시켰다가 이제 와서는 무죄인 사람은 법정에서 아무런 도움도 필요 없다고까지 말하고 있습니다. 거기에 이미 모순이 있습니다. 뿐만 아니라 당신이 조금 전엔 판사들이 사적인 영향을 받을 수 있다고 말했지만, 지금은 당신의 표현대로 실제적무죄 판결이란 사적인 영향력으로 성취될 수 있는 게 아니라고 말하고 있습니다. 여기에 두 번째 모순이 있습니다." "그 모순들은 간단히 해명될 수 있습니다." 화가가 말했다. "지금 여기서 얘기되고 있는 것은 서로 다른 두 가지에 관한 것입니다. 하나는 법조문에 적혀 있는 것이고 다른 하나는 내가 개인적으로 직접 경험한 것인데, 이 둘을 혼동해서는 안 됩니다. 물론 내가 읽어 본 적은 없습니다만, 법률에는 당연히 한편으로 죄가 없는 자는 무죄 판결을 받는다고 쓰여 있으나, 다른 한편으로 재판관은 외부의 영향을 받을 수 있다고는 쓰여 있지 않습니다. 그런데 내가 경험한 것은 그것과 정반대입니다. 나는 실제적 무죄 판결에 대해서는 전혀 아는 바가 없지만, 판결에 영향력이 행사된 경우에 대해서는 수많은 예들을 알고 있거든요. 물론 내가 알고 있는 모든 경우에 무죄인 경우는 하나도 없을 수 있습니다. 그러나 그것은 있을 수 없는 일이 아닐까요? 그렇게나 많은 경우에 무죄인 경우가 단 한 번도 없다니요? 이미 어렸을 때부터 나는 아버지가 집에서 소송에 대해 이야기를 하실 때면 주의 깊게 들어왔고, 아버지의 아틀리에를 드나들던 판사들도 법원에 대한 이야기들을 했습니다. 우리 주변 사람들은 대체로 다른 얘기를 하는 법이 없거든요. 직접 법원에 갈 기회가 생기면 나는 그 기회를 절대 놓치지 않았지요. 수없이 많은 소송들을 중요한 단계에서는 직접 방청하면서 볼 수 있는 데까지 최대한 주의 깊게 지켜보았지만—이 점을 인정하지 않을 수 없습니다―단 한 번도 실제적인 무죄 판결을 본 적이 없습니다."

"단 한 번의 무죄 판결도 없었단 말이지요." K는 자기 자신과 자신의 희망을 향해 이야기하는 것처럼 그렇게 말했다. "그것은 내가 법원에 대해 가지고 있던 생각을 입증해 주는 것입니다. 그러니까 법원이란 그런 면에서도 아무 쓸모가 없는 것이로군요. 단한 명의 사형 집행인만으로도 법원 전체를 대신할 수 있을 테니까요." "그렇게 일반화해서는 안 됩니다." 화가가 불만스럽게 말했다. "나는 그저 내 경험만을 얘기했을 뿐입니다." "하지만 그것으로도 충분합니다." K가 말했다. "아니면 혹시 예전에는 무죄 판결이 있었다고 들어 보셨나요?" "그런 무죄 판결이……." 화가가 대답했다. "물론 있었다고들 합니다. 다만 그것을 확인하기가 매우 어렵습니다. 법원의 최종 판결 내용은 공개되지 않으며, 판사들조차 그것을 열람할 수 없습니다. 따라서 옛날의 재판 사례에 대해서는 전설만 전해져 내려올 뿐입니다. 그 전설 속에는 실제적 무죄 판결의 예가, 그것도 다수로 들어 있습니다. 그것을 믿을 수는 있어도 입증할 수는 없습니다. 그래도 그것을 완전히 무시할 필요는 없습니다. 거기엔 아마도 분명히 어떤 진실이 들어 있으며, 또한 매우 아름다워서 나 자신도 그런 전설을 내용으로 하는 그림을 몇 점 그렸습니다." "단순히 전설만으로는 제 생각이 달라질 수 없습니다." K가 말했다. "그리고 법정에서 그런 전설을 증거로 끌어댈 수도 없지 않겠어요?" 화가가 웃었다. "그래요, 그럴 수는 없습니다." 그가 말했다. "그렇다면 그것에 대해 이야기한다는 건 소용없는 일일 겁니다." K가 말했다. 그는 비록 화가의 의견이 터무니없는 것으로 여겨지고 앞에서의 다른 얘기들과 모순이 되더라도 일단은 그의 의견을 모두 받아들이고자 했다. 그에게는 지금 화가가 말하는 내용을 일일이 사실 여부에 비추어 따져본다거나 반박할 시간적 여유가 없었다. 결정적이지는 않더라도 어떤 식으로든 자신을 돕도록 화가의 마음을 움직일 수 있다면 그것만으로도 이미 최대의 성과를 거둔 셈이었다. 그래서 그는 이렇게 말했다. "그럼 실제적인 무죄 판결에 대해서는 그만 이야기하기로 하지요. 그런데 당신은 다른 두 가지의 가능성도 언급하셨지요." "가상적인 무죄 판결과 판결 지연입니다. 어차피 중요한 것은 바로 이 두 가지입니다." 화가가 말했다. "그런데 그 이야기를 하기 전에 먼저 상의를 벗지 않으시겠어요? 몹시 더우신 모양입니다." "네." K가 말했다. 이제껏 화가의 설명에만 정신을 쏟고 있었는데 이제 더위에 생각이 미치자 그의 이마에선 땀이 흥건히 배어 나왔다. "거의 참을 수가 없을 정도입니다." 화가는 K의 불쾌감을 충분히 이해한다는 듯 고개를 끄덕였다. "창문을 좀 열 수 없을까요?" K가 물었다. "안 됩니다." 화가가 말했다. "단단히 고정된 유리판이어서 열 수가 없습니다." 이제 K는 그동안 내내 화가나 그 자신 둘 중 아무나 갑자기 창가로 가서 창문을 확 열어젖히기를 바라고 있었다는 것을 깨달았다. 그는 입을 쩍 벌리고 안개라도 흠뻑 들이마시고 싶은 심정이었다. 이곳이 공기와 완전히 차단되어 있다는 느낌이 들자 현기증이 났다. 그는 손으로 가볍게 옆에 있는 깃털 이불을 두드리며 힘없는 목소리로 말했다. "그건 불편하고 건강에도 안 좋아요." "아, 아닙니다." 화가가 자신의 창문을 변호하기 위해 말했다. "그건 한 겹의 창유리에 불과하지만 열리지 않기 때문에 이중창인 경우보다 방 안의 온기가 더 잘 보존됩니다. 나무판 틈새 곳곳으로 공기가 들어오니까 별로 필요가 없지만 환기를 하고 싶으면 방문 중 하나만 열어 놓거나 아니면 둘 다 열어 놓으면 됩니다." 이 설명으로 약간 안심이 된 K는 두 번째 문을 찾기 위해 주위를 둘러보았다. 화가가 그것을 알아차리고는 이렇게 말했다. "그 문은 당신 뒤에 있습니다. 나는 그것을 침대로 막아 놓지 않을 수 없었지요." 이제야 K의 눈에 벽에 있는 작은 문이 보였다. "아틀리에치고는 이곳의 모든 것이 너무 작지요." 화가는 K의 불평에 앞서 선수를 치려는 듯 그렇게 말했다. "나는 될 수 있는 한 신경 써서 배치를 해야 했습니다. 문 앞에 침대가 놓여 있다는 건 물론 매우 안 좋은 배치입니다. 가령 내가 지금 그리고 있는 판사는 언제나 침대 옆의 그 문을 통해 들어오기 때문에 나는 그에게 그 문 열쇠를 하나 드렸지요. 내가 집에 없더라도 여기 아틀리에에 들어와 나를 기다릴 수 있도록 하려고요. 그런데 그는 대개 내가 아직 잠을 자고 있을 때인 아침 일찍 오는 겁니다. 아무리 잠이 깊이 들었더라도 침대 옆에서 문이 열리면 물론 언제나 잠이 확 깨 버립니다. 이른 아침 내 침대 위를 넘어오는 판사를 맞이할 때 내가 내뱉는 욕설을 만일 당신이 듣게 된다면 판사들에 대한 경외심 같은 것은 싹 사라져 버릴 겁니다. 물론 그에게서 열쇠를 다시 빼앗을 수도 있지만, 그렇게 되면 일만 더 고약해질 뿐일 겁니다. 이 방문들은 모두 조금만 힘을 써도 경첩이 떨어져 나갈 수 있거든요." 이 얘기를 듣고 있는 동안 내내 K

는 상의를 벗어야 할까 말까 계속 같은 생각만 반복하다가 마침내 만일 벗지 않으면 이 방에 더 오래 머물 수 없겠다는 생각이 들어 상의를 벗기는 했는데, 상담이 끝나면 즉시 다시 입을 수 있도록 그것을 무릎 위에 올려놓았다. 그가 상의를 벗자마자 여자애들 중 하나가 외쳤다. "그 사람이 상의를 벗었어." 그러자 그 장면을 직접 보려고 그들 모두가 나무 틈새로 몰려드는 소리가 들렸다. "저 애들은 내가 당신을 그릴 줄로만 알고 있어요." 화가가 말했다. "그래서 당신이 옷을 벗는 거라고 생각하는 겁니다." "그래요." K 가 시큰둥하게 말했다. 왜냐하면 이제 셔츠 바람으로 앉아 있어도 기분이 전보다 별로 더 나아지지 않았기 때문이다. 그는 거의 퉁명스럽게 물었다. "다른 두 가지 가능성은 뭐라고 하셨지요?" 그는 그 표현들을 또다시 잊어버린 것이다. "가상적인 무죄 판결과 판결 지연입니다." 화가가 말했다. "둘 중 어느 쪽을 선택하는가는 당신에게 달려 있습니다. 두 가지 모두 제 도움을 받으면 성취할 수 있습니다. 물론 애를 쓰지 않으면 안 됩니다. 그 점과 관련해 양자의 차이점을 말하자면, 가상적인 무죄 판결은 힘을 모아 일시적으로 집중시키는 노력이 필요하고, 판결 지연은 힘이 훨씬 더 적게 들지만 지속적인 노력을 필요로 합니다. 그럼 먼저 가상적인 무죄 판결에 대해 말씀드리지요. 만일 당신이 그것을 원한다면 나는 한 장의 종이 위에 당신의 무죄를 입증하는 확인서를 작성하게 됩니다. 그 확인서의 문구는 저의 아버지한테서 물려받은 것이라 흠잡을 데가 없습니다. 그 확인서를 들고 이제 내가 아는 판사들을 한 차례 순회하는 겁니다. 가령 내가 지금 초상을 그려 주고 있는 판사가 오늘 저녁 그림을 그리러 오게 되면 그에게 확인서를 보이는 것으로부터 일을 시작하면 됩니다. 그에게 확인서를 내보이면서 당신이 죄가 없다는 것을 설명한 다음 내가 당신의 무죄를 보증하는 거지요. 그런데 그것은 그저 형식적인 보증이 아니라 실질적이고 구속력이 있는 보증입니다." 화가의 눈빛에는 K가 자기에게 그런 보증의 부담을 지우려 한다는 비난 같은 것이 들어 있었다. "참으로 친절하십니다." K가 말했다. "그런데 판사가 당신의 말을 믿는다 해도 실제로는 나에게 무죄 판결을 내려 주지 않는 건 아닐까요?" "이미 말씀드렸듯이……." 화가가 대답했다. "모두가 다 내 말을 믿어 주리라고는 결코 장담할 수 없습니다. 이를테면 당신을 직접 자기한테 데려오라고 요구하는 판사도 여럿 있을 겁니다. 그러면 당신은 같이 가 주셔야 하겠지요. 물론 그럴 경우 일이 이미 반쯤은 성사된 것입니다. 왜냐하면 해당 판사 앞에서 당신이 어떻게 행동해야 하는지를 내가 물론 당신한테 미리 자세히 가르쳐 줄 것이기 때문입니다. 더욱 난감한 예는— 이런 일도 있을 겁니다—처음부터 아예 나를 받아들이지 않는 판사들의 경우입니다. 물론 내가 여러 가지로 시도를 해 보겠지만 그래도 안 되면 그 판사들은 단념해야 합니다. 하지만 그래도 괜찮습니다. 판사들이 개별적으로 일을 결정지을 수는 없기 때문입니다. 내가 이제 그 확인서에 판사들의 서명을 충분한 수만큼 받고 나면 나는 그것을 들고 당신의 소송을 담당하고 있는 판사에게 찾아갈 것입니다. 아마 그의 서명도 받을 수 있을 텐데, 그렇게 되면 모든 일이 그전보다 좀 더 빠르게 진행될 것입니다. 일반적으로 볼 때 그런 다음에는 더 이상 방해될 만한 일들은 별로 없고, 피고에게는 미래에 대한 기대감이 최고조에 달하는 때가 됩니다. 사람들은 그때가 무죄 판결을 받은 다음보다 더 기대감으로 충만하게 되는데 이상한 일이긴 하지만 사실입니다. 이제는 더 이상 특별히 애쓸 필요가 없습니다. 담당 판사는 확인서에 동료 판사들의 보증을 충분히 받아 가지고 있으므로 안심하고 당신에게 무죄 판결을 내릴 수 있는데, 다만 여러 가지 형식적인 절차를 거친 연후에 결국엔 틀림없이 무죄 판결을 내려 저와 여러 지인들을 기쁘게 할 것입니다. 그리고 당신은 법원을 걸어 나가 자유로운 몸이 되는 겁니다." "그런 다음에 내가 자유로워지는 거군요." K가 머뭇거리며 말했다. "그렇습니다." 화가가 말했다. "하지만 단지 가상적으로만 자유로운 겁니다. 아니 더 정확히 표현하자면, 일시적으로만 자유로운 거지요. 내가 알고 있는 판사들은 말단에 속한 판사들인데 그들에겐 최종적으로 무죄를 선고할 권한이 없거든요. 그런 권한은 당신이나 나나 우리 모두가 도저히 접근할 수 없는 최고 법원만 갖고 있습니다. 그곳이 어떻게 생겼는지 우리는 알지 못하며, 얘기가 나왔으니 말인데, 알려고도 하지 않지요. 그러니까 우리가 아는 판사들은 피고를 고소로부터 완전히 해방시키는 큰 권한은 갖고 있지 않지만, 고소로부터 느슨하게 풀어 주는 권한은 있습니다. 그 말은 곧, 그런 식으로 무죄 판결을 받게 되면 당신은 일시적으로 고소에서 벗어나게 되지만, 고소는 그 후로도 계속 당신의 머리 위를 떠돌다가 상부의 명령이 내려지기만 하면 즉시 다시 효력을 나타낼 수 있다는 뜻입니다. 나는 법원과 좋은 관계를 맺고 있기 때문에, 법원 사무처의 규정에서 실제적 무죄 판결과 가상적 무죄 판결의 차이가 순수하게 외면적으로는 어떻게 나타나는가에 대해서도 당신에게 말해 줄 수 있습니다. 실제적 무죄 판결의 경우에는 소송 서류들이 완전히 파일로 정리된 후 소송 절차에서 벗어나 감쪽같이 사라집니다. 기소장뿐만 아니라 소송 기록, 심지어는 무죄 판결문까지도 소멸됩니다. 한마디로 모든 것이 소멸됩니다. 가상적인 무죄 판결의 경우는 다릅니다. 서류상으로 볼 때 무죄 확인서, 무죄 판결문, 무죄 판결 사유서가 더 첨가되는 것 말고는 그 이상의 어떤 변화도 일어나지 않습니다. 그런데 그 서류는 소송 절차 속에 계속 남게 되어, 법원 사무처들이 부단한 업무 교류를 하며 요구하는 대로 상급 법원으로 이송되었다가 다시 하급 법원으로 반송되기도 하면서 위아래를 왔다 갔다 하는데, 그 간격이 때에 따라 커졌다 작아졌다 하며 지체되는 경우 그 기간 역시 길어지기도 하고 짧아지기도 합니다. 서류가 움직이는 경로를 예측하기란 불가능합니다. 외부에서 보면, 때때로 모든 것이 일찌감치 잊혀지고 서류도 어딘가로 사라져 무죄 판결이 완전히 확정된 듯한 인상을 받을 때도 있습니다. 그러나 내부 사정을 잘 아는 사람이라면 그렇게 생각하지 않을 겁니다. 서류는 분실되는 법이 없고 법원은 잊어버리는 일이 없습니다. 어느 날—누구도 그것을 예측할 수는 없는데—어떤 판사가 그 서류에 손길이 가서 유심히 살펴보다가 그 사건의 기소가 아직 살아 있다는 것을 깨닫고는 즉각적인 체포를 지시하게 되는 겁니다. 여기서 나는 가상적 무죄 판결과 새로운 체포 사이에 오랜 시간이 경과하는 경우를 가정한 것입니다. 그것은 가능한 일이며 나는 그런 사례들을 알고 있습니다만, 무죄 판결을 받은 사람이 법원에서 집으로 와 보니 거기에 어느새 위임을 받은 자들이 그를 다시 체포하기 위해 기다리고 있는 일도 역시 가능합니다. 그렇게 되면 물론 자유로운 삶은 끝나게 되지요." "그럼 소송이 새로 시작되나요?" K가 거의 믿을 수 없다는 듯이 물었다. "물론이지요." 화가가 말했다. "소송은 새로 시작되는데, 전과 마찬가지로 다시 가상적 무죄 판결을 얻어 낼 가능성도 있습니다. 다시 온 힘을 기울여야 하고 결코 두 손을 들어서는 안 됩니다." 화가가 이 나중 말을 덧붙인 것은 아마도 K가 다소 맥이 풀려 쓰러질 듯한 인상을 주었기 때문인 것 같았다. "그런데 말입니다." K는 화가가 무언가 또 새로운 사실을 밝히려는 것을 선수 쳐서 가로막으려는 듯이 물었다. "두 번째로 무죄 판결을 얻어 내려면 첫 번째 경우보다 더 힘들지 않을까요?" "그 점에 관해서는……." 화가가 대답했다. "뭐라고 확실하게 말할 수 없습니다. 아마 당신은 판사들이 두 번째로 체포되었다는 사실에 영향을 받아 피고에게 불리한 판결을 내릴 것이라고 생각하시나 보지요? 그건 그렇지가 않습니다. 판사들은 무죄 판결을 내릴 때 이미 두 번째의 체포도 내다보고 있으니까요. 따라서 그런 사실은 거의 영향을 미치지 않습니다. 그러나 그 밖의 무수히 많은 이유에서 판사들의 기분이나 사건에 대한 그들의 법률적 판단이 달라질 수 있으므로 두 번째 무죄 판결을 받으려면 변화된 상황에 따라 적절한 노력을 기울여야 하며 일반적으로 말해 첫 번째 무죄 판결 때와 마찬가지로 그만큼의 힘을 써야 합니다." "그런데 이 두 번째 무죄 판결도 최종적인 것이 아니란 말이지요." K는 말하면서 거부하는 듯이 고개를 돌렸다. "물론 아닙니다." 화가가 말했다. "두 번째 무죄 판결 다음에는 세 번째 체포가 따르고, 세 번째 무죄 판결 다음에는 네 번째 체포가 이어지고, 계속 그런 식으로 진행되는 거지요. 가상적 무죄 판결이라는 개념 속에 이미 그런 내용이 내포되어 있는 셈이지요." K는 말이 없었다. "가상적 무죄 판결이 당신에게는 분명 유리해 보이지 않는 것 같군요." 화가가 말했다. "아마도 판결 지연이 당신한테는 더 잘 맞을지 모르겠습니다. 판결 지연이 어떤 것인지 설명해 드릴까요?" K가 고개를 끄덕였다. 화가는 의자 등받이에 몸을 기대며 널브러지듯이 앉았다. 그러자 잠옷 앞쪽이 넓게 벌어졌고, 그는 한 손을 그 속으로 밀어 넣으며 가슴과 양 옆구리를 문지르는 것이었다. "판결 지연이란……" 화가는 말을 꺼내며 잠시 멍하니 앞을 바라보았는데, 마치 꼭 맞는 설명을 찾고 있는 듯한 태도였다. "판결 지연이란 소송을 가장 낮은 단계에 계속 머물러 있도록 잡아 두는 것을 말합니다. 그러기 위해서는 피고와 조력자가, 특히 조력자가 법원과 끊임없이 사적인 접촉을 가져야 합니다. 다시 말씀드리지만, 이 경우에는 가상적 무죄 판결을 얻을 때만큼 노력을 들일 필요는 없지만 훨씬 더 많은 주의력이 필요합니다. 소송에서 눈을 떼지 말아야 하고, 담당 판사에게 일정한 간격을 두고 또 특별한 일이 있을 때마다 찾아가서 어떤 식으로든 친분을 얻고자 해야 합니다. 판사를 개인적으로 잘 모르면 잘 아는 판사를 통해 그에게 영향을 주어야 하며, 그렇다고 해서 직접적인 상담의 길을 아예 포기하라는 말은 아닙니다. 그런 점들을 조금도 게을리 하지 않는다면 소송이 그 첫 단계를 넘어서는 일은 없다는 것을 자신 있게 가정해 볼 수 있습니다. 소송이 끝나는 것은 아니지만 피고는 유죄 판결을 받을 염려가 없기 때문에 자유로운 신분이 된 것이나 거의 다름없습니다. 가상적 무죄 판결에 비해 판결 지연은 피고의 미래가 덜 불확실하다는 장점이 있습니다. 피고는 갑작스러운 체포로 인해 놀라는 일이 없고, 가령 그의 다른 상황이 극히 좋지 않을 때에 하필 소송과 관련된 일이 겹쳐, 가상적 무죄 판결을 얻기 위한 경우라면 겪게 될 긴장과 흥분을 감수해야 하는 부담에 대해서도 염려할 필요가 없습니다. 물론 판결 지연의 경우에도 피고로선 가벼이 보아서는 안 될 단점들이 있습니다. 그러면서 나는 이 경우 피고가 결코 자유로운 몸이 아니라는 점을 생각하고 있는 것이 아닙니다. 그 점이라면 가상적 무죄 판결의 경우에도 피고의 처지는 사실상 마찬가지인 셈이니까요. 내가 말하는 것은 다른 단점입니다. 적어도 그럴듯한 이유가 없는 한, 소송은 가만히 멈추어 서 있을 수 없다는 것입니다. 그렇기 때문에 외부에서 볼 때 무슨 일이든 일어나야 합니다. 그래서 때때로 여러 가지 지시가 내려져야 하고, 피고는 심문을 받아야 하고, 심리가 행해진다거나 그 밖의 일이 일어나야 합니다. 그럴 경우 소송은 인위적으로 제한해 놓은 자그마한 범위 내에서 별수 없이 계속 맴돌지 않을 수 없습니다. 물론 그로 인해 피고는 불편하고 짜증나는 일들을 겪게 되지만, 그 일들을 너무 심각하게 부풀려 상상해서는 안 됩니다. 모든 것이 다 형식적일 뿐이니까요. 이를테면 심문도 아주 짧게 치러질 뿐입니다. 만일 출두할 시간이 없다거나 마음이 내키지 않으면 변명을 하면 됩니다. 심지어 어떤 판사들하고는 앞으로 지시할 내용들의 장기 일정을 미리 상의해서 정해 둘 수도 있습니다. 피고이기 때문에 담당 판사를 찾아가 가끔씩 얼굴을 비쳐야 한다는 것만이 실질적으로 중요한 점입니다." 마지막 말이 채 끝나기도 전에 K는 상의를 팔에 걸치고는 자리에서 일어섰다. "그 사람이 일어나고 있다." 즉시 문밖에서 외치는 소리가 들렸다. "벌써 가시게요?" 화가가 물으면서 자기도 따라 일어났다. "틀림없이 공기 때문에 더 이상 여기 있을 수가 없는 거겠지요. 참으로 난감한 일입니다. 아직도 말씀드릴 게 많은데요. 아주 간략하게 말씀드렸어야 하는 건데. 하지만 제 말이 이해되셨기를 바랍니다." "아, 그럼요." K가 말했다. 그는 억지로 들어주느라 애를 쓰는 바람에 머리가 아팠다. K가 수긍의 말을 했음에도 불구하고 화가는 K에게 위안거리를 하나 안겨 돌려보내려는 듯 이제까지 한 말을 다시 한 번 종합해서 말했다. "그 두 가지 방법은 피고에 대한 유죄 판결의 선고를 방해한다는 공통점이 있습니다." "그러나 그건 동시에 실제적인 무죄 판결도 방해하고 있지요." K는 그런 사실을 깨달은 것이 부끄럽게 여겨지는 듯 나지막한 소리로 말했다. "당신은 문제의 핵심을 파악하셨군요." 화가가 재빨리 말했다. K는 자신의 외투에 손을 댔지만 그것을 입을 결심은 서지 않았다. 모든 걸 대충 싸 들고 신선한 공기를 맞으러 달려가고 싶은 마음이 굴뚝같았다. 여자애들은 그가 옷을 입는다고 미리부터 호들갑을 떨며 서로들 외쳐 댔지만 그들 역시 K가 옷을 입도록 그의 마음을 움직일 수 없었다. 화가는 어떻게 해서든 K의 기분을 알아내는 것이 중요했기 때문에 이렇게 말했다. "내 제안에 대해 아직 결정을 내리시지 못한 것 같군요. 그럴 만하다고 생각합니다. 오히려 즉시 결정을 내리시지 말라고 당신을 말리고도 싶은 심정입니다. 장점과 단점이란 게 사실은 종이 한 장 차이입니다. 모든 걸 꼼꼼히 따져 봐야 합니다. 물론 시간을 너무 많이 허비해서도 안 되고요." "곧 다시 오겠습니다." 그렇게 말한 K는 갑자기 무슨 결심을 한 듯 상의를 입고 외투를 어깨에 걸치고는 문 쪽으로 급히 걸어갔다. 그러자 문 뒤에서 여자애들이 소리를 지르기 시작했다. K는 소리 지르는 여자애들이 문을 통해 보이는 것 같았다. "약속을 지키셔야 합니다." 화가는 K를 뒤따르지 않은 채 그렇게 말했다. "그렇지 않으면 내가 은행으로 찾아가 직접 묻겠습니다." "어서 문 좀 열어 주세요." K는 말하면서 손잡이를 힘껏 잡아당겼으나, 그에 대응하는 힘에서 느껴지듯 여자애들도 밖에서 그것을 꽉 붙잡고 있었다. "저 애들한테 괴롭힘을 당하시려고요?" 화가가 물었다. "차라리 이쪽 출구를 이용하세요." 그러고는 침대 뒤의 문을 가리켰다. K는 그 말에 동의하고 침대 쪽으로 다시 훌쩍 돌아왔다. 그러나 화가는 그 문을 여는 대신 침대 밑으로 기어 들어가더니 그 밑에서 물었다. "잠깐만요. 그림 하나 보시지 않겠어요? 좋으시다면 당신한테 팔 수도 있습니다만." K는 도리에 어긋나는 처신을 하고 싶지 않았다. 화가는 진정으로 자기를 염려해 주었으며 앞으로도 계속 도와주겠다고 약속하지 않았던가. 또한 K의 건망증으로 인해 도움에 대한 보수(報酬)에 관해서는 아직 아무 말도 하지 않았던 것이다. 그 때문에 K는 지금 그의 말을 거절할 수 없었고, 아틀리에를 나가고 싶은 마음에 조바심이 나서 몸이 부들부들 떨릴 정도였지만 그림을 보여 달라고 했다. 화가는 침대 밑에서 한 무더기의 액자 없는 그림들을 꺼냈는데 온통 먼지투성이였다. 그래서 화가가 맨 위의 그림에서 먼지를 훅 불어 떨어내려고 하자 K의 눈앞에서 먼지가 한참 동안 빙빙 돌며 어지럽게 날리는 바람에 그는 제대로 숨을 쉴 수가 없었다. "황야의 풍경입니다." 화가는 그렇게 말하면서 K에게 그 그림을 내밀었다. 그림에는 빈약해 보이는 두 그루의 나무가 어둑어둑한 들판 위에 서로 멀찍이 떨어져 서 있었다. 배경은 오색찬란한 일몰 장면이었다. "멋지군요." K가 말했다. "제가 사겠습니다." K는 별생각 없이 짤막하게 그렇게만 말했는데, 화가가 그것을 고깝게 여기지 않고 바닥에서 두 번째 그림을 집어 들자 기뻤다. "이건 그 그림과 짝을 이루는 것입니다." 화가가 말했다. 짝 그림으로 생각하고 그린 것인지는 모르겠지만 첫 번째 그림과 비교해 조금도 차이를 느낄 수 없었다. 여기는 나무들, 여기는 들판 그리고 그 뒤로는 일몰이 있었다. 그러나 K에게 그런 것은 중요치 않았다. "아름다운 풍경들이군요." 그가 말했다. "둘 다 사서 제 사무실에 걸어 놓겠습니다." "모티프가 마음에 드시는 모양이군요." 화가가 그렇게 말하고는 세 번째 그림을 들어 올렸다. "여기에 마침 딱 알맞게도 비슷한 그림이 하나 더 있습니다." 그런데 그것은 비슷하다기보다는 완전히 똑같이 황야를 그린 오래된 그림이었다. 화가는 오래된 그림들을 팔 수 있는 이 기회를 철저히 이용했다. "그것도 가져

가겠습니다." K가 말했다. "세 그림 모두 얼마입니까?" "거기에 대해선 다음에 이야기하기로 하지요." 화가가 말했다. "지금은 급하신 상황이고 우리는 언제든 연락할 수 있으니까요. 그건 그렇고, 그림들이 마음에 드셔서 기쁩니다. 이 아래에 있는 그림들을 모두 드릴 테니 가져가도록 하세요. 전부 황야 풍경들입니다. 전부터 나는 황야 풍경을 많이 그렸습니다. 그런 그림은 너무 음산하다고 싫어하는 사람들도 많지만, 또 어떤 사람들은, 당신도 그중 한 분입니다만, 바로 그 음산한 점을 좋아하지요." 그러나 K는 이 가난뱅이 화가의 직업적 체험 같은 것에는 전혀 흥미가 없었다. "그 그림들 전부 싸 주세요." 화가의 말을 가로막으며 K가 외치듯이 말했다. "내일 사환이 와서 가져가도록 하겠습니다." "그러실 필요 없습니다." 화가가 말했다. "지금 당장 함께 갈 짐꾼을 하나 구해 보겠습니다." 그러고는 마침내 침대 너머로 몸을 구부리더니 문을 열었다. "어려워 마시고 침대를 밟고 넘어가세요." 화가가 말했다. "이 방에 들어오는 사람은 누구나 그렇게 합니다." K는 그렇게 권하지 않더라도 서슴없이 그렇게 했을 것이다. 그는 어느새 한쪽 발을 깃털 침대의 한가운데에 올려놓는데, 그 순간 열린 문을 통해 그 바깥쪽을 보더니 발을 다시 거두어들였다. "저게 뭐지요?" 그가 화가에게 물었다. "뭘 보고 놀라시나요?" 화가도 따라 놀라면서 물었다. "법원 사무처입니다. 여기에 법원 사무처가 있다는 걸 모르셨나요? 법원 사무처는 다락층이라면 거의 어디에나 있으니까요. 그러니 여기라고 해서 왜 없겠습니까? 제 아틀리에도 사실은 법원 사무처의 한 부분입니다만, 법원에서 저한테 쓰라고 내준 것입니다." K는 여기에도 법원 사무처가 있다는 것에 대해서는 그리 놀라지 않았다. 그가 놀란 것은 자신에 대해, 즉 자기가 법원 사정에 너무 무지하다는 사실에 대해서였다. 그는 항상 마음의 준비를 갖추고 결코 놀라는 일이 없도록 할 것이며, 판사가 자기 왼쪽에 서 있는데도 까맣게 모르고 오른쪽을 쳐다보는 일이 없도록 하는 것을 피고의 기본적 행동 원칙이라고 생각했는데—바로 이 기본 원칙을 그는 번번이 어기는 것이었다. 그의 앞에는 긴 복도가 뻗어 있었고 거기서 바람이 불어왔는데, 그에 비하면 아틀리에의 공기가 차라리 상쾌한 것이었다. K를 담당하고 있는 사무처의 대기실처럼 복도 양옆에는 벤치가 놓여 있었다. 사무처 설치에 관한 세밀한 규정이 있는 것 같았다. 현재로는 이곳에 소송 당사자들의 왕래가 그리 많지 않았다. 한 남자가 저쪽에 반쯤 누운 자세로 앉아 있었는데, 얼굴을 양팔 사이에 파묻고는 잠을 자고 있는 것처럼 보였다. 또 한 남자는 복도 끝 어두침침한 곳에 서 있었다. K가 이제 침대를 넘어가자 화가가 그림을 들고 그를 뒤따랐다. 그들은 곧 법원 정리와 마주쳤고—정리들은 모두 사복에다 보통 단추들 사이에 금색 단추를 하나씩 달고 있기 때문에 K는 이제 그 금색 단추만 보고도 그들을 금방 알아보았다—화가는 그에게 그림을 들고 K를 따라가 달라고 부탁했다. K는 걷는다기보다는 비틀거리고 있었고, 수건을 입에 댄 채 꼭 누르고 있었다. 그들이 출구까지 거의 다 왔는가 싶었는데, 바로 그때 여자애들이 그들을 향해 몰려오고 있었다. 이 애들한테 한번 걸리면 K 역시 빠져나갈 수 없었던 것이다. 여자애들은 필시 아틀리에의 두 번째 문이 열리는 것을 보고는 반대 방향에서 그리로 들어오려고 길을 돌아온 것이었다. "더 이상 배웅해 드릴 수가 없군요." 화가가 달려드는 여자애들의 등쌀에 못 이겨 허허 웃으며 외쳤다. "안녕히 가십시오! 그리고 너무 오래 붙잡고 생각하지 마십시오!" K는 그를 돌아보지도 않았다. 길거리에서 그는 자기 쪽으로 오는 첫 번째 마차를 잡아탔다. 정리를 떼어 버리는 것이 큰 문제였다. 다른 때 같으면 눈에 잘 띄지 않았을 텐데, 지금은 유난히 그의 금색 단추가 계속 K의 눈에 거슬렸다. 정리는 맡은 임무를 기꺼이 완수하려고 마부석에 앉으려 하는데, K가 그를 아래로 밀어 버렸다. K가 은행 앞에 도착했을 때는 정오가 훨씬 지난 시각이었다. 그는 그림들을 마차에 두고 내리고 싶었지만, 앞으로 어떤 계기로 화가 앞에서 그 그림들을 가지고 자신의 마음을 내보여야 할 일이 생기지 않을까 염려되었다. 그래서 그는 그것들을 자기 사무실 안에 들여놓게 한 다음, 적어도 앞으로 며칠 동안만이라도 부지점장의 눈에 띄지 않게 책상 맨 아래 서랍에 넣어 두었다.

상인 블로크
변호사와의 해약

마침내 K는 변호사에게 자신의 변호를 그만두게 하기로 결심했다. 그렇게 하는 것이 과연 올바른 길인가 하는 의심이 완전히 지워지지는 않지만, 그렇게 하는 것이 불가피하다는 확신이 훨씬 컸다. 변호사를 찾아가려고 했던 날, 그 결심으로 인해 K의 업무 능력은 현저히 떨어져 일이 유난히도 더디게 진행되는 바람에 그는 아주 오랜 시간을 사무실에 남아 있어야 했다. 그래서 그가 마침내 변호사의 집 문 앞에서 당도했을 때는 이미 열시도 지난 시각이었다. 벨을 누르기 전에 그는 다시 생각에 잠겼다. 변호사에게 전화나 편지로 해약을 통보하는 편이 더 낫지 않을까, 직접 대면하고 설득시키는 일은 틀림없이 매우 거북스러운 일일 테니까. 그러나 K는 결국 직접 설득시키는 쪽을 포기할 마음이 없었다. 다른 식으로 해약을 알리게 되면 어떤 경우라도 그것은 아무 말 없이 받아들여지거나 아니면 몇 마디 형식적인 말과 함께 받아들여질 것이므로, K는 가령 레니를 시켜 정보를 어느 정도 탐색해 낼 수 없다면 변호사가 해약을 어떻게 받아들였는지, 그리고 결코 무시할 수 없는 변호사의 의견대로 이 해약이 K에게 어떤 불리한 결과를 가져오게 될지 전혀 알아낼 길이 없을 것이다. 그러나 변호사가 K와 마주 앉아 있다가 해약하겠다는 K의 말을 듣고 놀라게 된다면, 비록 변호사가 자신의 심중을 별로 드러내지 않더라도 K는 변호사의 얼굴 표정이나 태도로부터 자기가 알고 싶은 것들을 모두 쉽게 읽어 낼 수 있을 것 같았다. 뿐만 아니라 변호사에게 변호를 맡기는 편이 아무래도 좋겠다는 확신이 들어 해약을 다시 철회할 수 있는 가능성도 배제할 수는 없었다.

K가 변호사 집 문의 벨을 눌렀지만 여느 때처럼 처음에는 아무런 반응이 없었다. '레니가 좀 더 빨리 나올 수도 있을 텐데' 하고 K는 생각했다. 그러나 보통 있는 일이지만 다른 의뢰인이 도중에 찾아와 끼어드는 일만 없어도 다행이었다. 잠옷 차림의 남자나 다른 누군가가 자기를 지분거리려고 하는 것쯤은 아무래도 상관없었다. K는 두 번째로 벨을 누르면서 다른 문을 돌아보았는데 오늘은 그 문도 닫혀 있었다. 드디어 변호사 집 문에 난 길쭉한 구멍창에 두 개의 눈이 나타났는데, 그것은 레니의 눈이 아니었다. 누군가가 문을 열었지만 자물쇠만 풀었을 뿐 잠시 등을 문에 댄 채 버티고 서서는 집 안에 대고 "그 사람이야" 하고 외치고 난 후에야 문을 완전히 열었다. K는 문을 막 밀어 대고 있었는데, 그것은 등 뒤의 다른 집 문 자물통 안에서 열쇠가 급히 돌아가는 소리가 들렸기 때문이다. 그래서 마침내 문이 바로 코앞에서 열리자 그는 현관 안으로 와락 뛰쳐 들어갔는데, 순간 레니가 방들 사이로 뺀

어 있는 복도를 통해 셔츠 바람으로 달아나는 모습이 보였다. 문을 열어 준 남자가 경고성의 외침 소리를 보낸 사람은 바로 레니였던 것이다. K는 잠시 그녀의 뒷모습을 바라보다가 문을 열어 준 남자 쪽으로 시선을 돌렸다. 그는 턱과 볼에 덥수룩한 수염을 기른 작고 깡마른 남자였는데 손에 촛불을 들고 있었다. "여기서 일하시는 분인가요?" K가 물었다. "아니요." 그 남자가 말했다. "여긴 처음입니다. 변호사는 제 변호를 맡고 있을 뿐이고, 제가 여기 온 것은 법률 문제 때문입니다." "상의도 입지 않으시고?" K는 그렇게 물으면서 손짓으로 그 남자의 빈약한 옷차림을 가리켰다. "아, 죄송합니다." 남자가 말했다. 그러고는 마치 그 자신도 이제야 처음으로 자신의 몰골을 본다는 듯 자신을 촛불로 비추었다. "레니가 당신 애인입니까?" K가 짧게 물었다. 그는 두 다리를 약간 벌린 자세였고, 모자를 들고 있는 두 손으론 뒷짐을 지고 있었다. 두툼한 외투를 입고 있는 것만으로도 이 여위고 조그만 남자에 비해 굉장히 우월하다는 느낌이 들었다. "천만에요." 남자가 말했다. 그러면서 한 손을 얼굴 앞으로 들어 올리며 놀라서 취하는 방어 자세를 보였다. "아닙니다, 아니에요. 도대체 무슨 생각을 하시는 겁니까?" "정직한 분으로 보이는군요." K가 미소를 지으며 말했다. "아무튼—들어가십시다." K는 모자로 앞을 가리키며 그 남자를 자기 앞에 서서 가게 했다. "근데 성함이 어떻게 되시나요?" 걸어가면서 K가 물었다. "블로크요, 상인 블로크입니다." 작은 남자가 말했다. 그는 자기를 그렇게 소개하면서 K 쪽을 돌아보았지만 K는 그를 가만히 서 있게 두지 않았다. "그게 실제 이름인

가요?" K가 물었다. "물론이지요." 그의 대답이었다. "왜 의심을
하십니까?" "이름을 숨기실 만한 이유가 있을 것 같다는 생각이
들어서요." K가 말했다. 그는 아주 자유로운 느낌이 들었는데, 보
통 때 그런 느낌은 낯선 곳에서 하찮은 사람들과 이야기하면서 자
신에 관한 것은 일체 입 밖에 내지 않은 채 여유롭게 상대방의 관
심사에 대해서만 얘기하다가 상대방을 치켜세우기도 하고 기분에
따라 깎아내릴 수도 있을 때에만 가질 수 있는 것이었다. 변호사
의 사무실 문 가까이서 K는 걸음을 멈추고 문을 연 다음 얌전히
계속 걸어가고 있는 상인을 불러 세웠다. "그렇게 서둘지 말아요.
여기를 좀 비춰 주세요." K는 레니가 그곳에 숨었을 거라 생각하
고 상인에게 방 안 구석구석을 비추어 찾아보게 했지만 방 안은
텅 비어 있었다. 판사의 그림 앞에 이르러 K는 상인의 바지 멜빵
끈을 뒤에서 잡아당겨 멈추어 서게 했다. "저 사람을 아십니까?"
K는 물으면서 집게손가락으로 위를 가리켰다. 상인은 촛불을 들
어 올리고는 눈을 깜빡거리면서 올려다보더니 이렇게 말했다.
"판사입니다." "높은 판사인가요?" K가 물었다. 그러고는 그 그림
이 상인에게 어떤 인상을 주고 있는지 살펴보기 위해 상인의 앞쪽
옆으로 섰다. 상인은 감탄을 하며 위를 올려다보고 있었다. "지위
가 높으신 판사님이로군요." 그가 말했다. "볼 줄 모르시는군." K
가 말했다. "하급 예심 판사들 중에서도 제일 말단인 판사입니
다." "이제 생각납니다." 상인은 말하면서 촛불을 내렸다. "저도
들은 적이 있어요." "물론 그러실 거요." K가 외쳤다. "나도 잊고
있었는데, 당신도 물론 틀림없이 들었을 겁니다." "그런데 도대체

왜요, 왜 그렇단 말인가요?" 상인은 K에게 두 손으로 떠밀려 문 쪽으로 다가가면서 물었다. 밖의 복도로 나가자 K가 말했다. "당신은 레니가 어디에 숨어 있는지 알고 있지요?" "숨어 있다고요?" 상인이 말했다. "아닙니다. 아마 부엌에서 변호사님한테 갖다 드릴 수프를 끓이고 있을 겁니다." "왜 진작 그렇게 말하지 않았소?" K가 물었다. "그리로 모시려고 했는데, 선생님이 절 불러 세우는 바람에." 상인은 서로 앞뒤가 안 맞는 명령들 때문에 혼란스러워하는 사람처럼 대답했다. "당신은 자신이 아주 똑똑하다고 생각하는 모양인데." K가 말했다. "그럼 날 데려다 주시오!" K는 아직 한 번도 부엌에 들어와 본 적이 없었다. 부엌은 놀라울 정도로 컸고 시설이 잘 갖추어져 있었다. 화덕만 해도 보통 화덕들보다 세 배쯤이나 컸는데, 나머지는 세세한 부분들이 잘 보이지 않았다. 부엌 조명이라곤 입구에 걸려 있는 조그만 등 하나가 전부였기 때문이다. 화덕에는 레니가 여느 때처럼 하얀 앞치마를 두르고 서서 알코올램프 불 위에 얹어 놓은 냄비 안에 달걀들을 깨뜨려 넣고 있었다. "안녕, 요제프." 그녀가 눈길을 옆으로 돌리며 말했다. "안녕." K가 말했다. 그러고는 한 손으로 저쪽에 뚝 떨어져 놓여 있는 의자를 가리키며 상인에게 앉으라는 신호를 보내자 상인은 가서 앉았다. K는 레니 뒤로 바짝 다가가 그녀의 어깨 너머로 몸을 구부리며 물었다. "저 남자 누구야?" 레니는 한 손으로 K를 감싸 안고 다른 한 손으론 수프를 젓더니 그를 자기 앞쪽으로 끌어당기며 말했다. "불쌍한 사람이에요. 블로크라는 가엾은 상인이에요. 저 사람 좀 봐요." 두 사람이 동시에 돌아보았다. 상인은 K가 지시한 의자에 그대로 앉아 있었는데, 이제는 필요 없게 된 촛불을 훅 불어서 끄고는 연기가 나지 않게 하려고 손가락으로 심지를 누르고 있었다. "당신 셔츠 바람이던데." K가 말했다. 그러고는 손으로 그녀의 머리를 다시 화덕 쪽으로 돌렸다. 그녀는 말이 없었다. "저 남자, 당신 애인이야?" K가 물었다. 그녀가 수프 냄비를 잡으려 하는데, K가 그녀의 두 손을 잡더니 말했다. "대답해 봐!" 그녀가 말했다. "사무실로 와요. 전부 다 설명해 줄 테니까." "아니야." K가 말했다. "여기서 설명해 봐." 그녀가 그에게 매달리며 키스하려고 했으나, K가 그녀를 막으며 말했다. "지금은 키스 같은 거 하고 싶지 않아." "요제프." 레니는 말하면서 애원하듯 그러나 당당하게 그의 두 눈을 바라보았다. "설마 블로크 씨를 질투하고 있는 건 아니겠지요." "루디." 그러고는 상인 쪽으로 몸을 돌리며 말했다. "저 좀 도와줘요. 보다시피 의심받고 있어요. 초는 거기 놔두시고." 상인은 별로 관심을 두고 있지 않은 것 같다고 생각할 수도 있겠지만, 그는 돌아가는 사정을 훤히 다 알고 있었다. "선생님이 왜 질투를 하셔야 하는지 저도 모르겠는데요." 그가 엉성하게 말했다. "사실은 나도 모르겠소." K는 그렇게 말하고는 빙긋이 웃으며 상인을 바라보았다. 레니가 큰 소리로 웃더니 K가 부주의한 틈을 타서 그의 팔에 매달리며 속삭였다. "저 사람은 이제 놔둬요. 보니까 어떤 사람인지 알겠죠. 변호사님의 큰 고객이라서 좀 친절히 보살펴 드린 것일 뿐 다른 이유는 없어요. 그런데 당신은요? 오늘 중으로 변호사님과 상담하시게요? 그분은 오늘 아주 편찮으세요. 그래도 원한다면 말씀드릴게요. 하지만 오늘 밤은 나랑 같이 있는 거지요, 꼭 그래야 돼요. 여기에 아주 오랜만에 오신 거잖아요. 변호사님까지도 당신에 대해 물으셨어요. 소송 일을 소홀히 하지 말아요! 나도 들은 걸 알려 드릴게 여러 가지 있어요. 그런데 먼저 외투부터 벗으세요!" 그녀는 K가 외투 벗는 일을 거들었고 모자를 받아 든 다음 그것들을 들고 현관 근처로 뽀르르 달려가 걸어 놓고는 다시 달려와서 수프를 들여다보았다. "먼저 당신이 왔다고 말씀드릴까요, 아니면 수프를 갖다 드릴까요?" "내가 왔다는 말부터 먼저 해 줘." K가 말했다. 그는 화가 났다. 본래 그는 레니와 자신의 용무, 특히 그 골치 아픈 해약 문제에 대해 자세히 상의해 볼 작정이었는데, 상인이 와 있는 바람에 그러고 싶은 마음이 싹 달아났던 것이다. 그러나 지금 그는 이 보잘것없는 상인이 끼어들어 혹시 결정적인 역할을 할 수도 있게 놔두기에는 자신의 문제가 너무 중요하다는 생각이 들어 벌써 복도로 나간 레니를 다시 불러들였다. "수프부터 먼저 갖다 드려." 그가 말했다. "나와 이야기하려면 기운을 차려야 하니까. 그게 꼭 필요한 일일 거야." "선생님도 변호사님의 소송 의뢰인이군요." 확인을 하려는 듯 상인이 구석에서 나지막하게 말했다. 그러나 그 말은 좋은 반응을 얻지 못했다. "그게 대체 당신과 무슨 상관이오?" K가 그렇게 말하자 레니가 말했다. "가만히 있어요." "그럼 먼저 수프를 갖다 드리고 올게요." 레니가 K에게 그렇게 말하고는 수프를 접시에 부었다. "그런데 이걸 먼저 하면 그분이 곧 잠이 들까 봐 걱정이에요. 식사 후엔 곧 잠이 드시거든요." "내가 하는 얘기를 들으면 잠이 확 달아나 버릴 거야." K가 말했다. 그는 자기가 변호사와 어떤 중대한 일을 협상할 계획이라는 것을 계속 알아차리게 하려고 했다. 그래서 레니가 그게 무슨 일이냐고 물으면 그때 가서야 그녀에게 조언을 구하려고 생각했다. 그러나 그녀는 받은 명령을 어김없이 이행할 뿐이었다. 쟁반을 들고 그의 곁을 지나가며 그녀는 일부러 그를 가볍게 툭 치고는 속삭였다. "수프를 다 드시면 곧바로 당신이 왔다는 걸 알릴게요. 그래야 가능한 한 빨리 당신을 다시 내 차지로 만들 수 있을 테니까요." "어서 가 봐." K가 말했다. "어서 가." "좀 더 다정하게 해 봐요." 그렇게 말하며 그녀는 쟁반을 든 채 문에 서서 다시 한 번 몸을 이쪽으로 돌렸다.

K는 그녀의 뒷모습을 바라보았다. 변호사와 결별하는 일은 이제 움직일 수 없는 사실로 정해진 것이나 다름없었다. 그전에 먼저 레니와 그 일에 대해 더 이상 이야기를 나눌 수 없게 된 것도 어쩌면 더 잘된 일인지도 모른다. 그녀는 그 전체를 충분히 잘 알지 못했기 때문에 틀림없이 그러지 말라고 조언했을 것이며 어쩌면 실제로도 K로 하여금 이번만큼은 해약을 포기하게 만들었을지도 모른다. 그러면 그는 다시 계속 의혹과 불안에 휩싸여 있게 될 것이고, 그러다 결국은 얼마 지난 후에 자신의 결심을 실행에 옮기고 말 것이다. 왜냐하면 이 결심은 너무도 확고한 것이었기 때문이다. 결심의 실행이 빠르면 빠를수록 손실은 그만큼 더 줄어들게 될 것이다. 그런데 혹시 상인이 이 일에 대해 무슨 의견을 가지고 있을지도 모른다.

K가 몸을 돌렸다. 상인은 그것을 알아차리자 즉시 일어서려고

했다. "그대로 앉아 있어요." K가 말했다. 그러고는 의자 하나를 그의 옆에 끌어다 놓았다. "당신은 변호사의 오랜 고객인가요?" K가 물었다. "네." 상인이 말했다. "아주 오래되었습니다." "그분이 당신의 변호를 맡게 된 지는 몇 해나 되었나요?" K가 물었다. "무슨 뜻으로 하시는 말씀인지 모르겠습니다만……." 상인이 말했다. "사업상의 법률적 문제들에 관해서는—저는 곡물 사업을 하고 있습니다만—제가 사업을 떠맡게 된 이후로, 그러니까 대략 20년 전쯤부터, 변호사님이 저를 대신해 일을 처리하고 있습니다. 제 자신의 소송에 관해서는, 선생님께서는 분명 이걸 말씀하시는 것 같은데, 역시 처음부터 그분이 저의 변호를 맡고 계시니까 벌써 5년이 넘었군요. 그래요, 5년이 훨씬 넘었습니다." 상인은 그렇게 말을 덧붙이면서 낡은 지갑을 꺼냈다. "여기에 전부 적어 두었습니다. 원하신다면 정확한 날짜를 말씀드리겠습니다. 전부 다 기억한다는 건 어려운 일이지요. 제 소송은 아마 더 오래된 것 같습니다. 제 아내가 죽고 나서 곧 시작되었으니까요. 벌써 5년 반이 넘었습니다." K가 그에게 더 가까이 다가앉았다. "그럼 변호사는 일상적인 법률 문제도 맡고 있나요?" 그가 물었다. 재판과 법학이 이렇게 연결될 수 있다는 것이 K에게는 무척 위안이 되는 일로 보였다. "그럼요." 상인이 대답했다. 그러고는 K에게 이렇게 속삭였다. "사람들 말로는, 그분이 다른 쪽보다는 그런 쪽 법률 문제에 더 유능하다고도 하던데요." 그러나 그는 곧 자기가 한 말을 후회하는 눈치였다. 그래서 K의 어깨에 한 손을 얹으며 이렇게 말하는 것이었다. "제발 부탁드리는데, 제 말을 다른 데에선 발설하지 말아 주세요." K는 그를 안심시키려는 듯 그의 넓적다리 부분을 가만히 두드리며 말했다. "그럼요, 저는 그런 말을 발설하는 사람이 아닙니다." "그분은 보복을 잘하시거든요." 상인이 말했다. "하지만 당신처럼 그렇게 신의가 깊은 의뢰인한테야 설마하니 무슨 해코지를 하겠어요." K가 말했다. "오, 천만에요." 상인이 말했다. "그분은 흥분을 하면 앞뒤 가리는 게 없어요. 게다가 저는 사실 그분한테 신의가 깊지도 않아요." "어째서 그렇지요?" K가 물었다. "이런 말까지 선생님한테 털어놓아도 괜찮을까요." 상인이 의심스러운 듯 물었다. "내 생각엔 그래도 될 것 같은데요." K가 말했다. "그럼……." 상인이 말했다. "일부분만 말씀드리지요. 하지만 선생님도 저한테 비밀을 한 가지쯤 말씀해 주셔야 합니다. 우리가 변호사를 상대로 한편이 되어 뭉치려면 말이에요." "정말 조심성이 많으시군." K가 말했다. "그렇다면 나도 비밀을 하나 털어놓지요. 그걸 듣게 되면 완전히 마음이 놓일 겁니다. 그럼 당신이 변호사한테 신의가 깊지 못하다는 건 어떤 걸 말하는 겁니까?" "저는……." 상인은 망설이면서 마치 뭔가 수치스러운 일을 고백하는 듯한 투로 말했다. "저는 그분 외에도 다른 변호사들을 더 두고 있습니다." "그건 그리 탓할 만한 일이 아니지 않나요." K가 약간 실망스러운 듯이 말했다. "그런데 여기에서는……." 고백을 시작하면서부터 숨 쉬기가 더 힘들었던 상인은 K의 말에 보다 큰 신뢰감을 얻고서 말했다. "그것이 허용되지 않습니다. 더군다나 소위 말하는 변호사 말고도 무면허 변호사를 더 둔다는 것은 절대 허용되지 않는 일입니다. 그런데 제가 바로 그렇게 하고 있거든요. 그분 외에 다섯 명의 무면허 변호사를 더 두고 있습니다." "다섯이라고요!" K가 외쳤다. 일단 그 숫자에 그는 놀랐다. "저 분 외에 변호사를 다섯이나요?" 상인이 고개를 끄덕였다. "거기에다 지금은 여섯 번째 변호사하고도 교섭 중에 있습니다." "그런데 도대체 무엇 때문에 그렇게 많은 변호사가 필요한가요?" K가 물었다. "전부 다 필요합니다." 상인이 말했다. "그 이유를 나한테 설명해 줄 수 있나요?" K가 물었다. "좋습니다." 상인이 말했다. "무엇보다도 저는 소송에 지고 싶지 않으니까요. 그건 당연한 일 아닌가요. 따라서 저한테 도움이 될 만한 것은 하나도 놓쳐서는 안 될 일이지요. 어떤 경우 도움이 될 가망이 거의 보이지 않더라도 절대 그 끈을 놓아 버려서는 안 됩니다. 그 때문에 저는 가지고 있는 것을 전부 소송에 걸었습니다. 이를테면 제 사업체에서 돈을 전부 빼내 쏟아 넣었습니다. 전에는 제 회사의 사무실들이 건물 한 층을 거의 다 차지하고 있었지만, 지금은 뒤채에 있는 조그만 방 하나로 만족하고 있지요. 거기에서 저는 수습 사원 하나만 데리고 단둘이 일하고 있습니다. 이렇게 몰락하게 된 데에는 물론 자금이 고갈된 탓도 있지만, 그보다는 저의 업무 능력이 사업 외의 일에 쓰인 탓이 더 큽니다. 소송을 위해 무언가를 하려고 한다면 다른 일에는 거의 힘을 쏟을 수 없으니까요." "그럼 당신이 직접 법원에서 무슨 일도 하고 있나요?" K가 물었다. "바로 그 점에 대해 얘기를 듣고 싶습니다." "그 점에 대해서는 별로 말씀드릴 게 없습니다." 상인이 말했다. "처음에는 그렇게 하려고도 해 보았지만 곧 그만두고 말았습니다. 너무 진이 빠지게 하는 데다 거두는 성과도 별로 없어서요. 그곳에서 직접 일을 하고 교섭을 벌이고 하는 것은 적어도 저로서는 도저히 불가능한 일임을 알게 되었습니다. 거기서는 그냥 앉아서 기다리는 것만 해도 대단히 고된 일이지요. 선생님 자신도 사무처의 그 답답한 공기를 아시지요." "내가 거기에 갔었다는 걸 대체 어떻게 아시나요?" K가 물었다. "선생님이 지나가실 때 저도 대기실에 있었거든요." "이것 참, 우연한 일이로군요!" K는 이제 완전히 열중해서 이제껏 상인을 우습게 보았던 것도 잊어버린 채 외쳐 댔다. "그러니까 나를 보셨다는 말이군요! 내가 지나가는데 대기실에 있었다구요. 맞아요, 그곳을 한 번 지나간 적이 있어요." "뭐 그리 대단한 우연도 아닙니다." 상인이 말했다. "저는 거의 매일 가니까요." "나도 이제는 거기에 가야 할 일이 좀 더 자주 있을 것 같습니다." K가 말했다. "그러나 나를 그때처럼 그렇게 정중히 맞아 주는 일은 거의 없겠지요. 모두들 일어섰지요. 내가 판사라고들 생각한 모양입니다." "아닙니다." 상인이 말했다. "우리는 그때 법원 정리한테 인사한 거였어요. 우리는 선생님이 피고라는 것을 알고 있었습니다. 그런 소식은 굉장히 빨리 퍼지거든요." "당신이 그걸 알고 있었단 말이지요." K가 말했다. "그렇다면 내 태도가 아마 거만하게 보였겠군요. 사람들이 거기에 대해 뭐라고 하지 않던가요?" "아닙니다." 상인이 말했다. "그 반대였어요. 하지만 그건 어리석은 얘기입니다." "대체 뭐가 어리석은 얘기란 말인가요?" K가 물었다. "왜 그런 걸 물으시나요?" 상인이 짜증을 내며 말했다. "거기 있는 사람들을 아직 잘 모르시는 것 같군요. 그러니 아마 이해가 잘 안 되실 겁니다. 이 소송이란 것이 진행되는 중에는 이성으로는 더 이상 납득되지 않는 많은 일들이 수시로 거론된다는 점을 생각하셔야 합니다. 사람들은 그 많은 걸 감당하기에는 그저 너무 지쳐 있고 정신이 산란하여 그 대안으로 미신에 자신을 맡기게 됩니다. 저는 다른 사람들 얘기를 하고 있습니다만, 저 자신도 결코 더 나을 게 없습니다. 예를 들어 그런 미신 중 하나는 많은 사람들이 피고의 얼굴, 특히 입술 모양을 보고 소송의 결말을 알아낼 수 있다는 것입니다. 그래서 그 사람들이 주장하기를, 선생님은 입술 모양에 따를 때 틀림없이 곧 유죄 판결을 받게 될 거라는 거였어요. 거듭 말씀드리지만, 그것은 어처구니없는 미신이고 대부분의 경우 사실과도 전혀 부합되지 않지요. 하지만 그런 사람들 속에서 지내다 보면 그런 생각들에서 벗어나기가 어렵습니다. 그런 미신이 얼마나 큰 힘을 가질 수 있을지 한번 생각해 보세요. 그곳에서 어떤 사람한테 말을 거신 적이 있지요? 그런데 그 사람은 거의 대답하지 못했지요. 거기에 있다 보면 머릿속을 혼란스럽게 하는 요인이 물론 많이 있지만, 당신의 입술을 본 것도 그중 하나였답니다. 그 사람이 나중에 얘기하기를, 당신의 입술에서 자기 자신이 유죄 판결을 받게 될 징조도 본 것 같다는 겁니다." "내 입술이라고요?" K가 물었다. 그러더니 손거울을 꺼내 자신을 들여다보았다. "나로서는 내 입술에서 뭔가 특별한 걸 전혀 찾아낼 수 없는데요. 당신은 어떤가요?" "저도 마찬가지입니다." 상인이 말했다. "전혀 모르겠는데요." "그 사람들 정말 미신에 빠져 있군요." K가 큰 소리로 외쳤다. "제가 그렇게 말씀드리지 않았나요?" 상인이 물었다. "그런데 그들은 서로 그렇게 많이 교제하면서 의견을 나누고 있는 건가요?" K가 말했다. "나는 이제까지 아무 교류도 없이 동떨어져 지냈는데 말입니다." "일반적으로 그들은 교제하는 일이 없습니다." 상인이 말했다. "그럴 수가 없을 거예요. 워낙 사람들이 많아서요. 공통된 이해관계도 거의 없습니다. 때때로 어떤 그룹에선 이해관계가 서로 일치한다는 생각이 떠오를 때도 있지만 그 생각이 곧 착각이었다는 것이 밝혀지게 되지요. 공동으로 법원에 맞서 관철시킬 수 있는 일은 아무것도 없습니다. 사건마다 따로따로 심리가 이루어지지요. 치밀하기 이를 데 없는 법원이니까요. 그래서 공동으로는 아무것도 이루어 낼 수 없습니다. 개별적으로만 때때로 무슨 일인가를 비밀리에 이루게 되는데, 그것이 이루어진 뒤에야 남들이 그 사실을 알게 되지요. 그것이 어떻게 해서 이루어지게 되었는지는 아무도 모릅니다. 그러니까 공동의 유대 같은 것은 없습니다. 간혹 대기실에서 만나기는 해도 얘기를 나누는 일이 거의 없습니다. 미신적인 생각들이란 옛날부터 전해 내려온 것이고 그러면서 그 수가 그야말로 스스로 불어나고 있습니다." "나도 그 대기실에서 기다리고 있는 사람들을 보았습니다." K가 말했다. "그런데 그들이 기다리는 것이 내가 보기엔 별로 소용없는 일 같던데요." "기다리는 건 소용없는 게 아닙니다." 상인이 말했다. "소용없는 건 중뿔나게 관여하는 것입니다. 이미 말씀드렸듯이, 저는 지금 이 변호사 외에도 다섯을 더 두고 있습니다. 그럼 이제는 그들에게 일을 완전히 맡길 수 있겠다고 생각하는 게—제 자신도 처음에는 그렇게 생각했습니다만—마땅한 일이겠지요. 하지만 그건 아주 잘못된 생각이랍니다. 변호사가 한 사람만 있을 때보다 그들에게 일을 더 많이 맡길 수가 없습니다. 이해가 잘 안 되시지요?" "네." K가 대답했다. 그러고는 상인이 너무 빨리 이야기하는 것을 막기 위해 달래듯이 자기 손을 그의 손 위에 가만히 얹어 놓았다. "그런데 이야기를 좀 천천히 해 주셨으면 좋겠습니다. 나한테는 전부 다 매우 중요한 것들인데 당신의 말을 제대로 따라갈 수가 없어서요." "저한테 그렇게 말씀해 주시니 잘하셨습니다." 상인이 말했다. "선생님은 신참이고 초보시니까요. 선생님의 소송은 이제 반년 되었지요, 그렇지 않습니까? 그래요, 저는 그렇게 들었습니다. 소송으로서는 겨우 걸음마 단계라고나 할까요? 그런데 저는 그 일들에 대한 생각을 수도 없이 밥 먹듯 해 오던 터라 소송이라면 이제 세상에서 더없이 당연한 일이 되었답니다." "당신의 소송이 그렇게 많이 진척되어 기쁘신 모양이지요?" K가 물었다. 그는 상인의 소송 일이 어떤 상태에 있는지 직접 묻고 싶은 마음은 없었다. 그리고 그는 분명한 대답도 듣지 못했다. "그렇습니다, 저는 5년 동안이나 소송을 굴려 왔지요." 상인은 말하면서 고개를 떨구었다. "적지 않은 성과라 할 수 있습니다." 그러고는 잠시 침묵에 잠겼다. K는 이제 레니가 오지 않을까 하여 귀를 기울여 보았다. 한편으로는 그녀가 오지 않기를 바라고 있었다. 그는 아직 물어볼 게 많이 있었고 상인과 이렇게 친밀한 대화를 나누고 있는데 레니가 나타나는 것을 원치 않았기 때문이다. 다른 한편으로는 자기가 와 있는데도 그녀가 이렇게 오랫동안 변호사한테 붙어 있는 것에 화가 났고 수프를 건네주는 데 필요한 시간보다 훨씬 더 오래 거기에 있다는 것이 용납이 안 되었다. "저는 아직도 그때를 정확히 기억하고 있습니다." 상인이 다시 이야기를 시작했다. 그리고 K는 곧바로 온 신경을 집중시켰다. "저의 소송이 대략 지금 선생님의 소송 정도 되었을 때였지요. 그 당시는 이 변호사한테만 소송을 맡겨 두고 있었는데, 저는 별로 만족스럽지 못했어요." '이제 모든 걸 알게 되겠군.' K는 그렇게 생각하면서 열심히 고개를 끄덕였다. 마치 그렇게 하면 상인에게 활력을 불어넣어 알아 둘 가치가 있는 모든 것들을 털어놓게 할 수 있을 듯한 태도였다. "제 소송은……." 상인이 말을 계속했다. "진전이 없었습니다. 심리가 몇 차례 열리긴 했는데, 저는 그때마다 출석했고, 자료도 모으고, 제 영업 장부들을 모두 법원에 제출했습니다. 나중에 알게 된 것이었지만 그런 건 필요조차 없는 일이었지요. 저는 수시로 변호사한테 달려갔고, 그분도 여러 가지 청원서를 내주었지요." "여러 가지 청원서라고요?" K가 물었다. "네, 그럼요." 상인이 말했다. "그건 나한테 대단히 중요한 얘기입니다." K가 말했다. "내 경우에 그 사람은 여전히 첫 번째 청원서 작성하는 일에만 매달려 있습니다. 그가 한 일은 아직 아무것도 없습니다. 그러고 보니 나를 형편없이 무시하고 있는 거로군요." "청원서가 아직 완성되지 않은 데에는 여러 가지 정당한 사유가 있을 겁니다." 상인이 말했다. "그건 그렇고 제 청원서들의 경우엔, 나중에 밝혀진 사실이지만, 전혀 쓸모없는 것들이었답니다. 저는 한 법원 관리의 호의 덕분에 그중 하나를 직접 읽어 보기까지 했습니다. 그것은 유식한 말들로 쓰여 있었지만 사실은 아무런 내용도 없는 글이었습니다. 무엇보다도 저로서는 뭔지 알 수도 없는 라틴어가 너무 많았고, 다음으론 법원에 대한 일반적인 탄원이 몇 쪽이나 계속되었으며, 그리고 누구누구라고 거명되어 있지는 않지만 그곳 사정을 잘 아는 사람이라면 적어도 충분히 짐작해 낼 만한 몇몇 특정 관리들에 대한 아부의 말이 적혀 있었습니다. 그 다음으론 변호사의 자화자찬이 들어 있었는데 그러면서 법원에 대해서는 비굴하기 짝이 없는 방식으로 자기를 비하하는 것이었어요. 그리고 끝으로는, 제 사건과 유사한 먼 과거의 소송 사건들에 대한 조사 내용이 적혀 있었습니다. 물론 그 조사 내용은 제가 따라갈 수 있는 한에서 아주 세밀하게 되어 있었지요. 제가 이 모든 것을 낱낱이 들추어낸다고 해서 변호사의 일에 대해 어떤 판단을 내리려 하는 것은 아닙니다. 게다가 제가 읽은 청원서는 여러 편 중 하나에 불과한 것이었지요. 그러나 어쨌든, 제가 말씀드리려는 것은 바로 이것인데, 저는 그 당시 제 소송에서 아무런 진전도 볼 수 없었다는 점입니다." "그럼 어떤 진전이 있기를 원했나요?" K가 물었다. "아주 좋은 질문이십니다." 상인이 미소를 지으며 말했다. "이 소송 과정에서 어떤 진전을 볼 수 있다는 건 지극히 드문 일이지요. 그러나 당시에 저는 그걸 몰랐습니다. 저는 비록 상인이지만 그 당시엔 지금보다 훨씬 더 철저한 편이었지요. 그래서 손으로 잡을 수 있을 만큼 확실한 진전이 있기를 원했고, 전체가 결말을 향해 기울어 간다든가 아니면 적어도 본격적인 발전 단계로 들어가기를 바랐던 것입니다. 그런데 그러기는 고사하고 대개 똑같은 내용의 심문만 계속되었습니다. 저는 대답할 말을 사제와 신자 간에 주고받는 연도문(連禱文)처럼 아예 외워 버릴 정도였답니다. 일주일에도 몇 번씩이나 법원 사환들이 제 회사나 집으로 아니면 저를 만날 수 있는 다른 곳으로 찾아왔습니다. 물론 성가신 일이었지요. (요즘은 적어도 그 점에서만큼은 훨씬 좋아졌습니다. 전화로 하면 훨씬 덜 번거로우니까요.) 저의 사업 친구들이나 특히 친척들 사이에 제 소송에 관한 소문이 퍼지기 시작했고, 그러자 사방에서 이런저런 피해가 속출했습니다. 그런데도 가까운 시일 내에 첫 번째 공판만이라도 열리면 좋겠는데 그럴 조짐이라곤 터럭만큼도 보이지 않았습니다. 그래서 저는 변호사한테 가서 하소연을 했습니다. 변호사는 저한테 긴 설명을 해 주기는 했지만, 무슨 일이든 제 생각대로 하자고 하면 딱 잘라 거절하면서, 공판 기일을 정하는 일에 대해서는 영향력을 행사할 수 있는 사람이 아무도 없으며 — 제가 요구한 대로 — 청원서를 통해 그런 일을 재촉한다는 것은 이제껏 전례가 없는 일이라 그렇게 했다가는 필경 저도 그 양반도 모두 망해 버리고 말 것이라는 거였어요. 제 생각에, 이 변호사가 할 마음도 없고 할 수도 없는 것을 다른 변호사라면 할 마음도 있고 할 수도 있을 것 같았습니다. 그래서 저는 다른 변호사들을 물색해 보았지요. 그 결과를 곧바로 앞질러 말씀드리자면, 어느 누구도 공판 기일을 정하는 일은 나서서 요구하거나 관철시키지 못했습니다. 그건 실제로 불가능한 일입니다. 다만 거기에는 한 가지 유보적인 내용이 있는데, 그것에 대해서는 따로 말씀드리겠습니다. 그러니까 그 점에 관해서는 이 양반 말씀이 거짓이 아니었습니다. 그건 그렇고, 제가 다른 변호사들을 찾아간 것을 후회할 필요는 없었습니다. 선생님도 아마 홀트 박사한테서 무면허 변호사들에 대해 이런저런 이야기를 들으셨을 겁니다. 그분은 틀림없이 그들을 매우 경멸스럽게 표현했을 텐데, 그들은 실제로 그러합니다. 다만 그분이 그들에 대해 이야기하면서 자기와 자기 동료들을 그들과 비교할 때면 늘 한 가지 작은 실수를 범하곤 하는데, 말이 나온 김에 선생님한테도 그것을 알려 드리기로 하겠습니다. 그럴 때면 늘 그 양반은 구별을 짓기 위해 자기와 같은 부류의 변호사들을 '대변호사들'이라고 부른다는 점입니다. 그것이 틀린 것입니다. 물론 누구든 기분이 내키는 대로 자기한테 '대(大)' 자를 붙일 수 있지만, 이 경우에는 법원의 관습이 명칭을 결정하는 유일한 기준입니다. 법원 관습에 따르면, 무면허 변호사 외에 소변호사와 대변호사가 있습니다. 그런데 우리의 변호사이신 그 양반과 그의 동료들은 소변호사에 불과합니다. 저도 듣기만 했을 뿐 한 번도 본 적이 없는 대변호사들은 그 지위가 소변호사들보다 훨씬 높은데, 그것은 소변호사들의 지위가 자신들이 그토록 멸시하는 무면허 변호사들보다 높은 것에 견주어 볼 때 비교도 안 될 만큼 더 높은 것입니다." "대변호사들이라고요?" K가 물었다. "그분들은 대체 어떤 사람들인가요? 어떻게 하면 만날 수 있나요?" "그러니까 선생님께서는 아직 한 번도 그분들에 대해 들어 본 적이 없으신 거군요." 상인이 말했다. "그분들에 대한 얘기를 듣고 나면 한동안 그분들에 관한 꿈을 꾸지 않는 피고가 거의 없답니다. 그러니 아예 그런 일을 겪지 않도록 얘기를 듣지 마세요. 대변호사가 어떤 분들인지는 저도 모를뿐더러, 누구도 그분들에게 가까이 다가갈 수는 없을 겁니다. 저는 그분들이 관여했다고 확실하게 말할 수 있는 사건을 알지 못합니다. 그분들이 변호하는 사건은 많이 있지만, 우리 자신의 의지로는 그분들에게 사건을 맡길 수가 없습니다. 그분들은 자기네가 변호하기를 원하는 사건만을 변호하니까요. 그런데 그분들이 맡는 사건이란 틀림없이 하급 법원을 거쳐서 올라온 것일 겁니다. 아무튼 그분들은 생각하지 않는 편이 더 좋습니다. 그렇지 않으면 다른 변호사들과의 상담이며 그들의 조언이나 도움 따위가 시답잖고 쓸모없게 여겨질 것이기 때문입니다. 그래서 제가 직접 들은 바로는, 차라리 다 때려치우고 집에 가서 침대에 드러누워 더 이상 어떤 말도 듣고 싶지 않은 마음이 간절히 든다는 겁니다. 하지만 그것은 물론 어리석기 짝이 없는 일일 테지요. 침대에 드러눕는다고 마음이 마냥 편할 리도 만무할 테고요." "그 당시에 그럼 당신은 대변호사들을 생각하지 않았나요?" K가 물었다. "오래 생각하지는 않았습니다." 상인은 그렇게 말하면서 다시 미소를 지었다. "그러나 유감스럽게도 그들을 완전히 잊어버릴 수는 없습니다. 특히 밤에는 그런 생각을 하기에 좋지요. 그러나 당시에 저는 속히 성과를 거두고 싶어서 무면허 변호사들을 찾아간 겁니다."

"거기서 두 사람이 서로 붙어 앉아 뭘 하고 있는 거예요." 레니가 쟁반을 들고 돌아오다가 문간에 멈추어 서서 외쳤다. 그들은 실제로 사이좋게 꼭 붙어 앉아 있어서 조금만 고개를 돌려도 틀림없이 서로 머리가 부딪쳤을 것이다. 상인은 체구가 작은 데다 등까지 구부리고 있어서 K가 얘기를 제대로 들으려면 하는 수 없이 그 자신도 몸을 깊이 구부리지 않으면 안 되었다. "아직, 잠깐만." K가 레니를 향해 물리치듯이 외쳤다. 그러면서 여전히 상인의 손 위에 얹혀 있는 자신의 손을 초조하게 움찔하고 움직였다. "이분 이 내 소송에 대해 듣고 싶어 해요." 상인이 레니에게 말했다. "어 서 얘기해 줘요, 어서." 그녀는 상인에게 다정하게 말을 건넸지만 그를 낮추어 대하는 교만한 모습도 엿보였다. 그것이 K의 마음에 거슬렸다. 그가 이제 깨달은 바로는 그 남자는 만만히 볼 수 없는 나름의 가치를 지니고 있었던 것이다. 적어도 그는 경험이 많았으 며 그것을 잘 전달할 줄 알았다. 레니는 그를 제대로 판단하고 있 지 못한 것이 분명했다. 레니는 이제 상인이 내내 꽉 쥐고 있던 초 를 받아 들더니 앞치마로 그의 손을 닦아 준 다음 곁에 무릎 꿇고 앉아서 그의 바지에 떨어진 촛농을 긁어내고 있었는데, K는 그 모 습을 화난 얼굴로 지켜보고 있었다. "당신은 방금 무면허 변호사 에 대해 이야기하려고 했지요?" K는 그렇게 말하고는 더 이상 아 무 말도 없이 레니의 손을 밀어냈다. "도대체 왜 이래요?" 레니는 그렇게 쏘아붙이며 K를 가볍게 툭 치고는 하던 일을 계속했다. "그렇습니다, 무면허 변호사에 대한 얘기였지요." 상인이 말했다. 그러고는 무슨 생각에 잠긴 듯 이마를 쓱 문질렀다. K가 그의 생 각을 거들어 주려고 이렇게 말했다. "당신은 속히 성과를 거두고 싶어 무면허 변호사들을 찾아가셨다면서요." "바로 맞았습니다." 상인이 말했다. 그러나 말을 계속하지는 않았다. '아마 레니 앞에 서는 그 이야기를 하고 싶지 않은 모양이구나.' K는 그렇게 생각 하고는 그다음 이야기를 지금 당장 듣고 싶은 조급한 마음을 억누르며 더 이상 그를 재촉하지 않았다.

"내가 왔다고 알렸어?" K가 레니에게 물었다. "그럼요." 그녀가 말했다. "당신을 기다리고 계세요. 이제 블로크 씨는 놔주세요. 블로크 씨하고는 나중에라도 이야기할 수 있어요. 이분은 여기에 머무실 거니까요." K는 잠깐 망설였다. "당신은 여기에 머무실 건가요?" 그가 상인에게 물었다. 그는 상인 자신의 대답을 듣고 싶었다. 레니가 상인을 지금 여기에 없는 사람처럼 말하는 것이 마음에 들지 않았다. 그는 오늘 레니에게 은근히 화가 많이 나 있었다. 그런데 또 레니가 대답했다. "이분은 여기서 종종 주무세요." "여기서 잔다고?" K가 외치며 말했다. 그는 상인이 여기서 자기를 기다려 준다면 그동안 자기는 변호사와의 이야기를 속히 끝내고 올 것이며, 그런 다음 그들은 함께 나가서 누구의 방해도 받지 않고 모든 것을 샅샅이 이야기해 보리라 생각하고 있었다. "네." 레니가 말했다. "요제프, 누구나 당신처럼 아무 때나 찾아와 변호사님을 만날 수 있는 것은 아니에요. 변호사님이 편찮으신 데다 밤 열한시인데도 당신을 만나 주시는 것에 대해 당신은 전혀 아무렇지도 않게 생각하는 것 같군요. 당신은 친구들이 당신을 위해 해 주는 일을 너무도 당연한 것으로 생각하는 분이니까요. 그런데 당신 친구들, 아니 적어도 나는 그런 일을 기꺼이 해 드리지요. 나는 다른 감사의 말 같은 건 원치도 않고 당신이 나를 사랑해 주는 것 말고 다른 건 필요도 없어요." '너를 사랑해 달라고?' K는 듣는 순간 그녀의 말을 되씹어 보았다가 다음 순간에야 이런 생각이 그의 머릿속을 스쳐 지나갔다. '그래, 나는 이 여자를 좋아하고 있어.'

그럼에도 불구하고 그는 다른 것을 모두 무시하며 이렇게 말했다. "변호사가 날 만나 주는 것은 내가 그의 의뢰인이기 때문이지. 변호사를 만나는 데에도 다른 사람의 도움이 필요하다면 올 때마다 매번 애걸하고 또 감사하고 그래야겠지." "오늘 이분이 왜 이렇게 심사가 뒤틀리신 거죠?" 레니가 상인에게 물었다. '이젠 내가 이 자리에 없는 사람이로군.' K는 그렇게 생각했다. 그러고는 상인이 레니의 곱지 않은 태도를 떠맡으며 이렇게 말하자 이젠 그에게까지 기분이 상했다. "변호사님이 이분을 만나 주시는 데에는 다른 이유들이 있어서예요. 이분 사건이 내 사건보다 더 흥미롭거든요. 게다가 이분의 소송은 이제 시작 단계여서 분명히 아직 심리도 별로 진행되지 않은 상태이므로 변호사님이 아직은 열의를 보이시는 거지요. 나중엔 아마 달라질 거예요." "그래요, 그러세요." 레니가 말하면서 상인의 얼굴을 빙긋이 웃으며 쳐다보았다. "이분 정말 말이 많지요! 그러니 이분 말은⋯⋯." 그러면서 그녀는 K에게로 몸을 돌렸다. "한마디도 믿어서는 안 돼요. 좋은 사람이긴 하지만 말이 너무 많아요. 변호사님이 이분을 좋아하지 않는 건 아마 그 때문이기도 할 거예요. 어쨌든 변호사님은 기분 내키실 때만 이분을 만나 주세요. 그걸 바꾸어 보려고 내가 애를 많이 써 보았지만 불가능한 일이에요. 한번 상상해 봐요. 어떤 때는 블로크 씨가 왔다고 말씀드려도 사흘 만에야 만나 주신다니까요. 그런데 블로크 씨를 만나시겠다고 할 땐 하필 그 순간 이분이 그 자리에 없는 거예요. 그러면 모든 게 허사가 되고 새로 상담 신청을 해야 해요. 그래서 내가 블로크 씨를 여기서 주무시도록 한 거예요. 한

밤중에도 이분을 부르시는 벨을 누르신 적이 있었으니까요. 그래서 블로크 씨는 이제 밤에도 대기하고 있지요. 그런데 이제는 또 블로크 씨가 온 것을 아시고도 이분을 만나시겠다던 자신의 말을 종종 취소해 버리는 일도 있어요." K는 묻는 듯한 얼굴로 상인을 쳐다보았다. 상인은 고개를 끄덕이며 조금 전 K와 이야기할 때처럼 솔직하게 말했는데, 부끄러운 나머지 얼떨떨한 모양이었다. "그렇습니다. 누구나 나중에는 자기 변호사한테 붙잡혀 헤어나지 못하게 되지요." "이분은 겉으로만 불평하는 거예요." 레니가 말했다. "나한테 몇 번이나 고백했듯이 이분은 여기서 자는 걸 아주 좋아하시거든요." 그녀는 조그만 문 쪽으로 걸어가더니 그 문을 툭 쳐서 열었다. "그분의 침실을 보실래요?" 그녀가 물었다. K는 그쪽으로 가서 문지방에 선 채 창문 하나 없는 낮은 방 안을 들여다보았는데, 조붓한 침대 하나가 그 공간을 꽉 채우고 있었다. 그 침대에 들어가려면 침대 기둥을 넘어가야 했다. 침대 머리맡에는 벽이 움푹 들어간 곳이 있었는데, 거기엔 초 한 자루가 서 있었고 잉크병과 펜 그리고 소송 서류들로 보이는 종이 묶음 하나가 자로 잰 듯 가지런히 놓여 있었다. "당신은 하녀 방에서 잠을 자는군요?" K는 그렇게 물으면서 상인 쪽으로 돌아섰다. "레니가 저한테 내주었어요." 상인이 대답했다. "아주 편한 방이에요." K는 그를 한참 동안 쳐다보았다. 자기가 상인에게서 받았던 첫인상이 그래도 정확한 것 같았다. 그가 경험이 많은 것은 소송이 오래 지속되었기 때문이고, 그는 이 경험을 얻느라 비싼 대가를 치른 것이다. 갑자기 K는 상인의 모습을 차마 더 이상 봐줄 수가 없었다.

"저 양반을 어서 침대로 데려다 드려!" 그가 레니를 향해 외쳤다. 하지만 그녀는 그의 말을 전혀 알아듣지 못하는 것 같았다. 그 자신은 이제 변호사한테 가서 해약을 알리고 그럼으로써 변호사뿐만 아니라 레니와 상인으로부터도 벗어나고 싶었다. 그러나 그가 문까지 채 가기도 전에 상인이 나지막한 목소리로 그에게 말을 건넸다. "차장님." K는 불쾌한 얼굴로 돌아보았다. "저한테 하신 약속을 잊으셨습니다." 상인은 그렇게 말하면서 앉은 자리에서 간청하듯이 K를 향해 몸을 쑥 내밀었다. "비밀을 말씀해 주시겠다고 했는데." "맞아요." K가 말했다. 그러면서 자신을 유심히 쳐다보고 있는 레니도 한 번 획 스치며 바라보았다. "그럼 들어 봐요. 그런데 이젠 더 이상 비밀이랄 것도 없어요. 나는 지금 해약하려고 변호사한테 가는 겁니다." "저분이 글쎄 해약을 한대요." 상인은 그렇게 외치더니 의자에서 벌떡 일어나 양팔을 쳐든 채 부엌 안을 부산하게 왔다 갔다 했다. 그는 계속해서 외쳐 댔다. "저분이 변호사와 해약을 한대요." 레니가 곧바로 K를 향해 달려가려는데 상인이 그녀의 길을 가로막자 그녀는 두 주먹으로 그를 한 대 후려쳤다. 그러고는 아직 그대로 주먹을 쥔 손 모양을 한 채 K를 뒤쫓아 달려갔지만 그는 훨씬 앞서서 저만치 가고 있었다. 레니가 그를 거의 따라잡았을 때는 그가 이미 변호사의 방 안으로 들어서는 중이었다. 그가 문을 닫으려는데 발로 문이 닫히는 것을 막은 레니는 그의 팔을 붙잡고 그를 다시 끌어내려 했다. 그러나 그가 그녀의 손목을 세게 누르자 그녀는 신음 소리를 내며 그를 놓아주지 않을 수 없었다. 그녀는 곧바로 방에 따라 들어갈 엄두를 내진 못했는데, K는 문을 아예 걸쇠로 잠가 버렸다.

"한참 동안이나 기다리고 있었습니다." 변호사가 침대로부터 말을 건네 왔다. 그러고는 촛불 빛으로 읽고 있던 문서 하나를 침대 협탁 위에 올려놓더니 안경을 쓰고 K를 날카롭게 쳐다보았다. 사과의 말을 하는 대신 K는 이렇게 말했다. "저는 곧 다시 가 봐야 합니다." 그것이 사과하는 말이 아니었기 때문에 변호사는 K의 말을 그냥 못 들은 것으로 흘려 버리고는 이렇게 말했다. "다음부터 이렇게 늦은 시간엔 만나 주지 않을 겁니다." "그건 저도 바라는 바입니다." K가 말하자 변호사는 의아스러운 얼굴로 그를 바라보았다. "앉으세요." 변호사가 말했다. "그렇게 말씀하시니 앉겠습니다." K는 그렇게 말하고는 의자 하나를 침대 협탁 쪽으로 끌어다 놓고서 앉았다. "내가 보기에 문을 걸어 잠그신 것 같던데." 변호사가 말했다. "네." K가 말했다. "레니 때문이었습니다." 그는 누구도 감싸 줄 의도가 없었다. 그런데 변호사가 물었다. "그 애가 또 추근거리던가요?" "추근거리다니요?" K가 물었다. "그래요." 변호사가 말했다. 그러면서 웃음을 터뜨리더니 발작적으로 기침을 해 댔다. 기침이 가라앉고 나서는 다시 웃기 시작했다. "그 애가 추근거린다는 걸 이미 알아차리셨겠지요?" 그는 물으면서 방심한 채 협탁을 짚고 있던 K의 손을 톡톡 두드렸다. 그러자 K는 재빨리 손을 거두었다. "그걸 별로 대수롭지 않게 여기시는군요." K가 말이 없자 변호사가 말했다. "그럼 더 잘됐습니다. 그렇지 않으면 제가 당신한테 사과해야 했을 테니까요. 그건 레니의 기이한 습성인데, 나는 진작부터 묵인하고 있었기 때문에 만일 당신이 방금 문을 걸어 잠그지 않았더라면 얘기를 꺼내지도 않았을 겁니다. 그 애의 그런 습성에 대해, 제가 당신한테 설명까지 해야 할 필요는 없겠지만, 당신이 날 그렇게 어리둥절한 얼굴로 쳐다보시니 말씀드리는 겁니다. 그 기이한 습성이란 레니가 대부분의 피고인을 아름답게 본다는 데 있습니다. 그 애는 아무한테나 매달리고, 누구나 다 사랑하고, 그 애 자신도 물론 모두한테서 사랑을 받고 있는 것 같습니다. 내가 허락만 하면 그 애는 나를 재미있게 해주려고 가끔씩 그런 이야기를 들려주곤 하지요. 몹시 놀라신 모양인데 나는 그 전부에 대해 그리 놀라지 않습니다. 올바른 눈을 가지고 보면 피고인들이 실제로 아름답게 보일 때가 많습니다. 물론 그것은 이상한 현상이지만, 이를테면 자연 과학적인 현상이라고도 할 수 있습니다. 고소를 당한 결과로, 가령 정확히 규정할 수 있는 외모의 뚜렷한 변화 같은 것이 나타나는 것은 물론 아닙니다. 여느 법적 사건들과는 달라서, 피고들 대부분은 평소의 생활 방식을 그대로 유지하고, 자기네를 돌봐 줄 좋은 변호사를 얻게 되면 소송으로 인해 그리 방해를 받지도 않습니다. 그래도 그 분야에 경험이 있는 사람들은 피고들이 아무리 많은 사람들 속에 섞여 있더라도 그 무리 속에서 그들을 한 사람 한 사람 식별해 낼 수 있답니다. 무얼 보고 알아낼 수 있냐고 물으시겠지요. 제 대답은 당신에게 만족스러운 답이 못 될 겁니다. 피고들은 바로 세상에서 더없이 아름다운 자들이라는 겁니다. 그들을 아름답게 만드는 것이 죄 때문일 수는 없습니다. 왜냐하면 — 적어도 변호사인 저로서는 이렇게 말씀드릴 수밖에 없습니다만 — 모든 피고가 다 죄가 있는 건 아니니까요. 그렇다고 그들을 지금 아름답게 만드는 것이 앞으로 있을 벌 때문도 아니지요. 왜냐하면 모든 피고가 다 처벌을 받는 것도 아니니까요. 따라서 그들을 아름답게 만드는 것은 그들에게 제기된 후 어떤 식으로든 그들 몸에 늘 붙어 다니는 바로 그 소송 때문일 수밖에 없습니다. 물론 아름다운 자들 중에서도 특히 더 아름다운 자들이 있지요. 그러나 피고들은 모두 아름답습니다. 저 한심한 인간 블로크조차도 말입니다."

변호사가 이야기를 마쳤을 때 K는 마음을 단단히 다진 상태였다. 심지어 그는 마지막 말들에 대해 유난히 고개를 끄덕이면서 자신의 오랜 생각에 대해 스스로 확인의 표시까지 더하는 것이었다. 그 오랜 생각이란, 변호사는 언제나 그리고 이번에도 역시 사건과는 무관한 일반적인 이야기를 늘어놓아 정신을 산만하게 해놓고는 K의 사건을 위해 그가 실제로 한 일이 무엇인가 하는 핵심적인 문제를 흐려 버리려 한다는 것이었다. 변호사는 K가 이번에는 다른 때보다 더 강하게 자기한테 저항하고 있다는 것을 깨달은 것 같았다. 왜냐하면 그는 지금 K에게 스스로 말할 기회를 주려고 입을 다물었기 때문이다. 그래도 K가 계속 말이 없자 그가 물었다. "당신은 오늘 어떤 특별한 의도를 품고 저한테 오신 건가요?" "네." K는 말하면서 변호사를 더 잘 보기 위해 손으로 촛불을 살짝 가렸다. "오늘로 제 변호 의뢰를 철회한다는 말씀을 드리려고 했습니다." "내가 제대로 알아들은 건가요?" 변호사는 그렇게 물으며 침대에서 몸을 반쯤 일으키고는 한 손으로 베개를 짚어 몸을 지탱했다. "그러셨으리라 생각합니다." K가 말했다. 그는 몸을 꼿

꼿꼿이 세운 채 마치 매복을 하고 있는 사람처럼 앉아 있었다. "그럼 우리, 당신의 계획에 대해서도 이야기해 볼까요." 잠시 후 변호사가 말했다. "이건 더 이상 계획이 아닙니다." K가 말했다. "그럴지도 모르지요." 변호사가 말했다. "그래도 우리 너무 서두르는 일이 없도록 합시다." 그는 계속 '우리'라는 말을 썼는데, 그것은 마치 K를 그대로 놓아줄 생각이 없으며, K의 변호인은 될 수 없더라도 최소한 그의 상담자로는 남고 싶다는 듯한 말처럼 들렸다. "결코 너무 서두른 것은 없습니다." K는 그렇게 말하며 천천히 일어나 앉아 있던 의자 뒤로 갔다. "충분히 생각을 했고 어쩌면 너무 오래 생각한 것 같습니다. 이제 결심은 바꿀 수 없습니다." "그렇다면 몇 마디만 더 하도록 해 주십시오." 변호사가 말했다. 그러고는 깃털 이불을 걷어치우더니 침대 언저리에 걸터앉았다. 허연 털이 숭숭 난 그의 맨다리는 추운 나머지 덜덜 떨리고 있었다. 그는 K에게 소파에서 담요를 가져다 달라고 부탁했다. K가 담요를 가져오며 말했다. "추우신데 공연히 일어나셨습니다." "그만큼 문제가 중대한 것이니까요." 변호사가 말했다. 그러면서 그는 깃털 이불로 상체를 덮은 다음 담요로는 두 다리를 감쌌다. "당신 숙부는 내 친구이고 당신도 시간이 지나면서 정이 들었습니다. 이건 솔직히 고백하는 말입니다. 이렇게 말한다고 내가 부끄러울 건 없어요." 그러나 노인의 이 감동적인 말이 K에게는 전혀 달갑지가 않았다. 왜냐하면 그런 말들은 그로 하여금 피하고 싶었던 장황한 설명을 어쩔 수 없이 하게 만들고, 물론 그의 결심까지야 절대로 되돌려놓을 수는 없겠지만, 그 스스로 솔직히 인정하듯이 그의 마음을 심히 뒤흔들어 놓았기 때문이다. "이렇게 친절히 대해 주셔서 감사합니다." K가 말했다. "그동안 선생님께서 제 소송을 위해 힘 닿는 데까지 저한테 유리하도록 갖은 애를 써 주셨다는 것은 저도 인정합니다. 그러나 저는 최근에 그것만으로는 충분치 않다는 확신을 갖게 되었습니다. 물론 나이나 경험이 저보다 훨씬 많으신 선생님 같은 분한테 제 생각을 납득시켜 받아들이도록 할 마음은 결코 없습니다. 제가 간혹 본의 아니게 그렇게 하려고 한 적이 있었다면 용서하십시오. 그런데 제 문제는 선생님 자신이 표현하셨듯이 그만큼 중대합니다. 그래서 제 소신에 따르자면, 소송에 대하여 지금까지 했던 것보다 훨씬 더 강력하게 대처해야 할 필요가 있다고 생각합니다." "당신 마음을 이해합니다." 변호사가 말했다. "당신은 성급합니다." "저는 성급하지 않습니다." K는 약간 흥분이 되어 말했고 이제 변호사의 말에는 별로 신경을 쓰지 않았다. "제가 숙부님과 함께 선생님을 처음 찾아뵈었을 때 선생님께서는 제가 소송에 대해 별로 관심이 없다는 것을 알아차리셨을 겁니다. 저한테 어떤 의미에선 억지로라도 상기시켜 주지 않으면 저는 그것을 완전히 잊어버렸으니까요. 그런데 숙부님께서 제 변호를 선생님한테 맡기라고 고집하시는 바람에 저는 그 뜻을 거스르기가 어려워 그렇게 한 것입니다. 그러니 이젠 소송이 그때보다는 한결 수월해지리라고 기대하는 게 당연했겠지요. 변호사에게 변호를 맡기는 것은 소송의 부담을 조금이라도 덜어 내어 떠넘기기 위한 것이니까요. 그런데 그 결과는 정반대였습니다. 선생님께서 제 변호를 맡으시기 전에는 소송 때문에 크게 걱정한 일이 없었습니다. 저 혼자였을 때는 제 사건과 관련해 아무 일도 하지 않았지만 걱정 같은 건 거의 몰랐습니다. 반면에 저한테 변호인이 생긴 이후로는 모든 것이 무슨 일인가를 행할 수 있기 위해 맞추어졌고 저는 끊임없이 점점 더 강한 긴장감을 느끼며 선생님이 손써 주시기를 기대했지만 그런 일은 일어나지 않았습니다. 물론 저는 선생님한테서 법원에 대한 여러 가지 정보를 많이 얻었습니다. 그런 건 제가 누구한테서도 얻을 수 없는 귀한 것이었겠지요. 그러나 소송이 그야말로 비밀리에 점점 더 제 몸 가까이 다가오고 있는 이때 저로서는 그것만으로는 충분할 수가 없습니다." K는 의자를 밀쳐 버리고 두 손을 상의 주머니 속에 집어넣은 채 꼿꼿이 서 있었다. "소송 실무가 어느 시점에 이르게 되면 그다음부터는……" 변호사가 나지막하고 차분한 목소리로 말했다. "본질적으로 새로운 일은 더 이상 일어나지 않습니다. 얼마나 많은 의뢰인들이 당신과 비슷한 소송 단계에서 당신처럼 그렇게 제 앞에 서서는 비슷한 말들을 했는지 모릅니다." "그렇다면……" K가 말했다. "저와 비슷한 그 모든 의뢰인들의 말이 제 말과 마찬가지로 옳았던 거지요. 그건 결코 제 말을 반박할 근거가 못 됩니다." "당신의 말을 반박하려는 게 아니었습니다." 변호사가 말했다. "다만 이런 말을 덧붙이고 싶었는데, 나는 당신에게서 다른 사람들보다 더 나은 판단력을 기대했다는 점입니다. 특히 당신한테는 법원 제도라든가 내 활동에 대해 보통 때 내가 다른 의뢰인들에게 하는 것보다 더 많은 것을 알려 드렸기 때문입니다. 그런데 지금 내가 분명히 보고 있는 것은 그 모든 것에도 불구하고 당신이 나를 충분히 신뢰하고 있지 않다는 사실입니다. 당신은 내가 일을 편히 할 수 있게 하지 않아요." 변호사는 K 앞에서 어쩌면 저렇게 비굴한 모습을 보이는 걸까! 바로 이런 지점에서 사회적 체면이 가장 민감하게 작용하는 것일 텐데도 그런 체면 따위에 전혀 개의치 않다니! 그런데 그는 왜 그러는 것일까? 겉으로 봐서는 일거리가 많은 변호사이고 게다가 돈도 많은 사람이 아니던가! 벌이가 조금 줄어든다든가 의뢰인 한 사람 잃는 것쯤이야 그에게는 사실 그리 대수롭지도 않은 일일 텐데. 게다가 몸도 허약한 처지이니 일거리를 줄이도록 스스로 신경을 써야 할 텐데. 그런데도 그는 K를 그렇게 붙잡고서 놓아주지 않는 것이었다. 왜 그러는 것일까? 숙부에 대한 개인적 관심을 표하기 위한 것일까, 아니면 K의 소송을 실제로 아주 특별한 것으로 여겨 K에게나—이런 가능성도 결코 배제할 수는 없었는데—법원 친구들한테 자신의 실력을 떨쳐 보이고 싶은 것일까? K가 거리낌 없이 그를 아무리 자세히 살펴보아도 그 사람 자신에게서는 아무것도 알아낼 수 없었다. 그는 의도적으로 무표정한 얼굴을 하고서 자기 말의 효력이 나타나기를 기다리고 있는 것이라고 생각해 볼 수도 있었을 것이다. 그러나 그는 필시 K의 침묵을 자기한테 유리한 것으로 해석하고는 다음과 같이 말을 이어 나갔다. "당신은 내가 큰 사무실을 가지고 있으면서도 사무원을 한 사람도 두고 있지 않다는 사실을 깨달았을 겁니다. 전에는 그렇지 않았습니다. 젊은 법률가 몇 명이 나를 위해 일해 주던 때도 있었는데, 지금은 나 혼자서 일하고 있습니다. 이렇게 된 데에는 두 가지 이유를 들 수 있는데, 그 한 가지는 내가 점점 당신의 소송 사건과 유사한 종류의 일에만 주력하는 바람에 내 업무 방식이 바뀌게 된 사정과 연관이 있고, 또 다른 한 가지는 내가 그런 사건들을 다루면서 얻게 된 점점 더 깊은 깨달음과 연관이 있습니다. 나는 내 의뢰인들과 내가 맡은 과제에 대해 과오를 범하지 않으려면 누구에게도 그런 일을 맡겨선 안 된다는 것을 깨달은 겁니다. 그런데 모든 일을 내 자신이 하겠다는 결심에는 자연히 거기에 부수되는 결과가 뒤따랐습니다. 나는 거의 모든 변호 청탁을 거절해야 했고 특별히 내 마음을 끄는 청탁만 수락하게 되었습니다—그래서 내가 버린 부스러기를 뭐든 주워 먹으려고 달려드는 인간들이 생겼는데, 심지어는 아주 가까운 주변에도 있습니다. 뿐만 아니라 나는 과로한 나머지 병이 들었습니다. 그렇지만 나는 내 결심을 후회하지 않습니다. 내가 실제로 한 것보다 변호 의뢰를 더 많이 거절했어야 했는지도 모릅니다. 그러나 일단 소송을 맡았으면 거기에만 전력을 기울이는 것이 절대적으로 필요하다는 게 입증되었으며 승소라는 결과로 그 대가가 돌아왔습니다. 나는 어느 글에서 평범한 소송 사건에 대한 변호와 이러한 소송 사건에 대한 변호 사이에 존재하는 차이점을 아주 훌륭하게 표현해 놓은 것을 읽은 적이 있습니다. 거기엔 이렇게 쓰여 있습니다. 한쪽 변호사는 자기 의뢰인에게 가느다란 실을 붙잡게 하여 판결 때까지 이끌어 가고, 다른 쪽 변호사는 자기 의뢰인을 곧바로 무동 태워서 도중에 내려놓는 일 없이 판결까지, 아니 그 너머까지 짊어지고 간다는 것입니다. 실제로 그렇습니다. 그러나 만일 내가 그 큰 일을 하는데 절대로 후회하지 않는다고 말한다면 그것은 전적으로 옳은 말은 아닙니다. 가령 당신의 경우처럼 내 일이 완전히 오해를 받게 된다면 나도 거의 후회를 할 겁니다." 이 이야기에 K는 설득당하기보다는 오히려 마음이 조급해졌다. 그는 왠지 변호사의 말투에서 어떤 일들이 자신을 기다리고 있는지 알 수 있을 것 같았다. 만일 그가 양보한다면 다시 위로의 말이 시작될 것이다. 청원서가 어느 정도 진척을 보이고 있다는 이야기, 법원 관리들의 분위기가 한결 나아졌다는 이야기, 그러나 일은 여러 가지 큰 어려움에 직면해 있다는 이야기 등등, 요컨대 진저리가 날 정도로 잘 알고 있는 그 모든 이야기들을 다시 들추어내서 막연한 희망으로 K를 기만하고 모호한 위협으로 괴롭힐 것이다. 그런 일은 이제 결단코 저지되어야 한다. 그래서 그는 이렇게 말했다. "제 변호를 계속 맡게 되신다면 제 사건과 관련해 어떤 일을 하실 생각인가요?" 변호사는 이런 모욕적인 질문에도 응하여 이렇게 대답했다. "내가 이미 당신을 위해 해 온 일을 계속해 나갈 생각입니다." "내 그러실 줄 알았습니다." K가 말했다. "이제 더 이상은 어떤 말도 필요 없습니다." "내가 한 가지만 더 시도해 볼까 합니다." 변호사는 마치 K를 흥분시킨 것이 K에게 일어나는 일이 아니라 자기한테 일어나는 일이라는 듯이 말했다. "나한테 이런 추측이 들어서입니다. 당신은 나의 법률적 지원에 대해 잘못된 판단을 하고 있을 뿐만 아니라 그 밖에도 부적절한 태도를 보이고 있는데, 그것은 당신이 피고임에도 불구하고 좋은 대우를 받고 있기 때문이라고, 더 정확히 표현하자면 느슨한 대우, 겉보기에 느슨한 대우를 받고 있기 때문이라고 추측합니다. 당신이 그렇게 느슨한 대우를 받는 데에도 그 이유가 있습니다. 자유로운 몸으로 있는 것보다 사슬로 묶여 있는 것이 더 나을 때가 많으니까요. 그러나 이제 당신한테 다른 피고들은 어떤 대우를 받고 있는지 보여 드리고 싶습니다. 아마 그걸 보고 나면 거기에서 어떤 가르침을 얻게 될 겁니다. 이제 나는 블로크를 부르겠습니다. 그러니 잠긴 문을 열고 여기 협탁 옆에 앉으십시오." "좋습니다." K가 말했다. 그러고는 변호사가 요구하는 대로 했다. 그는 언제든 배울 준비가 되어 있었다. 그러나 어떤 경우에 대해서도 안전을 기하기 위해 한 번 더 물었다. "그런데 제가 변호 의뢰를 취소한다는 것은 알고 계시지요?" "그래요." 변호사가 말했다. "하지만 오늘 중으로 다시 철회할 수도 있습니다." 그는 다시 침대에 누워 깃털 이불을 턱까지 끌어올리고는 벽 쪽으로 몸을 돌렸다. 그런 다음 초인종을 눌렀다.

종소리가 울리는 것과 거의 동시에 레니가 나타났다. 그녀는 여기저기로 재빨리 시선을 던지며 무슨 일이 일어났는지 알아내고자 했다. K가 변호사의 침대 곁에 조용히 앉아 있는 것을 보고 그녀는 안심하는 것 같았다. 그녀는 자기를 멍하니 바라보고 있는 K에게 미소를 던지며 고개를 끄덕였다. "블로크를 데려오너라." 변호사가 말했다. 그러나 그를 데리러 가는 대신 그녀는 문 앞까지만 걸어 나가 소리쳤다. "블로크 씨! 변호사님한테 오세요!" 그러고는 아마 변호사가 벽을 보고 돌아누운 채 아무런 상관도 하지 않았기 때문인 듯 K의 의자 뒤로 잽싸게 돌아가 섰다. 그때부터 그녀는 의자 등받이 너머로 몸을 앞으로 구부린다든가 아니면 두 손으로 아주 부드럽고 조심스럽게 그의 머리카락을 쓸어 보기도 하고 그의 뺨을 어루만지기도 하면서 그를 계속 귀찮게 했다. 마침내 K는 그녀가 그런 짓을 못하도록 그녀의 한쪽 손을 꽉 붙잡았다. 그녀는 약간 저항을 보이더니 그 손을 그에게 내맡겼다.

블로크는 부르는 소리에 곧장 달려왔지만 문 앞에 멈추어 서서 들어가야 할지 어떨지를 가늠해 보는 눈치였다. 그는 눈썹을 추켜올린 채 고개를 갸우뚱 기울였는데, 그것은 마치 변호사에게 오라는 명령이 반복되지 않을까 하고 엿듣고 있는 듯한 모습이었다. K는 그에게 용기를 주는 신호를 보내 들어오게 할 수도 있었을 텐데, 변호사만이 아니라 이 집에 있는 모두와 영원히 결별하기로 작심했기 때문에 꼼짝도 안 하고 가만히 있었다. 레니도 잠자코 있었다. 블로크는 최소한 아무도 자기를 내쫓진 않을 거라는 것을 깨닫고는 발꿈치를 들고 살금살금 들어왔다. 얼굴은 긴장된 모습이었고 뒷짐을 진 두 손은 등 뒤에서 움찔거렸다. 문은 혹시 퇴각할 수도 있는 경우를 생각해서 열어 두었다. 그는 K 쪽은 거들떠보지도 않았고 계속 불룩하게 솟은 깃털 이불만 쳐다보았다. 이불 밑의 변호사는 벽에 바싹 몸을 붙이고 있었기 때문에 아예 그 형상조차 보이지 않았다. 그런데 그때 그의 목소리가 들렸다. "블로크 왔나?" 그가 물었다. 이 질문이 이미 상당한 거리까지 다가온 블로크의 가슴에 그야말로 일격을 가하였고 이어서 등에도 일격을 가하였다. 그는 비틀거리더니 몸을 깊숙이 구부린 채 서서 말했다. "여기 대령해 있습니다." "자네 무엇 때문에 왔나?" 변호사가 말했다. "편치 않을 때 왔어." "내가 부름을 받지 않았나요?"

그는 그렇게 물었는데, 이 질문은 변호사한테라기보다는 자기 자신에게 한 것이었다. 그러고는 두 손을 앞으로 들어 올려 방어 자세를 취했는데, 여차하면 그대로 달아날 태세였다. "맞아, 자넨 부름을 받았지." 변호사가 말했다. "그렇긴 해도 자넨 안 좋을 때 왔어." 그러고는 잠시 사이를 두었다가 이어서 말했다. "자넨 항상 안 좋을 때 온단 말이야." 변호사가 말을 시작한 후로 블로크는 차마 더 이상 침대 쪽을 쳐다보지 못하고 방의 한쪽 구석 어딘가에 시선을 고정시킨 채 귀를 기울여 듣기만 했는데, 그것은 마치 말하고 있는 사람의 모습이 너무 눈부셔서 견딜 수가 없다는 듯한 태도였다. 그런데 듣는 것도 쉽지가 않았다. 왜냐하면 변호사는 벽을 보며 말했고, 게다가 낮은 목소리에다 빠른 속도로 말했기 때문이다. "제가 나가길 원하시나요?" 블로크가 물었다. "하지만 일단 왔으니까……" 변호사가 말했다. "그대로 있어!" 변호사가 블로크의 소원을 들어주는 것이 아니라 몽둥이 같은 것을 들고 그를 위협하는 것으로 생각할 수도 있었을 것이다. 왜냐하면 지금 블로크는 실제로 부들부들 떨기 시작했기 때문이다. "내가 어제 말이야……" 변호사가 말했다. "내 친구인 제3석 판사한테 갔었는데, 대화를 서서히 자네 쪽으로 몰아갔었네. 그 친구가 무슨 말을 했는지 알고 싶은가?" "오 제발, 들려주세요." 블로크가 말했다. 변호사가 얼른 답을 주지 않자 블로크는 재차 간청하며 무릎을 꿇으려는 듯 허리를 구부렸다. 그런데 그때 K가 호통을 쳤다. "뭐 하는 거요?" 그가 소리치는 것을 레니가 막으려 했기 때문에, 그는 그녀의 다른 쪽 손도 잡았다. 그가 그녀를 붙잡아 눌러 댄 것은 사랑의 표시가 아니었다. 그녀는 여러 차례 신음 소리를 내며 그에게서 두 손을 빼내려고 했다. 그런데 K가 소리치는 바람에 블로크가 벌을 받았다. 변호사가 그에게 이렇게 물었기 때문이다. "도대체 누가 자네 변호사지?" "선생님이십니다." 블로크가 말했다. "나 말고 또?" 변호사가 물었다. "선생님 말고는 아무도 없습니다." 블로크가 말했다. "그렇다면 나 외엔 누구의 말도 따르지 마." 변호사가 말했다. 블로크는 그 말을 전적으로 존중하여, 성난 시선으로 K를 흘겨보더니 그를 향해 도리질 치며 세차게 고개를 내저었다. 이 거동을 말로 옮긴다면 그것은 거친 욕설이었을 것이다. 이런 자와 K가 친분을 나누며 자기 사건에 대해 이야기하려고 했다니! "더 이상 방해하지 않겠소." 의자 뒤로 기대면서 K가 말했다. "무릎을 꿇든 네 발로 기든 마음대로 하시오. 난 개의치 않을 테니." 그러나 블로크는 적어도 K에 대해서만은 자존심이 있었다. 즉 그는 두 주먹을 휘두르며 K에게 다가가더니 큰 소리로 외쳤기 때문이다. 그러나 변호사 바로 옆이라서 차마 아주 큰 소리를 내지는 못했다. "나한테 그런 식으로 말해서는 안 돼요. 그건 용납할 수 없어요. 왜 나를 모욕하는 겁니까? 게다가 여기 변호사님 앞에서 말이오. 당신과 나, 우리 둘 다 선생님께서 그저 측은히 여기셔서 이렇게 가까이 머물 수 있게 받아 주신 거란 말이오. 당신이라고 해서 나보다 하나도 더 나을 게 없는 사람이오. 당신 역시 고소를 당해 소송 중인 신세니까. 그래도 당신이 신사라면 나도 더 훌륭하진 않더라도 똑같은 신사요. 그러니 나를 대등한 신사로 대해 주기 바라오. 당신 표현대로 나는 네 발로 기어 다니고 당신은 여기 편히 앉아 편히 들을 수 있다고 해서 당신이 더 나은 대우를 받는 것으로 생각한다면, 이 법률 세계의 오래된 격언을 하나 말해 주겠소. 즉 피의자한테는 가만히 있는 것보다 움직이는 것이 더 낫다. 왜냐하면 가만히 있는 자는 언제든 자기도 모르는 사이에 저울접시 위에 올려져 자신의 죄를 저울질 당할 수 있기 때문이라는 격언이오." K는 아무 말도 하지 않았다. 그는 놀란 나머지 눈알도 움직이지 않은 채 이 혼란스러운 인간을 그저 멍하니 바라볼 뿐이었다. 안 본 사이에 이자한테 대체 무슨 일이 있었기에 이렇게 돌변할 수 있단 말인가! 그를 이리 굴렸다 저리 굴렸다 하여 누가 친구고 누가 적인지도 구별 못하게 만드는 것은 바로 소송이 아닐까? 변호사가 의도적으로 그의 자존심을 짓밟고 있고 그럼으로써 변호사가 노리고 있는 것은 오직 한 가지, 즉 K 앞에서 자신의 권력을 과시하여 아마 K까지도 자기한테 복종하게 만들려는 것뿐이라는 것을 그는 보지 못하는 것일까? 그런데 만일 블로크가 그것을 깨달을 능력이 없거나 또는 변호사를 너무 두려워하여 그것을 깨닫는다 해도 아무 소용이 없다고 한다면, 어떻게 그가 변호사를 속여 그 이외에 다른 변호사들에게도 일을 맡기고 있다는 것을 숨길 수 있을 만큼 그토록 교활하고 대담할 수 있었을까? 그리고 K가 당장 자기 비밀을 폭로할 수도 있는데, 어떻게 감히 K에게 덤벼들 수 있단 말인가? 그러나 그는 한술 더 떠서 그이상의 짓을 감행하였다. 변호사의 침대로 다가가서는 이젠 거기에서도 K에 대해 불만을 털어놓기 시작하는 것이었다. "변호사님." 그가 말했다. "이 사람이 저한테 어떻게 말했는지 들으셨죠.

이 사람의 소송은 아직 시간 수로 헤아릴 수 있을 정도여서 이제 막 걸음을 떼어 놓은 수준인데, 그런 애송이 같은 사람이 5년이나 소송 중인 저 같은 사람한테 가르치려 들려고 해요. 심지어는 저 한테 욕까지 해 대지 뭡니까. 아무것도 모르는 주제에, 예절이며 의무며 법원 관습 등이 요구하는 바를 미력이나마 힘 자라는 데까지 세세히 공부해 온 저한테 글쎄 욕을 해 대는 거예요." "다른 사람은 신경 쓰지 마." 변호사가 말했다. "자네가 옳다고 생각하는 일이나 잘해." "그럼요." 블로크는 자기한테 스스로 용기를 불어 넣으려는 듯 그렇게 말하고는 슬쩍 곁눈질하더니 이젠 침대에 바싹 붙어서 무릎을 꿇고 앉았다. "변호사님, 저는 이렇게 무릎을 꿇었습니다." 그가 말했다. 그러나 변호사는 말이 없었다. 블로크는 한 손으로 조심스럽게 깃털 이불을 쓰다듬었다. 침묵이 흐르는 가운데 레니가 K의 손아귀에서 벗어나려고 하면서 말했다. "아파요. 날 놔줘요. 난 블로크 씨한테 갈래요." 그녀는 그쪽으로 가서 침대 언저리에 걸터앉았다. 블로크는 그녀가 온 것에 크게 기뻐했다. 그리고 곧바로 그녀에게 말없이 활기 찬 몸짓을 해 보이며 변호사한테 자기를 위해 애써 달라고 부탁하는 뜻을 알렸다. 그는 변호사가 알려 주는 정보를 절실히 필요로 하고 있음이 분명한 듯한데, 다른 게 아니라 아마도 다른 변호사들로 하여금 그것을 이용하게 하려는 심산에서 그러는 것 같았다. 레니는 어떻게 하면 변호사의 마음을 살 수 있는지 그 방법을 틀림없이 잘 알고 있을 터였다. 그녀는 변호사의 손을 가리키며 키스할 때처럼 입술을 뾰족하게 내밀었다. 그 즉시 블로크는 그의 손에 키스를 했다. 그리고 레니가 하라는 대로 그 짓을 두 번 더 했다. 그러나 변호사는 여전히 입을 열지 않았다. 그러자 레니는 변호사의 몸 위로 상체를 구부렸는데, 그녀가 몸을 쭉 펴자 그녀의 예쁜 몸매가 두드러져 보였다. 그러고는 그의 얼굴 쪽으로 깊숙이 몸을 기울인 채 그의 긴 백발을 쓰다듬었다. 덕분에 이제 그에게서 대답 하나를 끌어낼 수 있었다. "이 말을 알려 줄까 말까 망설이는 중이야." 변호사가 말했다. 그때 그가 머리를 약간 흔드는 모습이 보였는데, 아마도 레니의 손이 누르는 감촉을 더 많이 느끼기 위한 것인 듯했다. 블로크는 가만히 귀를 기울였는데, 그렇게 하는 것이 마치 어떤 계율을 위반하는 일이라도 되는 듯 고개를 떨구고 있었다. "그런데 왜 망설이시는 거예요?" 레니가 물었다. K는 마치 연습을 하고서 나누는 대화를 듣고 있는 듯한 느낌이 들었다. 그것은 이미 자주 되풀이되었고 앞으로도 자주 되풀이될 너무도 익숙한 대화인데 블로크에게만은 언제나 그 새로움이 빛을 잃지 않는 그런 대화인 듯 여겨진 것이다. "오늘 저 친구의 태도는 어땠지?" 변호사가 대답 대신 질문을 던졌다. 레니는 거기에 대해 말하기 전에 블로크 쪽을 내려다보면서 그가 두 손을 자기 쪽으로 쳐들고는 간청하듯 서로 비벼 대고 있는 모습을 잠시 지켜보았다. 마침내 그녀는 진지한 얼굴로 고개를 끄덕이더니 변호사 쪽으로 몸을 돌려 말했다. "조용하고 열심이었어요." 긴 수염을 기른 나이 지긋한 상인이 나이 어린 여자애한테 좋은 점수를 얻으려고 애원하고 있었다. 거기에 무슨 속셈이 감추어져 있는지는 몰라도, 같은 인간의 눈에 그의 태도가 정당하게 비칠 수 있는 것은 아무것도 없었다.

그는 지켜보는 사람마저 처참한 심정이 들게 했다. K로서는 변호사가 어떻게 이런 연극까지 꾸며 가며 자기를 손에 넣을 생각을 할 수 있었는지 이해가 안 되었다. 그가 보다 일찍 자기를 내쫓지 않았더라도, 전에 이 장면을 보여 주었다면 자기는 진작 나가떨어졌을 것이다. 다행히도 K는 걸려들 만큼 충분히 오래 접하지는 않았지만, 변호사의 그런 방법은 변호 의뢰인으로 하여금 결국 세상일을 모두 잊게 만들고 소송이 끝날 때까지 이런 잘못된 길로 자기를 질질 끌고 가기를 바라게 만드는 것이었다. 그렇게 되면 그것은 더 이상 변호 의뢰인이 아니라 변호사의 개였다. 만일 변호사가 그에게 개집에 기어 들어가듯 침대 밑으로 기어 들어가 거기서 짖어 보라고 명령했다면 그는 기꺼이 그렇게 했을 것이다. K는여기서 주고받는 모든 말을 머릿속에 자세히 기록해 두었다가 상부에 그것을 고발하고 보고서를 작성하라는 지시를 받은 사람처럼 찬찬히 주의 깊게 듣고 있었다. "저 친구 온종일 무슨 일을 했지?" 변호사가 물었다. "저는 저분이……." 레니가 말했다. "제 일을 방해하지 못하게 하녀 방에 가두어 두었어요. 저분은 대개 그 방에 머물러 있거든요. 거기서 무얼 하는지 가끔씩 저는 통풍창을 통해 들여다볼 수 있었어요. 저분은 내내 침대 위에 무릎 꿇고 앉아 선생님께서 빌려 주신 문서들을 창턱 위에 펼쳐 놓고서 읽고 있었어요. 그 장면이 저한테 깊은 인상을 주었어요. 창문은 공기 통로와 통해 있어서 빛이 거의 들어오지 않거든요. 그런데도 블로크 씨가 거기서 글을 읽고 있는 것을 보고 저는 저분이 참으로 유순한 사람이로구나 하고 생각했어요." "그런 얘기를 들으니

기쁘구나." 변호사가 말했다. "그런데 이해나 하면서 읽는 것 같던?" 블로크는 이 대화가 진행되는 동안 끊임없이 입술을 움직였다. 틀림없이 레니가 변호사에게 해 주었으면 하는 대답을 표현하고 있는 것 같았다. "거기에 대해서는 물론……." 레니가 말했다. "확실하게 대답해 드릴 수가 없어요. 적어도 제가 보기에는 꼼꼼히 읽고 있었어요. 온종일 같은 페이지를 읽었는데, 손가락으로 행을 한 줄 한 줄 더듬어 가며 읽었어요. 제가 들여다볼 때마다 한숨을 쉬었어요. 읽는 게 몹시 힘들었나 봐요. 선생님께서 빌려 주신 문서들은 분명 이해하기가 어려운 거겠지요." "그래." 변호사가 말했다. "물론 그렇단다. 나도 저자가 그걸 다소나마 이해할 거라고는 생각하지 않아. 그 문서들은 내가 저자의 변호를 위해 벌이고 있는 싸움이 얼마나 힘겨운 것인지 저자에게 어렴풋하게라도 느낄 수 있게만 해 주면 되는 거야. 그런데 내가 누굴 위해 그 힘든 싸움을 하고 있는 거지? 그야—이런 말을 입 밖에 내는 것이 우습기는 하지만—블로크를 위해서지. 저 친구 쉬지 않고 공부를 하던?" "거의 쉬지 않고 했어요." 레니가 대답했다. "딱 한 번 저한테 마실 물 좀 달라고 부탁했어요. 그래서 통풍창을 통해 한 잔 건네주었지요. 그러고서 여덟시에 저분을 나오게 해서 먹을 걸 주었어요." 블로크는 지금 자기를 칭찬하는 내용이 오가고 있고 그것이 K에게도 틀림없이 깊은 인상을 주고 있을 거라는 듯 K를 곁눈으로 힐끗 쳐다보았다. 그는 이제 상당한 희망을 얻은 듯 보였고, 한결 자유롭게 움직였으며, 무릎을 꿇은 채 이리저리 몸을 흔들어 보았다. 그래서 그런지 변호사의 다음과 같은 말에 그의 몸이 단단하게 굳어지는 모습이 그만큼 더 완연하게 보였다. "넌 저 친구를 칭찬하고 있지만……." 변호사가 말했다. "바로 그 때문에 내가 하려는 말을 하기가 어려워지는 거야. 판사는 블로크 자신에 대해서나 그의 소송에 대해서나 별로 좋게 말하지 않았단 말이야." "별로 좋지 않게 말했다고요?" 레니가 물었다. "어떻게 그럴 수가 있어요?" 블로크는 기대에 찬 눈빛으로 그녀를 바라보았다. 그것은 마치 그녀에게는 오래전에 한 판사의 말을 지금에라도 자기한테 유리하게 바꾸어 놓을 능력이 있다고 믿는 듯한 태도였다. "별로 좋지 않게 말했지." 변호사가 말했다. "내가 블로크 얘기를 꺼내자 그는 불쾌한 내색까지 보였단다. '블로크 얘기는 하지 마세요'라고 하는 거야. 그래서 '그는 제 의뢰인입니다'라고 내가 말했지. 그러자 '당신이 이용당하고 있는 겁니다'라고 그가 말하는 거야. 이어서 '저는 그의 사건을 가망이 없다고 여기지 않습니다'라고 내가 말했지. 그러자 그는 다시 '당신이 이용당하고 있는 겁니다'라는 말을 되풀이하는 거야. 해서 '저는 그렇게 생각하지 않는데요'라고 내가 말했지. '블로크는 소송 일에 열심이고 늘 자기 사건의 향방을 뒤쫓고 있는 친구입니다. 그는 우리 집에 살다시피 하면서 늘 최신 정보를 알고 싶어 합니다. 그런 열성은 어디서도 보기 드문 일이지요. 사실 인간적으로 호감 가는 친구는 아니지만 말입니다. 형편없는 매너에 지저분하기까지 하니까요. 하지만 소송과 관련해서는 나무랄 데가 없습니다'라고 말이야. 난 나무랄 데가 없다고 했어. 의도적으로 과장해서 말한 거지. 그러자 그는 이렇게 말하는 거야. '블로크는 그저 교활한 친구입니다.

그는 쌓인 경험이 많아서 소송을 지연시키는 법을 알고 있어요. 그러나 그의 무지함이 그의 교활함보다 훨씬 더 크지요. 자기 소송이 아직 시작도 되지 않았다는 것을 알게 된다면, 아직 소송 개시를 알리는 종소리조차 울리지 않았다는 것을 알려 준다면, 그가 과연 뭐라고 할는지.' 가만히 있어, 블로크." 변호사가 그렇게 말했다. 블로크가 필시 해명을 부탁하려는 듯 무릎을 덜덜 떨며 일어나려는 중이었기 때문이다. 변호사가 이렇게 자세한 말을 하며 블로크를 직접 대면한 것은 이번이 처음이었다. 그는 지친 눈으로 반쯤은 아무 데나, 반쯤은 블로크 쪽을 내려다보았다. 그의 시선에 블로크는 다시 천천히 무릎이 꺾이며 주저앉았다. "판사가 한 그런 말은 자네한테 전혀 의미가 없는 거야." 변호사가 말했다. "말 한마디 한마디에 일일이 놀라지 말게. 다시 또 그러면 이제 아무 얘기도 안 해 줄 걸세. 무슨 말만 시작하면 이제 최종 판결이 내려지기라도 하는 것처럼 사람을 쳐다보니 말이야. 여기 다른 의뢰인도 있는데 부끄러운 줄 알게! 자네는 또 저분이 내게 가지고 있는 신뢰도 뒤흔들어 놓고 있네. 대체 자네가 바라는 게 무언가? 자넨 아직 살아 있고, 아직 내 보호 아래 있지 않은가. 다 부질없는 걱정이야! 자네도 어딘가에서 읽지 않았나, 최종 판결이란 대개의 경우 임의의 입에서 임의의 시간에 돌연히 내려지는 것이라고 말이야. 유보 사항이 많이 붙어야겠지만, 그건 사실이야. 그런데 자네의 불안이 나한테 불쾌감을 주고 그것이 바로 꼭 필요한 신뢰의 부족 때문에 생기는 것임을 보게 되는 것 또한 사실이야. 내가 한 말이라는 게 대체 무언가? 어떤 판사의 말을 그대로 전한 것뿐일세. 자네도 알다시피, 소송 과정 중에는 그 주변에 갖가지 견해들이 난무하여 옳고 그름을 도무지 분간할 수 없을 정도라네. 예컨대 나와 얘기를 나눈 그 판사는 소송의 시작에 대해 그 시점을 나와는 다르게 보고 있지. 견해 차이일 뿐, 그 이상 아무것도 아니야. 소송이 어떤 단계에 이르면 오랜 관습에 따라 종을 울리게 되어 있다네. 그 판사의 견해로는, 그것으로 소송이 시작된다는 거지. 그와 다른 견해를 지금 자네한테 전부 다 말해 줄 수는 없네. 말해도 이해를 못할 테니까. 그와 다른 의견이 많다는 것쯤만 알고 있으면 충분할 걸세." 블로크는 당황스러운 나머지 침대 옆에 깔려 있는 양탄자의 털을 손가락으로 이리저리 쓸고 있었다. 판사가 한 말 때문에 불안감에 휩싸여 그는 잠시 변호사에 대한 자신의 예속 상태도 잊어버리고 자신에 대한 생각에만 골몰하며 판사의 말을 온갖 측면으로 곱씹고 있었다. "블로크 씨." 레니가 경고하는 투로 말했다. 그러고는 그의 상의 옷깃을 약간 위로 잡아당겼다. "이제 그 털은 그만 놔두고 변호사님 말씀이나 잘 들어요."

대성당에서

K는 은행으로선 매우 중요한 이탈리아인 고객을 한 분 모시고서 이 도시의 예술 문화 유적 몇 군데를 안내해 드리라는 지시를 받았다. 그 고객은 이 도시에 처음 머무르게 된 것이다. 그 지시는 다른 때 같으면 틀림없이 명예롭게 여겼을 일이지만, 지금은 안간힘을 다해야만 은행에서 그래도 위신을 유지할 수 있는 형편이라 그는 그 일을 맡으면서도 탐탁지가 않았다. 그는 사무실을 떠나 있어야 할 때면 늘 걱정스러웠다. 사실 그는 사무실에 있을 때에도 예전과는 크게 다르게 근무 시간을 더 이상 실제의 업무를 위해 제대로 활용하지 못했다. 궁색하기 이를 데 없이 실제의 업무를 보고 있는 것처럼 꾸미면서 시간을 흘려보낼 때가 많았기 때문이다. 그렇기는 해도 사무실을 떠나 있을 때면 그의 걱정은 그만큼 더 컸다. 그럴 때면 자기를 항시 노려보고 있는 부지점장이 수시로 자기 사무실로 들어와 책상에 앉아서 자기 서류들을 샅샅이 뒤지기도 하고, 수년간 거의 친구나 다름없이 지내고 있는 자기

고객들을 대신 맞아들여 이간질을 획책하는 모습이 눈앞에 보이는 것 같았다. 어쩌면 부지점장은 K의 실책까지도 찾아낼지 모를 일이었다. 요즘 들어 K는 일을 하는 동안 내내 실책 때문에 온 사방에서 위협을 느끼고 있었고, 이젠 더 이상 실책을 피할 수가 없었다. 따라서 아무리 명예로운 것이라 해도 업무상의 외출이나 간단한 출장 여행을 다녀오라는 지시를 받게 되면 ─ 최근에는 그런 지시가 우연히도 부쩍 많아졌다 ─ 자기를 얼마간 사무실에서 내보낸 다음 자기 일을 조사하려는 게 아닌가, 아니면 적어도 자기를 직장에서 없어도 별지장이 없는 사람으로 취급하는 게 아닌가 하는 추측이 쉽게 들었다. 그런 지시의 대부분은 별 어려움 없이 거절할 수도 있었을 텐데, 그로서는 그럴 엄두가 나지 않았다. 그의 걱정이 조금이라도 근거가 있는 것이었다면, 지시를 거절하는 것은 그의 불안한 마음을 고백하는 셈이었기 때문이다. 이러한 이유로 그는 그런 지시를 겉으로는 아무렇지도 않은 듯 받아들였고, 이틀간의 고된 출장 여행을 다녀와야 했을 때에도 심한 감기에 걸렸다는 사실조차 숨기고서 말하지 않았다. 마침 비가 많이 내리는 가을철이라 고작 그 가을 날씨가 근거가 돼서 출장을 취소당하게 되는 위험을 단지 피하기 위해서였다. 이 출장에서 격심한 두통을 안고 돌아왔을 때, 그는 바로 다음 날 그 이탈리아인 고객을 수행하는 일이 자기한테 정해졌다는 것을 알게 되었다. 적어도 이번한 번만은 거절하고 싶은 유혹이 매우 컸다. 무엇보다 이번에 그에게 부여된 일은 업무와는 직접 연관이 없는 일이었다. 고객에 대해 이런 접대의 의무를 소홀히 하지 않는 것이 그 자체로 충분히 중요하다는 것은 의심의 여지가 없었지만, K에게는 그렇지 않았다. 그는 업무 성과를 통해서만 자기 자리를 유지할 수 있고, 그것을 잘 해내지 못한다면 자기가 이 이탈리아인에게 뜻밖에도 황홀한 감동을 안겨 준다 한들 아무 소용 없다는 것을 잘 알고 있었던 것이다. 그는 단 하루도 업무 영역 밖으로 밀려나고 싶지 않았다. 밀려났다가는 이젠 다시 돌아오게 해 주지 않을 것 같은 두려움이 너무 컸기 때문이다. 그 두려움이 지나치다는 것을 잘 알고 있었지만 그는 그것을 떨쳐 버릴 수가 없었다. 그런데 이번 경우에는 다들 수긍할 만한 거절의 사유를 지어내기가 거의 불가능했다. K의 이탈리아어 실력은 썩 뛰어나지는 않았지만 그래도 꽤 쓸 만한 편이었다. 그러나 결정적인 것은 K가 예전부터 예술사에 대한 지식을 어느 정도 지니고 있었다는 점이었다. 그런 사실은 K가 단지 업무상의 이유로 한동안 시립 예술문화 유적보존 협회의 회원이었다는 것 때문에 지나치게 과장되어 은행 안에 알려져 있었던 것이다. 그런데 소문에 들리는 바로는 그 이탈리아인이 바로 예술 애호가라는 것이며, 따라서 K가 그의 안내자로 선정된 것은 당연한 일이었다.

그날 아침은 비가 몹시 내리고 바람이 세차게 부는 날씨였다. 자기 앞에 가로놓인 그날 하루의 일로 화가 잔뜩 차오른 K는 그 방문객이 나타나면 아무 일도 할 수 없었으므로 그전에 최소한 몇 가지 일만이라도 끝내기 위해 일곱시에 벌써 사무실로 나왔다. 그는 약간이나마 준비를 하기 위해 밤 시간의 절반쯤을 이탈리아어 문법 공부로 보냈기 때문에 몹시 피곤했다. 요즘 들어 부쩍 자주 창가에 앉는 버릇이 생긴 탓에 창문이 책상보다 더 유혹적이었지만, 그는 유혹을 뿌리치고 일을 하려고 책상에 앉았다. 그러나 유감스럽게도 바로 그때 사환이 들어와서 알리기를, 차장님이 혹시 출근하셨는지 살펴보고 오라며 지점장님이 자기를 보냈다는 것이었다. 만일 출근하셨으면 이탈리아 손님이 벌써 오셨으니 응접실로 건너와 달라는 것이었다. "금방 가겠네." K가 말했다. 그러고는 조그만 사전을 하나 호주머니에 넣고, 그 외국인을 위해 마련한 시내 관광 명소 사진첩을 팔에 낀 채 부지점장의 사무실을 지나 지점장실로 갔다. 그는 이렇게 일찍 사무실에 나왔다가 바로 요구에 응할 수 있게 된 것이 기뻤다. 아마 누구도 그것을 진정으로 기대하지는 않았을 것이다. 부지점장의 사무실은 아직 한밤중인 듯 당연히 비어 있었다. 사환은 틀림없이 부지점장도 응접실로 와 달라는 말을 전하도록 지시를 받았겠지만 그것은 결코 이루어질 수 없는 일이었다. K가 응접실에 들어서자 두 신사가 깊숙한 안락의자에서 일어났다. 지점장이 다정한 미소를 지었다. 분명히 그는 K가 와 주어서 매우 기쁜 모양이었다. 그가 즉시 소개를 하자 이탈리아인은 K의 손을 잡고 힘차게 흔들더니 소리 내어 웃으면서 누군가를 지칭해 '일찍 일어나는 사람'이라고 불렀다. K는 그가 누구를 가리켜 하는 말인지 정확히 알아듣지 못했다. 게다가 그것은 특이한 말이어서 잠시 후에야 그 뜻을 알아들었다. K가 막힘없이 몇 개의 문장으로 대답하자 이탈리아인은 다시 소리 내어 웃으면서 참고 들어주었는데, 그러면서 과민한 손으로 자신의 덥수룩한 회청색 콧수염을 여러 번 어루만졌다. 그 수염에는 향수가 뿌려져 있음에 틀림없는데, 가까이 다가가서 냄새를 맡아 보고 싶은 유혹이 들 정도였다. 모두 자리에 앉아 짧은 서두의 대화가 시작되었을 때 K는 이탈리아인의 말을 자기가 단편적으로밖에 알아들을 수 없다는 것을 깨닫고는 심기가 크게 불편해졌다. 아주 차분하게 말하면 거의 완전히 알아들을 수 있었지만 그런 경우는 매우 드문 예외적인 일이었다. 대개는 입에서 말이 샘물처럼 퐁퐁 솟아 나왔고 그 사람은 그것에 신이 난 듯 머리를 흔들어 댔다. 그가 그런 식으로 말을 할 때면 K가 듣기에는 더 이상 이탈리아어 같지도 않은 사투리가 주기적으로 튀어나왔는데 지점장은 그 말을 알아들을 뿐만 아니라 그 자신도 구사하는 것이었다. 그것은 K가 충분히 짐작할 수 있는 일이었다. 왜냐하면 그 이탈리아인은 남부 이탈리아 출신인데 지점장도 그곳에 몇 년간 가 있던 적이 있기 때문이다. 어쨌든 K는 그 이탈리아인과 제대로 의사소통을 할 수 있는 가능성이 거의 막혀 있다는 것을 알게 되었다. 그 사람이 구사하는 프랑스어 또한 알아듣기 매우 힘들었다. 입술이 움직이는 모양을 보면 알아듣는 데 그나마 도움이 되었을 텐데 수염이 입술을 덮고 있어서 그마저도 볼 수 없었기 때문이다. K는 이제 벌어지게 될 많은 불편한 일들을 내다보면서 지금으로서는 이탈리아인의 말을 알아듣고자 하는 노력을 포기하고—그의 말을 쉽게 알아듣는 지점장이 있는데 기를 쓰고 들으려 해 봐야 다 소용없는 일처럼 여겨졌기에—그의 모습을 마뜩지 않게 지켜보기만 했다. 이탈리아인은 안락의자에 깊숙이 그러나 경쾌하게 앉아서 윤곽이 뚜렷하게 재단된 자신의 짧은 상의를 수시로 잡아당겼고 한번은 양팔을 들어 올린 채 손목에 힘을 빼서 건들거리는 두 손으로 무엇인가를 나타내 보이고자 했다. K는 몸을 앞으로 구부린 채 그 두 손에서 눈을 떼지 않았지만 그 손동작이 무엇을 나타내는 것인지 이해하지 못했다. 달리 하는 일 없이 이야기가 왔다 갔다 하는 대로 시선만 기계적으로 움직이던 K에게 마침내 잊고 있던 피로감이 밀려왔다. 그는 멍한 상태에서 별생각 없이 일어나 몸을 돌려 나가려는 자신의 모습을 깨닫고는 정신이 번쩍 들기도 했는데 다행히도 제때에 깨달아서 큰 실례를 범하지는 않았다. 마침내 이탈리아인이 시계를 보더니 벌떡 일어났다. 그는 지점장과 작별 인사를 하고 나서 K에게 다가왔는데 너무 바짝 다가오는 바람에 K는 몸을 움직일 수 있기 위해 자신의 안락의자를 뒤로 밀어야 했다. 지점장은 K의 두 눈에서 이탈리아어 때문에 곤경에 처해 있음을 눈치채고 대화에 끼어들었는데, 그 솜씨가 아주 재치 있고 부드러워서 외견상으로는 간단한 조언만 하고 있는 것처럼 보였지만 실제로는 이탈리아인의 말을 쉴 새 없이 가로막으며 그가 하는 모든 말을 아주 간략하게 줄여서 K에게 알려 주는 것이었다. K는 지점장을 통해 이탈리아인은 현재 볼일이 몇 가지 더 있으며 유감스럽지만 전체적으로 시간도 별로 없는 데다 급하게 관광 명소들을 전부 돌아다닐 생각도 전혀 없으니 차라리 — 물론 K가 동의해야만 하고 결정권은 오직 K에게 있지만 — 대성당 하나만 구경하기로, 그러나 그것만큼은 샅샅이 구경하기로 했다는 것을 알게 되었다. 그는 이렇게 학식 있고 친절하신 분의 동행으로 — 그것은

K를 두고 한 말이었는데, K는 이탈리아인의 말은 흘려듣고 지점장의 말만 재빨리 파악하는 일에 몰두하였다―이번 관광을 할수 있게 되어 대단히 기쁘며, 시간이 괜찮다면 두 시간 후에, 즉열시쯤 대성당으로 나와 주기를 부탁한다는 것이었다. 그 자신은그 시간쯤에 틀림없이 그곳에 갈 수 있기를 희망한다고 했다. K가 무슨 말인가 그에 상응하는 대답을 했고, 이탈리아인은 먼저지점장과 악수한 다음 이어서 K와, 그리고 다시 지점장과 악수를하고는 두 사람의 전송을 받으며 반쯤만 그들에게 몸을 돌린 채말은 여전히 계속하면서 문 쪽으로 걸어갔다. 그러고 나서 K는잠시 더 지점장과 함께 있었는데, 지점장은 오늘따라 특히 병색이 짙어 보였다. 그는 K에게 어떤 식으로든 사과의 말을 해야겠다고 생각했는지―그들은 다정하게 가까이 붙어 서 있었다―처음엔 자신이 직접 이탈리아인과 동행할 생각이었으나 그보다는―자세한 이유는 말하지 않고―K를 보내는 편이 더 낫겠다는 생각을 하게 되었노라고 말했다. 이탈리아인의 말을 처음엔곧바로 알아듣지 못하겠지만 그렇다고 당황해할 필요는 없고 이내 곧 알아듣게 될 것이며, 별로 많이 알아듣지 못하더라도 크게염려할 것은 없는데, 왜냐하면 그 이탈리아인에게 상대방이 자기말을 알아듣거나 못 알아듣는 것은 그다지 중요치 않기 때문이라는 것이다. 그렇지만 K의 이탈리아어 실력은 놀라울 만큼 훌륭하므로 그는 분명히 그 일을 탁월하게 수행할 것이라고 했다. 그 말을 끝으로 K는 지점장과 헤어졌다. 그는 아직 남아 있는 여유 시간을 대성당 안내에 필요한 특수 어휘들을 사전에서 발췌하여 적

어 두는 일로 보냈다. 그것은 지극히 귀찮은 일이었다. 사환들은 우편물을 가져왔고 직원들은 여러 가지 문의를 하러 왔다가 K가 바쁜 것을 보고 문가에 가만히 서 있었는데 그의 대답을 듣기 전에는 물러나려 하지 않았다. 부지점장도 K를 방해할 기회를 놓치지 않고 수시로 들어와서는 그의 손에서 사전을 빼앗아 전혀 필요도 없는데 공연히 이리저리 뒤적거리는 것이었다. 문이 열릴 때면 고객들까지도 대기실의 어둑어둑한 빛 속에서 모습을 드러내며 머뭇머뭇 고개 숙여 인사하고는 주의를 끌어 보려 했지만 K가 자기네를 보았는지는 자신이 없었다. 이 모든 일이 K를 중심 축으로 하여 돌아가고 있었는데, 정작 K 자신은 필요한 단어들을 죽 늘어놓은 뒤 사전에서 찾아낸 다음 옮겨 적어 놓고는 발음을 연습해 보며 외우려고 애쓰는 일에 여념이 없었다. 그런데 전에는 좋았던 기억력이 이제는 그를 완전히 떠나 버린 것 같았다. 이따금 그는 자기를 이렇게 애먹이고 있는 이탈리아인에 대해 울컥 화가 치밀어 올라 더 이상 준비를 하지 않겠다고 굳게 마음먹고는 사전을 서류들 속에 파묻어 버렸다가 그래도 대성당의 미술품들을 앞에 놓고 이탈리아인과 아무 말도 못한 채 냉가슴만 앓으며 왔다 갔다 할 수는 없는 노릇임을 깨닫고는 더욱 큰 화가 치밀어 오르며 사전을 다시 끄집어냈다.

아홉시 반에 그가 막 떠나려고 하는데 전화가 왔다. 레니가 아침 인사를 하며 안부를 물어 왔다. K는 급히 고맙다는 말을 하고는 대성당에 가야 하기 때문에 지금은 길게 통화할 수 없다고 말했다. "대성당에요?" 레니가 물었다. "그래, 대성당에 가야 해." "대성당엔 대체 무슨 일로요?" 레니가 물었다. K가 그 이유를 간단히 설명하려고 했지만 말을 시작하기도 전에 레니가 갑자기 이렇게 말하는 것이었다. "그들이 당신을 뒤쫓고 있는 거예요." 자신이 유발하지도 않고 기대하지도 못했던 동정에 K는 참을 수가 없어서 두 마디 말로 작별 인사를 하고는 수화기를 제자리에 걸어 놓으며 반은 자신에게, 반은 이제 소리가 안 들리는 멀리 있는 그녀에게 이렇게 말했다. "그래, 그들이 나를 뒤쫓고 있어."

그런데 이미 시간이 늦어서 제시간에 도착하지 못할 위험도 있었다. 그는 자동차를 타고 갔는데, 떠나기 직전에 마침 사진첩 생각이 났다. 아까는 그것을 건네줄 기회가 없어서 지금 가져가는 중이었다. 그는 그것을 무릎 위에 올려놓았고 가는 동안 내내 마음이 불안하여 그것을 두드렸다. 빗발은 가늘어졌지만 날은 습하고 쌀쌀하고 어두웠다. 대성당 안은 잘 보이지도 않을 것이고, 차가운 석판 바닥 위에 오래 서 있다 보면 K의 감기가 더욱 악화될 것이다.

대성당 앞 광장은 텅 비어 있었다. 이 좁은 광장에 있는 집들의 거의 모든 창문마다 항상 커튼이 드리워져 있는 것이 K가 어린아이였을 때 이미 아이의 눈에도 이상하게 보였는데 지금 그 기억이 불쑥 떠올랐다. 오늘 같은 날씨에는 물론 다른 때와 달리 어느 정도 이해가 되었다. 대성당 안도 텅 비어 있는 것 같았다. 이런 때 여기에 올 생각을 하는 사람은 물론 아무도 없었을 것이다. K는 양쪽 측랑(側廊)*을 따라 걸어가면서 성당 안을 모두 둘러보았는데 오직 노파 한 사람밖에 없었다. 노파는 따뜻한 천을 몸에 두른 채 마리아 상 앞에서 무릎을 꿇고 올려다보고 있었다. 그리고 또 한 사람, 다리를 절뚝거리는 성당지기가 벽에 달린 문 속으로 사라지는 모습이 멀찌감치 보였다. K는 정각에 왔다. 그가 막 성당 안으로 들어서는데 시계가 열한시*를 친 것이다. 그러나 이탈리아인은 아직 오지 않았다. K는 정문 쪽으로 돌아가 마음을 정하지 못한 채 거기에 잠시 서 있다가 이탈리아인이 혹시 양쪽 측문 중 어느 한쪽에서 기다리고 있는 게 아닌지 살펴보기 위해 빗속을 걸어 대성당 주위를 한 바퀴 돌아보았다. 그러나 그는 어디에도 없었다. 지점장이 혹시 시간을 잘못 알아들은 게 아닐까? 그런 사람의 말을 어떻게 제대로 알아들을 수 있겠는가? 그러나 어찌 되었든 K는 적어도 반 시간가량은 그 사람을 기다리지 않으면 안 되었다. 그는 온몸이 피곤한 탓에 어디든 앉고 싶어서 다시 성당 안으로 들어갔다. 어느 계단 위에 양탄자 비슷한 작은 천 조각을 발견하고는 발끝으로 그것을 가까운 좌석 앞까지 끌어다 놓은 뒤 외투로 몸을 더 단단히 감싸고 옷깃을 높이 세운 채 자리에 앉았다. 무료함을 달래기 위해 그는 사진첩을 펼쳐 몇 장 넘겨 보았으나 곧 그것을 그만두어야 했다. 눈을 들어 가까이에 있는 측랑을 아무리 들여다보아도 그 세부의 모습을 거의 분간할 수 없을 정도로 더욱 어두워졌기 때문이다.

저 멀리 중앙 제단 위에 촛불 세 개가 커다란 세모꼴을 이루며 반짝이고 있었다. K는 전에도 그것을 본 적이 있는지 확실히 말할 수 없었다. 아마 지금 막 거기에 불을 붙인 것 같았다. 성당지기들은 직업상 소리 안 나게 걸어 다니는 자들이라서 그들이 오가는

276

것을 알아차리기가 어렵다. K가 우연히 몸을 돌려 보니 뒤쪽 멀지
않은 곳에서 높고 굵은 초 하나가 기둥에 고정된 채 역시 타고 있
었다. 그 모습이 아름답기는 했지만 대부분 양쪽 측면 제단의 어
둠 속에 걸려 있는 제단화들을 비추기에는 턱없이 부족하여 오히
려 어둠을 심화시키고 있었다. 이탈리아인이 오지 않은 것은 무례
한 행동이었지만 현명한 처사이기도 했다. 이대로는 볼 수 있는
게 아무것도 없을 테니까. 그리고 K의 손전등으로 그림 몇 개를
군데군데 더듬듯이 뜯어보는 것으로 만족해야 했을 테니까. 그렇
게 해서 얼마만큼이나 볼 수 있는지 시험해 보기 위해 K는 가까이
있는 조그만 측면 예배소로 걸어갔다. 계단 몇 개를 올라가 낮은
대리석 난간에 이르러 그 너머로 몸을 구부린 채 손전등으로 제단
화를 비추어 보았다. 그 앞에 성체등(聖體燈)*의 붉은빛이 어른거
려 방해가 되었다. K의 눈에 처음으로 들어온 것은 제단화의 가장
바깥쪽 언저리에 그려진 갑옷 입은 키 큰 기사의 모습이었는데 그
일부는 잘 보이지 않아 어림짐작으로 헤아려 보았다. 그 기사는
자기 앞의 맨땅을―풀줄기 몇 가닥만 여기저기 나 있을 뿐이었
다―찌르고 있는 칼에 몸을 의지하고 있었다. 그는 자기 앞에서
벌어지고 있는 어떤 사건을 주의 깊게 지켜보고 있는 것 같았다.
그가 그렇게 가만히 선 채로 가까이 다가가지 않는 것이 이상해
보였다. 아마 보초를 서도록 정해진 것이었으리라. 그림을 본 지
오래된 K는 전등의 푸르스름한 빛이 거슬려서 눈을 연방 깜빡거
려야 했지만 그래도 한참 동안이나 기사를 관찰하고 있었다. 그러
고는 그 빛으로 그림의 나머지 부분을 이리저리 비춰 보니 그것은

흔히 볼 수 있는 스타일의 그리스도 매장 장면이었는데, 비교적 최근의 그림이었다. 그는 전등을 주머니에 넣고서 앉았던 자리로 다시 돌아왔다.

이제는 이탈리아인을 기다리는 것이 불필요한 일임이 분명했다. 그러나 밖에는 틀림없이 비가 주룩주룩 내리고 있는 것 같았고 이곳은 생각했던 것만큼 그렇게 춥지 않아서 K는 얼마간 여기에 머물기로 작정했다. 그의 자리에서 멀지 않은 곳에 커다란 설교단이 있었는데, 그 단의 작고 둥근 지붕에는 그리스도가 매달리지 않은 두 개의 금빛 십자가가 비스듬히 꽂혀 있었고 그 맨 끝 부분이 서로 교차하고 있었다. 설교단의 난간 외벽과 설교단을 지탱하는 기둥으로의 연결 부분은 녹색 잎사귀 모양의 장식들로 이루어져 있었고 그 장식 속에는 꼬마 천사들이 활기차게 움직이기도 하고 혹은 조용히 쉬기도 하면서 잎사귀들을 붙잡고 있었다. K는 설교단 앞으로 걸어가 그것을 여러 방향에서 살펴보았다. 돌의 세공 솜씨는 대단히 정교했고 잎사귀 모양 장식과 그 배후 사이에 생긴 깊은 어둠은 마치 끼워 넣고서 단단히 붙여 놓은 것처럼 보였다. K는 그런 틈 속에 손을 넣어 조심스럽게 돌을 만져 보았는데, 이런 설교단이 이 자리에 있다는 것을 여태껏 모르고 있었다. 그때 가장 가까이 있는 좌석 열(列) 뒤에 뜻밖에도 성당지기 한 사람이 와 있는 게 보였다. 그는 그곳에 축 늘어진 검은색 주름 옷을 입고 서서 왼손에는 코담배통*을 든 채 K를 지켜보고 있었다. '저 사람 대체 무얼 하려는 걸까?' K가 생각했다. '내가 수상해 보이는 거겠지? 팁이라도 달라는 건가?' 그러나 이제 성당지기는

K가 자기를 알아보았다는 것을 깨닫자, 두 손가락 사이에 아직 코 담배를 한 줌 쥔 채, 오른손으로 어딘지 막연한 방향을 가리켰다. 그의 거동은 거의 이해할 수 없는 것이었기에 K는 잠시 더 기다려 보았으나 성당지기는 손으로 무언가를 가리키는 동작을 멈추지 않고 거기에다 고개까지 끄덕여 가며 그 동작에 힘을 실어 주는 것이었다. "대체 무얼 하려는 거야?" K가 나지막한 소리로 물었다. 성당 안에서 감히 소리칠 엄두는 내지 못했다. 그러다가 그는 지갑을 꺼내 들고 그 남자에게 다가가기 위해 가장 가까운 좌석 열을 따라 움직여 갔다. 그러나 그 남자는 즉시 손으로 거절하는 동작을 해 보이더니 어깨를 한 번 으쓱하고는 절룩거리며 달아났다. K는 어렸을 때 그렇게 절룩거리며 급히 걸어가는 동작과 비슷한 걸음걸이로 말 타고 달려가는 모습을 흉내 내려 한 적이 있었다. '어린애 같은 노인이로군.' K가 생각했다. '저자의 머리로는 겨우 성당지기밖에 못해 먹겠어. 내가 서면 자기도 멈춰 서고, 내가 계속 따라오나 엿보고 있는 꼴이라니.' 빙긋이 웃으며 K는 노인의 뒤를 따라 측랑을 지나 높이 솟은 중앙 제단까지 거의 다 왔는데도 노인은 여전히 무언가를 손으로 가리키는 것을 그만두지 않았다. 그러나 K는 일부러 몸을 돌리지 않았다. 그렇게 가리키는 것은 그가 뒤따라오는 것을 따돌리기 위한 것 말고는 다른 목적이 없었을 것이기 때문이다. 결국 그는 따라가기를 실제로 포기하고 노인을 놔주었다. 노인을 너무 불안하게 하고 싶지 않았고, 만일 이탈리아인이 그래도 올 경우를 생각해서 이 도깨비 같은 사람을 완전히 몰아내고 싶은 마음도 없었던 것이다.

그가 사진첩을 놓아두었던 본래의 자리를 찾아 돌아가기 위해
중랑(中廊)*으로 발을 들여놓는 순간, K는 성가대석에 거의 인접
해 있는 한 기둥에 조그마한 부(副)설교단이 붙어 있는 것을 발견
했다. 밋밋하고 창백한 돌로 지어진 아주 단순한 설교단이었다.
너무 작아서 멀리서 보면 성상을 세워 두기 위한 용도로 지어졌
으나 아직 비어 있는 벽감(壁龕)처럼 보였다. 설교자는 분명 난간
에서 채 한 걸음도 제대로 물러설 수 없을 것 같았다. 게다가 돌
로 된 설교단의 천개(天蓋)는 특이하게 낮은 위치에서 시작되어
별 장식 없이 둥글게 휘어져 올라갔기 때문에 보통 키의 남자라
도 그곳엔 똑바로 서 있을 수가 없고 계속 난간 앞으로 몸을 내밀
고 있어야 했다. 그 전체가 마치 설교자를 괴롭히기 위해 만들어
놓은 것처럼 여겨졌다. 크고 멋들어지게 장식된 다른 설교단도
있는데, 이런 설교단을 대체 어디에 쓰려고 만들었는지 이해할
수가 없었다.

설교가 있기 직전에 켜 두곤 하는 등이 위쪽에 달려 있지 않았
다면 이 조그만 설교단이 별나게 보이긴 해도 틀림없이 K의 눈에
띄지 않았을 것이다. 그렇다면 지금 설교라도 있을 예정이란 말인
가? 이 텅 빈 성당 안에서? K는 기둥에 달라붙어 설교단을 향해
감겨 올라가는 계단을 눈으로 따라 내려와 보았다. 계단은 너무
좁아서 마치 사람이 오르내리기 위해서가 아니라 단지 기둥을 장
식하기 위해 만들어 놓은 것처럼 보였다. 그런데 설교단 아래쪽
에, K는 놀란 나머지 저절로 웃음이 흘러나왔는데, 정말로 신부가
서 있는 것이었다. 신부는 올라가려고 손으로 난간을 잡은 채 K

쪽을 보고 있었다. 그러고는 그가 아주 가볍게 고개를 끄덕이자 K
는 성호를 긋고 고개 숙여 인사했는데 그것은 좀 더 일찍 했어야
옳았을 것이다. 신부는 살짝 반동을 주어 몸을 한 번 치올리더니
짧고 빠른 걸음으로 설교단에 올라갔다. 정말 설교를 시작하려는
걸까? 아마 그 성당지기는 머리가 아주 모자라는 사람은 아니어
서 설교를 듣게 하려고 K를 설교자 쪽으로 몰아가려고 했던 게 아
니었을까? 신도가 없는 텅 빈 교회에서는 그렇게 하는 것이 물론
꼭 필요한 일이었으리라. 그런데 아직 어딘가에 마리아 상 앞에는
노파도 있지 않은가. 그렇다면 그 노파도 오게 했어야 했을 것이
다. 그리고 설교가 있을 예정이라면 왜 오르간으로 그 시작을 알
리지 않는 것인가? 그러나 오르간은 여전히 조용했고 높이 치솟
은 파이프의 금속성 빛만 그 높다란 어둠 속에서 희미하게 깜빡거
릴 뿐이었다.

K는 지금 어서 그곳을 떠나야 하지 않을까 하고 생각했다. 지금
나가지 않으면 설교 중에 나간다는 건 더 가망이 없는 일이므로
설교가 계속되는 한 남아 있어야 했다. 사무실에서도 너무 많은
시간을 허비했고, 이탈리아인을 기다리는 건 진작부터 더 이상 그
의 의무가 아니었다. 시계를 보니 열한시였다. 그런데 과연 설교
를 할 수 있을까? K 혼자 예배에 참석한 신도의 역할을 할 수 있
을까? 만일 그가 그저 성당만 구경하러 온 타지 사람이었다면 어
떻게 할 셈인가? 사실 따지고 보면 그 역시 그런 사람이나 다를
바 없었다. 지금은 열한시이고 평일인 데다 날씨마저 사납기 짝이
없는데 설교가 있으리라고 생각한다는 것 자체가 터무니없는 일

이었다. 신부는—틀림없이 신부였고, 매끈하고 가무잡잡한 얼굴의 젊은 사람이었다— 단지 착오가 생겨 켜 놓은 등불을 끄기 위해 올라간 것이리라.

그러나 그렇지 않았다. 신부는 오히려 등불을 살펴보더니 심지를 조금 더 높인 후 천천히 난간 쪽으로 몸을 돌려 두 손으로 각이 진 앞쪽 모서리 부분을 잡았다. 그는 한동안 그렇게 서서 머리는 움직이지 않은 채 눈으로만 주위를 둘러보았다. K는 멀찌감치 뒤로 물러서서 맨 앞줄 좌석에 팔꿈치를 기댄 채 서 있었다. 그는 성당지기가 딱히 어디라고 말할 수 없는 그런 곳에 등을 구부린 채 임무를 마친 사람처럼 평온하게 웅크리고 앉아 있는 모습을 불안한 눈으로 바라보았다. 지금 대성당 안은 그야말로 정적이 감돌고 있었다. 뭐라고 말할 수 없는 정적이! 그러나 K는 그 정적을 깨지 않을 수 없었다. 이곳에 더 머물 생각이 없었기 때문이다. 상황을 고려치 않고 정해진 시간에 설교를 하는 것이 신부의 의무라면 그건 그가 알아서 할 일이다. K가 거들지 않아도 잘 해낼 것이며 K가 있다고 해서 효과가 분명 더 커지지도 않을 것이다. 그래서 K는 천천히 움직이기 시작해 좌석을 잡고 발끝으로 더듬어 나아가다가 널찍한 중앙 통로로 나와서는 전혀 거치적거리는 것 없이 자유롭게 걸을 수 있었다. 다만 돌로 된 바닥은 아무리 발소리를 죽여 가만히 걸어도 소리가 울렸는데, 그 소리는 여러 개의 둥근 천장에 부딪혀 법칙에 따라 수차례씩 굴절을 겪으며 뻗어 나가 희미하면서도 끊임없이 메아리쳤다. K는 신부가 지켜보는 가운데 비어 있는 좌석들 사이를 혼자 걸어 나가며 다소 쓸쓸함을 느꼈다.

그리고 그에게는 대성당의 크기가 인간이 견뎌 낼 수 있는 것의 한계인 것처럼 여겨졌다. 아까 앉았던 자리로 돌아오자 그는 더 이상 머뭇거리지 않고 그곳에 그대로 놓여 있는 사진첩을 마치 움직이는 물건인 양 그야말로 날쌔게 붙잡아 집어 들었다. 이제 좌석들이 놓여 있는 구역을 거의 다 지나 좌석들과 출구 사이에 놓인 빈 공간을 향해 다가가는데, 처음으로 신부의 목소리가 들려왔다. 우렁차고 잘 단련된 목소리였다. 그 소리는 그것을 받아들일 준비가 되어 있는 대성당 곳곳으로 퍼져 나갔다. 그야말로 곳곳으로! 그러나 신부는 일반 신도를 향해 외친 것이 아니었다. 그것은 너무도 뚜렷하여 도저히 빠져나갈 도리가 없었다. 그는 바로 이렇게 외친 것이다. "요제프 K!"

　K는 우뚝 서서 자기 앞의 바닥을 내려다보았다. 지금으로서는 아직 자유로운 몸이었다. 계속 더 걸어 나가 저 앞에 멀지 않은 곳에 있는 세 개의 작은 짙은 색 나무 문 중 하나를 통해 밖으로 나가 버리면 그만이었다. 그렇게 하면 그것은 그가 알아듣지 못했거나 알아듣긴 했어도 개의치 않겠다는 뜻이 될 것이다. 그러나 만일 뒤를 돌아본다면 그는 붙잡힌 몸이 된다. 왜냐하면 그럴 경우 그는 잘 알아들었으며, 신부가 부른 사람이 바로 자기이며, 또한 그 부름에 따르겠다는 것을 고백하는 셈이었기 때문이다. 신부가 한 번 더 불렀다면 K는 틀림없이 나가 버렸을 것이다. 그러나 기다리며 가만히 있어도 사방은 계속 조용하기만 해서 K는 고개를 약간 돌려 보았다. 신부가 지금 무엇을 하고 있는지 보고 싶었기 때문이다. 그는 조금 전처럼 설교단 위에 가만히 서 있었다. 그러

나 K가 고개 돌리는 것을 분명히 알아챈 것 같았다. 이제 K가 완전히 돌아서지 않는다면 아이들 숨바꼭질 놀이나 다름없게 되어 버릴 것이다. K가 돌아서자 신부는 손가락으로 가까이 다가오라는 신호를 보냈다. 이젠 거리낄 일이 하나도 없겠다 싶어서 그는—호기심이 나기도 하고, 보다 일찍 용무를 끝내기 위해서도 그렇게 했다—큰 걸음으로 성큼성큼 설교단을 향해 날듯이 걸어갔다. 맨 앞의 좌석들 옆에서 그는 멈추어 섰는데, 신부는 그 거리가 아직 너무 멀다고 생각했는지 손을 쭉 뻗어서 집게손가락을 아래로 구부리고는 설교단 바로 앞의 지점을 가리켰다. K는 그 지시대로 따랐는데 그 자리에 서 보니 신부를 제대로 보려면 고개를 뒤로 많이 젖혀야 했다. "당신이 요제프 K지요." 신부는 말하면서 한 손을 무슨 뜻인지 모르게 난간에서 들어 올렸다. "그렇습니다." K가 말했다. 전에는 그가 자기 이름을 언제나 떳떳하게 말할 수 있었다는 생각이 들었다. 그러나 얼마 전부터는 그 이름이 부담스러웠다. 이제는 처음 보는 사람들까지 그의 이름을 알고 있었던 것이다. 먼저 자기를 소개하고 그런 다음에야 서로 알게 된다는 것이 얼마나 좋은 일인가. "당신은 고소를 당했지요." 신부가 목소리를 특히 낮추어 말했다. "그렇습니다." K가 말했다. "그렇게 통보를 받았습니다." "그러면 당신은 내가 찾고 있는 사람입니다." 신부가 말했다. "나는 교도소 신부입니다." "아, 그러시군요." K가 말했다. "내가 당신을 이리로 오게 했습니다." 신부가 말했다. "당신과 할 얘기가 있어서입니다." "그런 줄은 몰랐습니다." K가 말했다. "제가 여기 온 것은 어느 이탈리아인에게 대성당을 보여 주기 위해서였습니다." "그런 쓸데없는 말은 하지 마시오." 신부가 말했다. "손에 들고 있는 게 무언가요? 기도서인가요?" "아닙니다." K가 대답했다. "시내 관광 명소 사진첩입니다." "그런 건 내버려요." 신부가 말했다. K가 그것을 거칠게 내던지는 바람에 그것이 확 펼쳐지면서 몇 장은 짓눌려 구겨진 채 바닥 위로 얼마간 미끄러져 갔다. "당신의 소송이 안 좋은 상황이라는 것을 아시오?" 신부가 물었다. "제가 보기에도 그렇습니다." K가 말했다. "저로서는 온갖 노력을 다 해 봤습니다만, 이제껏 별 성과가 없습니다. 물론 청원서도 아직 작성을 다 하지 못한 상태입니다." "결말이 어떻게 나리라고 생각하나요?" 신부가 물었다. "전에는 반드시 좋게 끝날 것이라고 생각했습니다." K가 말했다. "지금은 때때로 의심이 들기도 합니다. 어떻게 끝날지 모르겠어요. 신부님은 아시나요?" "모릅니다." 신부가 말했다. "그러나 좋지 않은 결말로 끝나게 될까 봐 걱정입니다. 당신이 유죄라고들 여기고 있어서 말이오. 당신의 소송은 아마도 하급 법원을 결코 벗어나지 못할 겁니다. 적어도 현재로서는 당신의 죄가 입증된 것으로들 여기고 있으니까요." "하지만 저는 죄가 없습니다." K가 말했다. "그건 오류입니다. 도대체 인간이란 사실이 어떻게 죄가 될 수 있단 말입니까? 이 땅에서 우리는 모두 인간들 아닌가요. 너나 할 것 없이 모두 말입니다." "그건 맞습니다." 신부가 말했다. "그러나 죄 있는 자들은 늘 그렇게 말하곤 하지요." "신부님도 저에 대해 편견을 가지고 계신가요?" K가 물었다. "난 당신에 대해 편견을 가지고 있지 않습니다." 신부가 말했다. "감사합니다." K가 말했다. "그러나 소송에 관여하고 있는 다른 사람들은 모두 저에 대해 편견을 가지고 있습니다. 그들은 소송과 무관한 사람들에게도 그 편견을 불어넣고 있어요. 저의 입장이 점점 더 어려워지고 있습니다." "당신은 사실을 오해하고 있습니다." 신부가 말했다. "판결은 단번에 내려지는 게 아닙니다. 소송이 점차 판결로 넘어가는 거지요." "그건 그렇습니다." K는 말하면서 고개를 숙였다. "당신 사건에 대해 앞으로 어떻게 하실 작정이오?" 신부가 물었다. "도움을 더 구해 볼 생각입니다." K가 말했다. 그러면서 신부가 이 말을 어떻게 판단하는지 보기 위해 고개를 쳐들었다. "찾아보면 제가 아직 이용해 보지 못한 모종의 수단이 더 있을 겁니다." "당신은 남의 도움을 너무 많이 받으려 하고 있소." 신부가 나무라듯이 말했다. "특히 여자들한테서 말이오. 그게 진정한 도움이 아니라는 것을 모르시오?" "일부, 아니 대부분 신부님 말씀이 옳다는 건 인정할 수 있습니다." K가 말했다. "하지만 언제나 그렇다고는 할 수 없습니다. 여자들은 큰 힘을 지니고 있습니다. 만일 제가 아는 몇몇 여자들의 마음을 움직여 저를 위해 힘을 합쳐 일하도록 할 수만 있다면 저는 반드시 뜻을 이룰 수 있을 겁니다. 특히 이 법원의 경우엔 더욱 그렇지요. 그곳은 거의 모두가 여자라면 사족을 못 쓰는 엽색꾼들로만 이루어져 있으니까요. 예심 판사한테 여자를 한 명 멀리서 보여 줘 보세요. 그러면 그는 그녀를 놓치지 않으려고 책상이고 피고고 할 것 없이 죄다 밀쳐 넘어뜨리며 달려올 것입니다." 신부가 머리를 난간 쪽으로 기울였다. 이제 처음으로 설교단 지붕이 그의 머리를 내리누른다는 느낌이 든 모양이었다.

밖에는 얼마나 고약한 날씨가 기승을 부리고 있는 것일까? 이젠 더 이상 흐린 낮이 아니라 이미 깊은 밤중이었다. 대형 창문들의 스테인드글라스도 그 희미한 빛만으로는 어두운 벽을 구제할 수 없었다. 그런데 하필 그때 성당지기가 중앙 제단 위의 촛불을 하나씩 끄기 시작하는 것이었다. "저한테 화가 나셨나요?" K가 신부에게 물었다. "신부님은 자신이 종사하고 있는 법원이 어떤 곳인지 아마 모르시는 것 같습니다." 아무 대답이 없었다. "하긴 그건 제 경험에 지나지 않습니다만." K가 말했다. 위에서는 여전히 아무 소리도 없었다. "신부님을 모욕하려고 한 말이 아닙니다." K가 말했다. 그때 신부가 K를 향해 아래로 소리쳤다. "당신은 도대체 두 걸음 앞도 보지 못하는 거요?" 화가 치밀어 외친 소리였지만 동시에 그것은 누군가가 넘어지는 것을 보고 놀라서 자기도 모르게 무심코 외치는 사람 입에서 나온 소리 같기도 했다.

　이제 두 사람은 오랫동안 아무 말도 없었다. 아래쪽이 어두워서 신부는 분명 K를 잘 알아볼 수 없었던 것 같았고, 반면에 K는 신부를 작은 등불의 불빛 속에서 뚜렷하게 볼 수 있었다. 신부는 왜 아래로 내려오지 않는 것일까? 그는 설교를 한 것이 아니라 K에게 단지 몇 가지 얘기를 전해 준 것일 뿐인데, 그 얘기도 잘 생각해 보면 K에게 득이 되기보다는 해가 될 것 같은 내용이었다. 그러나 신부의 선의는 의심할 여지가 없어 보였다. 신부가 내려온다면 그와 의견 일치를 보는 것도 불가능하지는 않을 것이다. 그리고 신부에게서 결정적이고도 받아들일 만한 충고를, 예를 들어 어떻게 하면 소송에 영향을 미칠 수 있는가 하는 방법이 아니라 어떻게 하면 소송에서 탈출하고 소송을 피하고 소송 바깥에서 살 수 있는가 하는 방법에 대한 충고를 얻는 것도 불가능하지는 않을 것 같았다. 그럴 가능성은 틀림없이 있었다. K는 최근에 그 가능성에 대해 몇 번이나 생각해 보았던 것이다. 신부가 그런 가능성을 알고 있다면, 그래서 말해 달라고 부탁한다면, 신부는 아마 그것을 말해 줄 것이다. 신부 자신이 법원에 소속되어 있고, K가 법원을 공격했을 때 자신의 부드러운 본성을 억누르고 K에게 심지어 호통을 치기도 했지만 말이다.

"이리 내려오시지 않겠습니까?" K가 말했다. "설교를 하셔야 하는 것도 아니잖아요. 저한테로 내려오세요." "이젠 내려가도 됩니다." 신부가 말했다. 아마 자신이 소리친 것을 후회하고 있는 듯한 눈치였다. 등불을 걸이에서 들어내면서 그가 말했다. "처음엔 당신과 거리를 두고 이야기하지 않으면 안 되었습니다. 그렇지 않으면 너무 쉽게 영향을 받아 그만 내 직분을 잊어버린답니다."

K는 계단 아래에서 그를 기다렸다. 신부는 내려오면서 이미 위쪽 계단에서부터 K를 향하여 팔을 내뻗었다. "저를 위해 시간을 좀 내주시겠습니까?" K가 물었다. "필요하다면 얼마든지요." 신부가 말했다. 그러고는 K에게 작은 등불을 넘겨주고 그것을 들고 있게 했다. 가까이 있어도 뭐라고 말할 수 없는 엄숙함 같은 것이 신부의 몸에서 사라지지 않았다. "저한테 정말 친절하시군요." K가 말했다. 그들은 나란히 서서 어두운 측랑을 왔다 갔다 했다. "법원에 소속된 모든 사람들 가운데 신부님만 예외이십니다. 법원 사람들을 많이 알게 되었습니다만 그중 누구보다도 저는 신부

님을 더 신뢰합니다. 신부님이라면 터놓고 이야기할 수 있겠습니다." "자신을 속이지 말아요." 신부가 말했다. "제가 대체 무엇에 관해 저 자신을 속이고 있단 말인가요?" K가 물었다. "당신은 법원에 관해 자기를 기만하고 있습니다." 신부가 말했다. "법 서문에는 그런 기만에 대해 이렇게 쓰여 있습니다. '법 앞에 문지기가 한 사람 서 있다.* 이 문지기에게 한 시골 남자*가 찾아와 법 안으로 들여보내 달라고 부탁한다. 그러나 문지기는 지금은 들여보내 줄 수 없다고 말한다. 남자는 곰곰이 생각하다가 그러면 나중에는 들어갈 수 있느냐고 묻는다. 〈그럴 수 있지〉라고 문지기가 말한다. 〈하지만 지금은 안 된다구.〉 법으로 들어가는 문은 언제나 활짝 열려 있고 문지기가 옆으로 비켜섰기 때문에 남자는 문 너머로 그 안을 들여다보기 위해 몸을 구부린다. 문지기가 그것을 보고는 웃으며 말한다. 〈그렇게 마음이 끌리거든 내 금지를 어기고 어디 들어가 보게. 그러나 내가 힘이 세다는 걸 알아 둬. 그리고 나는 제일 말단 문지기에 지나지 않아. 홀마다 문지기가 하나씩 서 있는데, 안으로 들어갈수록 점점 더 힘이 센 문지기가 지키고 서 있지. 세 번째 문지기만 돼도 나는 그 모습을 똑바로 쳐다볼 수도 없다구.〉 시골 남자는 그런 어려움이 있으리라곤 미처 예기치 못했다. 법이란 누구나 언제라도 다가갈 수 있어야 하는 게 아닌가라고 생각하지만, 그는 모피 외투를 걸치고 있는 문지기, 그의 커다란 뾰족코, 길고 숱이 적은 타타르풍의 새카만 수염을 찬찬히 뜯어보고는 들어가도 좋다는 허가를 얻을 때까지 차라리 기다리기로 결심한다. 문지기는 그에게 걸상을 하나 주며 문 옆쪽에 앉아

있게 한다. 그 자리에 그는 몇 날 몇 해를 그렇게 앉아 있었다. 그
는 입장 허가를 얻으려고 갖은 시도를 다 해 보고 자꾸 부탁을 함
으로써 문지기를 지치게 한다. 문지기는 심심치 않게 그를 상대로
간단한 심문을 하며, 그의 고향에 대한 것이라든가 다른 많은 것
들에 대해 캐묻는다. 그러나 그건 모두 높은 양반들이 별 관심도
없으면서 공연히 던지곤 하는 그런 질문들이다. 그러다가 마지막
엔 번번이 아직은 그를 들여보내 줄 수 없다는 말만 되풀이하는
것이다. 여행을 위해 많은 것을 장만해 온 남자는 문지기를 매수
하기 위한 일이라면 아무리 값나가는 것이라도 무엇이든 아낌없
이 써 버린다. 문지기는 주는 대로 다 받기는 하지만 그때마다 꼭
이렇게 말하는 것이다. 〈내가 이걸 받는 것은 자네가 뭔가를 소홀
히 했다는 생각을 하지 않도록 하기 위해서일 뿐이네.〉 여러 해가
지나고 또 지나도 남자는 거의 한시도 눈을 떼지 않고 문지기를
지켜본다. 그는 이제 다른 문지기들은 잊어버리고 이 첫 번째 문
지기야말로 법 안으로 들어가는 데 유일한 장애물이라고 생각하
게 된다. 처음 몇 년간은 우연치곤 너무도 기막힌 이 불행한 신세
를 큰 소리로 저주하다가 나중에 늙어 가면서는 그저 혼잣말로 구
시렁거릴 뿐이다. 그는 이제 어린애처럼 유치해져 간다. 문지기에
대한 다년간의 연구 중에 문지기의 모피 옷깃에 벼룩이 살고 있다
는 것까지 알아내고는 글쎄 그 벼룩들한테도 자기를 도와 문지기
의 마음을 돌려 달라고 부탁하는 것이 아닌가. 마침내 그는 시력
이 약해져서 자기 주변이 실제로 어두워지고 있는 것인지 아니면
자기 눈이 착각을 일으키고 있는 것인지를 알지 못한다. 그러나

그 어둠 속에서 그는 지금 법의 문으로부터 꺼질 줄 모르고 흘러 나오는 빛을 알아본다. 이제 그에겐 살날이 얼마 남지 않은 것이다. 죽기 전에 그의 머릿속에서는 일생 동안의 모든 경험이 겹겹이 쌓이며 그가 여태껏 문지기에게 한 번도 던져 보지 못한 하나의 질문으로 뭉쳐진다. 이제는 점점 굳어 가는 자신의 몸을 더 이상 일으킬 수도 없어서 문지기에게 손짓으로 신호를 보낸다. 문지기는 그에게 몸을 깊이 구부리지 않으면 안 된다. 남자 쪽 체구가 현저히 줄어들어 키 차이가 크게 벌어졌기 때문이다. 〈이제 와서 새삼스럽게 무얼 더 알고 싶은 거지?〉 문지기가 묻는다. 〈끈질긴 사람이로군.〉〈누구나 다 법에 도달하고자 애를 쓰고 있는데……〉 남자가 말한다. 〈그 긴 세월 동안 나 말고는 아무도 그 안으로 들여보내 주기를 요구하는 사람이 없으니 도대체 어찌 된 일인가요.〉 문지기는 남자가 이미 임종에 이르렀음을 깨닫고 꺼져 가는 그의 청력으로도 알아들을 수 있게 그를 향해 큰 소리로 외친다. 〈여기는 자네 말고는 아무도 들어갈 수가 없어. 왜냐하면 이 문은 자네한테만 지정된 문이기 때문이지. 이제 나는 가서 그만 문을 닫아야겠네.〉"

"그러니까 문지기가 그 남자를 기만한 거군요." 이야기에 심취한 K가 즉시 그렇게 말했다. "속단하지 말아요." 신부가 말했다. "남의 의견을 덮어놓고 받아들여서는 안 돼요. 나는 이 이야기를 책에 쓰여 있는 대로 했을 뿐입니다. 거기엔 기만에 대해서는 아무것도 쓰여 있지 않습니다." "하지만 그건 분명합니다." K가 말했다. "신부님의 처음 해석이 전적으로 옳았습니다. 문지기가 구원의 말을 한 것은 그 말이 시골 남자에겐 더 이상 아무런 소용도 없게 된 뒤였습니다."그 이전에는 문지기가 질문을 받지 않았지요." 신부가 말했다. "그가 한낱 문지기에 불과하다는 사실도 염두에 두어야 합니다. 그래서 그는 문지기로서 자신의 의무를 다한 것입니다."" 왜 그가 자기 의무를 다했다고 생각하시나요?" K가 물었다. "그는 의무를 다하지 않았습니다. 그의 의무는 아마도 낯선 자들을 모두 막아 내는 일이었을 겁니다. 하지만 그 문으로 들어가도록 정해진 그 시골 남자는 들여보내 주었어야 했을 겁니다.""당신은 그 글을 존중하는 마음이 별로 없어서 이야기를 바꾸는 거군요." 신부가 말했다. "이야기에는 법 안으로 들여보내는 문제에 대해 문지기의 두 가지 중요한 설명이 들어 있습니다. 하나는 처음 부분에, 또 하나는 끝 부분에 있습니다. 처음 부분은 '그가 시골 남자에게 지금은 들어가는 것을 허락할 수 없다'는 내용이고, 끝 부분은 '이 문은 오직 너만 들어갈 수 있도록 정해진 문이었다'는 내용입니다. 이 두 설명 사이에 모순이 있다면 당신 말이 옳으며 문지기가 그 남자를 기만한 거겠지요. 그러나 거기엔 모순이 없습니다. 반대로, 첫 번째 설명은 두 번째 설명을 암시하고 있기도 합니다. 문지기는 그 남자에게 앞으로는 들여보내 줄 가능성이 있음을 내비침으로써 자기 의무를 넘어서는 일을 했다고도 할 수 있을 겁니다. 당시에는 그 남자를 쫓아내는 일만이 그의 의무였던 것 같습니다. 그리고 이 글의 많은 해석자들은 문지기가 그런 암시를 한 것에 대해 이상하게 생각하고 있습니다. 그는 정확한 것을 좋아하는 사람으로 보이고 자신의 직무를 엄격하게 수행하고 있기 때문입니다. 긴 세월 동안 그는 자기 자리를 떠나는 일이 없고 맨 마지막에 가서야 문을 닫습니다. 그는 자기 임무의 중요성을 깊이 의식하고 있으며, 그래서 '나는 힘이 세다'고 말하는 것입니다. 그리고 그는 상사(上司)에 대해 경외심을 가지고 있습니다. 그렇기 때문에 '나는 가장 말단의 문지기에 불과하다'고 말하는 거지요. 그는 의무를 이행함에 있어서도 마음이 흔들린다거나 화를 내는 일이 없습니다. 그렇기 때문에 시골 남자에 관해 '그는 자꾸 부탁을 함으로써 문지기를 지치게 한다'고 쓰여 있습니다. 그는 수다스럽지도 않습니다. 그렇기 때문에 그 긴 세월이 흐르는 동안 글 속의 표현대로 '무관심한 질문'만 할 뿐입니다. 그는 매수에도 넘어가지 않습니다. 그렇기 때문에 그는 선물에 대해 '내가 이걸 받는 것은 자네가 뭔가를 소홀히 했다는 생각을 하지 않도록 하기 위해서일 뿐이네'라고 말하는 거지요. 끝으로, 커다란 뾰족코에 길고 숱이 적은 타타르풍의 새카만 수염을 하고 있는 그의 외모도 융통성을 모르고 정확하기 그지없는 성격을 암시하고 있습니다. 이보다 더 의무에 충실한 문지기가 있을까요? 그런데 이 문지기는 또 다른 본질적 특성들도 함께 지니고 있습니다. 그런 특성들은 입장 허가를 요구하는 사람에게는 아주 유리한 것이며, 그가 앞으로의 입장 허가 가능성을 암시하는 대목에서 그는 자기의 의무 범위를 어느 정도 넘어선 것일 수도 있다는 점을 수긍하게 해 주는 것이기도 합니다. 즉 그는 약간 단순한 편이며 그와 관련해 다소 자만심도 있는 인물이라는 것을 부인할 수는 없습니다. 자신의 힘과 다른 문지기들의 힘 그리고 그 자신도 똑바로 바라보기가 두려운 그들의 모습에 관한 그의 말들—내가 보기에 그 모든 말들이 그 자체로는 옳다고 해도, 그가 그런 말을 하는 방식은 그의 이해력이 단순함과 자만심 때문에 흐려져 있다는 것을 드러내고 있습니다. 이 점에 대해 해석자들은 '어떤 일에 대한 올바른 이해와 같은 일에 대한 그릇된 이해는 서로를 완전히 배제하는 것은 아니다'라고 말합니다. 그러나 어쨌든 그런 단순함과 자만심은 그것이 아무리 약하게 표출된다 해도 문을 지키는 일에 저해된다고 보아야 합니다. 그것은 바로 문지기의 성격 속에 내재해 있는 허점입니다. 게다가 또 문지기는 천성적으로 친절한 것 같다는 점입니다. 그래서 그는 언제나 철저하게 공직을 수행하는 자의 모습이 아닙니다. 바로 처음 장면부터 그는 명시적으로 금지되어 있는 일임에도 불구하고 시골 남자에게 장난을 걸듯이 들어가기를 권하기도 하고, 이어서 그 남자를 쫓아 버리지 않고, 글에 쓰여 있는 대로, 걸상을 주어 문 옆쪽에 앉아 있게도 합니다. 그 오랜 세월 내내 시골 남자의 끈질긴 부탁을 그대로 견뎌 내는 인내심, 간단한 심문, 선물 수수, 그리고 그곳에 문지기가 서 있게 된 불행한 우연을 그 남자가 자기 옆에서 큰 소리로 저주해도 그대로 용인하는 초연한 자세—이 모든 것이 결국은 동정심의 발로라는 추론을 할 수 있습니다. 문지기마다 모두 그렇게 행동하지는 않았을 것입니다. 그리고 끝에 가서 그는 또 시골 남자의 손짓 한 번에 그 남자에게 몸을 깊이 구부려 마지막 질문의 기회를 주지요. 다만 '끈질긴 사람이로군'이라는 말에는—문지기는 모든 게 끝나 가고 있음을 알고 있지만—약간의 초조함이 묻어 있습니다. 어떤 사람들은 이런 해석 방식에서 한 걸음 더 나아가 '끈질긴 사람이로군'이라는 말은 물론 낮추어 보는 의미가 없지는 않지만 일종의 우정 어린 감탄을 표현하는 것이라고 말하기도 합니다. 어쨌든 문지기라는 인물은 적어도 당신이 생각하는 것과는 다르다는 결론이 내려집니다." "신부님은 이 이야기를 저보다 더 정확하고 더 오래전부터 알고 계시니까요." K가 말했다. 두 사람은 잠시 말이 없었다. 그러다가 K가 말했다. "그러니까 신부님은 시골 남자가 기만을 당한 게 아니라고 생각하시는 거지요?" "내 말을 오해하지 마세요." 신부가 말했다. "나는 당신에게 그에 관한 여러 의견들을 알려 주고 있을 뿐입니다. 그런 의견들에 너무 신경 쓸 필요는 없습니다. 글은 불변하는 것이며 의견들은 그에 대한 절망의 표현일 뿐일 때가 많습니다.* 그런 경우에 심지어는 바로 문지기가 기만을 당한 자라는 의견까지도 있습니다." "그것은 너무 지나친 의견이군요." K가 말했다. "그것은 어떤 근거로 설명이 되나요?" "그 근거는……." 신부가 대답했다. "문지기의 단순 무지한 성격에 있습니다. 그는 법의 내부에 대해서는 모르고 늘 반복해서 왔다 갔다 해야 하는 문 앞의 길만 알고 있을 뿐이라는 겁니다. 그가 내부에 대해 갖고 있는 생각이란 유치한 수준이며 그가 시골 남자에게 두려움을 불러일으키고자 하는 것에 자기 자신도 두려움을 느끼고 있는 것이라고 생각하는 거구요. 아니, 문지기는 시골 남자보다 더 두려워하고 있습니다. 시골 남자는 법 내부의 무서운 문지기들에 대한 얘기를 듣고서도 오직 내부로 들어가려고만 하는데, 반면에 문지기는 아예 들어가려고도 하지 않기 때문입니다. 적어도 그 점에 관해서는 아무것도 들은 바가 없습니다. 다른 사람들은 문지기가 틀림없이 내부에 들어가 본 적이 있을 것이라고 말합니다. 왜냐하면 그는 법을 위해 일하도록 채용되었으며 그런 일은 내부에서만 일어날 수 있기 때문입니다. 이에 대응하는 생각으로는 그가 내부의 부름을 받아 문지기로 임명되었다 하더라도 세 번째 문지기를 보는 것만으로도 더 이상 참을 수 없어 하는 것을 보면 적어도 내부 깊숙이는 들어가 본 적이 없을 것이라는 견해가 있습니다. 게다가 그토록 오랜 세월이 흘러도 그동안 그가 문지기들에 대한 언급 말고는 내부에 대해 다른 무언가를 얘기했다는 내용이 글 속에 들어 있지 않다는 것입니다. 그런 얘기를 하는 것이 그에겐 금지된 일일지 모르지만 그런 금지에 대해서도 그는 아무런 얘기를 한 적이 없습니다. 이런 모든 것으로 미루어 생각해 볼 때 그는 내부의 생김새나 의미에 대해 아는 것이 아무것도 없으며 거기에 대해 망상을 품고 있다는 결론을 얻게 됩니다. 그런데 그는 시골 남자에 대해서도 망상에 빠져 있다는 견해가 있습니다. 왜냐하면 그는 그 남자보다 낮은 위치에 있으면서도 그 사실을 모르고 있기 때문이라는 것입니다. 그가 그 남자를 자기보다 낮은 사람으로 다루고 있다는 것은 당신이 아직 기억하고 있을 많은 대목들에서 분명히 알 수 있습니다. 그러나 이 견해에 따르자면, 그가 그 남자보다 사실은 낮은 위치에 있다는 것 역시 마찬가지로 명백히 드러난다는 것입니다. 무엇보다도 자유로운 사람은 매여 있는 사람보다 높은 위치에 있는 법이니까요. 그런데 자유로운 사람은 사실 시골 남자 쪽입니다. 그는 가고 싶은 곳이면 어디든 갈 수 있습니다. 단지 그에게는 법 안으로 들어가는 것만 금지되어 있을 뿐이지요. 게다가 그것도 문지기라는 단 한 사람에 의해서만 금지당하고 있는 것이지요. 시골 남자가 문 옆에 놓인 걸상에 앉아 평생을 거기 머물러 있다고 할 때 그것은 자유 의지에 의한 것이지 강제에 의한 것이라는 얘기는 어디에도 없습니다. 반면에 문지기는 직무로 인해 자기 자리에 매여 있는 처지여서 그 자리를 떠나 외부로 나갈 수가 없습니다. 보아하니 내부로도 들어갈 수 없는 게 분명합니다. 그가 아무리 들어가고 싶어 해도 말입니다. 게다가 그는 법을 위해 봉사하고 있다고는 하지만 실은 그 문을 위해, 따라서 그 문으로 혼자 들어가도록 정해져 있는 그 남자만을 위해 봉사하고 있을 뿐입니다. 이런 점으로 미루어 보아도 그는 시골 남자보다 낮은 위치에 있습니다. 그는 오랜 세월 장년 시절이 다 가도록 어떤 의미에서는 헛된 봉사만 해 왔다고 볼 수 있습니다. 한 남자가, 장년의 어떤 사람이 찾아오는 바람에 문지기는 자기 목표가 이루어질 때까지 오랫동안, 그러니까 자발적으로 찾아온 그 남자가 임의로 머물고 싶은 만큼 오랫동안 기다려야 했다고 쓰여 있기 때문입니다. 그 봉사의 끝도 그 남자의 삶이 언제 끝나는가에 따라 정해지는 거지요. 따라서 그는 결국 마지막까지 그 남자보다 낮은 위치에 머물게 되는 셈입니다. 그리고 이 모든 것에 대해 문지기는 아무것도 모르는 것 같다는 점이 거듭 강조되고 있습니다. 그 점은 하나도 이상하게 보일 것이 없습니다. 왜냐하면 그런 의견에 따르자면 문지기는 훨씬 더 심각한 망상에 빠져 있기 때문입니다. 그건 자기 직무에 관해서입니다. 맨 마지막에 그는 문 이야기를 하면서 '이제 나는 가서 그만 문을 닫아야겠네'라고 말하는데, 처음 부분에는 법의 문은 언제나 열려 있다고 되어 있거든요. 그런데 그 문이 언제나 열려 있는 것이라면, 즉 그 문의 지정된 출입자인 그 남자의 생존 기간과 무관하게 언제나 열려 있는 것이라면, 문지기 역시 그 문을 닫을 수는 없을 것입니다. 거기에 대해서는 의견들이 분분합니다. 문지기가 문을 닫겠다고 한 것은 단지 하나의 답을 주고자 한 것에 불과한 것이다, 혹은 직무상의 의무를 강조하려고 한 것이다, 아니면 시골 남자를 마지막 순간에 후회와 슬픔에 빠지게 하려는 것이다 등등 다양한 의견들이 있습니다. 그러나 문지기가 문을 닫을 수 없을 것이라는 점에는 많은 사람들이 일치된 의견을 보이고 있습니다. 그들은 문지기가 적어도 끝 부분에서는 지식의 면에서도 시골 남자보다 한 수 아래에 있다고까지 여기고 있습니다. 왜냐하면 시골 남자는 법의 문에서 흘러나오는 빛을 보고 있는 반면 문지기는 아마도 문을 등지고 서 있을 텐데, 그래서 그런지 그가 무슨 변화를 보았다는 것을 확인해 줄 만한 언급이 어디에도 없기 때문이라는 것입니다." "설득력 있는 설명이로군요." K가 말했다. 그는 신부가 설명하는 말을 한 구절 한 구절 작은 소리로 혼잣말처럼 되뇌었다. "설득력 있는 설명이라 저도 이제는 문지기가 기만을 당한 것이라고 생각합니다. 그렇다고 해서 제가 이전의 생각을 포기한 것은 아닙니다. 두 생각이 부분적으로는 서로 일치하고 있기 때문입니다. 문지기가 올바로 보고 있는지 아니면 잘못 보고 있는지는 결정적인 게 아닙니다. 저는 시골 남자가 기만을 당하고 있는 것이라고 말했습니다. 만일 문지기가 올바로 보고 있다면 제 말을 의심해 볼 수 있을 겁니다. 그러나 만일 문지기가 잘못 보고 있다면 그의 착각은 필연적으로 시골 남자에게 옮아 가지 않을 수 없습니다. 그렇다면 문지기는 사기꾼은 아니지만 직무를 즉시 그만두어야 할 정도로 무얼 모르는 단순한 자이지요. 신부님께서는 문지기가 빠져 있는 착각이 자기에게는 아무런 해를 입히지 않지만 시골 남자에게는 엄청난 해를 입힌다는 것을 생각하셔야 합니다." "그 점에서 당신은 반대 의견에 부딪히게 됩니다." 신부가 말했다. "즉 많은 사람들이 말하기를, 그 이야기는 어느 누구에게도 문지기에 대한 판단의 권한을 주지 않는다는 것입니다. 그가 우리의 눈에 어떻게 보이든 그는 어디까지나 법을 위해 일하는 사람이고, 따라서 법에 속해 있는 사람이며, 그러기에 인간적인 판단에서 벗어나 있다는 것입니다. 그렇다면 문지기가 시골 남자보다 낮은 위치에 있다고 생각할 수도 없습니다. 맡은 직무 때문에 오직 법의 문에만 매여 있다는 것은 세상에서 그냥 자유롭게 사는 것보다 비교할 수 없을 정도로 더 큰 뜻이 있는 것이지요. 시골 남자가 비로소 법에 들어가려고 오는데, 문지기는 이미 거기에 있는 겁니다. 문지기는 법에 의해 임명된 것이어서 그의 존엄한 가치를 의심한다는 것은 법을 의심하는 것과 같다는 거지요." "그런 의견에 저는 찬성할 수 없습니다." K가 고개를 가로저으며 말했다. "왜냐하면 만일 그런 의견에 찬성한다면 문지기가 말하는 것은 모두 진실이라고 생각해야 하기 때문입니다. 그러나 그런 일이 있을 수 없다는 것은 신부님 스스로 이미 상세히 논증해 주시지 않았습니까." "그렇지 않습니다." 신부가 말했다. "모든 걸 진실이라고 생각할 필요는 없어요. 그것을 다만 필연이라고 생각하기만 하면 됩니다." "참담한 생각이로군요." K가 말했다. "거짓이 세계 질서가 된다니 말입니다."

K는 결론적으로 그렇게 말했지만 그것이 그의 최종 판단은 아니었다. 그는 너무 피곤해서 그 이야기에서 비롯된 모든 추론을 전체적으로 파악할 수 없었다. 그것은 그 이야기를 통해 그가 접하게 된 생소한 생각 줄기들이었고, 그에게보다는 법원 관리들의 토론 모임에나 더 잘 어울릴 비현실적인 것들이었다. 소박한 이야기가 보기 흉하게 비대해져 버린 것이다. 그래서 그는 그것을 머리에서 털어 버리고 싶었고, 이제 큰 공감을 갖게 된 신부는 너그러운 모습을 보이며 자기 생각과 분명 일치하지는 않지만 K의 말을 묵묵히 받아들였다.

두 사람은 한동안 말없이 계속 걷기만 했다. K는 캄캄한 어둠 속에서 자기가 어디에 있는지도 모르는 채 신부 옆에 바싹 붙어서 걸었다. 손에 들고 있던 등불은 꺼져 버린 지 이미 오래되었다. 한번은 바로 앞에서 어느 성인의 은색 입상(立像)이 단지 은빛만을 한 번 깜빡이더니 이내 다시 어둠 속으로 숨어 버렸다. 신부에게만 전적으로 의지하지 않으려는 생각에 K는 그에게 물었다. "이제 우리는 중앙 출입구 근처에 다 오지 않았나요?" "아닙니다." 신부가 말했다. "우리는 거기에서 멀리 떨어져 있습니다. 벌써 가시게요?" K는 바로 지금 그럴 생각은 없었지만 얼른 이렇게 말했다. "그럼요, 저는 돌아가야 합니다. 저는 은행 차장인데, 은행에서 저를 기다리고 있습니다. 제가 여기에 온 것은 단지 한 외국인 고객에게 이 대성당을 안내하기 위해서였던 것뿐입니다." "그렇다면……." 신부는 말하면서 K에게 손을 내밀었다. "가 보십시오." "하지만 어두워서 저 혼자서는 제대로 길을 찾을 수 없습니다." K가 말했다. "왼쪽으로 벽까지 가십시오." 신부가 말했다. "그런 다음 계속 벽을 따라 가시는데 그 벽을 떠나지 마세요. 그러면 출구가 하나 보일 겁니다." 신부가 겨우 몇 걸음 멀어졌을 뿐인데 K는 아주 큰 소리로 외쳤다. "제발 좀 더 기다려 주세요." "기다리고 있습니다." 신부가 말했다. "저한테 뭔가 더 바라시는 게 없으신가요?" K가 물었다. "없습니다." 신부가 말했다. "조금 전엔 저한테 그렇게 친절하셨고……." K가 말했다. "모든 걸 다 설명해 주시더니 이젠 아무 관심도 없으신 것처럼 절 이렇게 그냥 가게 놔두시는군요." "당신이 가야 한다고 하지 않았나요." 신부가 말했다. "글쎄 뭐 그렇기는 합니다만" 하고 K가 말했다. "그럴 수밖에 없는 제 사정을 헤아려 주세요." "먼저 당신은 내가 누구인지 헤아려야 합니다." 신부가 말했다. "교도소 신부님이시지요." K는 그렇게 말하고는 신부에게 다가갔다. 은행으로 즉시 돌아가야 한다는 것은 그가 말했던 것만큼 그렇게 절실한 것은 아니었다. 그는 여기에 더 머물러 있어도 괜찮았다. "그러니까 나는 법원에 속해 있는 사람입니다." 신부가 말했다. "그러니 내가 당신한테 뭘 바랄 게 있겠습니까. 법원은 당신에게 아무것도 바라는 게 없습니다. 당신이 오면 받아들이고 가면 가게 놔둘 뿐입니다."

종말

K의 서른한 번째 생일 전날 저녁에 — 저녁 아홉시 무렵이었고, 거리엔 인적이 뜸한 시간이었는데 — 두 명의 신사가 K의 집에 나타났다. 프록코트를 입고, 창백한 얼굴에 살이 쪘으며, 겉보기엔 머리에 단단히 고정되어 있는 듯 보이는 실크 모자를 쓰고 있었다. 누가 먼저 들어갈지를 놓고 현관문 앞에서 잠시 의례적인 양보의 말이 오간 후, K의 방문 앞에서는 똑같은 의례적인 말이 좀더 요란스럽게 되풀이되었다. 그들의 방문이 예고된 것이 아니었는데도 K는 그들과 마찬가지로 검은 옷을 입고 문 가까이 있는 의자에 앉아 손님들이 오기를 기다리는 듯한 태도로 새 장갑을 천천히 끼고 있었다. 장갑이 팽팽하게 당겨져 손가락 모양이 선명하게 드러났다. 그는 곧바로 일어나 호기심 어린 눈으로 두 신사를 쳐다보았다. "당신들은 저를 데리러 오신 거군요?" 그가 물었다. 신사들은 고개를 끄덕이더니 손에 든 실크 모자로 서로를 가리켰다. K는 속으로 자기가 다른 방문객을 기다리고 있었다는 것을 시인

했다. 그는 창가로 가서 다시 한 번 어두운 거리를 내다보았다. 길 건너편에는 거의 모든 창문들이 아직 어두웠고 많은 창문들에 커튼이 내려져 있었다. 한 건물의 불 켜진 어떤 창문 안에서는 격자 창살 뒤로 두 명의 젖먹이 아이가 서로 장난치며 놀고 있는 모습이 보였는데, 아직은 자기 자리에서 몸을 움직여 다가갈 수가 없어 고사리 같은 손으로 서로를 만지려고 더듬거리고 있었다. '늙고 시시한 배우들을 내게 보냈군.' K는 속으로 그렇게 말하며 그 사실을 다시금 확인하기 위해 돌아다보았다. '값싼 방법으로 나를 처리하려고 하는군.' K가 갑자기 그들을 향해 물었다. "당신들은 어느 극장에 출연하시나요?" "극장이라니?" 한쪽 신사가 입 언저리를 씰룩거리며 다른 쪽 신사에게 조언을 구하려고 물었다. 다른 쪽 신사는 매우 다루기 힘든 생물체와 싸우고 있는 벙어리처럼 몸짓으로 말을 했다. '저들은 질문을 받을 준비가 안 되어 있군.' K는 속으로 그렇게 말하고는 모자를 가지러 갔다.

계단에서부터 벌써 두 신사는 K와 팔짱을 끼려고 했다. 그러자 K가 말했다. "거리로 나가서나 그렇게 합시다. 난 환자가 아니란 말이오." 그러나 집 밖으로 나서기 무섭게 그들은 그의 팔짱을 끼었는데, K는 아직 한 번도 어떤 사람과 그런 식으로 팔짱을 끼고 걸어 본 적이 없었다. 그들은 양옆에서 K의 어깨 바로 뒤에 각자 자기 어깨를 꼭 붙인 채 팔을 꺾지 않고 쭉 펴서 K의 팔 전체를 휘감았다. 아래쪽에서는 K의 양손을 규범에 맞는 숙달된 방식으로 요령 있게 붙잡아 저항할 수 없게 했다. K는 몸을 뻣뻣하게 편 채 두 사람 사이에 끼여서 걸어갔다. 그들 세 사람은 이제 하나의 통일체를 이루어 만일 누가 그들 중 한 사람을 박살낸다면 모두가 무너져 버릴 것만 같았다. 그것은 생명이 없는 무생물체만이 이룰 수 있을 듯한 그런 통일체였다.

그렇게 서로 꼭 붙어서 걸어가는 상황에선 옆 사람을 본다는 것이 무척 어려운 일이긴 했지만, 가로등 불빛 아래에서 K는 동행자들의 모습을 자기 방의 어스름 빛 속에서보다 더 뚜렷하게 보기 위해 여러 차례 애를 썼다. '아마 테너 가수들인 모양이지.' 그들의 묵직한 이중 턱을 바라보면서 그는 그렇게 생각했다. 그들의 얼굴이 해맑게 보이자 그는 구역질이 났다. 그들이 손으로 눈꼬리를 비비고 윗입술을 문지르고 턱의 주름살 속에 낀 때를 긁어내는 모습도 보였는데, 그것은 그야말로 잡티까지도 제거하려는 숙청의 손이었다.

눈앞의 모습을 보고 K가 걸음을 멈추자 두 사람도 따라 걸음을 멈추었다. 그들은 녹지 시설들로 꾸며져 있는, 탁 트이고 사람 하나 없는 광장의 언저리에 온 것이다. "왜 하필 당신들을 보냈소!" K는 묻는다기보다는 소리를 질렀다. 보아하니 두 사람은 무슨 대답을 해야 할지 모르는 것 같았다. 그들은 환자가 쉬고 싶어 할 때 간호사들이 대개 그러는 것처럼 팔짱을 끼지 않은 빈 팔을 축 늘어뜨린 채 기다렸다. "난 더 이상 가지 않겠소." K가 마음을 떠보려고 그렇게 말했다. 그 말에 두 사람은 응대할 필요도 없이 팔짱을 풀지 않고 K를 그 자리에서 밀어내 앞으로 가게 하기만 하면 되었는데, K는 저항을 시도했다. '이젠 크게 힘쓸 일도 없을 테니 지금 모든 힘을 써야겠군.' 그는 그렇게 생각했다. 그에게는 끈끈이 막대에 달라붙은 파리가 다리를 떼어 내려고 안간힘을 다해 발버둥 치는 모습이 떠올랐다. '이자들, 이제 곤욕을 치르게 될 거야.'

그때 광장보다 낮게 놓여 있는 길에서 작은 계단을 통해 뷔르스트너 양이 광장을 향해 올라오고 있었다. 그녀가 맞는지 확실치는 않았지만 비슷한 데가 많았다. 그러나 그것이 확실히 뷔르스트너 양인지 아닌지는 K에게 전혀 중요치 않았고, 오직 저항의 무가치함만이 곧바로 그의 의식 속에 떠오를 뿐이었다. 그가 저항을 하고, 그래서 두 사람을 힘들게 하고, 이제 저항 속에서 생명의 마지막 빛을 맛보려고 애써 보았자 그건 결코 영웅적인 것이 아니었다. 그는 다시 걷기 시작했다. 그것이 두 사람을 기쁘게 했고 그 기쁨의 일부가 그 자신에게도 전달되었다. 그들은 이제 K가 어느 방향으로 길을 잡아도 그대로 묵인했다. 그래서 그는 그들 앞쪽에서 그 아가씨가 걸어가는 길을 따라 방향을 정했다. 그가 그렇게 한 것은 그녀를 따라잡는다거나 그녀를 가능한 한 오래도록 보고 싶어서가 아니라 그녀의 출현이 그에게 던져 주는 경고의 의미를 잊지 않기 위해서였다. '지금 내가 할 수 있는 유일한 일은' 하고 그는 속으로 말했다. 그러면서 자기 발걸음과 다른 두 사람의 발걸음이 일치하고 있는 것은 자기 생각이 옳다는 것을 확인해 주는 것이라고 여겼다. '지금 내가 할 수 있는 유일한 일은 차분하게 분별하는 이성을 끝까지 유지하는 것이다. 나는 언제나 스무 개의 손을 가지고 세상 속으로 뛰어들려 했고, 더군다나 합당하지 못한 목적을 이루려고 그랬던 것이다. 그건 옳지 않았다. 이제 1년 동안의 소송조차 나에게 아무런 가르침을 줄 수 없다는 것을 사람들에게 보여 주어야 하는가? 아니면 나는 이해력이 떨어지는 인간으로서 세상에서 퇴출되어야 하는가? 나는 소송이 시작될 때 그것을 끝내려 했고 소송이 끝나 가는 지금 그것을 다시 시작하려 한다고 사람들이 나에 대해 뒤에서 수군대도 좋단 말인가? 나는 사람들이 그렇게 말하는 것을 원치 않는다. 내가 이 길을 가는 데 이런 반벙어리에다 이해심 없는 자들을 나의 동행으로 딸려 보내 준 것, 그리고 필요한 것을 내가 나 자신에게 말하도록 허용해 준 것은 고마운 일이다.'

아가씨는 그사이 옆길로 빠져 버렸지만 K는 그녀가 없어도 이젠 괜찮아져서 동행자들한테 길을 맡겼다. 이제 세 사람은 완전히 한마음이 되어 달빛이 교교히 흐르는 어느 다리 위를 건너고 있었다. K가 아무리 사소한 움직임을 보여도 두 사람은 기꺼이 따라 주었다. 그래서 K가 난간 쪽으로 약간 몸을 돌리자 그들도 그쪽으로 몸 전체를 돌렸다. 달빛에 반짝이며 떨고 있는 강물이 조그만 섬에 이르러 둘로 갈라져 흘렀고, 섬 위에는 교목과 관목의 낙엽 더미가 눌려 다져지듯 두껍게 쌓이고 있었다. 낙엽 더미 밑에는 지금은 보이지 않지만 편안한 벤치들이 놓여 있는 자갈길이 나 있었는데, K는 여러 해 여름마다 그 벤치 위에 사지를 쭉 펴고 늘어지게 앉아 있곤 했다. "걸음을 멈추려는 게 전혀 아니었습니다." K는 동행자들의 싹싹한 태도에 쑥스러운 마음이 들어 그렇게 말했다. K의 등 뒤에서 한 남자가 다른 남자에게 오해로 걸음을 멈춘 것에 대해 부드럽게 핀잔을 주고 있는 것 같았다. 그러고서 그들은 다시 걸어갔다.

그들은 오르막길을 몇 차례 올라갔는데, 그 길 여기저기에는 경찰관들이 때로는 멀찌감치 때로는 아주 가까이 서 있기도 하고 걷기도 하였다. 콧수염을 덥수룩하게 기른 한 경찰관이 군도(軍刀) 손잡이에 손을 댄 채 어딘지 수상해 보이는 이들 일행에게 무언가 할 말이 있다는 듯 가까이 다가왔다. 두 남자는 걸음을 멈추었고 경찰관이 막 입을 열려는 것 같아 보이자 K는 힘을 써서 두 남자를 앞으로 끌어당겼다. 경찰관이 따라오지나 않나 해서 그는 몇 번이나 뒤를 돌아보았다. 모퉁이를 돌아 경찰관이 보이지 않자, K는 달리기 시작했고 두 남자도 숨을 헐떡거리며 함께 달리지 않을 수 없었다.

그렇게 해서 그들은 빠르게 도시를 벗어났다. 이 방향으로는 도시가 점차 모습을 잃어 가는 점이 지대(漸移地帶)도 거의 없이 바로 들판으로 이어졌다. 아직 도회적인 냄새가 물씬 풍기는 건물 가까이에 작은 채석장 하나가 버려진 채 황량하게 놓여 있었다. 이곳이 애초부터 그들의 목적지였는지, 아니면 계속 더 달리기에는 너무 지쳐 버린 탓인지, 거기서 두 남자는 걸음을 멈추었다. 이제 그들은 잠자코 기다리고 있는 K를 놓아주고는 실크 모자를 벗은 다음 손수건으로 이마의 땀을 닦아 내면서 채석장 안을 둘러보았다. 다른 빛에서는 볼 수 없는 특유의 자연스러움과 평온함을 발산하며 온 사방에 달빛이 쏟아져 내리고 있었다.

다음 임무를 수행할 사람이 누구인지를 놓고—두 남자는 임무 구분 없이 함께 동일한 지시를 받은 모양이었다—몇 차례 의례적인 양보의 말을 주고받은 후 한쪽 남자가 K에게 다가와서는 그의 상의와 조끼에 이어 셔츠까지도 벗었다. K가 저도 모르게 부르르 몸을 떨자 남자는 위로하는 듯 그의 등을 가볍게 툭 쳤다. 그러고 는 바로 다음은 아니더라도 조만간 사용할 물건이라도 되는 듯 그 옷들을 가지런히 개켜 놓았다. K를 꼼짝 못하게 한 채 차가운 밤 공기에 세워 두지 않기 위해 그는 K의 겨드랑이 밑을 받치고서 잠 시 이리저리 거닐었다. 그동안 다른 쪽 남자는 채석장 어딘가에 적 당한 자리를 찾고 있었다. 자리를 찾고 나서 그가 손짓을 보내자 그의 동료가 K를 그 자리로 데려갔다. 부서진 암벽 근처였는데, 거기에 깨져 따로 떨어져 나온 돌덩이가 하나가 놓여 있었다. 두 남 자는 K를 땅바닥에 주저앉힌 다음 그의 몸을 돌덩이에 기대 놓고 는 머리를 그 위에 뉘었다. 그들이 아무리 애를 쓰고, K도 하라는 대로 순순히 모두 따라 했음에도 불구하고 그의 자세는 몹시 어색 하고 미덥지가 못했다. 그래서 한쪽 남자가 다른 쪽 남자에게 K의 자리 잡는 일을 잠시 자기 혼자 해 볼 테니 맡겨 달라고 부탁했지 만, 그렇게 해 보아도 더 나아지질 않았다. 결국 그들은 K를 어떤 자세로 앉혀 놓긴 했지만 그 자세가 지금까지의 자세들 중 제일 나 은 것이라고 할 수도 없었다. 그런 다음 한쪽 남자가 자신의 프록 코트를 벌리고는 조끼 둘레에 맨 혁대에 달린 칼집에서 양쪽으로 날이 선 길고 얇은 정육용 칼을 빼서 높이 쳐들더니 칼날을 달빛에 비추어 살펴보았다. 다시 또 그 역겨운 의례적인 양보 놀이가 시작 되었다. 한쪽이 K의 머리 너머로 다른 쪽에게 칼을 건네주면, 그 다른 쪽은 다시 그것을 K의 머리 너머로 돌려주는 것이었다. 이제 K는 칼이 자기 머리 위에서 이 손에서 저 손으로 왔다 갔다 하고 있을 때 그것을 붙잡아 자기 몸 안에 찔러 넣는 것이 자신의 의무일 거라는 것을 분명히 알고 있었다. 그러나 그는 그렇게 하지 않고 아직은 자유롭게 움직일 수 있는 목을 돌려 주위를 둘러보았다. 마지막 의무를 다함으로써 자신이 믿을 만한 자임을 완전하게 입증해 보일 수도 없었고, 법원이 할 일을 자기가 다 떠맡을 수도 없었다. 이 마지막 과오에 대한 책임은 자신이 그런 행동을 하는 데 필요한 힘의 여분을 허용치 않은 자가 져야 할 것이다. 그의 시선은 채석장에 인접해 있는 건물 맨 위층에 가 닿았다. 불이 번쩍하고 켜지자 창문의 양쪽 문짝이 활짝 열리더니, 멀리 높은 곳에 있어서 약하고 말라 보이는 어떤 사람이 몸을 앞으로 쑥 내밀고는 양 팔을 더 앞으로 쭉 뻗었다. 누구일까? 친구일까? 좋은 사람일까? 이 일에 관여하고 있는 사람일까? 도와주려는 사람일까? 개인일까? 아니면 전체일까? 아직도 도움을 받을 수 있을까? 생각해 내지 못한 반대 변론이라도 있는 걸까? 틀림없이 그런 것이 있을 것이다. 논리가 아무리 확고하더라도 살려고 하는 사람에게는 못 당하는 법이다. 그가 아직 한 번도 보지 못한 판사는 어디에 있는 것인가? 그가 아직 가 본 적이 없는 상급 법원은 대체 어디에 있단 말인가? 그는 두 손을 쳐들고 손가락을 쫙 펼쳤다.

그러나 K의 목에 한쪽 남자의 두 손이 놓이는 동시에 다른 쪽 남자가 그의 심장에 칼을 찔러 넣고 두 번 돌렸다. 흐려져 가는 눈으로 K는 아직 자기 코앞에서 두 남자가 뺨을 서로 맞댄 채 결말을 지켜보고 있는 것을 보았다. "개 같은 결말이로군!" 그가 말했다. 그는 죽어도 치욕은 살아남을 것 같았다.

미완성 장들*

B의 여자 친구*

　그 후로 K는 뷔르스트너 양과 몇 마디 말도 나눌 수 없었다. 그는 갖가지 방법으로 그녀에게 접근하려 했지만 그녀는 매번 잘도 피해 나갔다. 그는 퇴근 후 곧바로 집으로 돌아와 불도 켜지 않은 채 자기 방 소파에 앉아 오직 현관 쪽을 바라보는 일에만 전념하였다. 하녀가 지나가다가 얼핏 비어 있는 듯 보이는 그 방의 문을 닫아 놓으면 그는 잠시 후 일어나서 문을 다시 열어 놓았다. 아침이면 뷔르스트너 양이 출근할 때 혹시 그녀와 단둘이 마주칠 수 있지 않을까 하여 평소보다 한 시간 일찍 일어났다. 그러나 그런 시도들은 모두 허사였다. 그러자 그는 그녀의 사무실과 방으로 편지를 보냈다.* 편지에서 그는 자신의 행동을 거듭 정당화하고자 했으며, 어떤 보상이라도 할 용의가 있음을 밝혔고, 그녀가 자기에게 정해 놓은 선을 결코 넘지 않겠다고 약속한 다음, 꼭 한 번 자기와 이야기할 기회를 주기만 하면 더 이상 원이 없겠다고 간청했다. 특히 그녀와 먼저 상의하지 않으면 그루바흐 부인한테도 무얼 어떻게 해야 좋을지 알 수 없기 때문이라고 했다. 끝으로, 그는 이번 일요일에 하루 종일 자기 방에서 답을 기다리고 있을 테니, 자기 청을 들어줄 수 있다는 언질을 주거나, 들어줄 수 없다면 어떤 경우에도 그녀의 뜻에 따르겠다는 약속을 했는데도 왜 자기 청을 들어줄 수 없는지 적어도 그 이유를 밝혀 달라고 썼다. 편지가 반송되어 돌아오지는 않았지만 그 어떤 회신도 없었다. 대신 일요일에 그 뜻을 뚜렷이 짐작할 수 있는 조짐이 나타났다. 그날 아침에 K는 열쇠 구멍을 통해 현관에 어떤 특별한 움직임이 있음을 목격했는데, 그것이 무엇인지 곧 밝혀졌다. 여태껏 자기 방에 혼자 살고 있던 프랑스어 여교사가 뷔르스트너 양의 방으로 이사 가는 것이었다. 그녀는 독일 여자이며 이름은 몬타크였는데, 창백한 얼굴에 다리를 약간 저는, 연약해 보이는 처녀였다. 몇 시간 동안이나 그녀가 계속 신발을 질질 끌며 현관을 드나드는 모습이 보였다. 번번이 속옷 하나 또는 작은 이불 하나 또는 책 한 권, 그런 식으로 하나씩 꼭 잊어버리는 바람에 그것들을 별도로 가지러 가서 새 방으로 옮겨 놓는 것이었다.

그루바흐 부인이 K에게 아침 식사를 가져왔을 때—그녀는 K를 그렇게 화나게 한 뒤론 아무리 사소한 일이라도 하녀에게 맡기지 않고 자신이 직접 했다—그는 닷새 만에 처음으로 그녀에게 말을 걸지 않을 수 없었다. "도대체 현관이 오늘 왜 저렇게 시끄러운 거요?" 그가 커피를 따르면서 물었다. "저 소리 좀 들리지 않게 할 수 없을까요? 하필 일요일에 꼭 청소를 해야 하나요?" K는 그루바흐 부인을 올려다보지 않았는데도 그녀가 안도의 숨을 내쉬는 것을 깨달았다. K의 이런 쌀쌀맞은 질문조차 그녀에겐 용서 또는 용서의 시작으로 여겨진 것이다. "청소하는 게 아니에요, K씨." 그녀가 말했다. "몬타크 양이 뷔르스트너 양한테로 이사를 가는 것뿐이에요. 그래서 물건들을 나르고 있는 거예요." 그녀는 더 이상 말하지 않고, K가 그것을 어떻게 받아들이는지 그리고 자기가 말을 계속해도 되는지를 살피며 기다렸다. 그러나 K 쪽에서도 그녀가 어떻게 나오는지 시험해 보려고 생각에 잠긴 듯 스푼으로 커피를 저으며 아무 말도 하지 않았다. 그러다가 그녀를 올려다보며 말했다. "전에 뷔르스트너 양에 대해 가졌던 의심은 이제 버리셨나요?" "K씨!" 그 질문이 나오기만을 기다렸던 그루바흐 부인은 그렇게 외치고는 합장한 두 손을 K에게 내밀었다. "당신은 저번에 제가 그저 지나가는 말로 한 것을 너무 심각하게 받아들이셨어요. 저는 K씨든 누구든 마음 상하게 할 생각은 추호도 없었거든요. K씨, 저를 오랫동안 보아 와서 잘 아실 테니 그 점은 믿어 주시겠지요. 최근 며칠 동안 제가 얼마나 괴롭게 지냈는지 전혀 모르실 거예요! 저한테 하숙하고 있는 사람들을 제가 험담하겠어요! 그런데 K씨, 당신은 그렇게 생각하신 거지요! 그래서 당신을 내보내 달라고 말씀하신 거지요! 제가 당신을 내보내다니요!" 이 마지막 외침은 그새 눈물이 나오는 바람에 잘 들리지 않았다. 그녀는 앞치마를 얼굴로 들어 올리며 큰 소리로 흐느껴 울었다.

"울지 마세요, 그루바흐 부인." K는 말하면서 창밖을 내다보았다. 그는 뷔르스트너 양만을, 그녀가 낯선 여자를 자기 방에 들인다는 것만을 생각했다. "제발 울지 마세요." 또 한 번 그렇게 말하면서 방 쪽으로 몸을 돌렸는데, 그루바흐 부인은 여전히 울고 있었다. "저도 그때 나쁜 뜻으로 그렇게 말한 것은 아닙니다. 우리는 서로를 오해한 겁니다. 오랜 친구 사이에서도 그런 일은 있을 수 있잖아요." 그루바흐 부인은 K가 정말로 마음을 풀고 용서하고 있는지 살펴보기 위해 앞치마를 살짝 눈 밑으로 내렸다. "글쎄 뭐, 그런 거지요." K가 말했다. 그러고는 그루바흐 부인의 거동으로 보건대, 대위가 아무 말도 안 한 것 같아 보여 다음과 같이 덧붙여 말할 용기가 났다. "정말로 낯선 아가씨 하나 때문에 내가 부인과 척을 질 수 있을 거라고 생각하시나요?" "그래요, 바로 그거예요, K씨." 그루바흐 부인이 말했다. 어찌 됐든 다소 마음이 풀어졌다 싶었는데 그러자마자 바로 허튼소리를 하게 된 것은 그녀의 불행이었다. "저는 내내 궁금했어요. 왜 K씨는 그렇게 뷔르스트너 양을 감싸고도실까? 왜 그 여자 때문에 저와 말다툼을 하시는 걸까? 당신한테서 조금이라도 고까운 말을 들으면 제가 잠을 이루지 못한다는 걸 잘 아시면서 말이에요. 그 여자에 대해선 제가 두 눈으로 본 것만을 말했던 것뿐인데요." K는 거기에 대해 아무 말도 하지 않았다. 처음 입을 열었을 때 그녀를 방에서 내쫓았어야 했는데, 그러고 싶지는 않았다. 그는 커피를 마시며 그루바흐 부인이 자기한테 불필요한 존재라는 것을 그녀에게 느끼게 해 주는 것으로 만족했다. 밖에서는 다시 현관 홀 전체를 가로질러 가는 몬타크 양의 질질 끄는 걸음 소리가 들려왔다. "저 소리 들리지요?" K가 물으면서 손으로 문을 가리켰다. "네." 그루바흐 부인은 대답과 함께 한숨을 쉬었다. "제가 직접 도와주려고도 해 보았고,

하녀 아이를 시켜 도와주려고도 했지만, 저 아가씨는 고집이 보통이 아니어서 모든 걸 자기 혼자 옮기겠다지 뭐예요. 뷔르스트너 양도 참 이상한 여자예요. 저는 몬타크 양이 우리 집에 하숙하고 있는 것만 해도 부담스러울 때가 많은데, 뷔르스트너 양은 그녀를 자기 방으로 들여놓기까지 하니 말이에요." "그건 부인이 상관하실 일이 아닙니다." K는 그렇게 말하면서 잔 속에 남아 있는 설탕을 으깼다. "그렇다고 무슨 손해를 보게 되시나요?" "아뇨." 그루바흐 부인이 말했다. "그 자체로는 아주 환영할 만한 일이지요. 그렇게 되면 방이 하나 비니까 대위인 제 조카에게 그 방을 쓰게 할 수 있으니까요. 제가 조카를 거실 옆에서 지내게 할 수밖에 없었던 지난 여러 날 동안 조카가 K씨를 방해나 하지 않았을까 진작부터 걱정이 많았어요. 조카는 조심성이 별로 없거든요." "무슨 그런 생각을 다 하세요!" K는 말하면서 일어섰다. "그건 당치도 않은 말씀입니다. 제가 몬타크 양이 왔다 갔다 하는 것을 ─ 지금은 다시 돌아가고 있군요 ─ 못 참고 거슬려 한다고 해서 절 신경과민이라고 생각하시는 모양이군요." 그루바흐 부인은 도저히 역부족이라는 생각이 들었다. "K씨, 저 아가씨더러 이삿짐 남은 것을 나중에 옮기라고 할까요? 원하신다면 당장 그렇게 하겠어요." "하지만 뷔르스트너 양한테 이사 가는 거라면서요!" K가 말했다. "네, 맞아요." 그루바흐 부인이 말했다. 그녀는 K가 무슨 뜻으로 한 말인지 전혀 알아듣지 못했다. "뭐 그렇다면" 하고 K가 말했다. "짐을 옮겨야겠지요." 그루바흐 부인은 고개만 끄덕였다. 침묵으로 속수무책의 심정을 드러내고 있는 그녀의 태도는 겉으로 보기엔 저항의 뜻으로밖에 보이지 않았는데, 그것이 K의 심사를 더 긁어 놓았다. 그는 창가에서 문까지 방 안을 왔다 갔다 하기 시작했고, 그러는 바람에 그루바흐 부인에게 방에서 나갈 기회를 주지 않았다. 다른 때 같으면 그녀는 틀림없이 나갔을 것이다.

K가 다시 문 앞까지 왔을 때 누군가 문을 두드렸다. 하녀였는데, 몬타크 양이 K씨와 몇 마디 이야기를 나누고 싶어 식당에서 기다리고 있으니 그리로 와 주셨으면 한다는 말을 전했다. K는 하녀의 말을 주의 깊게 듣고는 거의 경멸적인 시선을 던지며 깜짝 놀라는 그루바흐 부인 쪽으로 몸을 돌렸다. 그 시선은 K가 몬타크 양의 초대를 이미 오래전부터 예상하고 있었으며 그 초대는 그가 이 일요일 오전에 그루바흐 부인의 하숙인들인 두 여자로 인해 겪어야 했던 그 고통과 아주 잘 어울린다는 것을 말해 주는 것 같다. 그는 곧 가겠다는 답을 주어 하녀를 돌려보낸 다음 상의를 갈아입기 위해 옷장으로 걸어갔다. 그리고 그 성가신 몬타크 양에 대해 볼멘소리로 뭐라고 중얼거리는 그루바흐 부인에게는 그에 대한 답으로 아침 식사 그릇을 좀 치워 주면 좋겠다는 부탁을 할 뿐이었다. "거의 손도 대지 않았군요." 그루바흐 부인이 말했다. "아, 어서 치워 주세요." K가 외쳤다. 왠지 모든 일에 몬타크 양이 섞여 있어서 꺼림칙한 느낌이 들게 하는 것 같았다.

현관 홀을 지나가면서 그는 뷔르스트너 양의 닫힌 방문 쪽을 쳐다보았다. 그러나 그가 초대를 받은 곳은 그 방이 아니라 식당이었다. 그는 노크도 하지 않고 식당 문을 확 열어젖혔다.

식당은 매우 길지만 폭이 좁고 창문이 하나밖에 없는 방이었다.

그곳은 문 쪽으로 양쪽 구석에 찬장 두 개를 비스듬히 세워 둘 수 있을 만큼의 자리밖에 없었고 나머지 공간은 긴 식탁이 완전히 차지하고 있었다. 식탁은 문 근처에서 시작하여 커다란 창문 바로 밑까지 뻗어 있어서 창가로는 거의 갈 수가 없었다. 식탁은 이미 차려져 있었는데, 일요일에는 거의 모든 하숙인들이 여기서 점심을 먹기 때문에 식기와 음식들이 그득했다.

K가 들어가자 몬타크 양이 창가로부터 식탁의 한쪽 옆을 따라 K를 향해 다가왔다. 두 사람은 말없이 서로 인사를 나누었다. 그런 다음 몬타크 양이 늘 하는 버릇대로 머리를 희한하게 곧추세운 채 말했다. "저를 아시는지 모르겠어요." K는 두 눈을 가늘게 뜨고 그녀를 쳐다보았다. "그럼요." 그가 말했다. "벌써 꽤 오래전부터 그루바흐 부인 댁에 살고 계시지 않습니까?" "하지만 제가 보기에, 선생님은 하숙집 일에 대해 별로 신경 쓰시지 않는 것 같던데요." 몬타크 양이 말했다. "아닙니다." K가 말했다. "앉으시지 않겠어요?" 몬타크 양이 말했다. 두 사람은 말없이 식탁 맨 언저리에 있는 의자 두 개를 끌어내 서로 마주 보고 앉았다. 그러나 몬타크 양은 핸드백을 창문턱에 놓아두고 왔기 때문에 금방 다시 일어나서 그것을 가지러 갔다. 그녀는 다리를 질질 끌며 방 끝까지 걸어갔다. 핸드백을 가볍게 흔들며 돌아와서는 그녀가 말했다. "저는 단지 친구의 부탁을 받고서* 몇 마디 얘기를 나누고 싶은 것뿐이에요. 그 애가 직접 오려고 했지만 오늘 몸이 좀 좋지 않아요. 부디 제 친구를 용서해 주시고 대신 제 말씀을 들어주세요. 그 애가 왔어도 제가 이제 선생님께 드릴 말씀 이외의 다른 것은 말씀드릴 수 없었

을 거예요. 오히려 반대로 제가 더 많은 말씀을 드릴 수 있을 거예요. 저는 비교적 담담한 입장에 있으니까요. 그렇게 생각하지 않으세요?" "대체 무슨 말씀을 하시려고요!" K가 대답했다. 그는 몬타크 양의 두 눈이 줄곧 자기 입술을 향하고 있는 것을 보고 있기가 힘들었다. 그녀는 그렇게 함으로써 그가 이제 말하려 하는 것을 부당하게도 미리 제압하려고 했다. "보아하니 뷔르스트너 양은 제가 부탁했던 개인적 면담을 승낙할 의사가 없는 것 같군요." "그건 그래요." 몬타크 양이 말했다. "아니면 오히려 전혀 그렇지 않을 수도 있어요. 선생님은 묘하게 단호한 표현을 쓰시는군요. 일반적으로 면담이란 승낙하는 것도 아니고 거절하는 것도 아니니까요. 그렇지만 면담을 불필요하다고 생각하는 경우도 있을 수 있는데, 바로 이 경우가 그래요. 선생님의 말씀을 듣고 나니 저도 이제 솔직하게 말할 수 있겠어요. 선생님은 제 친구한테 글이나 말로 면담을 청했지요. 그런데 제 친구는 말이죠, 저는 적어도 그렇게 보지 않을 수 없습니다만, 그 면담에서 나눌 이야기가 무엇에 관한 것인지 알고 있다는 거예요. 따라서 저도 이유는 잘 모르겠는데, 면담이 실제로 이루어진다 해도 누구한테도 득이 되지 못할 거라 확신하고 있답니다. 그리고 제 친구는 어제서야, 그것도 지나가는 말처럼 슬쩍 그에 대한 얘기를 했는데, 그때 하는 말이 선생님한테도 그 면담은 아무튼 별로 중요치 않을 수 있다는 거예요. 왜냐하면 선생님께서는 단지 어떤 우연한 일로 인해 그런 생각을 하시게 됐을 거고, 자기한테서 별다른 설명을 듣지 않고도 그런 일이 전부 무의미하다는 것을 지금은 아니더라도 조만간 스스로 깨닫게 되실 것이기 때문이라고 말이에요. 거기에 대해 저는 그 말이 맞을지도 모른다, 하지만 문제를 완전히 해명하기 위해서는 선생님께 분명한 회답을 해 드리는 것이 나을 거라고 대답했지요. 제가 그 임무를 맡겠다고 자청하고 나서자 그 애는 잠시 망설이더니 제 뜻에 따랐어요. 제가 선생님 뜻에도 맞게 행동한 것이었기를 바랍니다. 아무리 사소한 일이라도 조금이라도 석연치 않은 구석이 있으면 내내 마음이 편치 않은 법이고, 이렇듯 일을 쉽게 해결할 수 있는 경우라면 그 즉시 일을 매듭짓는 편이 나을 테니까요." "감사합니다." K가 즉시 말했다. 그러고는 천천히 일어나서 몬타크 양을 바라본 다음, 식탁 위를 스쳐, 이어서 창밖을 내다보더니—건너편 집에는 햇빛이 비치고 있었다—문 쪽으로 갔다. 몬타크 양은 그를 전적으로 믿을 수는 없다는 듯 몇 걸음 그의 뒤를 따라갔다. 그러나 두 사람은 문 앞에서 뒤로 물러나야 했다. 문이 열리면서 란츠 대위가 들어왔기 때문이다. K는 처음으로 그를 가까이서 보았다. 그는 키가 크고 나이가 마흔쯤 되어 보이는 남자로 그을린 갈색 얼굴에 살이 퉁퉁하게 붙어 있었다. 그는 두 사람 모두에게 가볍게 몸을 굽혀 인사하고는 몬타크 양에게 가서 그녀의 손에 정중히 입을 맞추었다. 그는 동작 하나하나가 매우 세련되었다. 몬타크 양에 대한 그의 정중한 태도는 K가 그녀에게 보였던 태도와 두드러지게 달라 뚜렷한 대조를 이루었다. 그렇지만 몬타크 양은 K에 대해 유감이 있어 보이지 않았다. 왜냐하면 K가 보기에, 그녀는 대위에게 자기를 심지어 소개까지 하려는 것 같았기 때문이다. 그러나 K는 자기가 소개되는 걸 원치 않았다. 대위나 몬타크 양한테 왠지 친절히 대할 수 없을 것만 같았고, 손에 키스를 하는 것으로 보아 그들이 겉으로는 아무리 별다른 의도나 사심이 없는 것처럼 행동해도 실은 한패가 되어 자기를 뷔르스트너 양에게서 떼어 놓으려 하는 자들이라는 생각이 들었던 것이다. 그러나 K는 자기가 그것을 간파했다고 생각했을 뿐만 아니라, 몬타크 양이 좋은 수단을 선택했지만 그것은 양날의 칼처럼 양쪽 다 해를 입힐 수 있는 위험한 수단이라는 생각도 하게 되었다. 그녀는 뷔르스트너 양과 K 사이의 관계를 너무 부풀려 이해하였고, 무엇보다도 요청한 면담의 의미를 과잉으로 해석하여 모든 일을 과장되게 행하는 쪽이 오히려 K인 것처럼 몰아가려고 했다. 그녀가 착각하는 것이다. K는 아무것도 과장하려 하지 않았다. 그는 뷔르스트너 양이 보잘것없는 타이피스트이며 그리 오래 저항하지 못하고 결국 자기한테 넘어올 여자라는 것을 알고 있었다. 그러면서 자기가 그루바흐 부인한테서 뷔르스트너 양에 대해 들었던 얘기는 의식적으로 계산에 넣지 않았다. 인사도 변변히 하지 못하고 방을 나오면서 그는 이 모든 것을 곰곰이 생각해 보았다. 곧바로 자기 방으로 가려고 했으나, 등 뒤의 식당에서 들려오는 몬타크 양의 작은 웃음소리에 그는 대위와 몬타크 양 두 사람을 모두 놀라게 해 줄 만한 일이 뭐 없을까 하는 생각을 품게 되었다. 그는 주위를 빙 둘러보며 주변에 있는 어느 방에서든 혹시 방해될 일이라도 생기지 않을까 싶어 귀를 기울여 보았으나 사방은 조용하기만 했다. 다만 식당에서 나누는 이야기 소리가 들렸고 부엌으로 통하는 복도 쪽에서 그루바흐 부인의 목소리가 들릴 뿐이었다. 절호의 기회로 여긴 K는 뷔르스트너 양의 방 앞으로 가서 가만히 노크를 했다. 아무 인기척이 없어 다시 한 번 노크했지만 여전히 아무런 응답이 없었다. 자고 있는 걸까? 아니면 몸이 정말로 안 좋은 걸까? 아니면 이렇게 가만히 노크하는 것은 틀림없이 K일 거라 짐작하고서는 없는 척하는 걸까? K는 그녀가 없는 척하는 것이라고 생각하고는 더 세게 노크를 했다. 노크해도 아무런 응답이 없자 마침내 문을 조심스럽게 열어 보았는데, 무슨 나쁜 짓이나 쓸데없는 짓을 하고 있다는 느낌이 없지 않았다. 방 안에는 아무도 없었다. 그런데 K가 알고 있던 방의 모습이 아니었다. 벽에는 두 개의 침대가 연이어 놓여 있었고, 문 근처에 놓인 세 개의 의자에는 옷과 내의가 수북이 쌓여 있었으며, 옷장 하나가 열린 채로 있었다. 뷔르스트너 양은 몬타크 양이 식당에서 K와 얘기하고 있는 동안 나가버린 것이 분명했다. 그래도 K는 별로 놀라지 않았고 뷔르스트너 양을 그렇게 쉽게 만나리라고는 거의 기대하지도 않았다. 그가 이런 시도를 한 것은 거의 순전히 몬타크 양에 대한 반발심에서였다. 그러나 문을 다시 닫으면서 열려 있는 식당 문을 통해 몬타크 양과 대위가 서로 이야기를 나누고 있는 모습을 보았을 때 그는 곤혹스러운 마음이 그만큼 더 커졌다. 그들은 K가 문을 열어 둔 채 나온 뒤로 아마 계속 거기에 서 있었던 것 같고, K를 지켜보고 있다는 인상을 조금도 주지 않으면서 나지막한 소리로 이야기를 나누고 있는 것 같았다. 그러면서 이야기하는 도중에 그저 별생각 없이 주위를 둘러보는 것일 뿐이라는 듯한 시선으로 K의 거동을 살피고 있었을 것이다. 그러나 K는 그 시선이 부담스럽게 느껴져 벽을 따라 서둘러 자기 방으로 들어와 버렸다.

검사

K는 오랫동안 은행에 근무하면서 사람에 대한 이해나 세상에 대한 경험을 많이 얻을 수 있었지만 단골 식탁의 사교 모임만큼은 늘 특별히 소중하게 여겨졌다. 그리고 그런 모임의 일원이라는 것이 그에게는 커다란 명예라는 것을 한 번도 부인한 적이 없었다. 그 모임은 거의가 판사, 검사, 변호사 들로만 이루어졌다. 몇몇 아주 젊은 관리와 변호사 시보도 더러 참석이 허락되었지만 그들은 식탁의 맨 끝 쪽에 앉아 있었고 특별한 질문을 받았을 때에만 대화에 끼어들 수 있었다. 그러나 그런 질문을 하는 경우는 대개 좌중의 흥을 돋우려는 목적에서였을 뿐이며, 특히 늘 K의 옆자리에 앉는 하스테러 검사가 그런 식으로 젊은 사람들을 무안하게 만드는 것을 좋아했다. 그가 털이 많이 난 커다란 손을 식탁 한가운데에 쫙 벌리고서 식탁의 말석 쪽을 쳐다볼 때면 이내 모두가 귀를 기울이는 것이었다. 그러고서 그쪽의 누군가가 질문을 받았는데도 그것에 도저히 답을 할 수 없거나 혹은 생각하느라 자기 맥주

잔 속을 들여다보거나 혹은 말을 하는 대신 어금니만 꽉 물고 있거나 혹은—이것이 최악의 경우인데—잘못된 의견이나 신빙성 없는 의견을 한없이 쏟아 놓거나 할 때면, 나이 든 양반들은 빙긋이 웃으며 자리에 앉은 채 몸을 돌리곤 했는데 그제야 기분이 좋아지는 것 같았다. 실제로 진지하고 전문적인 대화는 그들 사이에서만 이루어졌다.

K는 은행의 법률 고문인 한 변호사를 통해 이 모임에 끼어들게 되었다. 언젠가 이 변호사와 함께 저녁 늦게까지 은행에 남아 긴 상담을 해야 할 때가 있었는데, 상담 후 자연스럽게 변호사의 단골 식당에서 함께 저녁 식사를 하게 되었고 거기서 알게 된 이 모임에 호감을 갖게 되었던 것이다. 그는 이 모임에서 학식이 높고 명망이 있으며 어떤 의미에선 권력도 지닌 양반들을 만날 수 있었다. 그런데 거기서 그들은 일상적인 삶과는 동떨어진 어려운 문제들을 풀어 나가기 위해 씨름하는 일로 기분 전환을 하고 있었다. 그 자신은 물론 거기에 거의 끼어들 수 없었지만, 조만간 은행 일을 보는 데에도 득이 될 만한 정보를 많이 주워들을 수 있었고, 게다가 법원 쪽에도 개인적 관계를 맺을 수 있었는데, 그것은 언제나 유익한 것이었다. 게다가 그 모임의 사람들도 그를 멀리하지 않고 기꺼이 받아들여 주는 듯했다. 그는 곧 사업 전문가로 인정받아 사업 관련 문제에 대한 그의 의견은—그가 말할 때 빈정거리는 사람도 전혀 없는 것은 아니었지만—반박할 수 없는 결정적인 것으로 통했다. 하나의 법률 문제에 대해 두 사람이 서로 다른 의견을 내놓을 경우 그 사실 관계에 대해 K에게 자문을 구하는

일도 드물지 않았다. 그렇게 되면 주장과 반론이 오가는 가운데 K의 이름이 수시로 거론되었고 그가 더 이상 따라갈 수 없는 지극히 추상적인 논의에까지 이름이 오르내렸다. 물론 그는 서서히 많은 것을 깨치게 되었는데, 특히 하스테러 검사가 곁에서 늘 든든한 조언자가 되어 주었기 때문이다. 검사는 그에게 점점 더 가까이 다가와 친구가 되기도 하였다. 그래서 K가 밤에 집으로 그와 함께 가는 일도 심심치 않게 있었다. 그러나 이 거구의 남자와 팔짱을 끼고 걷는 일만큼은 익숙해지기가 어려웠다. 얼마나 거구이던지 그의 둥그런 소매 없는 외투 속에 K가 숨는다면 전혀 눈에 띄지도 않을 정도였다.

그런데 시간이 흐를수록 두 사람은 교육, 직업, 나이의 차이가 모두 사라질 정도로 서로 마음이 맞았다. 마치 옛날부터 단짝이었던 것처럼 둘은 깊이 사귀었다. 가끔 둘 중 하나가 겉으로 보기에 우월해 보일 때가 있다면 그것은 하스테러가 아니라 K 쪽이었다. 왜냐하면 K의 실제적인 경험은 법원 책상에나 앉아서는 결코 얻을 수 없는 직접적인 것이어서 대개는 옳은 것으로 입증되었기 때문이다.

이들의 우정은 물론 단골 식탁에 곧 알려지게 되었고, K를 이 모임에 데려온 사람이 누구였는지는 거의 잊혀졌다. 이제 K를 감싸 주는 사람은 어쨌든 하스테러였다. 만일 K가 이 모임에 앉아 있을 자격이 있는지 누군가 의심을 제기하고 나선다면 K는 당연히 하스테러 검사를 앞에 내세울 수 있을 것이다. 그로 인해 K는 특별히 각광을 받는 위치에 오르게 되었는데, 왜냐하면 하스테러는 명망이 있으면서도 두려운 존재였기 때문이다. 그가 법률적인 의견을 개진할 때 보이는 힘과 능숙함은 매우 경탄할 만한 것이었지만 그 점에서는 많은 사람들이 적어도 그와 대등한 수준이었다. 그러나 자기 의견을 방어할 때의 맹렬한 자세만큼은 누구도 그를 따라올 자가 없었다. K는 하스테러가 상대방을 설득시킬 수 없을 때면 으름장을 놓아 공포심을 조장한다는 인상을 받았다. 그가 집게손가락을 치켜들기만 해도 많은 사람들이 지레 겁을 먹고 움츠러드는 것이었다. 그럴 때면 상대방은 자기가 훌륭한 지인과 동료들의 모임 안에 있고, 지금 논의되고 있는 것은 단지 이론적인 문제일 뿐이며, 실제로는 자기에게 아무 일도 일어날 수 없다는 사실을 잊어버리는 것 같았다. 그래서 상대방은 잠자코 입을 다물었고 고개를 가로젓는 행동에도 용기가 필요했다. 마침 상대방이 멀리 떨어져 앉아 있을 때면 그런 거리에서는 의견 일치가 이루어질 수 없다고 생각하여 하스테러가 음식이 든 접시를 뒤로 밀어내고 직접 그 사람 곁으로 가기 위해 천천히 일어설 때도 있었는데, 그 광경이란 차마 보고 있기가 민망할 정도였다. 그럴 때 가까이에 있는 사람들은 그의 얼굴을 살펴보기 위해 고개를 뒤로 젖혔다. 물론 그런 일은 비교적 드물게 일어나는 우발적인 경우였다. 무엇보다도 그는 대개 법률 문제에 대해서만 흥분을 잘했는데, 주로 자기가 직접 다루었거나 다루고 있는 소송에 관해 그런 문제가 제기되었을 때 그러하였다. 그런 문제가 아니면 그는 다정하고 조용한 편이었으며 그의 웃음소리는 귀여운 데가 있었고 그의 열정은 먹고 마시는 일에 집중되었다. 그는 모두가 다 함께 나누는 이야

기에 대해선 아예 귀를 기울이지 않을 때도 있었다. 그럴 때면 K
에게로 몸을 돌려 K의 의자 등받이에 팔을 걸쳐 놓은 채 작은 소
리로 은행 일에 대해 자세히 물어보다가 자신의 일에 대해 이야기
하거나 법원 일만큼이나 골치 아픈 자신의 여자 교제에 관한 이야
기를 늘어놓는 것이었다. 모임의 그 누구와도 그가 그런 식으로
이야기하는 것을 볼 수 없었다. 그리고 하스테러에게 뭔가 부탁할
일이 있으면 — 대개는 동료와 화해하려는 자들이었는데 — 먼저
K에게 와서 중간에 다리를 놓아 달라고 부탁하는 일이 실제로 종
종 있었다. 그러면 K는 늘 기꺼이 그리고 선선히 그 부탁을 들어
주었다. 그는 그런 일과 관련해 하스테러와 자기의 관계를 이용한
다거나 하는 일 없이 모두에 대해 매우 공손하고 겸손했으며, 공
손이나 겸손보다 더 중요한 것으로, 사람들 간의 서열 관계를 잘
구분해서 각각의 사람을 서열에 맞게 대하는 법을 터득하고 있었
다. 그것은 물론 하스테러가 그에게 거듭 가르쳐 준 것이었고, 하
스테러가 논쟁 중 아무리 흥분이 되어도 범하지 않는 유일한 규칙
이었다. 따라서 그는 아직 서열이란 것 없이 식탁 말석에 앉아 있
는 젊은 친구들에게도 늘 일반적인 호칭으로 말을 건넸는데, 그것
은 마치 그들이 개개의 인격체가 아니라 그저 하나로 뭉친 덩어리
일 뿐이라는 듯한 태도였다. 그러나 그에게 최대의 경의를 표하는
것은 바로 이 젊은 친구들이었다. 그래서 그가 열한시쯤 집에 가
기 위해 자리에서 일어나면, 곧바로 그들 중 한 친구가 달려와 그
가 그 무거운 외투를 입는 것을 거들어 주었고, 또 한 친구는 큰절
을 해 가며 문을 열고는 K가 하스테러의 뒤를 따라 방을 나갈 때

까지 그대로 그 문을 잡고 있는 것이었다.

초기에는 집으로 갈 때 K가 하스테러를 혹은 하스테러가 K를 얼마간 바래다주곤 했는데, 나중에는 대체로 하스테러가 K에게 자기 집에 가서 잠시 머물다 가기를 청했고 거기에 K가 응함으로써 저녁 시간이 마무리되었다. 그럴 때면 그들은 대개 한 시간쯤 더 브랜디를 마시고 시가를 피우며 앉아 있었다. 그렇게 저녁 시간을 보내는 것이 하스테러에게는 몹시 흐뭇했기 때문에 몇 주일 동안 헬레네라는 이름의 여자를 자기 집에 데려다 살 때에도 그는 그렇게 하기를 그만두려 하지 않았다. 그녀는 누르스름한 피부에 뚱뚱하고 늙수그레한 여자였는데 검은색 곱슬머리가 이마 주변에 고불고불 말려 있었다. 처음에 K는 그녀가 침대 속에 들어 있는 모습만 보았다. 그럴 때 그녀는 대개 아무 부끄러운 기색도 없이 침대에 누워 여러 권으로 된 소설책을 읽으면서 남자들의 대화에는 관심을 두지 않았다. 시간이 늦어지면 그제야 몸을 쭉 뻗으며 하품을 했고 다른 방법으로 자기에게 주의를 끌 수 없을 때면 소설책 한 권을 하스테러에게 집어던지기도 했다. 그러면 하스테러는 빙긋이 웃으며 일어났고 K는 작별 인사를 했다. 그러나 나중에 하스테러가 헬레네에게 싫증을 내기 시작했을 때쯤부터 그녀는 두 남자가 만나는 것에 민감한 반응을 보이며 훼방 놓았다. 이제는 완전히 옷을 갖춰 입고 두 남자를 기다렸는데, 대개 그 옷은 그녀가 소중히 여기고 자기에게 잘 어울린다고 생각하는 것임이 분명해 보이는 것이었지만, 실제로는 장식이 너무 많은 오래된 야회복이었고 장식용으로 매달려 있는 몇 가닥씩의 기다란 술은 특히 눈에 거슬려 전체적으로 불쾌한 인상을 주는 옷이었다. K로서는 이 옷이 정확히 어떻게 생겼는지 사실 그 자세한 모습은 잘 몰랐다. 그는 그녀를 말하자면 바라보기를 거부하고 있다고 할 수 있어서 몇 시간 동안 눈을 반쯤은 내리깔고 앉아 있었던 것이다. 반면 그녀는 엉덩이를 흔들며 방 안을 이리저리 돌아다니거나 K가 까이에 앉아 얼씬거렸고, 나중엔 자신의 지위가 점점 더 불안해지자 궁여지책으로 K를 좋아하는 척하여 하스테러에게 질투심을 불러일으키려고 하였다. 그녀는 둥그스름하고 살이 찐 등을 드러낸 채 탁자 위로 몸을 굽히고 자기 얼굴을 K에게 가까이 가져가 K가 자기를 올려다보지 않을 수 없게 만들기도 했는데, 그것은 악의에서가 아니라 궁한 처지에서 비롯된 행동이었다. 그녀가 그렇게 해서 얻어 낸 것이라곤 K로 하여금 다음번엔 하스테러의 집에 가는 것을 거절하게 한 것뿐이었다. 그리고 그가 얼마 후 다시 그 집에 갔을 때 헬레네는 결국 내쫓기고 없었다. K는 그것을 당연한 결과로 여겼다. 그날 저녁 두 사람은 특별히 오랜 시간을 함께하면서 하스테러의 발의로 의형제를 맺는 의식을 치르기도 했다. K는 집으로 돌아오는 길에 담배와 술 때문에 다소 마비된 느낌이었다.

바로 다음 날 아침 은행에서 지점장은 업무상 대화를 나누는 중에 자기가 어제 저녁때 K를 본 것 같다는 말을 했다. 자기가 잘못 본 게 아니라면 K는 하스테러 검사와 팔짱을 끼고 걸어가더라는 것이었다. 지점장은 그것을 아주 이상하게 여기는 듯했는데 ─ 이것은 물론 평소 그의 빈틈없는 성격과도 부합되는 점이었지만 ─

어느 교회의 이름까지 말하면서 그 긴 쪽 측면에 있는 분수 근처에서 두 사람을 보았다고 했다. 만일 자기가 신기루를 보고서 묘사하고자 했다면 바로 그렇게 표현했을 거라는 것이다. 그래서 K는 그에게 검사는 자기 친구이며 그들은 실제로 어제 저녁때 교회 옆을 지나갔었다고 설명하였다. 지점장은 놀란 듯 미소를 지으며 K에게 앉으라고 권했다. 그것은 K가 지점장을 좋아하는 순간들 중 하나였으며, 약하고 병들어 밭은기침을 해 대고 책임이 막중한 일에 짓눌려 사는 이 남자가 K의 행복과 미래에 대해 일종의 염려를 내비치는 순간이었다. 그런데 그런 염려는 지점장에게서 K와 유사한 것을 체험했던 다른 직원들의 말처럼 차갑고 피상적이라 부를 수 있는 염려였으며, 2분 정도를 희생함으로써 유능한 직원들을 몇 해 동안이나 자기한테 붙잡아 두는 수단에 불과한 염려였다. 실제로도 그랬는지 모르지만 어쨌든 K는 그 순간 지점장에게 굴복하고 말았다. 어쩌면 지점장도 K와 이야기할 때는 다른 사람들과 이야기할 때와는 조금 다른 방식으로 말했을지도 모른다. 그는 그런 방식으로 K와 같은 수준이 되기 위해 자신의 높은 지위 같은 것을 잊어버리지는 않았던 것이다. 그는 오히려 일상적인 업무상의 거래에서는 통상적으로 그렇게 했다. 그러나 지금은 그가 K의 지위를 잊어버린 것 같았다. 그래서 그는 K와 이야기를 하는데 마치 어린아이를 대하듯이, 아니면 처음 일자리를 구하는데 알 수 없는 어떤 이유에서 지점장의 호감을 불러일으키는 순진한 젊은이를 대하듯이 말을 했다. 지점장의 염려하는 마음이 그에게 진심으로 보이지 않았거나 혹은 그런 순간에 그에게 보였던 것과 같은 그런 염려의 가능성이 그를 완전히 매혹시키지 않았더라면, K는 지점장 자신이든 아니면 다른 어떤 사람이든 그 누구의 말이라도 그런 식의 말투를 틀림없이 참지 못했을 것이다. K는 자신의 약점을 잘 알고 있었다. 아마도 그 약점의 근원은 그와 관련해 그의 마음속에 실제로 아직도 어린애 같은 구석이 남아 있다는 것에 있을지도 모른다. 그는 아버지가 매우 젊은 나이에 돌아가셔서 아버지의 사랑을 한 번도 경험해 본 적 없이 집에서 일찍 나와 버렸고, 어머니는 앞을 잘 못 보신 채 변화를 모르는 변방의 소도시에서 아직 살고 계신데, 그는 어머니의 사랑을 받으려 하기보다는 오히려 거부해 왔기 때문이다. 그가 어머니를 마지막으로 방문한 것은 대략 2년 전쯤이었다.

"그런 친구를 사귀고 있는 줄은 전혀 몰랐지." 지점장이 말했다. 입가에 연하게 감돌고 있는 다정한 미소만이 그 말의 매서운 기운을 부드럽게 해 주었다.

엘자에게로

어느 날 저녁 K가 막 나가려고 하는데 전화가 걸려와 즉시 법원 사무처로 오라는 명령을 받았다. 아울러 이 명령에 불복종하지 말라는 경고도 받았다. 그가 한 전대미문의 발언들, 즉 심문은 무익하고 아무런 성과도 내지 못하며 낼 수도 없다는 것, 이제 자신은 심문을 받으러 출두하지 않으리라는 것, 전화나 서신으로 소환을 받아도 무시할 것이고 전령이 와도 문밖으로 내쫓으리라는 것 — 그런 모든 발언들은 전부 기록되어 있으며 그에게 이미 큰 해를 입혔을 것이라고 했다. 도대체 왜 복종하려 하지 않는 것인가? 법원은 그동안 시간과 비용을 고려치 않고 그의 복잡한 사건을 해결하려고 노력해 오지 않았나? 그는 그런 노력을 고의로 방해함으로써 법원으로 하여금 이제까지 그에 대해 유예해 온 강제 조치를 취하게 할 셈인가? 오늘의 소환은 마지막 시도가 될 것이다, 그러니 좋을 대로 하시라, 그러나 고등 법원은 조롱을 당하고 가만히 있지는 않을 것이라는 점을 명심하는 게 좋을 것이라고 했다.

그런데 K는 그날 저녁 엘자에게 자기가 찾아갈 것이라고 미리 알려 두었기 때문에 그 이유만으로도 법원에 갈 수 없었다. 그런 이유로 자기가 법원에 출두하지 않는 것을 정당화할 수 있다는 것이 그는 기뻤다. 물론 그는 그런 정당화의 방법을 사용하지 않을 것이며, 그날 저녁에 다른 선약이나 할 일이 전혀 없었더라도 어쨌든 법원에는 가지 않았을 것이다. 그래도 자신의 충분한 권리를 의식하면서 만일 자기가 가지 않으면 어떻게 되느냐고 전화로 물어보았다. "우리는 당신을 찾아낼 수 있을 겁니다." 이것이 대답이었다. "그러면 내가 자진해서 가지 않았다고 해서 처벌을 받게 되나요?" K가 물었다. 그러고는 자신이 듣게 될 답을 기대하면서 미소를 지었다. "아닙니다"라고 답을 했다. "다행이군요." K가 말했다. "그렇다면 내가 오늘의 소환에 응해야 하는 이유는 어떤 것입니까?" "법원의 권력 수단을 자극해서 강제 조치를 취하게 하는 일은 하지 말아야지요." 전화 속의 목소리가 말했다. 목소리는 점점 약해지다가 결국엔 사라져 버렸다. '소환에 응하지 않는 건 정말 무모한 짓이지.' K는 나가면서 생각했다. '그러나 권력 수단이 어떤 것인지 한번 겪어 볼 필요는 있지 않을까.'

아무 망설임도 없이 그는 엘자에게 갔다. 마차 구석에 편안히 기대어 양손을 외투 주머니 속에 찔러 넣은 채—벌써 날이 쌀쌀해지기 시작했다—그는 활기찬 거리를 내려다보았다. 일종의 만족감을 느끼며 그는 법원이 실제로 일을 하고 있다면 자신이 법원에 적지 않은 어려움을 안겨 준 것이라고 생각했다. 자기가 법원에 갈 것인지 아닌지 그는 분명하게 의사를 밝히지 않았던 것이다. 그러니 판사는 기다리고 있을 것이고, 어쩌면 방청객 전체가 기다리고 있을지도 모른다. 그러나 K는 회랑 쪽 사람들이 특히 실망스러울 테지만 나타나지 않을 것이다. 그는 법원 때문에 동요되지 않고 자기가 원하는 곳으로 가고 있었다. 무심결에 마부에게 법원 주소를 일러 준 것은 아닌지 그는 순간적으로 불안해졌다. 그래서 그는 마부에게 엘자의 주소를 큰 소리로 외쳐 댔다. 그랬더니 마부가 고개를 끄덕였다. 조금 전에도 그에게 다른 주소를 말하지 않은 것이다. 그때부터 K는 서서히 법원에 대한 생각은 잊어버리고, 은행에 대한 생각이 그전처럼 다시 그의 머릿속을 가득 채우기 시작했다.

부지점장과의 싸움

어느 날 아침 K는 평소보다 훨씬 상쾌하고 투지가 넘치는 느낌이었다. 법원 일은 거의 생각하지 않았다. 간혹 생각이 나더라도 전혀 그 전체를 조망할 수 없을 정도로 거대한 그 조직도 어떤 꼬투리만 찾아낸다면 쉽게 붙잡혀 찢기고 부서질 수 있을 것처럼 보였다. 물론 그 꼬투리는 감추어져 있어서 어둠 속을 더듬고 다녀야 겨우 찾아낼 수 있을 테지만 말이다. 평소와 다른 이런 컨디션에 마음이 들뜬 나머지 K는 심지어 부지점장을 자기 방으로 오게 해서 얼마 전부터 밀려 있던 업무상의 용건을 함께 상의해 보고 싶은 마음까지 들었다. 그런 계기가 있을 때면 부지점장은 K와 자신의 관계가 지난 몇 달 사이에 조금도 변하지 않은 것처럼 행동했다. 그는 예전에 K와 경쟁 관계에 있을 때처럼 태연히 들어와서 K의 세세한 설명을 가만히 경청하다가 친근하면서도 동료로서의 우정이 담긴 말을 짧게 몇 마디씩 건넴으로써 관심을 표하였다. 다만 무슨 의도가 있어서 그러는 것 같지는 않았지만, 그는 업무상의 핵심 문제에서 벗어나는 일이 결코 없었고 그야말로 마음속 밑바닥까지 오직 그 문제에만 집중하는 자세를 보임으로써 K를 당황스럽게 하였다. 반면 K의 생각은 본분에 철저한 부지점장의 이런 본보기 앞에서 곧 사방으로 흩어지기 시작했고 그 바람에 그는 거의 아무런 거부감도 없이 스스로 그 문제를 부지점장에게 맡겨 버리지 않을 수 없었다. 한번은 부지점장이 갑자기 일어나 아무 말 없이 자기 방으로 돌아가는 모습을 그때서야 알아차리고 물끄러미 바라보기만 할 정도로 상태가 안 좋았던 일도 있었다. K는 무슨 일이 있었는지 알지 못했다. 이야기가 제대로 마무리되었을 수도 있었다. 그러나 K가 자기도 모르게 부지점장의 기분을 상하게 했거나 아니면 터무니없는 말을 해서, 또는 K가 얘기를 듣지 않고 다른 일에 정신을 팔고 있는 것이 명백하다는 생각이 들어서, 부지점장이 이야기를 중단했을 수도 있었다. 더 나아가 K가 어처구니없는 결정을 내렸거나 아니면 부지점장이 그로 하여금 그런 결정을 내리도록 유도했거나, 그래서 그 결정을 신속히 실행에 옮겨 K에게 쓴맛을 보여 주기 위해 지금 서둘러 가고 있는 것일 수도 있었다. 그런데 그 용건에 대해서는 두 번 다시 입 밖에 내지 않았다. K 자신이 먼저 그에 대한 얘기를 꺼내고 싶지 않았고, 부지점장도 입을 열지 않았다. 물론 앞으로도 당분간은 눈에 보이는 변화가 나타나지는 않을 것이다. 그러나 어쨌든 K는 그 사건으로 인해 기가 죽지 않았다. 적당한 기회가 오고 컨디션이 웬만해지기만 하면 부지점장에게 가거나 그를 자기한테 오게 하기 위해 언제든 그의 방문을 노크할 용의가 있었던 것이다. 이젠 전에 그랬던 것처럼 그를 피해 몸을 숨기고 있을 때가 아니었다. 단번에 자기를 모든 걱정에서 해방시켜 주고 부지점장과의 관계를 자동으로 예전처럼 회복시켜 줄 수 있을 조만간의 어떤 결정적인 성과 같은 것을 K는 더 이상 바라지 않았다. 다만 지금 이대로 그만두어서는 안 된다는 것을 깨달았다. 상황으로 봐서는 그만두어야 할 것 같았지만 상황이 요구하는 대로 그가 지금 물러선다면 아마도 다시는 앞으로 나아가지 못할 우려가 다분히 있었다. 부지점장으로 하여금 K는 이제 끝장이라고 믿게 놔두어서는 안 되었다. 그가 그런 믿음을 가지고 자기 사무실에 태평하게 앉아 있도록 해서는 안 된다. 그를 불안하게 해야 한다. K는 살아 있으며, 비록 지금은 자신이 위협적인 존재로 보이지 않을지라도, 살아 있는 다른 모든 존재와 마찬가지로 어느 날 불쑥 새로운 능력을 가지고 나타나 그의 간담을 서늘하게 할 수도 있다는 것을 그로 하여금 가능한 한 자주 깨닫게 해야 한다. 때때로 K는 이러한 방법으로 자기가 싸우고 있는 것은 오직 자신의 체면을 유지하기 위한 것일 뿐이라고 혼잣말을 하기도 했다. 이렇게 무력한 처지에 있으면서도 번번이 부지점장에게 맞서 보았자 사실 자기한테 득이 될 일은 아무것도 없고 오히려 권력에 대한 그의 자부심만 키워 줄 뿐이며 그에게 자신에 대한 관찰의 기회를 더 많이 제공하여 그때그때의 상황에 맞게 적합한 조치를 취할 수 있는 가능성을 주게 되기 때문이었다. 그러나 K로서는 자신의 태도를 바꿀 수도 없었을 것이다. 자기기만에 빠져, 때때로 지금이야말로 부지점장과 한번 마음 놓고 겨루어 볼 만한 때라는 확신이 들기도 했던 것이다. 아무리 불행한 일들을 겪어도 깨치는 바가 없었다. 모든 일이 한결같이 줄곧 불리한 방향으로만 진행되어 왔음에도 불구하고 그는 열 번 시도해서 이루지 못한 일을 열한 번째는 해낼 수 있으리라 믿었던 것이다. 그런 만남을 가진 후에 기진한 나머지 땀을 흘리며 머릿속이 텅 빈 느낌으로 혼자 남아 있게 될 때면 자기를 부지점장에게로 가게 만든 것이 희망 때문이었는지 아니면 절망 때문이었는지 그는 알 수가 없었다. 그러나 다음번에 그가 다시 부지점장의 방문을 향해 황망히 걸어갈 때면 아주 분명하게 희망만을 품고 있었다.

오늘도 마찬가지였다. 부지점장은 곧바로 들어서면서 문 가까이에 멈추어 서더니 새로 생긴 버릇대로 코안경을 닦고 나서 처음엔 K를 바라보다가 너무 눈에 띄게 K만 바라보는 것을 피하기 위해 방 안 전체를 유심히 살펴보았다. 그는 마치 이 기회를 이용해 자신의 시력을 시험해 보려는 것 같았다. K는 그 시선에 대항해 살짝 미소까지 지으며 부지점장에게 앉으라고 권하였다. 그 자신은 팔걸이의자에 몸을 던지듯이 앉고는 의자를 가능한 한 부지점장에게 가깝게 끌어다 놓은 다음 곧바로 책상에서 필요한 서류를 집어 들고서 보고를 시작했다. 부지점장은 처음에는 거의 듣고 있는 것 같지 않았다. K의 책상 상판은 조각 장식이 된 야트막한 난간을 두르고 있었다. 책상 전체가 훌륭한 세공품이어서 난간 역시 나무에 튼실하게 붙어 있었다. 그러나 부지점장은 마치 바로 지금 거기서 흔들거리는 부분을 발견하기라도 한 듯한 태도를 보이며 집게손가락으로 난간을 톡톡 쳐서 잘못된 그 부분을 없애 버리고자 하였다. 그래서 K는 보고를 잠시 멈추려 했지만 부지점장은 말한 그대로 모든 것을 다 듣고 있으며 잘 이해하고 있으니 멈추지 말고 계속하라고 했다. 그러나 K는 그에게 실질적인 말을 하도록 강요할 수가 없어서 계속 보고를 하기는 하는데, 그러는 사이 난간은 긴급 조처를 필요로 하는 것 같았다. 왜냐하면 부지점장이 이젠 주머니칼을 꺼내서 K의 자를 지렛대로 삼아 난간을 들어 올리고자 했기 때문이다. 아마도 그런 뒤에 그것을 보다 쉽고 더욱 깊게 박아 넣을 수 있도록 하기 위해서인 것 같았다. K는 자신의 보고 속에 부지점장에게 특별한 영향을 미칠 것으로 기대되는 아주 새로운 제안 내용을 집어넣었는데, 이제 그 내용에 이르게 되자 그는 잠시도 보고를 멈출 수가 없었다. 그만큼 자신의 일에 사로잡혀 있었거나, 아니 더 정확히 말하자면 자기가 이 은행에서 아직도 어느 정도는 쓸모 있는 존재이며 자기 생각이 자신을 정당화시켜 줄 힘을 지니고 있다는 의식을 갖게 되자 그만큼 기뻤던 것이다. 그러나 그가 그런 의식을 갖게 되는 경우는 점점 더 드물어지고 있는 것이 사실이었다. 아마도 이러한 자기변호 방식은 은행에서뿐만 아니라 소송에서도 최선의 것이었으며 그가 이미 시도했거나 계획하고 있는 다른 어떤 자기변호보다도 훨씬 더 나은 것이었을지 모른다. 서둘러 말을 하느라 K는 부지점장을 확실하게 난간 작업에서 떼어 놓을 시간적 여유가 없었다. 서류를 읽는 동안 상대방을 진정시키려는 듯 비어 있는 손으로 난간 위를 단지 두세 번 쓰다듬었는데, 상황을 제대로 알고 있지는 못하지만 그렇게 함으로써 부지점장에게 난간에는 아무 결함이 없으며 비록 한 군데쯤 결함이 있다 하더라도 지금 이 순간은 무얼 고치는 일보다는 자기 이야기를 경청하는 것이 더 중요하고 더 적절한 행동이라는 것을 보여 주고자 하였다. 그러나 활발한 성격이면서 정신적인 활동만 하는 사람들에게서 종종 일어나는 일이지만 부지점장은 난간을 만지는 이 수공 작업에 열을 내며 몰두하였다. 급기야 난간 한쪽 부분이 실제로 들어 올려졌고 이제 할 일은 거기에 달린 가느다란 기둥들을 다시 제 구멍에 끼워 맞추는 일이었다. 그 일은 지금까지의 어떤 작업보다도 더 힘든 것이었다. 부지점장은 일어나서 두 손으로 난간을 눌러 상판 안으로 밀어 넣으려고 애를 쓰지 않으면 안 되었다. 그러나 아무리 힘을 써도 잘 들어가질 않았다. K는 서류를 읽으면서 ― 그와 함께 즉석에서 떠오르는 자기 생각을 많이 섞어서 말하였다 ― 부지점장이 일어나는 것을 아주 어렴풋이 알아차렸다. 그는 부지점장이 옆에서 하는 그 주변적인 일에서 완전히 눈을 뗀 일이 거의 없었지만 부지점장의 동작이 그래도 자신의 보고와 어떻게든 연관이 있는 것으로 여겨졌다. 그래서 그도 덩달아 일어나서는 손가락으로 어떤 숫자 밑을 누른 채 부지점장에게 서류 한 장을 내밀어 보였다. 그런데 부지점장은 그 사이 두 손으로 누르는 것만으로는 충분치 않다는 것을 깨닫고는 대번에 난간 위에 걸터앉더니 자신의 전 체중을 실어 내리눌렀다. 물론 이번에는 성공이었다. 가느다란 기둥들이 끽끽 소리를 내며 구멍 안으로 들어갔다. 그러나 급히 눌러 대는 바람에 기둥 하나가 휘어져 꺾이면서 윗부분 어딘가의 약한 살 하나가 둘로 쪼개졌다. "에이, 몹쓸 나무로군." 부지점장이 짜증을 내며 그렇게 말하고는 책상에서 물러났다. 그러고는……

관청

처음에는 무슨 뚜렷한 의도를 갖고서 그런 것은 아니었지만 K
는 이런저런 기회가 있을 때 자기 사건에 대해 처음으로 고소가
제기된 관청이 어디에 소재하고 있는지를 알아내려고 했다. 그는
그 정보를 어렵지 않게 알아낼 수 있었다. 티토렐리도 볼프하르
트*도 처음 그 질문을 받았을 때 그 관청의 정확한 주소를 일러
주었다. 티토렐리는 감정 의뢰를 받지 않은 비밀스러운 계획을
대할 때면 늘 묘한 미소를 짓곤 했는데, 그는 나중에 바로 그런
미소를 지으면서 그 관청은 전혀 아무런 의미가 없고, 단지 임무
로 부과된 것만을 알려 주는 곳일 뿐이며, 거대한 검찰 기구의 말
단 기관에 불과한 곳이라고 주장함으로써 그 정보를 보완하였다.
물론 그 거대한 검찰 기구는 소송 당사자들이 접근할 수 없는 곳
이라고 했다. 그래서 그 검찰 기구에 무언가 청원할 일이 있으
면—청원할 일은 당연히 늘 많이 있지만 그것을 말로 표현하는
것이 꼭 현명하다고는 할 수 없다고 했다—물론 일러 준 그 하급

342

관청에 문의해야 하는데, 그렇게 한다고 해서 자신이 직접 그 실제의 검찰 기구로 들어가게 되는 것도 아니고, 자신의 청원을 언젠가 그곳으로 회부할 수 있는 것도 아니라는 것이었다.

K는 화가의 본성을 이미 잘 알고 있었기 때문에 반대 의견을 말하지도 않았고 더 이상 묻지도 않았으며, 그저 고개만 끄덕이는 것으로 그가 한 말을 그대로 받아들였다. 최근 들어 종종 그렇게 생각되었던 것처럼, 이번에도 또 괴롭히는 일에 관해서라면 티토렐리가 변호사를 대신하고도 남는다는 생각이 들었다. 차이가 있다면 K가 티토렐리에게는 자신을 그다지 의탁하고 있지 않다는 것, 그래서 언제든 원하기만 하면 별 어려움 없이 그를 떨쳐 버릴 수 있다는 것이고, 또 티토렐리는 지금보다 전에는 더했지만 지나치게 이야기하기를 좋아하고 수다스럽기까지 하다는 것이며, 끝으로, K 쪽에서도 티토렐리를 충분히 괴롭힐 수 있다는 것이었다.

앞서의 그 일과 관련해서 K는 바로 그렇게 했다. 그 관청에 대해 이야기할 때 그는 종종 티토렐리에게 무언가를 숨기고 있는 듯한 투로 말을 했던 것이다. 그리고 자기가 그 관청과 모종의 관계를 맺고 있다는 듯이, 그러나 그 관계는 아직 충분히 무르익지 않아 밖으로 알려지게 되면 위험이 따를 수 있다는 듯이 말했다. 그래서 티토렐리가 더 자세히 말해 보라고 재촉하면 K는 갑자기 화제를 돌려 이제 그것에 대해서는 오랫동안 이야기를 회피하는 것이었다. 그는 그런 조그만 성공들에 기뻐했다. 그럴 때면 이제 자기는 법원 주변의 그런 사람들을 훨씬 더 잘 이해하게 되었고, 그들과 장난치며 어울려 지낼 수도 있고, 스스로 그들 사이에 섞여 들어가 거의 같은 부류의 사람이 되었으며, 법원의 첫 계단이라 할 수 있는 위치에 서서 그들이 가질 수 있는 그 세계에 대한 보다 나은 통찰력을 그 자신도 잠시나마 갖게 되었다고 생각하는 것이었다. 그런데 만일 그가 이 아래쪽에 위치한 자신의 지위를 끝에 가서 결국 잃어버린다면 어떻게 되는 것일까? 그렇게 되어도 거기엔 아직 구원의 가능성이 있었다. 그들의 대열 속으로 슬며시 끼어들어 가기만 하면 되는 것이다. 설사 그들이 지위가 낮아서 또는 다른 이유에서 그의 소송에 도움을 줄 수 없다고 해도, 그들은 그를 받아들여 주고 숨겨 줄 수 있었기 때문이다. 만일 그가 모든 일을 충분히 심사숙고해서 비밀리에 해 나간다면, 그들은 그런 방식으로 그를 도와주는 것을 결코 거절할 수는 없을 것이다. 특히 티토렐리는 그럴 수 없을 것이다. K가 이제는 그의 가까운 지인이자 후원자가 되었으니까.

K는 매일 그런저런 희망만으로 살아가는 것은 아니었다. 전반적으로 사태를 정확히 파악하였으며 어떤 어려움도 간과하거나 생략하고 넘어가는 일이 없도록 조심했다. 그러나 때때로—일을 끝내고 저녁때면 대체로 완전히 녹초가 되어 있었는데—그는 낮에 있었던 사소하기 짝이 없고 애매하기 이를 데 없는 사건들에서 위안거리를 찾아냈다. 그럴 때면 보통 사무실 소파에 누운 채— 그는 이제 한 시간 정도 소파에 누워 쉬지 않고는 사무실을 떠날 수 없었다—관찰한 내용들을 머릿속에서 짜 맞추었다. 그의 생각은 골치 아프게 법원과 연관된 사람들로만 한정되지 않았다. 이렇게 반수(半睡) 상태에 있으면 모든 사람들이 뒤섞여 나타났다.

그럴 때면 법원의 큰일에 대해서는 잊어버리고, 마치 자기만 유일한 피고인이고 다른 사람들은 모두 법원 건물의 복도를 오가는 직원과 법률가들처럼 마구 뒤섞여 지나가는 듯한 느낌이 들었다. 아무리 아둔해 보이는 자들도 고개를 푹 숙이고 입술을 삐죽 내밀고는 시선을 한곳에 고정시킨 채 무거운 책임감에 눌려 깊은 생각에 잠겨 있었다. 그러고는 언제나 그루바흐 부인 집에 하숙하고 있는 사람들이 한 무리를 이루어 나타났다. 그들은 서로 머리를 맞댄 채 일제히 입을 벌려 고발하는 합창대처럼 서 있었다. 그들 중에는 모르는 사람들도 많이 있었다. K는 이미 오래전부터 하숙집 일에는 전혀 신경을 쓰지 않고 있었기 때문이다. 모르는 자들이 너무 많아서 그 무리를 좀 더 자세히 살펴보고 싶은 마음이 들지 않았다. 그래도 거기서 뷔르스트너 양을 찾아내려면 때때로 그렇게 하는 수밖에 없었다. 이를테면 그 무리를 이리저리 훑어보다가 갑자기 전혀 낯선 두 개의 눈이 그를 향해 반짝거리면 그는 그 일을 계속할 수 없었다. 그러면 뷔르스트너 양을 못 찾게 되지만, 어떤 실수도 하지 않겠다는 각오로 다시 한 번 찾아보면 그녀는 바로 무리 한가운데에 있었는데 자기 양옆에 서 있는 두 남자에게 팔을 두르고 있었다. 그 모습은 그에게 거의 아무런 인상도 주지 못했다. 특히 그 장면은 새로운 것이 아니라 그가 전에 뷔르스트너 양의 방에서 본 적이 있는 해수욕장 사진에 대한 지울 수 없는 기억에 불과했기 때문이다. 그래도 이 장면은 K를 그 무리에서 떠나게 했고, 그러고 나서도 그는 다시 몇 차례 그쪽을 돌아보긴 했으나, 이제는 법원 건물 속을 여기저기 큰 걸음으로 급히 돌아다녔다.

그는 모든 공간들을 매우 잘 알고 있었고, 그가 결코 가 보았을 리 없는 외진 복도도 예전부터 살아온 자기 집 복도처럼 친숙하게 여겨졌으며, 세세한 부분들이 고통스러울 정도로 또렷하게 그의 뇌리 속에 계속해서 나타났다. 예를 들면 한 외국인이 대기실 안을 거닐고 있었는데, 그는 투우사와 비슷한 복장을 하고 있었고, 허리선은 칼로 베어 놓은 듯했으며, 빳빳하게 몸을 감싸고 있는 그의 아주 짧고 조그만 상의는 거칠게 짠 노르스름한 레이스들로 만들어진 것이었다. 그 남자는 산책하듯 거니는 걸음을 잠시도 멈추지 않아서 K로 하여금 끊임없이 놀란 눈으로 바라보게 하였다. K는 몸을 구부린 채 그 남자의 주위를 살그머니 돌며 점점 다가가서는 휘둥그레진 눈으로 그를 바라보았다. K는 이제 레이스의 온갖 모양, 결함이 있는 모든 장식 술, 조그만 상의의 모든 곡선들을 잘 알고 있었지만 아무리 보아도 싫증이 나지 않았다. 아니, 이미 오래전에 싫증이 났다. 아니, 더 정확히 말하자면 결코 보고 싶지 않았지만 보지 않을 수 없게 만들었다. '외국에선 가장무도회가 뭐 이래!' 그는 그렇게 생각하면서 두 눈을 더욱 크게 떴다. 이 남자를 계속 뒤쫓다가 마침내 그는 소파 위에서 몸을 이리저리 뒤척이더니 가죽 커버 속에 얼굴을 묻었다.

어머니에게 가는 길

그는 점심 식사를 하다가 불현듯 어머니를 찾아가 봐야겠다는 생각이 들었다. 이젠 봄도 벌써 거의 다 지나갔으니 3년째나 어머니를 뵙지 못한 것이다. 그 당시 어머니는 그의 생일날엔 자기한테 와 달라고 당부하셨고, 그는 여러 가지로 어려움이 많았지만 그 당부에 화답하여 생일 때마다 어머니 곁에서 보내겠다는 약속까지 했었다. 그 약속을 그는 두 번이나 지키지 못한 것이다. 그래서 두 주일 후면 다시 생일이었지만 그때까지 기다리지 않고 지금 당장 가려고 했다. 지금 당장 가야 할 특별한 이유는 없다고 자신에게 타이르기는 했다. 그 소도시에 상점을 하나 갖고 있으며 K가 어머니에게 보내 드리는 돈을 관리해 주는 사촌 형이 있었는데, 그가 그 사촌 형으로부터 두 달마다 한 번씩 정기적으로 전해 듣고 있는 소식에 의하면, 어머니의 근황은 오히려 예전의 그 어느 때보다 안심이 되는 것이었다. 어머니의 시력이 점점 약해지고 있기는 하지만 그것은 K가 의사들의 얘기를 듣고 이미 여러 해 전부터 예상했던 일이었다. 그러나 그것 말고 다른 면에서의 건강 상태는 더욱 좋아져서, 노년의 갖가지 지병도 악화되기는커녕 오히려 누그러졌으며, 적어도 신세 한탄 하는 일이 한결 줄어들었다고 한다. 사촌 형의 얘기에 따르면, 그것은 어머니가 지난 몇 년 전부터 —K는 저번에 방문했을 때 살짝 그런 조짐이 느껴져서 마음이 언짢았는데 — 지나치게 신앙심이 깊어진 것과 연관이 있는 것 같다는 것이었다. 사촌 형은 한 편지에서 전에는 간신히 몸을 움직여 걸었던 노인네가 이제는 일요일에 교회로 모시고 갈 때면 자기 팔을 잡고 제법 잘 걸어가신다는 것을 아주 생생하게 묘사해 놓았다. K는 사촌 형의 말을 믿을 수 있었다. 그는 평소에 걱정을 많이 하는 소심한 성격이었고, 그런 이야기를 할 때 좋은 면보다는 나쁜 면을 과장해서 표현했기 때문이다.

그러나 어찌 되었든 K는 지금 가기로 결심한 것이다. 요즘 그는 달갑지 않은 일로 시달릴 때면 자기가 심하게 엄살을 부리는 경향이 있음을 깨닫곤 했는데, 그것은 뭔들 자기가 하고 싶은 일이 생기면 거의 절도를 잃고 그것을 꼭 이루고자 하는 맹목적인 의지 같은 것이었다. 그런데 이번에는 그런 못된 성향이 적어도 어떤 좋은 목적에 기여하였다.

그는 생각을 좀 가다듬기 위해 창가로 갔다. 그러고는 곧이어 식사를 치우게 한 뒤 그루바흐 부인에게 사환을 보내 자기가 여행 떠난다는 것을 알리고 그녀가 보기에 필요하다고 여겨지는 물건들을 싸 달라고 하여 그녀가 싸 주는 가방을 가져오도록 했다. 그 다음에는 퀴네* 씨에게 몇 가지 업무상의 지시를 내려 자기가 없는 동안 대신 처리해 달라고 부탁했다. 그런데 퀴네 씨는 이미 습관이 되어 버린 무례한 태도로 얼굴을 옆으로 돌린 채 그 지시를 받았는데, 그것은 마치 자기가 무엇을 해야 할지 잘 알고 있으므로 그런 지시는 단지 의례로 들어주고 있는 것일 뿐이라는 듯한 태도였다. 그런 태도에 대해 K는 이번에 거의 화를 내지 않았고, 마지막 순서로 지점장에게 갔다. 어머니에게 가야 할 일이 있어 이틀간 휴가를 얻고 싶다고 부탁하자 지점장은 당연히 어머니가 어디 편찮으시냐고 물었다. "아닙니다." K는 더 이상의 설명도 없이 그렇게만 말했다. 그는 뒷짐을 진 채 방 한가운데에 우뚝 서 있었다. 그러고는 이마를 찌푸리며 곰곰이 생각해 보았다. 아무래도 여행 준비를 너무 서두른 것이 아닐까? 가지 않고 여기 그냥 있는 게 더 낫지 않을까? 거기 가서 무얼 하겠다는 것인가? 괜히 감상적인 기분에 젖어서 가려고 하는 게 아닐까? 그리고 감상적인 기분 때문에 혹시 중요한 것을 놓치는 것은 아닐까? 가령 소송에 손을 쓸 수 있는 기회 같은 것 말이다. 보아하니 소송은 이제 몇 주일 동안이나 중지된 상태인 것 같고 그에게 들어오는 소식이라곤 거의 아무것도 없으니, 그런 기회는 이제 어느 날 어느 때라도 생길 수 있었던 것이다. 게다가 노인네를 놀라게 해 드리는 것은 아닐까? 그것은 물론 그가 의도하는 바는 아니지만 그의 의지와는 달리 그런 일은 얼마든지 쉽사리 일어날 수 있었다. 이제는 그의 의지에 반하는 일들이 수없이 일어나고 있었기 때문이다. 그리고 어머니가 그를 만나보고 싶어 하는 것도 결코 아니었다. 전에는 사촌 형의 편지에 보고 싶으니 한번 들르라는 어머니의 간곡한 청이 주기적으로 반복되었지만, 이제 그런 청이 사라진 지는 이미 오래되었다. 그러니까 어머니 때문에 그가 그리로 가는 것이 아니라는 것은 명백했다. 그러나 막연히 어떤 희망을 품고서 자기 자신 때문에 가는 것이라면 그는 진짜로 바보였고 그곳에 갔다가 결국엔 절망에 빠지게 됨으로써 자기가 한 바보짓의 대가를 치르게 될 것이다. 그러나 그 모든 의혹은 마치 자신의 것이 아니라 남들이 자기에게 불어넣으려는 것이라는 듯 그는 그런 의혹들을 다 털어 버리고 그야말로 새롭게 눈을 떠서 가겠다는 결심을 바꾸지 않았다. 지점장은 그동안 우연인지 아니면, 이것이 더 그럴듯한 이유일 듯한데, K를 특별히 배려하느라 그랬는지 몸을 구부려 신문을 보고 있다가 이제 비로소 눈을 들었다. 그러고는 일어나서 K에게 손을 내밀며 더 이상 아무 질문도 하지 않고 잘 다녀오라고 인사했다.

그런 다음 K는 자기 사무실 안을 왔다 갔다 하면서 사환이 오기를 기다렸다. K가 여행을 떠나려는 이유를 묻기 위해 부지점장이 여러 차례 들어왔지만 K는 거의 아무런 응대도 하지 않고 그를 외면했다. 그리고 마침내 가방을 건네받자 미리 대기시켜 놓은 마차가 있는 곳으로 서둘러 내려갔다. K가 이미 계단을 한참 내려가고 있는데, 바로 그 순간 계단 위쪽에 직원 쿨리히가 나타났다. 손에는 쓰기 시작한 편지를 들고 있었고, 따라서 그 편지에 대해 K로부터 어떤 지시를 받으려는 것이 분명했다. K는 그에게 손짓으로 들어가라는 신호를 보냈으나, 금발에다 머리통이 큰 그는 머리가 둔한 사람이라 그 신호를 잘못 이해하여 종이를 흔들어 대면서 위험할 정도로 껑충껑충 뛰어 내려와 K의 뒤를 쫓아오는 것이었다. K는 그것에 격분한 나머지 쿨리히가 옥외 계단에서 자기를 따라붙자 그의 손에서 편지를 빼앗아 찢어 버렸다. 그런 뒤 K가 마차를 타고 뒤를 돌아보니 자신의 잘못을 여전히 깨닫지 못한 듯한 쿨리히가 그 자리에 그대로 서서 떠나가는 마차를 물끄러미 바라보고 있었고, 그 옆에는 수위가 나란히 서서 모자를 깊숙이 고쳐 쓰고 있었다. 그러니까 K는 아직 은행에서 최고위급 직원 중 한 사람이었던 것이다. 그가 그것을 부인하려 해도 수위가 틀림없이 반박할 것이다. 그리고 심지어 어머니는 그가 아무리 아니라고 반박을 해도 그를 은행 지점장으로까지 여겼고, 어머니의 그런 억지는 이미 여러 해 되었다. 어머니의 생각대로라면 그는 위신이 아무리 손상을 입는다 해도 몰락하는 일은 없을 것이다. 출발 직전에 그가 법원과 연관 있는 한 직원에게서 편지를 빼앗아 아무런 양해의 말도 없이 다짜고짜 찢어 버릴 수 있다는 것을 확인한 것은 아마도 좋은 징조인 듯했다. 그러나 그는 가장 하고 싶었던 일을 할 수 없었다. 그것은 쿨리히의 창백하고 둥그스름한 뺨을 큰 소리 나도록 짝짝 두 대 갈겨 주는 일이었다.

7 "소송": 이 작품의 원고에는 본래 제목이 붙어 있지 않았으나, '소
송'이라는 제목은 원고를 정리하여 출간한 카프카의 절친한 친구 막
스 브로트(Max Brod)에 의해 붙여진 것이다. 소설 초판(1925)의
후기에서 브로트는 이렇게 설명한다. "원고는 제목을 지니고 있지
않다. 그러나 카프카는 대화 중에 이 소설을 언급할 때면 늘 '소송'
이라는 이름으로 불렀다." 카프카의 일기에도 이 작품은 언제나
'Der Process(소송)'라는 제목으로 언급된다.(카프카는 z 대신 c를
사용했다.)

9 "K": 독일어로 '카'라 읽는다.

15 "자전거 면허증": 카프카가 살았던 20세기 초에는 자전거를 타는
데도 관청의 면허가 있어야 했던 것 같다.

25 "하스테러 검사": 뒤의 '미완성 장들' 중 '검사'라는 제목의 원고가
있다. 324~332페이지 참조.

29 "양손을 … 카미너": 이 세 사람의 이름은 각기 독일, 체코, 유대 민
족의 성씨를 나타내며, 따라서 독일인 라벤슈타이너, 체코인 쿨리
히, 유대인 카미너는 프라하의 3대 민족을 대표한다. 프라하는 소설
어디에도 언급되지 않지만 이 작품의 배경을 이루는 도시로 추정된

다. 그리고 프라하의 작가 카프카는 유대계 체코인으로 독일어를 주로 구사하였다. 게다가 라벤슈타이너는 중세의 사형 집행 장소를 뜻하는 라벤슈타인(괴테의 『파우스트』 1부 '밤, 넓은 들판'에도 나옴)을 암시하며, 쿨리히라는 이름은 저승새라고 믿어지는 금눈쇠올빼미(Totenvogel)를 의미한다는 것. 이러한 해석에 근거할 때 세 사람은 곧 저승사자를 표상하는 인물들로 이해될 수 있다.

30 "금발의": 원본을 보면 남자의 수염이 '금발(blond)'이라고 쓰여 있지만 앞의 22페이지에는 '불그스름하다(rötlich)'라고 묘사되어 있다. 이러한 불일치는 이 작품이 미완성이라는 점을 고려할 때 카프카가 미처 교정을 보지 못해 고치지 못한 착오인 것으로 추측된다. 뒤에서도 그와 같은 불일치가 몇 군데 더 발견된다. 결정적인 경우에 다시 주를 통해 지적될 것이다.

42 "터키식 소파": 등받이와 팔걸이가 없고 야트막한 눕는 소파.

62 "차장": 원어로는 'Prokurist'이다. 독일 상법에서, 최고 책임자로부터 전권을 위임받아 결정 및 책임의 권한을 대리하는 직위 명칭이다(그러한 대리권을 'Prokura'라고 부른다). 은행의 경우, 역시 전권을 위임받아 은행의 모든 법률 관련 문제를 처리하고 결정짓는 높은 직위이며, 우리나라의 현행 직제에서는 그에 해당하는 마땅한 명칭이 없다. 소설에서는 부지점장에 이어 지점 내 서열 3위에 해당하는 자리로 보인다. 소설 내용에 부합하게 부지점장보다 아래이면서 그에 버금가는 직위로 '차장 대우'라는 명칭이 있으나 부르기 거북하므로, 여기서는 편의상 '차장'으로 하기로 한다. 다만 우리나라에서 은행 차장은 대체로 부지점장과 동급인 것으로 알려져 있다. 작품을 보면 K는 서른이라는 젊은 나이에 고속 승진을 하여 지점장의 신임을 받고 있으며 2인자인 부지점장을 위협하는 존재로까지 부상한 능력 있는 직원으로 그려져 있다. (167, 169, 176페이지 참조)

97 "사벨": 군인이나 경관이 허리에 차던 곡선형의 서양식 외날 칼.

119 "파나마 모자": 중남미 원산인 파나마풀의 잎을 가늘게 쪼개서 엮어

만든 챙이 넓은 여름 모자.

121 "영명 축일": 영명(靈名)은 영세 때 받는 세례명을 뜻함. 따라서 영명 축일(Namenstag)은 신도의 세례명을 기념하는 가톨릭의 축일이며, 자신의 세례명과 같은 이름을 가진 성인이나 복자의 축일.

131 "알베르트": 이번 장의 첫 부분인 119페이지에는 숙부의 이름이 '카를(Karl)'로 소개되어 있다. 30페이지 주와 같은 경우로 보면 될 것이다.

168, 172, 174 "지점장실": 부지점장실이어야 옳을 것이다. 역시 교정 부족으로 인한 오류인 것으로 보인다. 270페이지에 보면, K의 사무실과 지점장실 사이에 부지점장실이 있는 것으로 묘사되어 있다.

275 "측랑": 교회의 중앙 통로와 평행하게 양옆으로 나 있는 측면 통로.

276 "열한시": 앞의 273페이지에는 약속 시간에 대한 언급이 열시로 되어 있다. 30페이지 주나 131페이지 주와 같은 경우.

277 "성체등": 대개 가톨릭교회에서 예수 그리스도의 영원한 현존을 나타내기 위해 늘 빛나도록 켜 두는 붉은 등. 독일어로 'das ewige Licht'.

278 "코담배통": 콧구멍에 대고 향기를 맡거나 약간 들이마시는 가루 담배.

280 "중랑": 교회의 중앙 통로.

289 "법 앞에 … 서 있다": 카프카는 1915년 이 부분을 소설에서 분리시켜 「법 앞에서(Vor dem Gesetz)」라는 제목으로 출간했다. 실린 곳은 『자위대(Selbstwehr)』라는 이름의 유대교 주간지. 유대교의 맥락에서 '법'이란 곧 '율법'으로 이해될 수 있다.

"시골 남자": 탈무드 등의 유대교 전설에서 '시골 남자'는 '암하레츠(Am-ha'aretz)'라는 인물에 해당함. 히브리어로 이 말은 '에레츠'(시골 또는 땅)와 '암'(사람)이 결합된 것으로 '단순하고 무지한 사람'을 가리키며, 종교적 맥락에서는 '법 즉 율법을 모르거나 지키지 않는 사람'을 뜻하기도 한다. 카프카는 한 일기에서 탈무드의 구절을 언급하며 이 '암하레츠'라는 단어를 사용하는 것으로 보아 그러한 전통과 맥락을 잘 알고 있었던 것 같다.

295 "많습니다" : 불변하는 '글'과 변화하는 '의견들'은 곧 탈무드의 구조를 암시하고 있는 것으로 보인다. 탈무드는 유대교의 율법 내용을 기록해 놓은 「미슈나(Mishnah)」와 그에 대한 서로 다른 해석, 견해 등을 전하고 있는 「게마라(Gemara)」로 이루어져 있다. 따라서 문지기와 시골 남자 이야기는 '미슈나'인 셈이고, 그것에 이어 신부가 소개하는 여러 해석들은 '게마라'에 해당하는 것으로 이해될 수 있다.

311 "미완성 장들" : 이 책의 '판본 소개'를 참조할 것.

313 "B의 여자 친구" : 막스 브로트는 이 미완성 장을 완성된 장으로 여겨, 「텅 빈 법정에서 · 대학생 · 법원 사무처」와 「태형리」 사이에 놓았다. 따라서 브로트 판에는 이 부분이 4장으로 편집되어 있고, 「뷔르스트너 양의 여자 친구」라는 제목이 붙어 있다. 장의 숫자는 브로트가 임의로 붙인 것이다. 카프카의 원고에는 '뷔르스트너 양' 대신에 'B'라고만 되어 있다.

"편지를 보냈다" : 이 대목은 카프카 자신이 약혼녀인 펠리체 바우어에게 무수히 편지를 써 보냈던 전기적 사실을 암시하고 있는 듯하다. 그는 그녀에게 5년간에 걸쳐 약 7백 통의 편지를 보냈는데, 그중 일부는 그녀가 사는 집 주소로 보냈고, 나머지는 그녀가 일하는 베를린 사무실로 보냈다. 그러나 그녀가 답장을 아주 늦게 보내거나 아예 보내지 않을 때도 많아서 카프카는 자주 책망이나 원망의 말을 하였다. 이러한 사정이나 소설 속 성격 묘사 등에 비추어 볼 때, 뷔르스트너 양(Fräulein Bürstner)은 펠리체 바우어(Felice Bauer)를 모델로 형상화된 인물임이 분명해 보인다. 두 이름의 머리글자가 동일하게 F와 B라는 점도 그러한 추측을 강력하게 뒷받침해 주는 요소이다.

319 "친구의 부탁을 받고서" : 여기에 등장하는 뷔르스트너 양의 친구인 몬타크 양은 다시 펠리체 바우어의 절친한 친구인 그레테 블로흐를

은밀히 가리키고 있는 듯하다. 1913년 10월, 카프카가 바우어와의 결혼 계획을 취소하려는 생각에 골몰해 있을 때, 블로흐는 둘 사이를 중재하기 위한 임무를 띠고 일종의 '특사' 자격으로 프라하에 나타났다. 이 부분에서 몬타크 양이 친구의 부탁으로 대신 K와 이야기를 나누는 설정은 바로 그러한 작가 자신의 실제 경험이 투영된 것으로 볼 수 있다. 이후 카프카는 블로흐에게도 편지를 보내기 시작했는데, 내용을 보면 때때로 약혼녀인 바우어보다 블로흐에게 더 강하게 마음이 이끌렸던 것 같다.

342 "볼프하르트": 앞의 어디에도 등장한 적이 없고 이곳에서 처음으로 언급되는 인물임.

348 "퀴네": 처음 언급되는 인물임.

해설

자신과 세상을 상대로 벌이는 카프카의 '소송'

이재황(서울대 강사)

카프카는 이 작품을 1914년 8월 중순쯤부터 쓰기 시작해 이듬해 1월 말까지 쓰다가 중단했다. 대략 6개월의 기간이었지만, 일기와 편지 등의 자료에 따르면, 작품의 거의 대부분은 처음 두 달 동안에 집중적으로 쓴 것으로 알려져 있다. 막역한 친구인 막스 브로트의 몇 차례 권유에도 불구하고 이후 그는 이 작품에 다시는 손을 대지 않은 것으로 전해진다. 그의 나이 31세 때의 일이었으므로, 공교롭게도 주인공 요제프 K의 나이와 거의 일치한다. K라는 이니셜이 이미 카프카 자신의 이름을 가리키고 있다. 작품 속에는 그밖에도 몇 가지 자전적인 요소들이 발견된다. 가령 요제프의 여자들 중 뷔르스트너 양은 카프카의 약혼녀인 펠리체 바우어(Felice Bauer)를 강하게 연상시키는 인물로 여겨진다. '뷔르스트너 양'의 독일어 표기인 Fräulein Bürstner의 머리글자 F와 B가 펠리체 바우어의 그것과 동일하다는 점이 그러한 추측을 더욱 뒷받침하고 있다. 카프카는 이 소설을 쓰기 시작한 시점으로부터 정확히 한 달 전인 1914년 7월 중순경에 약혼녀 펠리체와 파혼을 한다. 양쪽의 친구들과 친지들이 함께 참석한 가운데 바우어가 살던 도시 베를린의 어느 호텔에서 있었던 일이다. 계획된 일은 아니었지만 이를테면 파혼식을 거행한 셈이었다. 카프카는 일기에서 이 사건을 '호텔 법정'에서 벌어진 '소송' 사건에 비유하여 자신을 사건의 피고이자 동시에 판관으로 여겼다. 죄책감과 자기증오의 표현들이 일기 여러 곳에 나타나 있다. 방황 끝에 그는 파혼의 충격을 글쓰기를 통해 해소하고자 하였고, 그러한 배경에서 탄생한 작품이 바로 이 소설 『소송』이었다. 그런 만큼 이 소설은 작가의 다른 어떤 작품들보다도 자전적 체험이 그늘처럼 짙게 드리워져 있는 작품이라고 할 수 있다. 이 작품이 결코 자전적 소설은 아니지만, 작가 개인의 자전적 사실에 대한 이해는 이 난해한 작품을 이해하기 위한 단초를 얻을 수 있는 중요한 근거 중 하나임이 분명하다.

이 소설의 성립 초기인 1914년 8월은 유럽에서 1차 세계대전의 발발 시점과 겹친다. 그러나 소설 어디에도 전쟁과 관련한 시대사적 영향의 흔적을 찾아보기 어렵다. 오히려 소설 첫 부분에서 주인공 K가 그를 체포하러 온 법정 세계의 첫 대리인들인 두 감시인의 정체를 의문시하는 장면에는 다음과 같은 대목이 눈에 뜨인다. "이들은 대체 어떤 사람들일까? (…) 어디든 평화가 지배하고 있고, 법률들도 모두 굳건하게 존속하고 있는데, 누가 감히 집으로 쳐들어와 그를 덮칠 수 있단 말인가?" 소설 밖의 현실은 이미 전쟁 상태에 돌입해 있는 그때, 하필 카프카는 정반대로 주인공을 통해 소설 속 현실은 법과 평화가 지배하고 있는 세계임을 강변하고 있는 셈이다. 일종의 반어적 의미가 함축되어 있는 것인가? 국가 기관이 무단으로 개인의 침실을 유린하고 있는 이 장면을 전시 권력이 개인의 자유와 인권을 크게 제한하던 당시의 정치적 상황에 빗대어 역설적으로 표현하고 있는 것인가? 각각 프란츠와 빌렘으로 불리는 두 감시인의 이름에는 정치적 코드가 암호화되어 있다. 두 이름은 서로 동맹을 맺고 세계대전을 일으킨 장본인들인 독일과 오스트리아의 황제 빌헬름 2세와 프란츠 요제프 1세를 지시하고 있음이 분명해 보이기 때문이다. 소설에는 이렇게 매우 우회적이고 은밀한 방식으로 1914년의 세계가 반영되어 있다. 카프카 자신은 그가 법률자문으로 일하던 '노동자 산재보험 공사'의 요청에 의해 징집에서 면제되었다. 약혼녀와의 관계가 끊어지고 가까운 사람들 다수가 전쟁터로 떠난 고독한 상황에서 그는 소설 집필에 더욱 몰두하였다.

원고에 대한 세밀한 연구 결과, 카프카는 다른 작품들과 다르게 이 소설에서는 첫 부분과 끝 부분을 먼저 써놓고 나머지 가운데 부분의 장들을 느슨한 연관 하에서 비연속적으로 써나가는 집필 방식을 따른 것으로 밝혀졌다. 첫 장 「체포」가 주인공 요제프 K의 30번째 생일날 아침에 그가 체포를 당하는 이야기이고, 마지막 장 「종말」이 그의 31번째 생일날 밤에 죽음을 당하는 이야기이므로, 가운데 장들은 이 1년간의 시간적 틀 안에서 전개되는 사건들을 묘사하고 있다. 이로써 K의 '소송'은 애초부터 죽음으로 끝난다는 것을 전제로 하고 있는 셈이고, 따라서 여러 단계에 걸친 K

의 노력은 정해진 종말과의 헛된 싸움에 지나지 않는다. 이 가망 없음과 그에 대한 절망적 싸움의 묘사가 곧 이 소설의 본질적 내용에 해당한다.

그렇다면 K를 고발한 사람은 누구인가? 그는 대체 무슨 죄를 지었기에 결국 "개 같은 종말"을 맞이하게 되는 것인가? 이 소설이 던지는 가장 큰 질문이자 근본적인 물음이다. 그 답을 찾고자 그 동안 다양한 각도에서 무수한 해석이 시도되었지만 결정적인 답은 내려지지 않고 끊임없이 유보되고 지연될 뿐이다. 카프카가 소설을 완결했더라면 과연 답을 줄 수 있었을까? 그의 다른 작품들을 고려할 때 그런 질문은 우문이 아닐 수 없다. 다른 작품들 역시 대부분 크고 작은 의문점과 수수께끼 같은 문제들로 일관하고 있기 때문이다. 널리 알려져 있듯이, 수수께끼, 미궁, 환상성, 난해성과 같은 말들은 카프카의 문학 세계를 이야기할 때면 늘 따라다니는 수식어이자 상투어이다. 그만큼 그의 작품들에는 수수께끼 같은 사건, 기이한 인물, 초현실적인 형상, 왜곡된 공간 등이 곳곳에서 출몰한다. 이 작품 역시 예외가 아니어서 이성적으로는 도무지 납득할 수 없는 내용들로 가득하다. 끝까지 영문을 알 수 없는 주인공의 체포와 죽음은 물론이고, 하숙집 방에서의 심문 장면, 가정집과 연결되어 있는 법정, 건물 다락층에 위치한 법원 사무처, 은행 창고에서 자행되는 태형 장면, 주인공과 쉽사리 에로틱한 관계를 갖는 여인들, 의뢰인을 노예처럼 취급하는 변호사, 변호사 집 골방에 기거하는 의뢰인, 대성당으로 주인공을 유인한 의문의 신부, 신부가 들려주는 시골남자와 문지기 이야기, 채석장에서의 처형 장면 등등. 마치 표현주의 영화의 과장되고 그로테스크한 영상을 보는 듯하다.

주인공은 은행 내에서 유능한 직원으로 인정받으며 서른이라는 나이에 비교적 빠르게 높은 지위에 올라 남들처럼 앞으로도 계속 안정적인 삶을 원하고 더 나은 삶을 지향하는 평범한 인물이다. 그런 그에게 '체포'라는 날벼락 같은 사건이 덮쳐오면서 '법정'이라는 낯선 세계가 점차 그의 삶 속으로 침투해 들어온다. 주인공이 이 수수께끼 같은 상황을 풀어나가는 일에 동참하게 되는 우리는 일차적으로 그의 눈과 생각에 의존할 수밖에 없다. 따라서 우리는 그가 보는 만큼만 보고 알아내는 만큼만 알게 된다. 그러나 그는 추리소설의 탐정처럼 철저하지 못하며 적극적이지도 않고 합목적적으로 행동하지도 않는다. 그의 행동과 생각을 묘사하는 소설의 화자 또한 그와 거의 한 몸이 되어 움직일 뿐 그에게 충분한 거리를 두고서 본질적으로 더 많은 정보를 제공해주지 않는다. 즉 이 소설에는 보다 넓은 시야에서 상황 전체를 내려다보며 객관화하는 이른바 전지적 관점이 부재하다. 주인공, 화자, 독자 그리고 아마도 작가까지 모두 주관의 테두리를 벗어나지 못한 채 그 안에 갇히게 된다. 이 소설이 미완성이라는 점 또한 그러한 성격을 더욱 강화하는 요인으로 작용한다. 카프카 문학 특유의 소위 '출구 없는 상황'은 이렇게 서술 시점이 연출해 내는 효과로부터 기인하는 바가 크다.

자신의 무죄를 확신하는 주인공의 눈에 법정이란 곳은 무엇보다도 죄 없는 사람에게 억울하게 죄를 씌우고 법의 이름으로 불법을 자행하는 부당한 권력 기관으로 비친다. 그곳은 뇌물을 탐하는 감시인들, 유부녀와 놀아나는 법대생, 법률 서적 사이에 도색 잡지를 감추어 두고 읽는 예심판사 등으로 이루어진, 부패하고 음탕한 기운으로 가득한 의심스러운 세계이며, 법원 사무처의 묘사에서 보듯이 고루하고 무거운 공기가 숨통을 짓눌러 질식할 것 같은 공간으로 묘사된다. 법정 또는 법의 세계는 법학 박사로 준국영기업인 보험공사에서 일하던 작가로서는 그의 직업적 체험이 녹아있는 익숙한 테마였으며, 법조계와 공직 사회의 비리, 모순, 부조리는 그가 수시로 부딪치는 일상적 현실이었을 것이다. 『판결』, 『성』, 「아버지에게 드리는 편지」 등 그의 다른 작품들에서도 소송, 심문, 심판 등의 모티프가 핵심적으로 다루어진다. 그런데 이 소설에서 주인공 K는 문제 해결에 그리 적극적이지 않은 편이며 쉽게 자신의 순간적 욕망에 따라 흔들리고 비틀거리는 인물이다. 나름대로 처음에는 법정 세계의 불합리한 관행과 모순에 맞서 싸우려는 의지를 보이기도 하지만, 그의 마음은 특히 우연한 계기들로 만나게 되는 낯선 여인들(뷔르스트너 양, 세탁부, 레니 등)에게로 쏠리며 번번이 사태의 본질로부터 이탈하고 만다. 그는 곧 현대소설의 전형적 인물인 이른바 문제적 상황 속의 '문제적 주인공'이며 '불안한 영혼'이다. 문제 해결을 위해 똑바로 걸어가는 길이 '정도'라면 그는 틈만 나면 옆길로 새서 '외도'를 일삼는 자인 셈이다. 이러한 외도적 마음과 행동이 그의 '죄'를 구성하는 것인가? 거기에는 아마도 회사 일보다는 글쓰기에 주력했고, 아버지의 그늘에서 벗어나기 위해 결혼을 꿈꾸었으나 정작 선택을 앞두고는 결혼의 속박에 묶이지 않기 위해 파혼을 택했던 작가 자신의 일탈적 성향이 투영되어 있는 듯하다. 일기나 편지 등의 고백에도 암시되어 있듯이, 소설 『소송』은 1차적으로 작가가 자신의 단죄를 위해 자신을 상대로 벌이는 '소송'이었기 때문이다.

처음엔 '체포'를 직장 동료들이 자신의 생일을 빌미로 벌이는 짓궂은 장난이나 깜짝 이벤트쯤으로 여겼던 주인공 K는 소설 후반부로 갈수록 점점 깊이 '소송'의 세계 속으로 빠져들게 되면서 자신도 모르게 소송에 집착하는 모습을 보이기도 한다. 자신에게 도움을 주려는 여인들을 우군으로 삼아 그는 숙부를 통해 소개받았지만, 도움은커녕 오히려 방해만 되는 훌트 변호사를 그의 위협에도 불구하고 끝내 해고한 뒤 스스로 자신에 대한 변호를 떠맡아 직접 소송에 임하려는 자세를 취하는 것이다. 그러나 법정이란 세계는 그의 힘을 서서히 마모시켜 고사시키는 괴물 같은 곳임이 드러난다. 이 기이한 소송을 벌이면서 접하게 되는 인물들은 대부분 어떻게든 법정 세계에 연결되어 있는 자들이다. 은행 고객인 제조업자를 통해 알게 되는 법정 소속 화가 티토렐리의 말대로 "모든 것이 법원에 소속되어 있다." 화가의 방을 무시로 드나들며 귀찮게 하는 철없는 꼬마 여자애들조차 법원에 속해 있는 아이들이라는 것이다. 그렇게 보면 주인공에게 호의적인 지점장이라는 인물도 어쩌면 은밀히 법원과 내통하고 있는 자인지도 모른다. 그는 이탈리아인 고객을 매개로 하여 주인공을 대성당으로 인도함으로써 법정 소속 신부에게 연결시키는 역할을 하고 있기 때문이다. 세계 전체가 법정의 그늘 하에 놓여 있으며 법의 지배를 받고 있다고 할 수 있다. 그래서 법원은 소설의 묘사대로 건물 다락방마다 편재하는 말단 조직을 통해 세계 도처에 촉수를 뻗고서 전체를 통제하고 있는 거대 권력 기구와 같은 인상을 준다. 조직 전체는—신부가 들려주는 '문지기 우화'에서 시골남자가 '법'의 문을 통해 들여다본 '법'의 내부 구조처럼—층층이 나뉘어 끝도 없는 위계 구조를 이루고 있기 때문에 도저히 그 전체를 조망할 수가 없다. 더구나 주인공이 접촉할 수 있는 그 세계의 인물들은 모두 조직의 말단에 위치한 자들에 지나지 않는다. 소송은 법정 세계의 말단부에 머물러 공전할 뿐 더 이상의 진전이 없다. 우화의 시골 남자처럼 주인공은 법정 세계 속으로 들어가고자 하나 그 앞을 지키고 선 '문지기' 조직의 선을 넘지 못하고 그 언저리만 맴돌다 결국 정체 모를 손에 의해 처형을 당하고 만다. 우화는 곧 소설 전체의 축소판인 셈이다. 이와 같이 익명의 거대 권력이 개인에게 가하는 폭력을 그리고 있다는 점에서 이 소설은 작가의 사후에 등장할 전체주의 권력의 정치적 폭력을 비유적으로 예견한 작품으로 이해되기도 한다. 또한 이 작품을 리얼리티에 초점을 맞추어 그 폭력적 본질을 폭로하는 사회 비판적 소설로도 볼 수 있다. 그러나 카프카의 전체 작품 세계를 고려할 때 그러한 시각은 일면적이고 협소한 것이라 할 수 있다. 그의 작품 세계에는 아무리 개인적인 체험이 깊이 각인되어 있는 특수한 이야기라 해도 언제나 인간 보편의 차원을 가리키는 요소들이 곳곳에 내재해 있기 때문이다. 그의 문학이 세계 문학의 반열에 오를 수 있는 이유가 바로 거기에 있다. 이 소설의 경우에도 이미 앞에서 그 자전적인 배경을 언급했지만 그것은 어디까지나 소설 세계로 접근하는 한 가지 방편일 뿐이다.

보편적인 논의의 차원에서, 법정 세계는 곧 세계 전체에 대한 은유로도 읽을 수 있다. 주인공 K는 평범한 개인에 불과하지만 '체포'라는 알 수 없는 사건을 통해 '법정'이라는 낯설고 수수께끼 같은 세계와 대면하게 된다. 대면이라지만 그가 보고 접할 수 있는 것은 어디까지나 세계의 말단에 불과하다. '체포'라는 사건은 작가의 다른 소설들에서처럼 익숙한 삶을 낯설게 하고 평범한 것을 수수께끼로 만드는 소설적 장치인 셈이다. 소설 『변신』에서 주인공 그레고르 잠자에게 일어난 벌레로의 '변신' 사건이나 『성』에서 주인공인 측량 기사 K로 하여금 '성' 아래의 낯선 마을로 오게 한 '성'의 부름과 같은 사건이 그에 해당하는 대표적인 예이다. 평범한 인간 그레고르가 왜 벌레로 변신하게 되었는지, K를 측량 기사로 임명해 놓고 왜 성의 관리들은 그를 성 안으로 받아들이지 않는지 알 수가 없다. 기이한 사건으로 인해 주인공들은 수수께끼 같은 상황에 처하지만 궁극적으로는 자신의 삶, 나아가 세계 전체가 거대한 수수께끼로 변화하게 된다. 그와 더불어 주인공들 자신도 또 하나의 커다란 수수께끼 같은 존재가 된다. 세계 전체가 낯설어지는 동시에 그런 세계를 인식하고자 하는 주체 또한 점점 낯설어지는 것이다. 문제적인 세계와 문제적인 주인공, 카오스로서의 세계와 카오스로서의 주체, 여기에 바로 카프카의 문학이 지니는 현대성의 본질과 현대적인 문제 의식이 놓여있다. 즉 세계는 더 이상 인과율의 법칙으로는 파악할 수 없게 복잡해졌고 불투명해졌으며, 주체 또한 이성적이고 통일적인 단위가 아니라 이질적이고 모순적이며 다층적이고 불안정한 구조물이라는 이중의 인식이 카프카 문학의 저변에 깔려있는 것이다. 그리고 그것은 현대의 다른 모더니즘 문학과도 공유하고 있는 근본적인 문제 의식이다. 이로써 주체는 세계를 총체적으로 기술할 능력을 상실하게 되며 동시에 자기 자신에 대해서도 통일적으로 기술할 수가 없는 이중의 무능 상태가 된다. 그 결과 세계는 주체의 내면 속에 주체 자신과 마찬가지로 왜곡되고 과장된 상들로 해체되어 반영되며, 그러한 현실의 묘사는 불합리하고 비논리적인 사건들의 뒤얽힌 연속으로 변형됨으로써만 가능하게 된다. 인과적 연관성과 합리적 설명가능성의 범위를 벗어나는 카프카 문학의 그로테스크한 형상들은 바로 그와 같은 문제 의식과 이중적 무능력의 산물이라고 할 수 있다.

이러한 현대성의 문제와 더불어 『소송』은 내용적 차원에서 무엇보다도 '죄'의 문제를 근본적인 물음으로 제기하고 있다. 주인공의 체포와 죽음은 모두 그의 '죄'로부터 비롯되는 것이지만 그 '죄'의 실체가 무엇인지 불투명하기 이를 데 없다. 소설 어디에도 법이나 도덕의 차원에서 합리적으로 설명될 수 있는 충분한 근거가 없기 때문이다. 그의 죄에는 다분히 종교적인 함의가 들어 있음이 분명해 보인다. 이 소설의 바탕에 깔려 있는 종교적 울림은 후반부에서 신부의 등장과 함께 뚜렷해진다. "당신은 도대체 두 걸음 앞도 보지 못하는 거요?" 처음 보는 K를 향해 그렇게 호통을 치는 신부의 목소리에서 우리는 마치 인간의 무지와 몽매를 질타

하는 신의 음성을 듣고 있는 듯한 느낌을 받게 된다. 그래서 이 소설에 대한 종교적, 신학적 해석은 처음부터 브로트의 주도 하에 오랫동안 해석의 주류를 이루어 왔다. 예컨대 브로트는 요제프 K의 기구한 운명을 구약의 「욥기」와 연결시켜 자신의 억울한 운명과 신의 부당한 시험에 대한 욥의 저항이 『소송』의 기본 테마를 이루고 있다고 주장한다. 이 소설에는 작가의 종교적 사유 과정이 깊이 새겨져 있다는 것이다. 카프카 자신은 '죄'와 관련하여 의미심장한 말을 남기고 있다. "우리들 인간이 처해 있는 상황 자체가 죄가 된다." 원죄를 연상시키는 이 말은 단지 종교적인 의미만이 아니라 더 근본적인 성찰을 담고 있는 듯하다. 존재 자체가 곧 '죄'이며, 우리가 인간으로 존재하는 한 '죄'의 운명에서 벗어날수 없다는 말로 들린다. 몸을 가지고 현실 속에 실존할 수밖에 없는 우리에게 그 실존적 상황은 필연적으로 '죄'를 초래하고, '죄'는 곧 누구도 피할 수 없는 운명 같은 것이다. 따라서 '죄'를 벗을수 있는 길은 오직 '죽음'뿐이다. 종교적 구원을 이야기하지 않는 카프카에게서 '죄' 개념은 — '원죄' 개념에 대한 성찰에서 비롯된 것으로 보이지만 — 종교적 차원을 넘어 보다 보편적인 차원으로 확장되어 인간의 본질적 존재 양식을 지칭하는 말이라고 할 수 있다. 죽음만이 구원을 의미하는 인간의 운명 그 자체가 곧 '죄'인 셈이다. 카프카의 세계관은 친구인 브로트가 이해하는 것 이상으로 훨씬 더 비극적으로 보인다. K의 '죄'도 이러한 '죄' 개념에서 멀리 떨어진 것이 아닐 것이다. 그렇다면 K는 곧 수학의 미지수 x처럼 누구라도 대입될 수 있는 보편적인 기호가 아닐까? '죄'가 이러하다면 '법'은 또 어떤 개념일까?

　미완의 여백을 간직하고 있는 소설 『소송』은 이처럼 무궁무진한 생각거리를 던져주는 작품이다. 최근까지도 수많은 논문과 연구서들이 발표되고 있다는 사실이 이를 입증해 주고 있다. 여기서는 단지 몇 가지 해석의 실마리를 제공했을 뿐이다. 상투적인 말이지만 나머지는 역시 독자들의 몫이다. 그동안 이 작품에 대한 국내의 번역본은 수십 년에 걸쳐 꾸준히 발간되었으니 그 수를 모두 헤아리기 어려울 정도이다. 카프카의 작품들 중에는 아마도 『변신』 다음으로 많이 번역된 작품일 것이다. 이런 작품을 새롭게 번역하는 일은 오히려 무척 까다로운 작업이 아닐 수 없다. 기존의 번역보다는 적어도 나아야 한다는 강박관념이 시종 의식을 압박하기 때문이다. 이렇게 해서 또 하나의 번역이 추가되었으니 오직 선배들의 번역에 누가 되지 않았기를 바랄 뿐이다. 최선에도 불구하고 물론 오역으로부터 자유로울 수는 없다. 독자들의 지적은 아픔인 동시에 약이 될 것이다. 이 작품의 독일어 원문으로는 최근에 나온 패슬리 판을 따랐고 브로트 판은 가끔씩 참조했다. 오랜만에 카프카 문장의 매력에 다시 빠져볼 수 있는 기회를 준 을유문화사에 감사의 마음을 전한다.

판본 소개

카프카가 결핵에 걸려 1924년 6월 41세의 나이로 죽음을 맞이하기까지 세상에 발표된 그의 작품 목록은 빈약한 수준이었다. 산문 습작 또는 중단편 소설이 전부였다. 그것이 책의 형태로 출판된 것은 모두 일곱 권이었고(『변신(*Die Verwandlung*)』, 『판결(*Das Urteil*)』, 『유형지에서(*In der Strafkolonie*)』 등), 그중 마지막 권(『단식 광대(*Ein Hungerkünstler*)』)은 그가 죽고 난 직후에 출간되었다. 그밖에 짧은 텍스트들이 문학잡지나 일간지를 통해 발표되기도 하였다. 따라서 『소송(*Der Prozess*)』, 『성(*Das Schloss*)』, 『실종자(*Der Verschollene*)』(브로트 판에서는 『아메리카(*Amerika*)』로 출간) 등 세 편의 장편소설을 비롯해 그가 쓴 작품의 주요 부분은 서랍 안에 원고의 형태로 잠들어 있었다. 그런데 그 원고가 책이 되어 세상에 나오게 되기까지는 곡절이 있었다. 잘 알려진 대로 카프카는 임종시 친구인 막스 브로트에게 원고, 일기, 편지 등을 모두 불 태워 없애 달라는 유언을 남기고 죽었으나, 브로트는 친구의 유언을 무시하고 유고를 정리해 출판하기로 결심했던 것이다. 그 결과 가장 먼저 세상의 빛을 보게 된 유고 작품이 바로 다음 해인 1925년 베를린의 디 슈미데(Die Schmiede) 출판사를 통해 출간된 『소송』이다.

이 초판 후기에서 브로트는 카프카의 유언 내용을 처음으로 공개하며 고인의 뜻을 배반하면서까지 출판을 결심하게 된 이유를 밝혔다. 당시 무명에 가깝던 작가 프란츠 카프카를 대중 앞에 세워 주목을 받게 하고 싶었다는 것이 그 요지였다. 죽어 가는 친구의 마지막 부탁을 저버린 브로트의 부도덕한 처사를 질타하는 목소리가 없지 않았으나 그의 의도는 어느 정도 적중하였다. 그는 카프카를 보다 효과적으로 알리는 데 먼저 장편소설을 내놓는 것이 유리하다고 여겼고, 세 장편 중 『소송』을 첫 작품으로 택한 데에는 출판권과 관련한 미묘한 문제 외에도 세 작품 모두 미완성이지만 다른 두 작품에 비해 이 작품이 더 완결된 인상을 준다는 점이 결정적으로 작용한 듯하다. 『소송』은 다른 두 작품과 달리 작가가 마지막 장을 써 두었기 때문이다. 편집 과정에서 브로트는 미완성의 느낌을 줄 수 있는 요소를 가능한 배제하고 가독성을 최대한 높이기 위해 원본 텍스트 전반에 걸쳐 '손질'을 가하였다. 그 결과 표현법, 구두법, 문장 구조 등이 일반적인 독일어 사용법에 맞게 상당 부분 수정되었다. 그로써 세상에 첫 선을 보인 『소송』은 독자와 비평가들을 카프카의 사후 작품 세계로 끌어들이는 데 성공하였다. 이어서 『성』(1926)과 『아메리카』(1927)의 출판도 이어졌다. 두 작품은 생존 시에 발표된 카프카의 작품 일곱 권 중 다

섯 권을 출판한 라이프치히의 쿠르트 볼프(Kurt Wolff) 출판사를
통해 발간되었다.

『소송』의 두 번째 판은 10년 후인 1935년에 나왔다. 초판 때와
달리 2판에서는 그동안 카프카의 작품 세계에 어느 정도 익숙해
진 독자와 학자들의 관심을 고려하여 무엇보다 부록 부분을 첨가
한 것이 두드러진 차이였는데, 거기에는 미완성 장들과 작가가 원
고에 줄을 그어 지운 구절들이 수록되었다. 그러나 언어와 문체
면에서 원본의 텍스트를 수정 보완해야 한다는 브로트의 확신에
는 여전히 변함이 없었다. 1935년 판은 당시의 시대 상황으로 인
해 큰 반향을 얻을 수 없었다. 이 두 번째 판은 베를린의 유대인
출판업자 살만 쇼켄이 발행하는 첫 카프카 전집 중 세 번째 권으
로 출간된 것인데, 나치 정권이 전집의 발간을 가로막았기 때문이
다. 그 결과 총 여섯 권으로 기획된 전집은 4권까지만 발간되고
중단되었다. 카프카의 책들은 1933년 말 이미 '불온 서적 목록'에
포함된 상태였고, 쇼켄(Schocken) 출판사는 1935년 말 '유대계'
로 분류되어 문을 닫아야 했다. 이후 미국으로 이주한 쇼켄은 그
곳에서 카프카의 작품을 알리는 일에 주력하였다. 그전에 그는 최
초의 카프카 전집을 독일어권에서 완간하기 위해 판권을 작가의
출생 도시인 프라하의 메르시 존(Mercy Sohn) 출판사에 양도하
는 계약을 체결했는데, 이는 쇼켄과 브로트가 꾸며낸 위장 계약이
었다. 그에 따라 동일한 장정으로 전집의 5권(『어느 투쟁의 기록
(*Beschreibung eines Kampfes*)』)과 6권(『일기와 편지
(*Tagebücher und Briefe)*)』)이 1936년과 1937년에 프라하에서

출간됨으로써 첫 전집이 완간되었다.

뉴욕에 정착한 쇼켄 출판사는 2판의 텍스트를 사진 복사에 의해 그대로 찍어 낸『소송』의 3판(1946)을 내놓았다. 3판 후기에서 브로트는 처음으로 편집 과정의 어려움을 토로하면서 장들의 순서가 일부 카프카의 의도와 다를 수 있다는 언급을 슬쩍 내비쳤다. 이를 계기로 그동안 브로트의 편집 방식에 의구심을 가졌던 학자들 사이에 그가 과연 신빙성 있는 텍스트를 내놓은 것인지 의심의 목소리가 불거져 나오기 시작했다. 카프카의 작품에 대한 학계의 관심이 높아짐에 따라 브로트 판본에 대한 불신도 커져 갔다. 브로트 자신이 몇 차례 밝혔듯이 그가 카프카의 텍스트에 손질을 가했다는 것은 이미 오래전부터 잘 알려진 사실이었다. 그러나 손질을 한 정도와 방식에 대해서는 알 길이 없었는데, 그것은 브로트가 카프카의 육필 원고를 독점하고 있어서 그가 원고를 공개하지 않는 한 접근이 불가능했기 때문이다.

브로트는 이제 학계에서는 전반적으로 불신의 대상이 되었다.『소송』의 두 가지 판본을 정밀하게 비교 연구한 한 독문학자가 1925년 판과 1935년 판 사이에 총 1778개나 되는 차이가 발견되었다는 결과를 발표했을 때, 학계는 충격을 금할 수 없었다. 점점 더 많은 전문가들이 깊은 우려를 표명했고, 작가의 원본에 충실한 텍스트 비평본의 필요성을 절감하였다. 그것은 원본의 텍스트를 최대한 그대로 반영하고 원본의 결함과 실수를 모두 정확히 짚어 내 목록화하는 작업을 요구하는 일이었다. 그러나 그러한 비평본 작업의 필요성을 인식한 최초의 사람들 중 한 사람 또한 바로 브로트 자신이었다. 그는 자신이 편집한 판본을 어디까지나 전문가가 아닌 일반인을 위한 독서용 판본으로 여겼던 것이다. 결국 그는 1961년 자신이 소유하고 있던 카프카의 육필 원고 대부분을 옥스퍼드 대학의 보들리안 도서관에 넘김으로써 비평본 발간의 초석을 놓는 데 기여하였다.

그는 1939년 프라하가 히틀러 군대에 의해 점령되기 하루 전날 카프카의 유고를 수화물로 꾸려 팔레스타인으로 탈출한 뒤 그곳에서 1968년까지 살다가 죽었는데, 그곳은 주변 아랍 국가들과의 지속적인 군사적 충돌로 인해 원고를 보존하기에는 너무 불안한 곳으로 여겨졌다. 고심 끝에 그는 원고를 스위스의 한 은행 금고에 맡겨 두었다가 영국에 정착한 카프카의 조카 마리안네 슈타이너(여동생 발리의 딸)와 영국의 독문학자인 맬컴 패슬리의 중재에 의해 마침내 옥스퍼드 대학에 넘기게 되었다. 그런데 『소송』 원고는 옥스퍼드로 넘긴 원고 뭉치 속에 포함되지 않았고, 1988년까지 개인 소유 즉 브로트의 여비서 수중에 머물다가 소더비 경매를 통해 독일 마르바흐의 독일 문학 아카이브에 소장되었다.

카프카 작품의 비평본은 1982년부터 네 명의 편집진에 의해 프랑크푸르트의 피셔(Fischer) 출판사에서 발간되기 시작했다. 『소송』의 비평본은 1990년 편집팀장인 맬컴 패슬리의 책임 편집에 의해 발간되었다. 이로써 『소송』의 판본은 크게 두 가지 즉 브로트 판과 패슬리 판으로 나누어졌고, 그동안 유일한 판본으로 독점적 지위를 누린 브로트 판은 이제 패슬리 판에 의해 밀려나게 되었다. 다음은 브로트 판과 패슬리 판의 차이점을 몇 가지로 요약한 것이다.

- 완성 장의 경우, 브로트는 각 장에 일련번호를 붙여 1장에서 10장까지로 구분한 반면, 패슬리는 원본 그대로 장에 번호를 붙이지 않았다.

- 브로트가 편집한 「1장 체포 · 그루바흐 부인과의 대화 · 이어서 뷔르스트너 양」을 패슬리는 두 개의 독립된 장 즉 「체포」와 「그루바흐 부인과의 대화 · 이어서 뷔르스트너 양」으로 나누었다.

- 브로트가 완성 장으로 여겨 네 번째 위치에 편집한 「4장 뷔르스트너 양의 여자 친구」가 패슬리 판에서는 미완성 장으로 분류되어 원본대로 「B의 여자 친구」라는 제목으로 바뀌었다.

- 패슬리는 미완성 장들을 완성 장들 사이에 끼워 넣을 수 있다고 가정하고 그 가상의 구도에 따라 미완성 장들의 배열 순서를 정하였다. 그러나 그는 미완성 장들 중 두 장의 자리에 대해서만 확신을 가졌다. 즉 「B의 여자 친구」는 세 번째 장인 「첫 심리」 앞에, 「어머니에게로 가는 길」은 마지막 장인 「종말」 앞에 들어가는 것이 타당하다고 보았다. 나머지 장들에 대해서는 확신하지 못했다.

- 패슬리 판은 작가의 원본을 최대한 존중하였다. 정서법과 구두법 문제에서도 전반적으로 원본 텍스트가 유지되었다.

두 판본의 장 구분을 표의 형태로 정리하면 다음과 같다.

브로트 판	패슬리 판
1장 체포 · 그루바흐 부인과의 대화 · 이어서 뷔르스트너 양	체포
2장 첫 심리	그루바흐 부인과의 대화 이어서 뷔르스트너 양
3장 텅 빈 법정에서 · 대학생 · 법원사무처	첫 심리
4장 뷔르스트너 양의 여자 친구	텅 빈 법정에서 대학생 법원사무처
5장 태형리	태형리
6장 숙부 · 레니	숙부 레니
7장 변호사 · 제조업자 · 화가	변호사 제조업자 화가
8장 상인 블로크 · 변호사와의 해약	상인 블로크 변호사와의 해약
9장 대성당에서	대성당에서
10장 종말	종말
미완성 장들 엘자에게로 / 어머니에게로 가는 길 / 검사 / 관청 / 부지점장과의 싸움 / 단편	**미완성 장들** B의 여자 친구 / 검사 / 엘자에게로 / 부지점장과의 싸움 / 관청 / 어머니에게로 가는 길

1883   7월 3일, 유대계 상인 헤르만 카프카와 율리에 뢰비의 맏
        아들로 체코 프라하에서 태어남. 남동생 둘은 태어나서
        곧 죽고, 그 뒤로 여동생 셋이 태어남. 여동생 엘리는
        1889년생, 발리는 1890년생, 오틀라는 1892년생. 나중에
        셋은 모두 아우슈비츠 수용소에서 죽음.

1889   프라하 구시가지에 있는 독일계 초등학교에 다님
        (~1893).

1893   프라하 구시가지에 있는 독일계 김나지움에 다님
        (~1901).

1896   6월, 바르-미츠바 행사(카톨릭의 견진성사에 해당하는
        유대교 풍습).

1900   여름, 체코 동부 모라비아 지방 트리쉬에서 '시골의사'로
        일하는 외삼촌 지크프리트 뢰비의 집에서 방학을 보냄.

1901   7월, 김나지움 졸업 시험. 이어서 외삼촌 지크프리트와

함께 북부 독일 헬골란트 섬 여행. 가을, 독일계 프라하 대학에 입학. 화학, 법학, 예술사 강의 수강.

1902 독문학 공부. 여름, 독문학을 전공할 계획으로 뮌헨 여행. 가을, 프라하에서 법학 공부를 계속하기로 함. 10월 23일, 막스 브로트와의 첫 만남.

1904 『어느 투쟁의 기록』 집필(보존되어 있는 카프카의 첫 작품).

1905 여름, 체코 동북부 슐레지엔 지방 추크만텔의 요양소에서 휴양. '추크만텔의 여인'과 첫 사랑. 겨울, 세 명의 대학 친구 막스 브로트, 오스카 바움, 펠릭스 벨취와 정기적인 모임을 갖기 시작함.

1906 6월 18일, 법학 박사학위 취득. 추크만텔에서 두 번째 휴가 체류. 가을부터 1년간 프라하 지방법원에서 법률시보로 실습.「시골에서의 혼례준비」집필.

1907 여름, 트리쉬에서 휴가, 헤트비히 바일러와 사귐. 10월, 첫 직장인 이탈리아계 보험회사 '아시쿠라치오니 제네랄리' 프라하 지점에 취직.

1908 첫 출판물로 문학잡지『휘페리온』에 8편의 산문 작품 발표(나중에 작품집 『관찰』에 수록됨). 7월 말, '노동자 산재보험 공사'로 직장을 옮김. 오전 8시 출근, 오후 2시 퇴근. 북부 공업 도시 테첸으로의 첫 출장 여행. 막스 브로트와 더욱 긴밀한 관계를 갖기 시작함.

1909 초여름, 일기를 쓰기 시작함. 9월, 브로트 형제와 함께 북

부 이탈리아 리바 여행.

1910   선거 집회 및 사회주의 대중 집회에 참석. 동유럽 유대인
        순회 극단(1912년까지 프라하에서 공연)의 연극을 자주
        관람함. 10월, 브로트 형제와 함께 파리 여행.

1911   주로 북부 보헤미아 지방으로 잦은 출장 여행. 여름, 막
        스 브로트와 함께 북부 이탈리아 및 파리 여행. 혼자 취
        리히 근교의 요양소에서 휴양. 10월부터 동유럽 유대인
        극단 배우 이츠하크 뢰비와 가깝게 지냄. 동유럽 유대인
        의 종교·문학 세계에 대한 관심이 커짐과 동시에 아버
        지와의 갈등이 불거지기 시작함. 첫 장편소설『실종자』
        (브로트 판에서는『아메리카』로 출간) 집필 시작.

1912   여름, 막스 브로트와 함께 라이프치히·바이마르 여행.
        혼자 하르츠 산맥의 요양소에서 3주간 휴양. 라이프치히
        에서는 브로트의 소개로 출판인인 에른스트 로볼트와 쿠
        르트 볼프 등을 알게 됨. 8월 13일, 막스 브로트의 집에서
        '베를린 여인' 펠리체 바우어(브로트와 친척 관계)와의
        첫 만남. 9월 20일, 펠리체와 서신 왕래가 시작됨. 9월 22
        일과 23일, 하루 밤 사이에『판결』집필.『실종자』집필
        계속하여 연말까지 1장인「화부」와 그 뒤 다섯 장 완성.
        11월과 12월,『변신』집필. 카프카의 첫 번째 책『관찰』이
        에른스트 로볼트 출판사에서 출간. 12월 4일, 프라하 문
        인 모임에서『판결』을 낭독하여 작가로서 공식 데뷔.

1913   펠리체와의 빈번한 서신 왕래. 부활절에 베를린 펠리체

의 집 첫 방문(이듬해 약혼 후 파혼 때까지 6차례의 방문이 더 이어짐). 『화부』 출간(쿠르트 볼프 출판사, 표현주의 문학 시리즈인 '최후의 심판일'에 포함됨). 막스 브로트가 발행하는 문학 연감 『아르카디아』에 『판결』이 실림. 9월, 사장과 함께 국제회의 참석차 오스트리아 빈 여행 후 혼자 북부 이탈리아 여행. 11월, 펠리체의 친구 그레테 블로흐와의 만남. 이후 그레테와도 서신을 교환함.

1914　5월 말, 약혼식을 위해 아버지와 함께 베를린 방문. 6월 1일, 베를린에서 펠리체 바우어와의 약혼식. 7월 12일, 베를린의 호텔 '아스카니셔 호프'에서 파혼. 이어서 친구 에른스트 바이스와 함께 발트 해 여행. 8월, 장편소설 『소송』 집필 시작. 회사의 요청으로 징집 면제. 10월, 『유형지에서』 집필. 펠리체와의 서신 왕래가 다시 시작됨. 12월, 「법 앞에서」 집필.

1915　1월, 『소송』 집필 중단. 펠리체와의 재회. 3월, 처음으로 자기 방을 얻어 독립. 4월, 여동생 엘리와 함께 헝가리 여행. 10월, 카프카의 세 번째 책 『변신』 출간(쿠르트 볼프 출판사, '최후의 심판일' 시리즈).

1916　펠리체와의 관계가 다시 긴밀해짐. 4월, 로베르트 무질의 카프카 방문. 7월, 펠리체와 함께 마리엔바트로 휴가 여행. 10월, 『판결』 출간(쿠르트 볼프 출판사, '최후의 심판일' 시리즈). 11월, 뮌헨에서 『유형지에서』 공개 낭독. 여동생 오틀라가 세든 프라하 흐라친 성의 집으로 이

사. 그곳에서 나중에 작품집 『시골 의사』에 수록될 단편
들 집필.

1917 3월, 흐라친 성 아래 쇤보른 궁의 방으로 이사. 히브리어
공부 시작. 7월, 펠리체와 함께 그녀의 여동생이 사는 부
다페스트로 여행. 프라하에서 펠리체와의 두 번째 약혼. 8
월 9일과 10일, 처음으로 각혈을 함. 다시 부모님 집으로
이사. 9월 4일, 폐결핵 진단. 이어서 요양을 위해 오틀라
가 작은 농장을 경영하는 북부 보헤미아의 취라우로 가서
7개월간 생활함. 그곳에서 다수의 잠언을 씀. 성탄절에
프라하에서 펠리체와 만나 다시 파혼함.

1918 5월, 다시 프라하로 돌아와 직장 생활. 여름, 프라하 근교
의 여름 별장에서 정원 일을 돌봄. 10월과 11월, 스페인
독감에 걸려 크게 고생함. 12월부터 4개월간 프라하 북
쪽의 셸레젠에서 요양 생활. 성탄절은 프라하에서 보냄.

1919 셸레젠에서 율리에 보리체크(체코 유대인 수공업자 집안
출신)와 만남. 여름, 아버지의 뜻을 어기고 율리에 보리
체크와 약혼. 『유형지에서』 출간(쿠르트 볼프 출판사).
11월과 12월, 다시 셸레젠 체류. 「아버지에게 드리는 편
지」 집필. 민체 아이스너와의 만남, 그녀와 여러 해 동안
편지를 주고받음.

1920 3월, 구스타프 야누흐가 자주 카프카를 찾아와 함께 산책
을 함. 그는 나중에 『카프카와의 대화』(1951)를 저술함.
4월부터 북부 이탈리아의 메라노에서 3개월간 요양 생

활. 밀레나 예젠스카와의 서신 왕래 시작(그녀는 유부녀로 여기자이자 카프카 작품의 체코어 번역자). 5월, 작품집 『시골 의사』가 쿠르트 볼프 출판사에서 출간. 6월, 오스트리아 빈으로 밀레나를 방문함. 7월, 율리에 보리체크와 파혼. 12월부터 9개월간 슬로바키아의 타트라 산지에 있는 마틀리아리 요양소에서 지냄.

1921   2월, 마틀리아리 요양소에서 동료 환자이자 의대생인 로베르트 클롭슈토크와의 친교. 가을, 다시 프라하 생활. 밀레나와의 잦은 만남. 밀레나에게 10년간의 일기(12권의 사절판 노트)를 건네줌. 일기를 새로 쓰기 시작함.

1922   1월, 불면과 절망으로 신경 쇠약 증세를 보임. 체코 북부 리젠 산맥의 슈핀델뮐레에서 3주간 요양. 2월 말, 장편소설 『성』 집필 시작. 『단식 광대』, 「어느 개의 연구」 등 집필. 8월 말, 다시 신경 쇠약증. 7월 1일, 14년간 재직한 회사 퇴직 후 연금생활 시작. 여름에 프라하 서쪽의 플라나에서 요양 생활. 그곳에 있는 여동생 오틀라의 여름 별장에서 거주. 10월, 『성』의 원고를 밀레나에게 넘겨줌.

1923   잦은 병상 생활. 강도 높은 히브리어 공부. 팔레스타인으로의 이주 계획. 6월, 밀레나와의 마지막 만남. 7월, 여동생 엘리 네 가족과 함께 발트 해 뮈리츠 여행, 도라 디아만트(폴란드 유대인 출신으로 베를린의 유아원 보모)와의 만남. 9월, 베를린으로 이사. 도라 디아만트와 동거. 「작은 여인」, 「굴」 집필.

1924	2월, 병세 악화. 3월, 브로트가 카프카를 프라하로 데려감. 마지막 작품「여가수 요제피네」집필. 4월, 후두결핵 진단. 니더외스터라이히의 비너발트 요양소를 거쳐 빈 북쪽 키얼링 시의 호프만 요양소에서 생활. 도라 디아만트와 로베르트 클롭슈토크가 함께 그를 간호함. 마지막 책『단식 광대』교정. 6월 3일, 그곳에서 카프카 사망. 6월 11일, 프라하의 유대인 공동 묘지에서 장례식. 작품집『단식 광대』디 슈미데 출판사에서 출간.
1925	장편소설『소송』출간(베를린의 디 슈미데 출판사. 막스 브로트 편집).
1926	장편소설『성』출간(뮌헨의 쿠르트 볼프 출판사. 막스 브로트 편집).
1927	장편소설『아메리카』출간(뮌헨의 쿠르트 볼프 출판사. 막스 브로트 편집).
1931	미발표 작품집『만리장성의 축조』출간(포츠담의 키펜호이어 출판사. 막스 브로트 편집).
1935	첫 번째 카프카 전집 발간(베를린의 쇼켄 출판사. 막스 브로트와 하인츠 폴리츠의 공동 편집)(~1937).
1950	두 번째 카프카 전집 발간(프랑크푸르트의 피셔 출판사. 막스 브로트 편집)(~1974).
1982	비평본 카프카 전집 발간 시작(프랑크푸르트의 피셔 출판사. 위르겐 보른, 게르하르트 노이만, 맬컴 패슬리, 요스트 슐레마이트 편집).

1988   마르바흐 소재 독일문학 아카이브에서 『소송』의 육필 원
        고를 소유하게 됨.
1990   비평본 카프카 전집 중 『소송』의 비평본 출간(맬컴 패슬
        리 편집).

새롭게 을유세계문학전집을 펴내며

을유문화사는 이미 지난 1959년부터 국내 최초로 세계문학전집을 출간한 바 있습니다. 이번에 을유세계문학전집을 완전히 새롭게 마련하게 된 것은 우리가 직면한 문화적 상황에 적극적으로 대응하기 위해서입니다. 새로운 을유세계문학전집은 세계문학의 역할이 그 어느 때보다 중요해졌다는 인식에서 출발했습니다. 오늘날 세계에서 타자에 대한 이해는 우리의 안전과 행복에 직결되고 있습니다. 세계문학은 지구상의 다양한 문화들이 평등하게 소통하고, 이질적인 구성원들이 평화롭게 공존할 수 있는 문화적인 힘을 길러 줍니다.

을유세계문학전집은 세계문학을 통해 우리가 이런 힘을 길러 나가야 한다는 믿음으로 만들어졌습니다. 지난 5년간 이를 준비하기 위해 많은 노력을 기울였습니다. 세계 각국의 다양한 삶의 방식과 문화적 성취가 살아 있는 작품들, 새로운 번역이 필요한 고전들과 새롭게 소개해야 할 우리 시대의 작품들을 선정했습니다. 우리나라 최고의 역자들이 이들 작품 속 한 문장 한 문장의 숨결을 생생히 전하기 위해 심혈을 기울였습니다. 또한 역자들은 단순히 번역만 한 것이 아니라 다른 작품의 번역을 꼼꼼히 검토해 주었습니다. 을유세계문학전집은 번역된 작품 하나하나가 정본(定本)으로 인정받고 대우받을 수 있도록 최선을 다했습니다. 세계문학이 여러 경계를 넘어 우리 사회 안에서 주어진 소임을 하게 되기를 바라며 을유세계문학전집을 내놓습니다.

을유세계문학전집 편집위원단
신광현 (서울대 영문과 교수)
신정환 (한국외대 스페인어과 교수)
최윤영 (서울대 독문과 교수)
박종소 (서울대 노문과 교수)
김월회 (서울대 중문과 교수)